嘎丽娅传奇

Легенда о героине Галии

韩乃寅 著

人民东方出版传媒
東方出版社

图书在版编目（CIP）数据

嘎丽娅传奇／韩乃寅 著．—北京：东方出版社，2015.11
ISBN 978-7-5060-8752-0

Ⅰ.①嘎…　Ⅱ.①韩…　Ⅲ.①长篇小说—中国—当代　Ⅳ.①I247.5

中国版本图书馆 CIP 数据核字（2015）第 269403 号

嘎丽娅传奇
（GALIYA　CHUANQI）

作　　者： 韩乃寅
责任编辑： 王　艳　李文彧
出　　版： 东方出版社
发　　行： 人民东方出版传媒有限公司
地　　址： 北京市东城区东四十条 113 号
邮政编码： 100007
印　　刷： 石家庄继文印刷有限公司
版　　次： 2016 年 5 月第 1 版
印　　次： 2019 年 5 月第 2 次印刷
开　　本： 710 毫米×1000 毫米　1/16
印　　张： 18.25
字　　数： 266 千字
书　　号： ISBN 978-7-5060-8752-0
定　　价： 38.00 元

谨将此作献给和平天使嘎丽娅、开拓团中国劳工、朝鲜慰安妇以及和嘎丽娅生死与共的战友们

嘎丽娅纪念碑

Наша дружба-это взаимопонимание, доверие, общие ценности и интересы. Мы помним о прошлом и думаем о будущем.

我们的友谊就是相互理解、信任、共同的价值观和利益。我们将铭记过去，展望未来。

——普京

普京总统为纪念碑题词

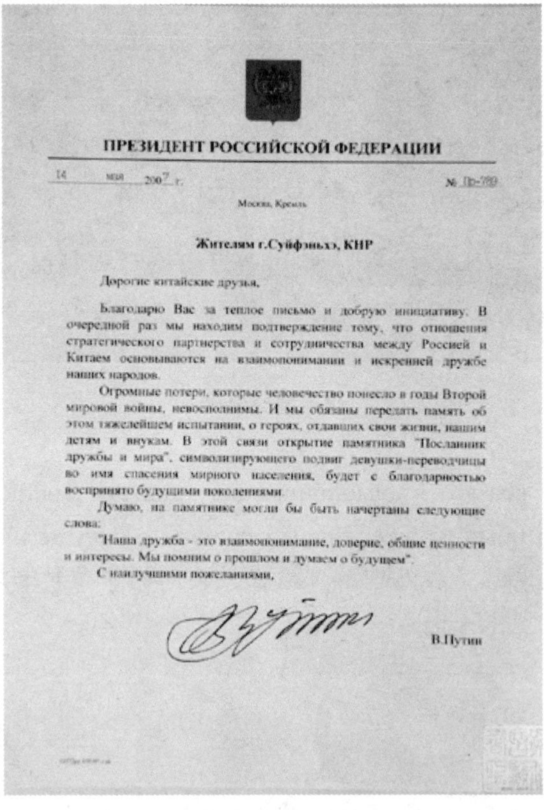

ПРЕЗИДЕНТ РОССИЙСКОЙ ФЕДЕРАЦИИ

14 мая 2007 г. № Пр-789

Москва, Кремль

Жителям г.Суйфэньхэ, КНР

Дорогие китайские друзья,

Благодарю Вас за теплое письмо и добрую инициативу. В очередной раз мы находим подтверждение тому, что отношения стратегического партнерства и сотрудничества между Россией и Китаем основываются на взаимопонимании и искренней дружбе наших народов.

Огромные потери, которые человечество понесло в годы Второй мировой войны, невосполнимы. И мы обязаны передать память об этом тяжелейшем испытании, о героях, отдавших свои жизни, нашим детям и внукам. В этой связи открытие памятника "Посланник дружбы и мира", символизирующего подвиг девушки-переводчицы во имя спасения мирного населения, будет с благодарностью воспринято будущими поколениями.

Думаю, на памятнике могли бы быть начертаны следующие слова:

"Наша дружба - это взаимопонимание, доверие, общие ценности и интересы. Мы помним о прошлом и думаем о будущем".

С наилучшими пожеланиями,

В.Путин

普京总统题词影印件

普京总统给绥芬河市民的一封信

Дорогие китайские друзья,

亲爱的中国朋友们:

Благодарю вас за теплое письмо и добрую инициативу. В очереднойраз мы находим подтверждение тому, что отношения стратегического партнерства и сотрудничества между Россией и Китаем основываются навзаимопонимании и искренней дружбе наших народов.

我感谢你们热情洋溢的来信和善良友好的倡议。我们再度证实,俄中两国的战略协作伙伴关系是建立在两国人民相互理解和真挚友谊的基础之上。

Огромные потери, которые человечество понесло в годы Второй мировой войны, невосполнимы. И мы обязаны передать память об этом тяжелейшем испытании, о героях, отдавших свои жизни, нашим детям и внукам. В этой связи открытие памятника « *Посланник дружбы и мира* », символизирующего подвиг девушки-перевод чицы во имя спасения мирного населения, будет с благодарностью воспринято будущими поколениями.

Думаю, на памятнике могли быть начертаны следующие слова:

人类在第二次世界大战中遭受的巨大损失是无法弥补的，因此我们每个人都有义务将这次沉重的体验和对那些英勇献身的英雄的哀思传递给子孙后代。为此而建立“友谊和平天使”纪念碑，来表彰这位被评为挽救和平居民的翻译姑娘的功绩，这将受到后人的敬意。

我建议，纪念碑上应该刻上这样一段话：

«Наша дружба-это взаимопонимание, доверие, общие ценности и интересы. Мы помним о прошлом и думаем о будущем.»

“我们的友谊就是相互理解、信任、共同的价值观和利益。我们将铭记过去，展望未来。”

С наилучшими пожеланиями.

致以崇高的敬意!

普京

2007 年 5 月 14 日

第一章

本书女主人公华俄姑娘嘎丽娅·瓦西里耶夫娜·杜别耶娃确是真名真姓，又有关于她的真实故事，绥芬河不少人都称曾亲眼所见，亲耳所闻，有记者还在俄罗斯采访过她的亲人。谁知随着岁月逝去，她的事迹却渐渐流传成了神话般的传奇故事。

1945年，嘎丽娅芳龄17，见过她的人说，是美神造化了这姑娘绝有的美丽，那身材、容貌是取了希腊女神与中国古典美人各自的独妙之处，可谓国际美人。那时，她是绥芬河华语学校的音乐老师，有一副百灵鸟般清脆悦耳的歌喉。日本天长山开拓团司令部司令大泽小野的儿子大泽一郎虽是她的学生，却对她迷恋不已。每每课堂上都端详，都感觉嘎丽娅的美丽世上无双，让他十分动心，但他并不相信嘎丽娅的美丽能像日本传说中的“樱花姑娘”，也不相信她的歌喉能有引来百灵鸟一起歌唱那神话般的感染力。这天，他不乘车，不带人，肩挎照相机偷偷跟在去学校的嘎丽娅身后观望……

绥芬河的冬天走得慢，春天来得急。三月末还冰雪覆盖山野，四月刚过，华语学校的迎春花岗残雪消融，春草芽已露头了，山路两旁漫山岗的迎春花已缀满枝头。嘎丽娅拎着教案包踏上山岗小路，随着脚步，胳膊摆动，那秀发在春风里轻轻飘拂。在大泽一郎恍惚的视线里，嘎丽娅那神奇的诱惑力让含苞的迎春花朵一片片扑啦啦瞬间展开，花朵浮上了鲜艳的新红，像玛瑙，像翡翠，像宝石在暖融融的阳光下熠熠闪光。采春的蜜蜂嗡嗡结群搭帮地呼啦啦飞来，和煦的春风拥抱轻步的嘎丽娅。她悠悠地走着，就像盛开在迎春花夹拥的小路上的一簇更鲜艳的迎春花。她心旷神怡地哼起了俄罗斯歌曲：田野小河边，红莓花儿开，有一位少年，真使我心爱，可我不能对他表白……

躲闪在嘎丽娅身后的大泽一郎感到果真如此了，这迷人的如神话里的歌声那么悦耳、那么真切。他凝神又侧耳，当听到“有一位少年，真使我心爱，可我不能对他表白”时心想，她唱的“真使我心爱”的人是不是自己呀？堂堂大日本帝国皇军开拓团司令的儿子，这军人装束，就是英俊少年呀。对了，自己几次向嘎丽娅示爱时，她并没有反对，只是莞尔一笑，噢，大概是碍于师生关系的缘故。这路上静悄悄的，没车辆，没行人，他收起照相机正想冲上去抱住她。骤然间，迎着她的歌声，一群百灵鸟气势勇猛地飞出林子，朝嘎丽娅簇拥而去，噢，那是嘎丽娅的歌声让它们嫉妒，它们集群而来用大合唱向她挑战吧。

大泽一郎凝神瞧着，这是幻觉，还是真的呢？他揉揉眼睛，刚迈开大步要追上去，发现身后有辆汽车开来，又有人影在朝这里疾行，便放缓了脚步……

绥芬河镇位于哈尔滨东部，中俄边境的天长山脚下，隐身于漫岗山林之中。早些年，就有俄罗斯、日本、朝鲜的商贾在这里开辟了贸易市场，并在这里定居。因此，绥芬河镇被称为东北地区第一商贸镇。绥芬河华语学校就是日本天长山开拓团司令大泽小野开办的，开设的都是为了方便贸易的课程。以教汉语为主，兼教日语，以便于将开拓团生产的粮食以及与朝鲜等国商人交易的产品，借道海参崴输往物资贫乏的日本。这所学校就是日本开拓团聘用以懂华语、日语为核心，兼懂俄语、英语的人为老师，为掠夺东北地区资源培养人才。学生必须是商家子弟，多为日本学生，也有少量有资格的中国、俄罗斯和朝鲜的学生。大泽一郎是天长山开拓团副司令，还担任华语学校三班的班长。

春风熙熙，露出山尖的朝阳散发着柔暖的光芒。

嘎丽娅放慢脚步，沉浸在这浪漫的仙境里，她看看手表，眼瞧就到了上课响铃的时间。她揩下额角细碎的汗珠儿，收拢歌喉，快步走出了山岗。百灵鸟飞走了，甩在她身后的迎春花又变成了原样。大泽一郎瞧瞧身后如初的迎春花，瞧瞧飞走的百灵鸟，眼巴巴瞧着翩翩走进教室的嘎丽娅。他奔跑着、追逐着，举着照相机，欲伸臂去拥抱，欲狂喊“嘎丽娅”时，上课的铃声响了。

嘎丽娅的母亲冯俊妮是中国人，朴实的山东农民。父亲撒夫林克是乌克兰人，后因做生意落户绥芬河，一次回国谈生意时，参加了苏联红军后就很少回来。一家人曾在哈尔滨生活，嘎丽娅在伪满洲国读小学时，就学会了日语。她走上讲台，刚用汉语开口要教学生唱她获得俄罗斯侨民音乐会百合歌手奖的《白色的刺梅花》，大泽一郎就捧着照相机兴冲冲闯进来，直奔讲台，他举起照相机面向学生几乎尖叫道：“同学们，妙，简直是绝妙，女神维纳斯已不复存在，看我的女神嘎丽娅，大日本国的樱花姑娘吧……”

大泽一郎“吧”字的话音刚落，随着“哗啦”一声窗户玻璃破碎声，飞进一块碗大的石头，砸落了照相机镜头，又蹦在了嘎丽娅的肩头上，嘎丽娅“哎呀”一声。接着，又 块石头砸到了大泽一郎的头颈连接的地方。教室里惨叫呼号声乱成一片。大泽一郎忍着疼痛掏出手枪对准窗外，“砰，砰，砰”，就是三颗子弹，正跨步要飞奔出门，嘎丽娅惊叫一声：“大泽一郎——我——怕——”，大泽一郎猛一回头，发现嘎丽娅的脖颈右侧被石头划出了血，自己的脖颈处也血迹模糊了。两名日本学生商议要把嘎丽娅送到镇医院。大泽一郎顾不上参与，急步跨出门口寻望，掷石头的人已无影无踪，不知向何处追，他便转向回到了教室。

原来，在躲闪飞来的石头刹那，嘎丽娅已经模糊看到扔石头的人是父亲的经商友人，山东小伙儿鲁大棒子的儿子小棒了。那宽宽的肩膀，结实的身板儿，那惯于凝神怒视的面孔，对，就是他。左邻右舍都管山东人叫山东棒子。爷俩是山东人的典型，不只是那穿戴，那口音，那上下几乎一般粗的身材。人们都习惯叫他爹鲁大棒子，后来就干脆叫他鲁小棒子了。嘎丽娅记得父亲在的时候，他爷俩就常和家里来往，是生意上的伙伴。父亲有手艺，和母亲开了一个俄罗斯人喜欢吃的大列巴（面包）作坊，还兼做俄罗斯人喜欢喝的格瓦斯，而鲁大棒子家也是两样生意，杀猪和制作熏烤香肠。镇上有好几家商店。日本开拓团司令部、抗联部队、华语学校，经常配套买他们两家的产品，两家生意都很红火。父亲走后，鲁大棒子常来常往帮忙，她家一直维持着生意的红火。那时候，嘎丽娅还小，有时碰上仨一伙俩一帮的人议论鲁大棒子和母亲，自己一走近他们就不说了。她只琢磨肯定是说坏话，却不知说哪方面的坏话。直到嘎丽娅上了初中才明白，那是因为鲁大棒子常到自己家来，父亲又多年不在家，有些人便挤眉弄眼，窃窃私语议论母亲在偷汉子。起初，她羞得抬不起头来，对母亲耍脾气，鲁大棒子来了也不理他。但她偷偷观察了几次，鲁大棒子来这里，也就是仓库里出货，作坊里帮工，有时也和母亲窃窃私语说些话，尽管听不见，也没有什么不正当的行为。鲁大棒子对自己又好，也就渐渐消气了，心想：让他们说去吧。甚至碰上邻里多嘴婆们冷眼瞧鲁大棒子到自己家来，还暗地里狠狠唾上一口唾沫，以示抗议。她印象最深的是读初中的时候，鲁大棒子让她不要学日语，可是不学不能毕业，而且日语最好学，因为文字里夹着不少汉字，能学得很顺利。她也发现小棒子常偷偷注视自己。眼下，她隐隐看出，小棒子想让自己给他当媳妇。她觉得这个小棒子很有男子汉味儿，在女孩子面前他就像一棵大树，也像身后的一堵墙。说实在的，她很喜欢小棒子，但是，她从没表白，也没让他看出来。有时候，小棒子主动靠近自己，她就略施一小计，让鲁小棒子离开。因为她发现大泽一郎正处处讨好自己，他父亲大泽小野可是天长山开拓团的司令，在这一带横行霸道，无恶不作……

飞石嗖嗖，玻璃破碎声哗哗，鲁小棒子定睛瞧准石头直奔大泽一郎脑袋飞去时，还骂了一声“砸碎这个小日本鬼子的狗头”。他转身飞跑，只觉一颗子弹从耳边飞过，顾不得回头瞧，便一闪身蹿进了一条小街。一出街口，鲁小棒子见父亲赶着送面包的马车正顺坡而下，便一个箭步跳上去从父亲手中夺过鞭子“驾”了一声。大黑马扬蹄飞驰起来。小棒子只顾喘粗气，鲁大棒子紧紧逼问，他才大口喘气地说了情况。鲁大棒子的心一下子提了起来，回头瞧了又瞧，见没人追来，才松口气，接过鞭子说：“儿子，你总是这么毛毛愣愣，太冒失了，弄不好会丧命的……”

教室的枪声引来了绥芬河警察署两名警察来问情况，大泽一郎只说有人扔石头，自己追出去没见人影就开了枪，教室里也没有一个学生看见什么人影，也说不出扔石头的人往哪跑了，两名警察就这样走了。别班学生正在上课，从操场过路的人听到枪声早已躲开。而大泽一郎咬牙切齿声称是石头是冲他来的，一定要寻找线索，查个水落石出……

绥芬河镇的俄罗斯商人多，喜欢吃面包、红肠。鲁大棒子早年学过中医，后来发现买猪肉做红肠有巧利。于是，靠着身强力壮，五大三粗，有的是力气，选择了这个行当。他又从中医门道那里找出了窍门，不像其他人家用木炭熏烤，而是从山上采来刺五加、山胡椒、桂皮配料熏烤，烤出了一股特殊的香味儿。自从添加了制作熏肉红肠这个项目，生意更加红火起来。开拓团的大泽小野、伪满警务厅、绥芬河警察署长胡老大都爱吃这鲁家红肠，常常明拿暗夺，很少给钱。鲁大棒子爷俩不敢明惹，准备伺机暗斗出气。中共北满省委员会设在东北抗日联军绥芬河支队，满金仓受秘密联络站的站长委托，详细关注了这一情况，将鲁大棒子发展成了地下党员、联络员。让他火红的生意作为对敌斗争的优势，主要任务是通过给开拓团司令部供应香肠，寻找机会观察他们的行动，获取情报。鲁大棒子早就知道，冯俊妮是地下党员，又是对面苏联红军与抗联的秘密联络员，和她丈夫撒夫林克还时有联系。她的格瓦斯厂就是抗日联军的秘密联络站。怪不得他发现那帮家伙从她那里拿格瓦斯、面包，还有东北老窖白酒，冯俊妮那么大方，原来另有原因。她的女儿漂亮得出奇，不少人在打主意，这又是一个有空可乘的契机，他与冯俊妮常私下商议，就是嘎丽娅尚不知这些事。

不论在山东老家还是在绥芬河镇，鲁大棒子的脾气，那个冲劲儿、狠劲儿，都无人可比。有人说他发起脾气来会怒发冲冠，还不够，还得加上能把冠帽冲出三尺之高。小棒子照他也不逊色多少，就说赤身拿着碗大的石头去砸大泽一郎这事可就够“冲”的，也就是山东人说的俗语够“驴”的了，东北说的够“虎”的了。爷俩常常为了一件小事儿而针尖对麦芒，但有区别的是，老子火气来了能耐得住一些；也有共性，他们一般是不听召唤的。说来，满金仓的魅力真是够大的，只几个回合，就把老子招纳了。做这种工作，鲁大棒子的山东驴脾气竟伸缩有度了。这鲁大棒子听了却说，那是都压缩在肺囊里，憋在心里了，喘气用的肺泡都鼓鼓的了！

小棒子这件事儿就让他气红的脸都变成了紫色，刚进家门就扯过小棒子气急败坏地指责：“小棒子，你这个混账东西，这么干，会惹出大祸，坏了大事儿的……”

“爸，我坏什么大事儿……”小棒子也气得肚子鼓鼓地说，“也不能让那小日本鬼子娶嘎丽娅得逞，我还想娶她呢！”

“你——”鲁大棒子手指着小棒子，气得手发抖，见妻子王春芹从厨房走来，转身对她说，“他娘，你看你这儿子……”他接着放排炮似的把小棒子贸然用石头砸大泽一郎的事情说了一遍。

王春芹听了，为难地说：“儿子，我知道你想娶嘎丽娅，但我估摸着没戏呀……”

小棒子接过话说：“妈，就是我娶嘎丽娅没戏，也不能让小日本鬼子抢了去！”

“儿子——”王春芹耐心地说，“我知道嘎丽娅的心思，她不会嫁给那个大泽一郎的，两路人呀。”

鲁大棒子插话说：“我看也是，要是嘎丽娅有意，她妈也不会同意的。”

小棒子气急败坏地说：“不同意就明挑，那嘎丽娅连气儿都不吭一声，什么意思呀！”

“嘿，”王春芹说，“瞧你说的，日本人在这里横行霸道，谁能像你这么虎呀，人家嘎丽娅那姑娘是有心机。”

仨人正说着，满金仓敲门进来了，问什么事情，一家人争执成这样。鲁大棒子又说了一遍，满金仓先是笑笑，然后严肃地说：“鲁老板呀，你的暴脾气还是要往气囊里再压一压，不光对儿子……”说得鲁大棒子直点头，算是接受了满金仓的“约法三章”。满金仓自知这个秘密联络站设在鲁大棒子家有几分冒险，但在这一带只有他家政治上可靠。他瞧了瞧外边，王春芹知道有话要说。

王春芹推开院门不见周围有人，回到屋里报了平安。满金仓从怀里掏出一份中共满洲省委员会、东北抗日联军总指挥部《给中共中央政治局工作报告》，让他们好好学习一下，充分认清当前对敌斗争的形势和任务，并要注意保密，看后烧掉。鲁大棒子收起文件，说了些他往开拓团司令部给鬼子送香肠发现的情况。满金仓说，这些情况很有用，会立刻向上级汇报。

满金仓指指窗外东南方向说，前些年，我们只知道日本鬼子在那大兴土木，抓劳工，抓浮浪者。眼下，通过各种渠道已经把基本情况弄清楚：原来修筑的是“天长山地下要塞”，是日本关东军直属精锐部队，也就是大泽小野组织干的。他们通过劳工苦力运输、汽车运、牛马车拉，历时七年多，共动用三十多万人，修筑了这“天长山地下要塞”。根据初步得到的情报，要塞深入地下，像楼一样共三层，每层塞顶塞壁全用钢筋混凝土砌成，厚度都在一米左右，一般小口径炮弹落在上面只能留下一个白点。这三层有各自不同的结构，曲折连绵，长度都达二十多公里，里面有司令部、营房、厨房、宿舍、浴池。另外就是各种仓库，有弹药库、武器库、粮仓。那些在黑河等地强迫劳工开采的金子都储藏在里面。据说，还储存了为哈尔滨太平区 731 人体细菌试验的工程所用的药品……日本关东军计划不论在什么条件下，都会将这里作为侵略中国的永久据点。

鲁大棒子、王春芹，还有小棒子都听得目瞪口呆。

满金仓问：“前年秋天那个晚上，咱们不是都见从那边山坳里传来好一阵子机关枪声吗？”

“是啊，”王春芹说，“我们都以为抗日联军打过来和日本鬼子开火了呢。”

“不是，”满金仓说，“去年秋末，天长山地下要塞工程竣工，日本鬼子在山坳里组织劳工篝火，准备了些猪肉、蔬菜和白酒，说是犒劳劳工，晚餐刚开始，山坳三面机枪、火炮一起朝坳沟里打去，三十多万中国劳工全部葬身在血海里……”

鲁大棒子和小棒子脸都憋得由红变紫了。

满金仓愤愤地说：“一场暴雨把尸体、血水冲进河里，进了大海……”

“他奶奶的，小鬼子真是罪恶滔天，欠我们的血债太多太多了，”小棒子愤怒地说，接着又不解地问，“满伯伯，小鬼子弄地下要塞到底是想干什么呀？”

“现在是全搞清楚了，”满金仓说，“时下小鬼子野心太大了，想把天长山作为据点，不仅想霸占中国，还想把这地塞通道穿海底修到苏联。即使战败了，一是占据要塞作为保险柜，二是作为防御工事。从入秋开始，他们就拼命地往里运东西，负隅顽抗……”

鲁大棒子哼一声说：“那问题可严重了。”

小棒子蔑视地说：“嘿，他奶奶的，还想不管什么条件下都作为侵略中国的据点呢，在我们国家挖耗子洞钻进去，再坚固，我们就是用铁锹挖也要把他们这些狗日的挖出来。”

王春芹说：“儿子，暗里的，明处的，哪那么简单呀，何况，我们的地盘，还让日本鬼子占着……”

鲁大棒子的妻子与他爷俩性格完全不同，温良恭俭，又有番心计。因为要做生意当家，逼着她学文化，学算盘。她还读过毛泽东的《论持久战》，有时还念给鲁大棒子听。

“就是。所以，我们接受了一项极其重要的新任务——”满金仓说到这里放低了声音，“上级组织让我们设法搞到两份图纸，一是天长山要塞的位置图和秘密塞口，二是地塞内秘密交通图。”

“恐怕不容易吧，这东西一定保存在极严密处，”鲁大棒子说，“再说，开拓团司令部壁垒森严，听说从山脚下往上五十米就是一道卡。可是，有卡有路，从不见小鬼子的汽车上去，也不见有人来往，神秘兮兮的……”

“就是呀，”满金仓叹息说，“组织上先后三次派遣侦察员化装成猎手绕路上去，两人牺牲，一人受伤回来。听报告说，日本鬼子最后守卫的那道卡旁边也设有出入口，我们装扮猎手的侦察员是从石洞里钻出来的，也被鬼子发现……”

王春芹说：“这是个神秘的要塞呀。”

“满大哥，”鲁大棒子催促，“你有什么招儿快说，我来想办法。”

满金仓说：“要找到塞口，只有一点小缝隙就可以做文章。”

小棒子跃跃欲试说：“只要有一点就够了，想办法找到，然后扫平岗哨杀进去！”

“好，这股劲头好！”满金仓拍了一下小棒子的肩膀头说，“不能太粗鲁，先靠硬杀进去不行，有多少人也不扛牺牲呀。”

小棒子一皱眉说：“满伯伯，那，你说怎么办？”

满金仓说：“根据掌握的情况，天长山开拓团司令大泽小野是挂羊头卖狗肉。他招收拓荒种地的劳工，其实，把身强力壮的都送去修筑天长山要塞了，很多劳工丧命了，剩下些体质弱的又回来开荒种地……”

小棒子插话问：“满伯伯，对了，只要找到一个当年从入口处往里运送物资的人，不就解决问题了吗？”

“哎，”满金仓深深叹口气说，“那些人在要塞竣工时一个不漏地都给活埋了！”

鲁大棒子忍不住了：“这小鬼子实在是太残忍了，是一群杀人不眨眼的恶魔。”

“是啊——”满金仓说，“据掌握，共有两份秘密图纸，要是能拿到这份入塞口的秘密图，找到要塞在天长山的位置，人攻不上来，可以远处开炮呀，这也为解决下一个问题奠定了基础。”

王春芹问：“满大哥，这话怎么说？”

满金仓回答：“我们可以在入口处埋伏，抓舌头，捉俘虏，做工作策反让他们为我所用呀……”他说着又摇摇头说，“不行，日本鬼子是很难策反的。”

鲁大棒子问：“满大哥，你不是说有一点办法吗？”

“是啊，我是这么想，是不是一点办法，我说给你们听听，你们看怎么样？”满金仓说，“俗语不是说，不入虎穴焉得虎子吗，当然是只有进入敌人心脏才算有点希望。据掌握的情况，这两份秘密图纸都在大泽小野那里。”

王春芹说：“不是说了吗，开拓团司令部壁垒森严，这个虎穴难进，虎子也难得。”

“都别接话了，”鲁大棒子着急了，“满大哥，你快说说你的想法吧。”

“说是办法，也不一定是办法，”满金仓说，“我自己想法一露头，都觉得渺茫。那也说说吧，大泽小野的儿子大泽一郎是嘎丽娅的学生，小棒子不是说大泽一郎看上嘎丽娅了吗……”

小棒子急了："不行，我不同意！"

"哈哈哈，怎么，吃醋了？你听我说呀，"满金仓说，"当然，嘎丽娅不会跟大泽一郎好。大伯说话直了，孩子，我知道你也喜欢嘎丽娅，咱们和嘎丽娅娘俩亲是亲，好是好；但嘎丽娅对你也没表态。爱情这东西，是情也是结，这样，能把你们仨形成一个'结'，就都有互相接触的机会。满金仓接着说，"不过，大泽一郎又不是大泽小野，所以，我觉得我这点想法也很渺茫……"

鲁大棒子皱眉一松说："我明白满大哥说的那条缝了，大泽一郎毕竟是大泽小野的儿子，他看中了嘎丽娅，如何通过这个'结'靠近大泽小野，走一步看一步……特别是小棒子掺和进大泽一郎和嘎丽娅中间，既能保护嘎丽娅，又能让嘎丽娅接触上大泽一郎，从中去找机会……"

满金仓说："我心里很明白，站长被捕后，事情还没有完，警察署是在放长线钓大鱼，我发现他们在监视我。不过，他们都知道我和你是多年的主顾关系，到你这里来并没有被怀疑。但以后也要注意，我能少来就少来。这回，话算是基本说透了，我行动不方便，鲁大哥多尽力吧……"

他们正说着，忽听有人敲门，鲁大棒子爷俩和满金仓急忙高谈阔论说起生意，王春芹去开门，原来是嘎丽娅的母亲冯俊妮。王春芹一关门，冯俊妮就急火火地说："春芹妹子，不好了，我们得到学校的信儿，嘎丽娅让小日本大泽一郎用车拉到开拓团司令部去了。听说他们在课堂上受到袭击，受了伤……"

鲁大棒子等三人一听急忙迎出屋来细问，冯俊妮却什么也不知道了。王春芹忙说："俊妮嫂，快进屋商量个办法……"

第二章

天长山开拓团司令部位于当年大兴土木的地方的背面，为的是遮掩开荒种地这帮人的视线。地塞落成使用了，主塞口那边山地的灌木、蒿草又郁郁葱葱如初了，根本不见一点塞口的踪影，鬼知道那出入口在什么地方。而开拓团司令部大院的院舍规模越来越大，建筑物越来越多，就像日本国内的一个庄园。庄园内有浴池、医院、食堂、慰安妇大宿舍，还有专用的慰安房。有军营，还有大泽小野和两名副司令的特别宿舍，小武器库、瞭望塔、健身等设施。大门岗前的墙上竖挂着长长的大牌子，一边是中文的，一边是日文的：大日本关东军开拓团司令部。全天设武装岗哨，四周围墙上端是电铁丝网，渗散着浓郁的恐怖气味。旁边是从事开荒种地的劳工的集体宿舍封闭大院，与司令部大院有一墙之隔，有后门相通，日夜有岗。这里住舍简陋，但仅严防逃跑的，带响铃的铁丝网就设了三道。只要进了这里，就是进了插翅难飞的露天大牢笼。

大约距这里八里之外有一个小村落，街头上立着一块高高的村碑，村碑上刻着“隆良村”。大泽小野正在这里视察日本移民侵吞村屯。

大泽小野指着村碑问开拓团特派这里的现役日本兵队长田中隆吉：“田中隆吉——”

田中隆吉“嘿”一声，打个举手礼说：“大泽小野司令，请赐教！”

大泽小野抽出腰里闪着寒光的刺刀，点击着村碑问：“是我让你把这村子改成日本国的村名，可是，这个村名的‘隆’和‘良’凑在一起是什么含义，文理不通呀。”

“请司令明鉴——”田中隆吉仍未放下举手礼说，“这个村里

126户中国村民，38户日本移民，原来叫八家子村，”他放下举手礼，指指身右侧说，“这个村名就是根据地久山起的，我们的地塞虽然建在地久山里，却改叫‘天长山要塞’，按天皇的意思是我们的日本国要长期占据这里。这个村移来的38户日本国农民，21户是来自北海道的隆吉村，17户是来自东京郊区的良里村，我就取两个村头一个字，把这里改成了隆良村，意思是两个日本村的村民，要紧密团结，子子孙孙占领下去呀——”

“哈哈哈……”大泽小野收起刺刀，拍拍田中隆吉的肩膀，狂笑一阵说，“好，好啊，田中隆吉小队长，你不愧是大日本帝国天皇的优秀子孙。”

田中隆吉受宠若惊，笑笑说：“再过几年，十几年，甚至上百年，这里的中国人被我们同化了，这里统统是日本人的姓氏。再来移民盖房，我们也要按照开拓团大营的样式来建造日本式房屋，培养日本式村民，即使日本小伙子娶了中国姑娘也起日本名字。不管什么样的考古学家来考证，这里也是大日本帝国的领土呀……”

“哈哈哈……”大泽小野又是一阵狂笑，把刺刀插在地上，双手拳握着刀把顶头，扫视一眼黑黝黝且辽阔的土地说，“在我们大日本帝国，可是难寻一寸这样的好土地呀，真是寸土寸金呀……”然后把脸转向田中隆吉，瞧着他说，“我的田中隆吉小队长，平时我真没看出，你是大日本帝国的大战略家、实业家，现在是小队长的干活，将来，也可能用不了多久，你可不只是开拓团中队长、大队长的料呀……”

田中隆吉又一个举手礼：“谢司令夸奖！”

大泽小野的狂笑达到了极点，在这苍穹笼罩下的黑土地上，他仿佛看到了一个个日本建筑的村落星罗棋布，有着一个个日本名字的村碑，一面面融在白云黑土间的日本国旗。他定情冷静一下说：“我的田中隆吉小队长，你太令我兴奋了，我准备召开一个东北开拓团村屯分领者的小队长会议，请你在会上介绍一下成立隆良村的经验和想法，在‘满洲国’统统推广开……”

田中隆吉随着举手礼双腿立正并拢，油亮的皮鞋发出了响亮的碰撞声，猛力地“嗨”了一声。

“我的田中隆吉小队长——”大泽小野一副洋洋自得的神情，“现在，你可不要把这个小队长看成是‘小’了，做好这次介绍经验的讲演，不久的将来，你将成为引领日本人走出有火山有海啸岛屿的巨人、天皇亲自佩戴金勋章的大功臣之一……”

大概是两人过度兴奋和激动，谁也没有发现远处传来了鞭声。直到大泽小野话音落下，两人抬头望去，一辆马车飞驰般向右前方奔去。距那右侧二里多处有一座小山丘，山丘旁不知何年何月形成了一个偌大的凹坑，隐约可以看见那小山丘的土已使用了多半，半圆形露着鲜亮的山石和土。那赶车的是开拓团的中国劳工，押车的是扛枪的司令部大院里的日本兵。显然，马车是从劳工集中营里出来的，上面横竖叠压着十多具劳工的尸体，不，多半不是尸体，是还在苟延残喘、命已垂危的劳工。马车斜角行驶着越来越近，叫喊着要活命的声音重叠的传来，就像地震时被压在废墟里的人的惨淡的哭号和求救的呼喊……

马车倾斜着向小山丘驶去，那凄厉的哭喊声渐渐消逝在远去的鞭声、马蹄声里，伴着阴霾卷过的风声和路边枯草摇动……

田中隆吉望着远去的马车说：“大泽小野司令，已经入春，这一冬扔进万人坑里的劳工尸体开始腐烂发臭，还请您抓紧安排用铲车埋上厚厚的一层土，去年埋得浅了，碰上大风连我们村里都能飘来腥臭味。”

“知道——”大泽小野回答说，“我回去就安排，八嘎呀路，怪不得说中国人是东亚病夫，这几年，我估算着，差不多埋了五万多人了。”

“是，一个个抓来就骨瘦如柴，大男人都不过一百斤，不过，东亚病夫也好，”田中隆吉说，“不然，我们怎么好管制呀！还有一样好处，再过几年，这五万人的大坑就可以挖出五百万斤有机高效肥呀，用进我们的稻田就可以省一大笔费用。”

“哈哈哈……”大泽小野又是一阵狂笑，“我的田中隆吉小队长，你总是用一种战略眼光分析问题、看待问题，可谓大日本帝国难得的人才呀！你等着吧，一个叫什么的中国人说过，天生我材必有用，你就是必有用之人才呀……”

阴霾笼罩的天空下，空气显得特别稀薄。路旁的杨树枝头上刚发出嫩芽，一群路过的乌鸦纷纷落脚，它们像是要喘气喘不过来，憋得难受，气闷得猛蹬一下树枝，呼啦啦发着烦躁的叫声飞走了。

田野里分不清哪是日本人，哪是中国人。每一块稻田边上都有一个供奉稻神的木制小庙，香火缭绕中，人们都忙碌着，在稻田刨楂根、放水、育苗。

这时，一辆警车从绥芬河镇驶来，开向开拓团司令部，速度极快，引起了大泽小野的警觉。他急忙上了吉普车赶去。

大泽一郎惦念着嘎丽娅，没有再去寻找扔石头的人，他揣起枪返回教室时，几名同学已经扶起嘎丽娅准备去医院。一名叫阿廖沙的苏联男同学撕下自己上衣的一条布，缠裹住了嘎丽娅脖子上流血的伤口，右手掌捂摁着不让它出血，左手挥挥说："同学们，快，抬嘎丽娅去镇医院吧！"

"不，不行，"大泽一郎一边要去扶嘎丽娅一边说，"去我们开拓团司令部医院，那里医疗条件好。"

阿廖沙反对说："嘎丽娅姑娘也就是外伤，不用什么好的医疗条件，涂涂药不发炎就是了。"

嘎丽娅说："大泽一郎班长，阿廖沙说得对，我用不着去你们开拓团司令部医院，到镇医院上点药，包扎一下就行。"

大泽一郎说："去，等发炎了就来不及了，一定要去！"

阿廖沙反驳说："你就是班长，也管不着这个呀，你是嘎丽娅什么人？"

"什么人？你们不知道吧？"大泽一郎傲气地说，"我要娶嘎丽娅做夫人——"

嘎丽娅不高兴地说："大泽一郎班长，你怎么这么说话，我有男朋友了！"

阿廖沙抢先说："我是！"

大泽一郎掏出手枪对准阿廖沙就是一枪，阿廖沙猛一躲闪，躲过了胸膛，子弹从肩部穿过，他"哎呀"一声躺在了血泊里。大泽一郎用枪比划着众学生问："还有谁是？"

十多名男同学爆豆似的一个接着一个回答："我是！我是……"

大泽一郎又搂扳机时，嘎丽娅扑上去抱住他的胳膊说：“他们都是我们的同班同学，不要再开枪打他们了……”

“亲爱的嘎丽娅，只能我是你的男朋友，”大泽一郎拥抱下嘎丽娅，对两名警察说，“邱野、郎当，快帮忙——”嘎丽娅不想再有同学受伤，便未作反抗。

两名警察和大泽一郎一起把嘎丽娅抬进了警车里。

日本产吉普车油门轰响，马达转动，司机正要踩油门时，十多名中国、苏俄学生蜂拥而上，挡在了车前面，十多名中国老师也纷纷赶来阻止车前进，都吵嚷着不能把嘎丽娅带走。大泽一郎推开车门，掏出了手枪，正上课的别班学生、老师也都跑了过来，一致愤怒地指责大泽一郎。愤怒声响成一片，撼动校园，有二十多名学生撸胳膊挽袖，那架势要是大泽一郎再开枪，就上去把他撕碎。站在车前的邱野冲天开了一枪，郎当也应和着开了一枪，喊道：“都给我老实点儿！”大泽一郎似乎有了胆量，冲着呼喊得最厉害的学生举起了枪。嘎丽娅冲下警车，抱住大泽一郎端枪的胳膊，大声说：“大泽一郎，你不能这样——”

校长河东大作是日本人，曾是大泽小野的老师。平时就对大泽一郎过于蛮横、惹出不少是非而不满，但又惹不起他，担心搞僵了酿成大祸。他挤过人群，到了车前对众人说：“老师们，同学们，既然大泽一郎是好意，如果嘎丽娅姑娘同意，就商量着来吧。”

嘎丽娅明白河东大作话里的含义，担心这样闹下去会出大事，也知道大泽一郎的老子大泽小野更是个杀人不眨眼的东西。她平时和不少同学都对河东大作有几分敬意，把他看作是日本鬼子里的另类。她是华俄少女，也有半个中国人血统，对河东大作提倡学儒家文化很赞同，经常去向他求教。她感觉这个日本人对儒家文化还真有些研究，后来才知道，他是名研究日本文化的学者，自然从日文里的汉字联系到了中国文字、中国文化，逐渐深入到了孔学里去，很有造诣，因此心里对他的敬重占据着一定位置。此刻，听他对老师、同学们这么一说，那口气里也带着对自己的担忧和内疚，知道他考虑的是眼前大局。刹那间她又想到，要是去开拓团司令部医院将有不可预料的风险，但眼下要先应付过现在，其他的到时再说吧。嘎丽娅向围拢的人摆摆手说："老师们，同学们，河东大作校长说得对，大泽一郎是好意，我领了。你们放心吧，我是大泽一郎的老师，他会保证我安全的——"

顿时，黑压压一片的人群变得肃穆起来，老师和学生们都理解河东大作和嘎丽娅的心境，却都为嘎丽娅捏了一把汗……

"是的，"大泽一郎收起枪笑了，"嘎丽娅都同意，你们捣什么乱呀？"然后牵着嘎丽娅的手说，"嘎丽娅老师，上车吧。"

嘎丽娅一甩手说："我自己来。"说着哈腰进了警车。

吉普车启动了，屁股后喷出了一股浓浓的黑油烟，熏得车身后的老师和学生直后闪。他们有的狠狠地吐唾沫，有的在咒骂。慢慢散开着的人群看见阿廖沙去镇医院滴洒在路上的血迹，还心有余悸。一些日本学生，也都对大泽一郎横眉冷对，责怪连连……

大泽一郎坐在后排右座，嘎丽娅坐在左座上。车胎滚过砂石路上越冬后翻浆的几个小坑，车身随着颠荡着一晃一晃。嘎丽娅闭着眼睛紧靠车座后背，脖子上的伤口通过衫布条渗出了一汪血，那衫布条由浅红变成深红了。大泽一郎刚要伸手去捂，嘎丽娅尴尬地一笑说："我来吧。"没等大泽一郎把手伸过去，嘎丽娅已经用左手使劲摁压住了。

吉普车颠簸前进着，大泽一郎又献媚地把双手压到了嘎丽娅的手背上。嘎丽娅的伤口被压得有些痛疼，额头渗出了汗水，大泽一郎只好讪讪地把手抽开。平时在班级里，她早已看出大泽一郎的讨好，但她总是以老师的身份声严色厉地装看不见。大泽一郎脸皮再厚，也还是顾及些面子，好赖还是个班长。另外，嘎丽娅曾找过校长河东大作让他教育大泽一郎安分守纪，保持师生的距离。但是大泽一郎对美丽难寻的嘎丽娅无法忍耐，特别是他听人传说嘎丽娅美丽的外表和甜美的歌喉，会引来百灵鸟的嫉妒，每每想起，夜不能寐。梦中的情景终于在他尾随嘎丽娅时领教了。不知是幻觉，还是魔怔，迎春花盛开和百灵鸟成群飞来的场景似乎曾在昏睡中出现，又似乎是真实的场景。他痴迷了，狂热了，恨不能在野外占有嘎丽娅，恨不能把她强抢到开拓团司令部营房的宿舍内……一股忘乎所以的神智让他在教室里开了枪。

吉普车颠簸前进着，大泽一郎又强行将双手叠压在嘎丽娅的手上，又说了些什么，但嘎丽娅全没有入耳。今天她并没有对大泽一郎的殷勤表现出往日的反感和躲闪，她身心和大脑完全进入了另一个世界。

嘎丽娅知道，父亲撒夫林克并不像街坊邻居传说的那样，抛弃母亲回苏联做生意，赚了大钱又另找了老婆，那是母亲放的烟雾弹。父亲参加了苏联红军，而且是一名大校军官。母亲的格瓦斯厂就是父亲建立的一个红色联络站。当然，父亲不常来，常有商人和母亲接头，十分神秘。她多次问母亲有什么秘密，母亲只是笑笑说："你还小，不懂，等长大了，懂事了，母亲不但会告诉你，还让你参加。"都读初中了，怎么还小呢？她觉得母亲拿自己当外人，看不起自己，委屈地哭了。母亲只是哄她，还是不说。有天夜里，父亲回来了。她佯装睡着偷听父亲母亲说悄悄话才知道：父亲建立的这个联络站是帮着中国打日本鬼子的。她虽然在有日本孩子的幼儿园里长大，但从小就恨透那些日本孩子的父亲母亲接送孩子时耀武扬威欺负中国人，大概因为母亲是中国人，不，即使母亲不是中国人，他们也太可恶了。她恨着日本鬼子，从读书起直至当了华语学校的老师。她还知道，鲁大棒子叔叔和王春芹阿姨那个香肠厂是抗日联军的一个秘密联络站，他们经常和母亲在一起商议一些事情，可以猜出，那个也把自己看成是小孩子的满金仓伯伯大概就是他们的头头。她隐约知道，满金仓伯伯、鲁大棒子夫妇，还有母亲犯愁一件事情，就是如何能潜伏进开拓团司令部，去获得一份天长山地下要塞的入口位置图和秘密交通图。她还听说过，这两张图都在大泽小野手里。

吉普车猛然一颠，嘎丽娅回忆的思绪加快集中到了一点：倘若真的嫁给了大泽一郎，可能会有得到这两份图纸的机会。可是，可是自己……那简直不可想象了。

她明白，要是和大泽一郎过于别着劲儿来，肯定不会有好结果，甚至不少人要受牵连，包括自己的母亲。有多少眼见的事实，这日本鬼子杀人是不眨眼的，大泽一郎开枪打阿廖沙的时候，眨眼了吗？

她紧闭着眼，在错综复杂的矛盾中思考着，尽量使自己平静一些，自然一些，不要再表现出仇视与反感。

“嘎丽娅老师，不——”大泽一郎终于忍不住开了口，又改口说，“不，以后，我就不叫你老师了，按中国人谈恋爱的习惯叫你——”

嘎丽娅坐直了身板：“叫什么?”

大泽一郎紧盯着嘎丽娅回答：“叫你亲爱的呀!”他说完色眯眯地望着嘎丽娅又补充一句，“在我们日本也这么称呼喜欢的女性朋友。”

嘎丽娅坦然地推开大泽一郎的手问：“大泽一郎，说句老实话，就是不到你们开拓团司令部医院来，在绥芬河镇医院就完全可以治好我的伤。你强硬要拉我来，是不是包扎好伤口就该让我回去?”

“不对，不对，”大泽一郎摇着头，按住嘎丽娅的右手说，“我是要娶你为太太呀。”

“你怎么能娶我呢，”嘎丽娅故意挑个理由，“你是大日本帝国军官的儿子，听说还是独生子。我母亲是个开小作坊的，我们又是孤儿寡母。中国人的俗语讲，门不当，户不对呀——”

“不讲这个，”大泽一郎拍拍胸脯说，“亲爱的嘎丽娅，你简直太漂亮了，世上的迎春花、百灵鸟都为你的漂亮感动。美，太美了，我在大日本帝国长大，从来没见到过像你这么漂亮的姑娘……”

这名日本司机在华语学校时就瞧着嘎丽娅发呆了，嘎丽娅上车后他仍不时贼眉鼠眼地回头扫嘎丽娅一眼，这一扫，车子一晃，车轮滑到了路边。

“八嘎呀路！好好开车！”大泽一郎大骂司机一声，又立刻转换成笑容，“亲爱的嘎丽娅，我真的要娶你，不会很久，你应该明白，东北这片土地，甚至全中国都变成大日本帝国说了算的时候，我就到哈尔滨、北平，或者大上海，买上一幢小洋楼，让你过上中国贵妃那样的生活……”

司机猛然停住车，倒转身来，掏出手枪对准大泽一郎就是一枪。大泽一郎“哎呀”一声躺下时，车子晃了一下。司机推开车门跳下了车，猛然拽开了嘎丽娅的座旁的车门，两眼发光地瞧着嘎丽娅，他此时觉得，这么漂亮的姑娘，占有后就是死也值得了。

大泽一郎被这突然的枪袭弄懵了，从冲胸口飞来的子弹看，这司机是想要自己的命，他胸部鲜血直流，疼痛难忍，但断定没有打中心脏，如起身反击，当然不是司机的对手了，甚至是找死，于是装死地趴在车座上不动，听听司机想干什么。

嘎丽娅惊异了："你，你要干什么？"

司机使劲往外拽着嘎丽娅说："嘎丽娅，你确实太漂亮了，我终日给他们开车，白天加黑夜，哪里也不让去。他们从朝鲜带来的几十名慰安妇，光供大小官员使用，我这样的根本摸不到边，我已经五年多没沾到过女人的边了……"

"你——"嘎丽娅嘶喊着，把着车门不肯下，"你不要无理。"

司机喘着粗气把嘎丽娅硬拽下了车说："我知道，我已经打死了大泽一郎，已经是死路一条。我只要占有了你，死也足够了。"他说着，额上青筋暴跳，把嘎丽娅摁倒在地，去解她的腰带……

大泽一郎听着，悄悄抬起头，透过半掩的车门，清楚看见嘎丽娅挣扎着咬住了司机的手腕。他忍着疼痛掏出手枪，对准司机的脑袋"砰"就是一枪，子弹向司机脑侧飞穿了过去。司机用另一只手去掏手枪，嘎丽娅又死死咬住了他另一只手腕。大泽一郎借机又是一枪，司机倒下了，但仍挣扎爬起来去捡手枪。大泽一郎流血不止，已经浑身无力，喊道："嘎丽娅，快来——"

嘎丽娅急忙爬起来跑过去，从大泽一郎手里接过枪，绕车跑了两步，双手端着手枪，对准司机的脑袋就是一枪，司机立即挺尸了。

嘎丽娅收起枪，大泽一郎猫在车厢里偷偷看得仔细，边喊着："打得好，打得好。"疼痛使他欲起身不能，嘎丽娅咬咬牙心里骂："我要是打死你更好。"这时，身后传来吉普车颠簸声，她知道是警察或关东军听到枪声赶来了。要是一枪打死大泽一郎很容易，等关东军来了，怎么也说不清楚，自己定会丧命。于是，嘎丽娅收起枪，急忙走到吉普车跟前，扶着大泽一郎坐在地上，撕下自己衣服上的一块布条，使劲在他的肩头缠起来。

“谢……谢……”大泽一郎是感动、惊吓，也是疼痛所致，结结巴巴地说，“亲爱……的嘎丽娅……太感谢……你了……是你救了我。”

嘎丽娅没有回应，只是使劲地缠着，使劲系着结扣。

“畜牲，司机是个畜牲，八嘎呀路，”大泽一郎见吉普车来，心里踏实了，口齿也清楚了，也不结巴了，“前天就是司机这混蛋跑到万人坑奸女尸，淫棍，简直是混账透顶，该死，该死！”

嘎丽娅一声不吭，使劲勒了一下布条，大泽一郎疼得“哎呀”一声，又闭眼又咧嘴。嘎丽娅忙说：“要是不勒紧还会渗血的。”心想：“司机是淫棍，你们日本军施行‘三光政策’，烧杀抢掠，强奸妇女，哪个不是淫棍？你们和司机是一路货色，一样的侵略者，一样的淫棍！”她想到这里，又是使劲一勒，大泽一郎又是“哎呀”一声，嘎丽娅咬着牙心想，我只能这样为那些被折磨死的女同胞报仇了。又是使劲一勒，大泽一郎惨烈地“哎呀”一声。嘎丽娅打上结说：“好，不渗了，不勒了。”

“好，勒得好，我疼得幸福，也感动，”大泽一郎余疼未散说，“嘎丽娅，亲爱的，我可是真心喜欢你呀……”

他声音刚落，吉普车冒着黑烟驶到了跟前。

大泽小野见警车是朝司令部驶去的，立刻辞别隆良村田中隆吉抄一条斜边路奔警车而来。他听到连连枪声，便向车窗外探头直催促司机快快快，要到跟前时又听得一声声“哎呀”，有些毛了，车没停稳就推门跳下车，趔趄了一下，险些吃了一嘴泥。他冲到大泽一郎跟前问：“儿子，怎么回事？”

嘎丽娅这才知道，他就是关东军开拓团司令大泽小野。

“父亲，感谢嘎丽娅姑娘，”大泽一郎站起身说，“上车说吧。”

鲁大棒子家里，为如何探望和搭救嘎丽娅争执不停。小棒子窝着脾气死活要去，鲁大棒子和王春芹说不妥，他就噘起了嘴，还是满金仓发了火，严正说明：这不单是想法营救亲友或你想要娶的姑娘，作为每一名抗联战士和地下工作者都要服从命令！小棒子算是不吱声了。最后决定：鲁大棒子和冯俊妮赶着马车去，像往常送货一样，车上装上面包、香肠、格瓦斯。然后，直接找大泽小野、大泽一郎，单独再带上一包香肠和面包，提出是来探视嘎丽娅的伤情。不要暴露不满情绪，以感谢为主，见机行事。要把大泽小野和大泽一郎的目的搞准，借机安慰嘎丽娅，让她沉住气，尽量斗智，别有闪失。鲁大棒子和冯俊妮表示明白，并坚决照办。小棒子急了："那，出了这么大的事情，又是我惹的祸，我就在家里闲等着吃干饭呀?"满金仓说："别着急，你也跟着去，但是，一定要少说话，遇事要冷静，千万不能盲目行事。"小棒子说了声"没问题"。满金仓对冯俊妮说："冯俊妮同志，组织上知道你辛辛苦苦挣的钱不仅都搭进了抗战事业，还开始往里填钱，面包作坊快要开不下去了。组织上了解你的难处，最近就准备给你点帮助，组织上倒是掌握了一部分面粉，怕给了你太惹眼，弄出麻烦来。"冯俊妮说："满大哥，明白，不用，我这还有点首饰呢，当了也可以维持一阵子……"然后对小棒子说："孩子，不要往心里去，你不是有意伤害我女儿，不过，你这鲁莽劲儿可真得改一改，不然真的会惹大祸的!"

小棒子点了点头，望了望冯俊妮，又低下了头，大概是多种原因，小棒子听冯俊妮的话比听鲁大棒子和王春芹的话还顺茬儿。

"孩子，"冯俊妮说，"我知道你喜欢我姑娘，我姑娘没表态。但姑娘和我多次唠过你，她心里很有你，说你这样的男人才是像样的男人，是能为女人遮风挡雨的一棵大树。她又觉得你有点太鲁莽，还说，鲁莽里再有智慧就好了。从另一个角度说，冯姨还真喜欢你这个鲁莽劲儿，这不单单是鲁莽，这里有勇敢，有刚劲儿，像男子汉呀——"

鲁大棒子说："我家小棒子常常站在门口隔河瞧着嘎丽娅上班、下班呢。"

"好啊，这是心里互相都有对方，爱情的种子正在萌发。"满金仓接过话笑笑说，"我是喜欢小棒子，你看咱抗联队伍里那几个谨慎的人，不管是警务厅，还是宪兵队，一抓去就叛变了，我们小棒子绝不是那种人!"

小棒子一捶胸说："那当然是了!"

"孩子，话再说回来，"冯俊妮说，"冯姨确实喜欢你，这脾气改善点儿，你和我姑娘的事儿我虽然不全说了算，等平安了，我可以吹吹风呀。”

小棒子咧嘴笑了：“听冯姨的。”

鲁大棒子和王春芹都笑了。你一句我一句催促说，“好，那咱们就分头行动吧。”

满金仓说：“我发现近几天，警察署的特务对我盯得紧了，看来，他们早晚要抓我，可能觉得还不是时候，我以后可能要少来了。”

鲁大棒子和冯俊妮都点了点头。

第三章

天长山开拓团司令部，是日本关东军直属师，有不足一个师的兵力。这个大院是个驻六百多人的大兵营。它既负责指导来东北开荒种地的日本人管辖治理当地农民，又负责对天长山要塞的秘密开发及使用，是关东军的一支嫡系部队。大泽小野特别受日本关东军总司令的青睐。这里的医院只有一间高档病房，只给大泽小野、大泽一郎还有个叫洼岛诚郎的副司令病时用。

大泽一郎和嘎丽娅坐上大泽小野的车进了天长山开拓团司令部，直奔向医院。日本医生要先给大泽一郎洗伤敷药，大泽一郎让先给嘎丽娅诊治。大泽小野看出儿子真喜欢上了这个姑娘，他仔细端详眼前这姑娘，确实美貌不凡，目光情不自禁地停在嘎丽娅脸上，闪着贼光。大泽一郎觉得奇怪，放大声音说："父亲，能不能在这里再放张床，让我和嘎丽娅同室吧？"他知道，月初时，司令部听调遣去山里围剿一支抗联小分队，那几间大病房的床不仅让伤病员全占上了，还都打了地铺。

大泽小野回答："可以，我立即派人安排。"

"不行，"嘎丽娅歪着脖子接受医生治疗，抬头说，"男女一室，太不方便。"

"嘿嘿，"大泽一郎笑着说，"亲爱的，你救了我，在我心里更有分量，更让我喜爱了，早晚是我的太太了，还在乎这些小细节吗，再说，我们日本人都男女同浴呢！"

"日本是日本，我是华俄人，中国、俄罗斯都没这习惯，"嘎丽娅说，"再说，我现在还不是你的太太，哪能住一个寝室呢！"她按着医生吩咐的大歪了一下脖子，知道不行，还是试探着说："大泽一郎，真如你说的，这里的医疗条件确实比镇上好，医生给我清洗好伤口，敷了药，麻烦你用车把我送回去吧。”

医生看出了大泽一郎的用心，先接话说：“嘎丽娅姑娘，不行啊，伤口大，感染面大，还要打瓶消炎针的，只有大日本帝国有官衔的人受了伤才有这待遇。”

“嘎丽娅姑娘，医生说得对，”大泽小野对嘎丽娅说完，接着又对大泽一郎说，“我们日本军人是最讲礼仪的，嘎丽娅姑娘说得对，你们还没有结成夫妻，就要尊重人家的礼仪，我来安排吧。”他说完招来勤务兵，嘱咐一番，就让勤务兵带她走了。另外，他有话要单独和大泽一郎说。

勤务兵带领嘎丽娅走后，大泽小野等医生给大泽一郎擦伤、敷药，包扎好后，便把他带到单间病房里，说：“大泽一郎，我这关东军直属团军营里除了38名朝鲜慰安妇和一名中国厨师外，嘎丽娅是新进营房的第一个外人。”

“父亲，”大泽一郎有点不耐烦，“嘎丽娅很快就是我的太太了，还算什么外人吗？”

大泽小野拧起眉头问：“你确定这个花姑娘真的爱你？”

大泽一郎有些理直气壮：“当然了，这已经不容置疑，父亲，在车上我不是细细和你说了吗，她要是不想嫁我，像那些中国人仇视我们日本人，还会打死那个淫棍司机救我吗？父亲，不要疑神疑鬼了。”

大泽小野神情高度集中：“你敢保证这个姑娘不是抗联？不是共产党？这姑娘确实漂亮，不知道是中国人，还是俄国人。你敢保证她不是苏联红军的地下联络员？”

“父亲——”大泽一郎坐在床上猛然站起来说，“别神经质了，嘎丽娅是我的老师，她母亲就是供我们面包和格瓦斯的老板娘。她那个俄罗斯父亲跑生意被人图财害命杀掉了。绥芬河镇警察署的特务那么精明，要是有问题不早就露马脚了……”

“不对，”大泽小野说，“孩子，你还年轻，正是说这个花姑娘父亲死了，才更让我怀疑她是不是苏联红军的联络员……”

大泽一郎有些不高兴了：“父亲，嘎丽娅在华语学校当老师时你不怀疑，偏偏我要娶她做太太了你才怀疑？”

“可以说——”大泽小野说，“也不瞒你，她在我们办的学校里当老师，我也怀疑过，了解过，确如你所说，她母亲是给我们送面包和格瓦斯的那个女老板。没发现疑点和问题，不等于没问题。当前苏维埃领导的苏联红军和中国共产党领导的东北抗日联军，正合起伙来对抗我们关东军，这嘎丽娅要真是苏联红军的地下联络员，插进我这心脏里，那就太可怕了。”

大泽一郎不服气：“父亲，你这种日本军人的高度警惕感我是佩服的，值得我学习，可是不能太过敏感。人家嘎丽娅不愿意来，是我硬拽来的，她要是特务，还不借梯上高呀，父亲别多虑了。”

“不，”大泽小野口气变得柔和了，“这正是敌人狡猾的一面。”他靠床跨前一步，又变得严肃，不，是严厉起来：“大泽一郎，你是我的儿子，可，也是关东军直属团的副官，是我的部下。要不是我修筑天长山地塞有功，防守监管严密，绝对得不到这一官职。我为大日本国开荒占地已经遍布了东北，说是关东军直属师，它位置的重要性比一个师，甚至几个师都重要。总司令说了，不久的将来，我的军衔、职位将会得到更高的晋升……”

大泽一郎长这么大，从来没见他的老子这么严肃，这么动情，又这么自豪，有些愣了，都忘了伤痛地站立着，他也在为此暗暗骄傲。

“你是我的儿子，又是军人，大日本国军人的天职，就是毫不犹豫地服从命令。”大泽小野又用重口气重复了这句话，然后变得郑重起来，“天皇曾对我有特令——”

大泽一郎右脚立刻向左脚并拢，呈立正姿势行了个军礼：“大泽一郎听令！”

大泽小野说：“即使亲儿子违令，也要格处勿论！”

大泽一郎举着手礼不放：“大泽小野司令，部下明白！”

大泽小野仍然很严肃：“从事故现场回来的路上，听了你说的那些，我才答应让这姑娘进院的，我已经是很体谅你，够宽容了。还必须进行严密的调查和考验，才能确认嘎丽娅和她母亲是不是良民。”

大泽一郎说：“服从司令安排，尽管调查和考验。”

“当然了，”大泽小野大吸口气，显示他自以为是个军事策略家的情怀，“过两天之后，我才能略加放心。当然，你对这个姑娘要像往常一样，不要失去了热情。”

大泽一郎回答：“明白。”

大泽小野说：“那就听我安排……”

……

北方的初春，太阳一落山，天就黑得特别快，开拓团营房在蒙蒙夜色里随着发动机轰鸣，亮起了一盏盏闪闪的灯。

大泽小野走出病房门口，门卫兵小步跑过来报告说：“报告司令，绥芬河镇面包坊冯老板和香肠坊鲁老板赶一辆马车来送货，冯老板说，她的女儿嘎丽娅让大泽一郎副司令接来治伤，要顺便探望一下。要是嘎丽娅姑娘伤口处理完了，她就想放下货将女儿带走。”

大泽小野毫不含糊地说：“让他们卸货，冯老板留下进营房，鲁老板可以赶车回去！”

“父亲——”大泽一郎在病房听得很清楚，大步跨出来不解地问，“这是什么意思？”

大泽小野狡黠地“哼”了一声说：“如果这娘俩或其中一个是抗联，或是苏联红军密探，我今晚有一招让她们暴露马脚，就地擒住。如果狡猾狡猾的，明天一早就把她娘俩放回去，然后让警察署特务侦探……如果放心了，你就可以娶这姑娘为太太了……”

大泽一郎回答：“听父亲的。”他嘴上说着，眼睛却直往大泽小野让勤务兵安排嘎丽娅住宿的地方盯着，望着望着就揉起了眼睛，一闭一睁，突然用手指着说：“父亲，你看，慰安妇宿舍最里那扇窗下迎春花开得多艳，百灵鸟叫得多好听。”

大泽小野望去，只见窗户挡着严严的花布窗帘，花布上确实有樱花开满枝头，枝头上有小鸟仰脖啼叫。这窗帘白天晚上都挡着，不然，这些军营里当兵的有一个算一个，走近窗口时就要探头往里东张西望。他挥一下手说：“儿子，不是迎春花，是日本的樱花，也不是百灵鸟，是富士山上常有的小鸟。”

大泽一郎又揉揉眼睛争辩说：“父亲，你好好看呀，是的。”

“快进病房去吧，一会儿厨师就给你送饭来。”大泽小野转身就走。

大泽一郎追上一步："父亲，让嘎丽娅过来和我一起吃吧？"

"不行！"大泽小野心里明白，大泽一郎是对嘎丽娅着迷了。他想起来了，那还是去年，大泽一郎就说过，他的老师嘎丽娅是一个漂亮过人的华俄姑娘，不仅动人，还能感动美丽的迎春花，唱歌还能感动嘴最巧的百灵鸟……

大泽小野态度很坚决地拒绝了一句，迈开大步去他的宿舍兼办公室了。

大泽小野让勤务兵把嘎丽娅安排在靠营房最里面的一个五间大铺房，在墙头用布帘隔出了一个小房间。勤务兵领嘎丽娅走过去时，路过的几名日本兵凑了上来，围前围后色眯眯地望着。一进屋，又有十多名慰安妇拥过来，叽叽喳喳，从整个气氛里听不出是欢迎，是伤感，还是同情。听那发音像是朝鲜人，穿的却全是日本碎花和服，嘴唇红得像猪血，脸上厚厚的粉像是要掉渣，即使这样，也能看出她们脸上都有被咬了而粉也盖不住的牙印。有的人去牵嘎丽娅的手，被拒绝，有的去牵她的衣角，也被推开，顿时，一个个酸脸子出来了，俏皮话也一句接一句，什么"这回，又来了给姐妹们分担苦难的了"，什么"真漂亮呀，说不定有了这漂亮的，日本兵就不虐待我们了"，什么"还住单间，那肯定是专供当官的用的了"，什么"牛什么牛，几天就让日本兵虐待趴窝了"……

嘎丽娅只是板着脸往里走，想哭，想跑，都身不由己了，只好愤怒地大喊："走，走，都给我走开，走开……"她心里明白，这些慰安妇把自己当成慰安妇了。她的愤怒渐渐又变成了同情。她曾经听说过，日本关东军进驻东北以后，烧杀抢掳时常因强奸妇女，引起民众仇恨。他们或主动参加抗联要报仇，或冒死单身持刀、拿棒见日本兵就砍就打，或几人、几十人组织成小分队寻机报仇。于是，日本人就以朝鲜为主强征慰安妇，谁阻拦就当场击毙谁。据说，有的是从新婚洞房被褥里拖出来的，有的还是未成年的黄花姑娘……日本鬼子这么干，不知导致了多少人妻离子散，家败人亡，多少人对日本侵略者恨之入骨。据说有十多个被抢走了妻子的丈夫组织起来，在一条街口堵住了一个日本鬼子，几个人摁住硬是轮班用牙咬光了日本兵身上的肉，疼得那鬼子兵直叫唤到死。可以这样说，强征慰安妇这一罪孽，已经让朝鲜人民对日本鬼子忍无可忍了……

嘎丽娅一闪念想起这些又不觉得那么厌恶她们了，这种受性暴虐的生活已经让她们痛苦不堪、玩世不恭了，甚至麻木而不知所以了……

营务兵带着冯俊妮过来了，母女相见，分外激动。在营务兵的带领下，她们掀开布帘门进了小单间，发现休息的地方只不过是两对面铺的大炕挂上了一张能遮掩内外的深绿色大帆布。一看就知道这是野外露宿时用的帐篷，靠里窗的炕头上已经铺放好了行李，是没用过的军用品，很干净。冯俊妮有心事，不吱声，娘俩都在揪心。嘎丽娅想外面那些慰安妇叽叽喳喳应该是还在猜测自己是住单间的高级慰安妇，还在东一榔头西一棒子猜测自己怎么受的伤。事到如今，她竟不知道还会发生什么，自己又该怎样应对。

夜幕已经全降落了，屋里屋外的灯光显得更明亮了。

嘎丽娅心想："我就只能水来挡水，风来挡风，斗智斗勇了，就是自杀死去也决不能让日本鬼子玷污我的身体。"

突然，门口传来一阵急促的哨声，随即就听得一日本兵在门口大嚷："快，快，集合了……"

伴着哨声，布帘那边一阵噼里啪啦的脚步声向门外响去。

嘎丽娅掀开樱花布从缝里往外一瞧，慰安妇们已经都着一色樱花布和服站成了一排，手持电棍的日本兵大喊一声："从左往右报数!"

列队的慰安妇数到"37"戛然而止。日本兵满脸杀气地问："少你们班长金玉姬呀，人呢?"

站在排头的替班长朴巧巧回答："在宿舍呢。"

日本兵走进了宿舍，皮靴踩得地板踏踏响，怒斥道："金玉姬，你怎么回事儿?"

金玉姬脸色蜡黄，蜷曲着身子蹲在墙旮旯回答："皇军，我感冒发烧，又来月经了。"

"来月经算个屁，有来月经的又不是没伺候过皇军，"日本兵一步跨上炕去，“来，我试试有没有力气叫床……”他说着摁了电钮，用电棍桶了金玉姬屁股一下，金玉姬被电流触得“哎呀”惨叫一声，日本兵哈哈大笑说：“你的屁股非常性感，叫声也蛮大的，你去吧，要是没人用你，你就回来……”说着又要动电棍，金玉姬急忙捂着肚子下了炕。

嘎丽娅实在忍不住心酸和揪心，掀开门帘说：“你不能这样！”

“噢，哈哈哈……”日本兵往前凑一步，奸笑说：“好漂亮的娘们儿，我是专管慰安妇的小队长，等司令、副司令用完了，你就是我的，来，先让我亲一口……”

这日本兵没有察觉，左肩缠着绷带的大泽一郎大步跨上来，左右开弓就是两个耳光：“八嘎呀路，这是我的未来的太太，明白？”

“明白，明白，”日本兵“嗨”了一声立下站好，“部下不知，赔罪赔罪，还请司令多多包涵。”

大泽一郎怒气冲冲，一指门吼到：“滚！”

日本兵乖乖跑走了。

大泽一郎立即变成笑脸：“亲爱的，你母亲来看了，你们母女说话吧，我走了。”冯俊妮应酬地寒暄一句。

大泽一郎一出门，嘎丽娅一下子扑进冯俊妮怀里哭了起来。冯俊妮急忙推开她，捂住她的嘴说：“好孩子，不哭，要挺住，你父亲捎信来了。日本鬼子在这里没几天作头了，你满金仓伯伯交代的任务，你父亲捎来的信里也说了，在这里正好有机会完成任务。”

嘎丽娅擦擦眼泪点点头，不知是这个居住的环境让她难受，还是见了母亲的缘故，委屈不知从何说起好。冯俊妮这么一说，让她心底更有了勇气。她让母亲坐下，并讲了和大泽一郎乘车一路来的故事。冯俊妮很吃惊，直夸她平时好滴眼泪，到关键时又有智又有勇。嘎丽娅笑了。这时，从窗外扩音器喇叭里传来了日本歌曲。

嘎丽娅掀开窗帘，露出一条缝，母女俩头紧挨着一起往外瞧去。只见对面一栋房彩色轮廓灯闪闪发亮，营房里的日本兵争抢着跑去，光膀子的，拎着衣服的，赤脚的，往后一个挨一个排成长串。那个挨了大泽一郎耳光的小林照兴站在房门口一吹哨，30 多个排在前面的首先推门冲了进去。随着一声惨叫，接二连三地传来混杂成一片的苦叫、哭喊声。冯俊妮紧闭上眼睛深深地吸了口气，嘎丽娅的心像被这哭喊声揪掉一样……

这是一种世界上绝无仅有的声音，是只有在众多日本鬼子同时压榨下的妇女发出的悲苦的呼号。

冯俊妮坐在炕沿上越不想听到这声音，那声音却更惨烈地从窗缝里钻进来，她双手捂住耳朵，还是能听到。嘎丽娅依偎进了她的怀里，她愤愤地说："这日本鬼子何止是领土侵略、物产掠夺，还有比这更残忍的性侵略……"

……

大泽小野进了办公室刚坐下，一个手里还拿着厨师围裙的人就奴颜婢膝地走了进来："皇军，有什么吩咐？"

这人就是满金仓对鲁大棒子、小棒子说过的潜进关东军司令部的地下联络员刘老五，但他已经叛变。鲁大棒子、小棒子，包括冯俊妮都没见过这个人，只有满金仓见过。刘老五曾完成过一次重要任务，那次任务消灭了开拓团的一个排。其实，那个和他一起完成任务牺牲了的任大军，才是地下党的铮铮硬汉。后来狡猾的大泽小野偷梁换柱，弄了不少假象，把刘老五收买了。刘老五伪装成潜伏进司令部的共产党地下联络员。那时，任大军是组长，满金仓是副组长，因刘老五叛变，六名地下党员被逮捕杀害，负责侦察天长山地塞情况的抗联一个排全部牺牲。按着刘老五叛变提供的情况，也可以同时缉捕满金仓。但满金仓刚接到上级指示，要组建一个新的联络站，目的是获取天长山地塞的重要资料，这一信息大泽小野已经得知。大泽小野为了捕获更多的地下党员，并未即刻逮捕满金仓，而是锁定满金仓。跟踪秘查的任务交给了绥芬河警察署。刘老五叛变后，满金仓似乎无所事事，在厮守他的杂货铺。常去杂货铺的买客也被跟踪过，都是他的左邻右舍，并无可疑之处。他倒是偶尔去冯俊妮的面包坊，也去鲁大棒子的香肠坊，都是去批发进货回来零售，也没被发现什么蛛丝马迹。但警察署对满金仓的监控一直没有撤销。大泽小野比较相信刘老五了，平时对他很好。按着他叛变交代的，地下党员倘若遇到特殊情况失去联络，在保证安全的情况下，可在老桦树下等三个秘密安放处放上情报内容。于是，大泽小野故意让刘老五由日本兵押车去镇上给食堂买菜的机会放上假情报。结果，秘密监控多天，都无人去接头。

说来狡猾的大泽小野让警察署布下的要将满金仓和地下党一网打尽的圈套是很严密的。特别是那天满金仓正在一个刘老五知道的密点等待任务，被警察署的人发现，却没被捕。这足以让人相信，刘老五是被当作普通劳工抓进开拓团司令部并当上了厨师。但是，大泽小野万万没有想到，地下党组织还有一支抗联武工队，每天夜里都会去埋葬开拓团劳工的万人坑那里搭救伤残人员。从几名被拯救的劳工那里，都没有打听到他们的炊事班有个叫刘老五的。抗联党组织知道这一情况后，指示满金仓务必不要和刘老五接头，只保持和已有关系联络。待上级再有人来接替他时，便施个金蝉脱壳计，远远离开绥芬河镇。

嘎丽娅和冯俊妮的到来，让大泽小野和警察署的特务组织本已经放松了的对她们的监控，又紧张了起来。大泽小野秘密调来了邱野和郎当两名警察特务，并对他们做了详细交代。

此时，刘老五来到大泽小野办公室，还不知道发生了什么事。大泽小野笑笑说："我的好朋友，请坐。"

刘老五奴颜满面地一鞠躬问："皇军，什么吩咐？"他见大泽小野这一笑不同往日，有几分害怕，便说："不坐，不坐，站习惯了。"

这时，邱野和郎当也进来了。虽说穿着便衣，刘老五一下子就认出来了：一个是穿对襟布褂，身材魁梧的邱野；一个是戴顶毡帽，说话时眼睛就眯得没缝儿的郎当。

刘老五一见他俩就不寒而栗。当时，就是他俩在刑讯室里拷问自己的。老虎凳，辣椒水，烧红了的烙铁、钳子等，至今让他一闭眼回想起来还心颤腿软。给他施的第一招还不是这些，而是叫"放火烧山"的，即在头发上泼上厚厚的豆油，豆油比汽油燃点低，燃着后还有短暂招供的机会。如果不招，继续泼洒，一直烧下去，直到头发烧光，连眉毛都燎净，头皮和面部都烤出一层糊焦色。但是这两人都说这是最轻的，不招继续使用别的刑具……两个警察特务刚给刘老五头上泼上豆油点着，他便招了。

大泽小野笑笑说："没什么事儿，就是请你这两位老朋友来和你聊聊。"他说完走了出去，在外面监听着三人的谈话。

"自从那次共饮，一别好久不见。"邱野先开了口，"听大泽小野司令讲，你在这里干得不错，皇军很满意。我们哥俩受了嘉奖，还是多亏你帮忙呀……"其实，这俩人对这帮日本鬼子也是不得不听命而已。

"哪里，哪里，"刘老五猜他们又要搞什么名堂，断定不是什么好事儿，怯生生地说，"还多亏两位长官关照。"

邱野开始进入正题："喂，刘大厨师，你仔细想一想，你和满金仓共事的过程中，他和谁还有可怀疑的接触？"

刘老五知道，在他们面前，即使说对了，他们也当错的领会；有时说错了，却会当真的听，让人揣摸不透，又不能让他们看出半点虚假，否则，脖子上这个脑袋搬家就是一朝一夕的事情。叛变后，王老五也后悔，他梦里不止一次惊醒，因他出卖而牺牲了的一个排的抗联战士变成了鬼影儿，哈哈大笑着一起来掐他的脖子。他也知道，大泽小野既相信他，又怀疑他。他曾想过逃跑，实在是插翅难逃。

刘老五只好如实说："没有发现那种情况。"

邱野单刀直入："他和那个冯俊妮怎么样？"

"没发现诡秘和特殊的地方，"刘老五回答说，"冯俊妮开面包坊，满金仓开杂货店，满金仓去冯俊妮家进货……"他不敢瞒着邱野说有诡秘的地方。如果那样说，他们会把冯俊妮抓来审问，要是审不出个什么来，又要骂他是饭桶，谎报军情，他滋味也不好受。他确实也没看出冯俊妮和满金仓有什么不正常接触的地方，从内心里觉得也不会。

邱野立起了横眉："敢这么肯定吗？不会是给自己留条后路吧？"

刘老五听着，内心忐忑，话中最后一个"吗"和"吧"字里藏着令他十分害怕的狰狞。

他只好果断说出理由："满金仓每次去上货时，常让我和他同去。我问何必，他说寡妇门前是非多。"

大泽小野在门口监听了一会儿，未发现有可疑之处，便又推门走了进去。

他先是对刘老五交代了一番，最后说："好，你去给那两个女人准备饭菜去吧。"然后把邱野、郎当留下。这可让刘老五心里没底儿了，他感觉这帮家伙对自己还是不放心，脑袋仍然离他们的刀刃不远……

天长山的白天格外晴朗，鸟语花香。凉爽的空气里浸进了春耕翻地起垄散发出的泥土气息，这么好的春天却让人感受不到美妙的滋味。夜幕还没未完全降临时，空中金红的云彩缓缓扩散增厚，缓缓变成深灰，直至黑夜来临。远近的村屯里没有一点亮光，死一般的沉寂。远处传来一梭子枪声，在这里做活儿的大都会猜出，不知哪家什么人又倒在了日本兵的枪口下。八九不离十，多数都是日本兵强奸妇女遭反抗，妇女挨了枪。

鲁大棒子独自赶着车往回赶，接着这枪声狠狠抽了一鞭，还咬了咬牙，一收鞭才发现入镇路口老杨树下有个人影。没等看清是什么人，小棒子就拎着平时那不离身的大棒子跑上来，喘着粗气问："爸，怎么你自己回来了？我冯姨呢？"边问边握着大木棍一屁股坐到了马车沿上。

鲁大棒口气带着焦虑："大泽小野这个家伙把你冯姨留下了。"

小棒子问："留下了？嘎丽娅怎么样？"

鲁大棒子叹口气："还不知道呢。"

"爸，也不一定是坏事儿，我感觉大泽一郎要娶嘎丽娅是真的，不会对她娘俩动硬的。"小棒子脑袋像开了窍似的，"冯姨和嘎丽娅这娘俩都有心机着呢，这是大泽一郎送上门的机会，能把天长山地塞的两份图纸搞到手。"

"但愿能这样，"鲁大棒子轻轻甩了一下鞭子说，"不过，也不那么容易。据说，天长山地塞有主塞口，还有秘密小口，有的严密得人到了跟前都不会发现。而且旁边还有暗哨，有时猎人撞到附近，也会被暗哨打黑枪而一命呜呼。"

小棒子气得肺要炸了："他妈的鬼子、鬼子，真是狡猾呀。"

"喂，小棒子，"鲁大棒子问，"你到万人坑去了吗？"

“没有，”小棒子回答，“那马车今天有事了。”

鲁大棒子在一个岔口路上让马车拐了弯，“走，咱俩去吧。”马车朝着隆良村北方的万人坑疾驶而去。

鲁大棒子轻轻悠着鞭子，终于说出了憋在心里已久的话：“儿子，爸看出来了，你喜欢嘎丽娅，听你冯姨那么说，嘎丽娅也喜欢你，爸和你妈是真高兴。等打走了日本鬼子，就给你俩办喜事儿。爸劝你别太着急了。”

小棒子答道：“爸，我知道。”

鲁大棒子问：“你和我说，你向嘎丽娅表示过吗？”

小棒子回答：“没有。”

“那就别说了，”鲁大棒子劝儿子，“等有机会再说。”

小棒子憋住气：“爸，你是什么意思？”

鲁大棒子说：“要是让大泽一郎发现点苗头，你就性命难保了。”

“性命难保？”小棒子重复反诘一句说，“他敢强占嘎丽娅，我就豁出命来和他拼了！”

鲁大棒子见儿子又上来了鲁莽劲儿，严厉地说：“拼？鲁莽地拼，小鬼子对付你也就用一颗子弹，值吗？有意思吗？”

小棒子不吱声了。

鲁大棒子又说：“你要再这样，我干脆把你送回老家去，你不适合参加地下党组织……”

“好好好，”小棒子害怕了，“爸，我一定记住你的话！”

鲁大棒子说：“现在关键的问题是，搞清楚日本鬼子把你冯姨留下是要搞什么名堂？”

小棒子问：“是不是察觉咱们是地下党了？”

鲁大棒子摇摇头：“估计没有，但可能注意到了我们，开拓团司令部一般不会让外人进的。大泽一郎要娶嘎丽娅，难说是真是假，眼下又留下了你冯姨，这都是谜。我们以静应变吧，我抓紧向上级汇报。”

“爸，”小棒子心里开了些窍，“这么说，你也要注意了。”

“你明白就好了，我早就注意了。”鲁大棒子把语气放重地说，

“你要知道，如果你一时鲁莽，不仅会给我，还会给组织上带来难以预料的麻烦和损失。”

小棒子说：“爸，我知道了，也记住了。那，咱们得赶快想办法弄清小鬼子对嘎丽娅和冯姨要搞什么名堂呀！”

鲁大棒子长长叹气：“是。”

小棒子问：“爸，有办法吗？”

鲁大棒子说：“不知道情况怎么想办法？！”

小棒子茫然了。一时间，那股子不顾生死的劲头不知一下子泄到哪里去了，像久旱不雨被晒蔫了的秧苗。

马车距万人坑越来越近了。

“你听——”鲁大棒子牵住缰绳，轻轻叫停马车说，“是不是哭喊的声音？”

万人坑那里隐约传来了“救——命——啊——”“啊……”的声音。

小棒子指指前面说：“爸，你看。”

蒙蒙夜色里可以模糊看到，有几对深蓝色纽扣般大小的东西在晃动。

“快——”鲁大棒子说着从马车里拿出一捆桦树明子说，“快点着，狼在吃还活着的劳工……”

小棒子点着了桦树明子。鲁大棒子用鞭梢使劲抽一下马屁股，喊了一声“驾！”马车奔万人坑疾驶而去。

桦树明子夹长在老桦树干里，由桦树里浓浓的油脂凝聚成，泛着蜡黄色，有些光亮，一燃即着。当地人用来引火点炉子，还可以当火把，很耐用。凡是驾车、上山挖参、打鱼摸虾等起早贪黑的这些人都要备上几根。这一带虽然是平地连着小丘陵，但天黑的时候也常有从深山老林出来的虎、熊，特别是狼最多，常偷袭农家的猪圈。这些野兽都怕火，只要点上桦树明子在面前晃动，野兽就不敢靠近了。

马车到了万人坑旁，小棒子又点燃一根明子，和鲁大棒子向惨叫声飞奔而去。原来，那是一个狼群，有十多只见到火把袭来，迅速沿着坑沿远去了。还在坑里的，一下子奔跳上来，追上远走了几十米的狼，蹲在了一起，一束束阴森森的蓝中带绿的光直向鲁大棒子和小棒子闪亮着。坑里还有几只没吃饱的狼正在撕咬残喘呼救的劳工。

鲁大棒子爷俩一手举着火把，一手拎着大棒子飞奔而去。

说起爷俩拎的大棒子还有些历史。这枣木棒子的两头都已攥磨得油滑锃亮。爷俩在山东讨饭时就用这大棒子，一路闯关东也靠着这大棒子抵灾挡祸。小棒子已经从父亲那里学来这一本事，打强盗、打狗怎么打，到什么角度使劲，都有些绝招。特别是耍花棒，飞转的棒子能挡子弹、挡刀枪。一人抡棒，多少人也难以靠前。还在山东老家的时候，这爷俩就是山东棒子里的好棒子手。

“儿子——”鲁大棒子喘着粗气，问紧跟在身旁的小棒子，“要是狼扑来知道怎么打吧?”

“爸，我知道，”小棒子干脆地回答，“打蛇打三寸，打狼先打前腿后打头……”。

爷俩曾细细观察过，一般野兽都是前脚先抓地，后腿蹬劲儿蹿高，前腿一打折，后腿没法蹬了，就会一下子趴卧在地上，然后冲脑袋再狠狠一棒子，就要了它的命。如果先打脑袋，一棍子打不死，野兽歇斯底里的时候扑人更疯狂。

跑不远的狼见爷俩不追了，便蹲下来瞧着爷俩一动也不动。爷俩急忙下到尸坑里，高举两根火把，冲着没吃饱的饿狼逼去，其中两只饿狼从斜角倏地跳上坑边跑了。鲁大棒子举着两根火把，小棒子背起一名痛苦哼叫的劳工上了车。爷俩返回来时，发现一名血迹模糊的劳工哼了一声，鲁大棒子摸了摸他的胸口，他残喘着说：“我，我……恨……死……小日本……了……”然后就不动了。爷俩又在尸堆里找到了两名还有气儿的劳工，背他们上坑岸时，只见那两只被赶走的狼紧跟在他俩身后，慢慢向前挪动着……

爷俩让救来的三名劳工平躺在马车上。鲁大棒子拿起鞭子正要扬起，小棒子瞧着慢慢挪来的十多只狼说：“爸，这狼像是汉奸和日本鬼子一伙儿，一个鼻孔出气儿。日本鬼子往万人坑里扔劳工，这些狼吃劳工，打不着日本鬼子，我拿这些狼出出气，解解恨吧?”

鲁大棒子收起鞭子说："好，严惩这些野心狼。"

小棒子不再举火把，拎着大棒子迎着狼群走去。群狼见小棒子只身一人走来，那两只被吓上坑岸的狼领头，直奔小棒子而来。其中，一只快到小棒子跟前时，一个蹿高儿扑了上来。接着，后面的狼都扑了上来。小棒子不慌不忙地耍起了抡圈花棒。前后左右扑来的狼都被花棒打得脑伤、腿伤、筋骨，纷纷倒下。有两只大概是脑袋伤得比较轻，发疯地扑来，小棒子打左闪右，把两只狼的前腿都打折了，狼一动不动地趴下了。

小棒子对准一个个趴在地上的狼脑袋狠狠一棒子，骂着："你个祖宗，小日本鬼子……"很快，十多只狼统统脑汁涂地了……

鲁大棒子也灭了火把，在距离小棒子十多米处紧握大棒子，时刻准备着参战。倘若有狼威胁着了小棒子，他会以迅雷不及掩耳之势上去就是一棒子。瞧着儿子火暴且勇气十足的样子，他拄着大棒子自言自语啧啧赞叹："有种，是他爹的种……"

两只被打倒的狼爬起来跛着腿就跑，小棒子要去撵。鲁大棒子制止说："儿子，算了，别撵了，车上还有三个兄弟呢……"

爷俩一溜小跑回到马车上，轻轻一甩鞭子，车轱辘转动起来。马车行至八家子村口时，鲁大棒子发现路口有个黑影，急忙"吁"了一声刹住车。停了半天不见黑影动静，鲁大棒子担心遭劫道的袭击，一捅咕小棒子，爷俩拎着大棒子匍匐而去，离黑影只有十多米时，才发现是一块石碑。上前一看，原来是那块写着"八家子村"的石碑上的字换成了"隆良村"。鲁大棒子愤愤地说："他妈的，不知这两个字是什么意思，可以肯定是日本国的村名。"小棒子大骂："狗日的，中国土地上怎么换成他们国家的村名呢……"说着冲上去狠狠两脚就将石碑踹倒了，接着，顺手抱起路边一块大石头，咣咣地朝碑中间砸去。只听"咔啦"一声脆响，石碑断成了两截。随着"咔啦"声落，从隆良村那边传来了"砰"的一声枪响。

"爸，不好，"小棒子说，"可能是我们被日本鬼子发现了。"

鲁大棒子用鞭杆使劲捅了一下马屁股，马车轱辘在乡间路上飞快地转了起来。

第四章

刘老五按大泽小野的吩咐，又按着当地民俗“上车饺子下车面”的讲究，做了两碗打卤面，卤汁是肉丝、葱花，盛到碗里以后还倒上了几滴香油。又做了一盘日本人喜欢吃的寿司，摆在餐盘上。推开厨房门，风一吹，一股扑鼻的香味迎面而来。他端起食物，要给冯俊妮和嘎丽娅送去。从慰安房的一个个小慰安间里传来女人的叫床声，不，是受狂虐的惨叫声。门口排号的鬼子兵还冲着慰安房关闭的门吆二喝三地怪叫着：“快点呀”“快点”……催促声交织在一起，像群闹春的狗在相互咬群。灯光下，他们看见刘老五端着餐盘去了慰安妇大宿舍，闻到香喷喷的味儿，便停止咬群乱呛呛起来，这个说：“啊哈，这么伺候两名新来的花姑娘，准是伺候好了，给司令和副司令用的。”那个说：“看来，咱们是捞不着了，长得漂亮有什么用，白乐呵了。”

在掀起的窗缝里，冯俊妮娘俩看着外边这一切，听着这一切。嘎丽娅满怀酸楚地说：“妈，真不知道这里是这样，我宁肯一死，也要脱离这个鬼地方!”

冯俊妮说：“是，听说，这些日本鬼子从他们的殖民地朝鲜强征了十多万妇女当慰安妇，强迫她们随参战的日本兵到缅甸、越南等好多国家……”

嘎丽娅怒火在燃烧：“哼，这种性侵略比侵占领土、掠夺物资更残忍，更野蛮!”

“是的，”冯俊妮说，“嘎丽娅，任何时候就算自己死，也要为这些姐妹们报仇……”

“明白，”嘎丽娅点点头，瞧见刘老五端着餐盘正朝这边走来，急忙说，“妈，你看——”

冯俊妮也在看着，见刘老五走近了说：“嘎丽娅，是个中国人，可能是那个刘老五呀……”

没等嘎丽娅说什么，随着帘外传来脚步声，刘老五端着餐盘进来了。

嘎丽娅急忙松开掀着窗帘的手。这时，邱野和郎当已经悄悄隐藏到了窗旁的墙根下。

大泽小野号称是一只狡猾的老狐狸，又像狼一样横草不过。常言是闻风而动，在对敌斗争上，他常常是无风也动，邱野和郎当就是他安排来偷听的。他坚持无漏洞哲学，就像国民党挖共产党的特工人员，宁错杀一千不漏一人。而抗联队伍也神出鬼没，常让他措手不及。因此，大泽小野被弄得有些神经错乱了，草木皆兵。

“哟——”刘老五端着餐盘规矩地立正站着，大声说：“你们是皇军的贵人，一看就是娘俩呀，副司令倾心的这位姑娘，有福之人呀。”

嘎丽娅听着是冲自己说的，连忙依偎着坐在炕沿上的冯俊妮，瞧也不瞧刘老五一眼。

“太太，小姐——”刘老五故意大声说，“这可是大泽小野司令亲自安排让我送来的。”

冯俊妮一听是大泽小野安排的，就知道这里有鬼了，要说是大泽一郎安排的，还显自然。她冷眼说：“那就放这吧。”

刘老五把餐盘放在炕沿上，故意走开，到窗前故作警惕的样子侧耳听了听，又悄悄回来说：“这天呀，说热就热起来了。”

冯俊妮知道，这是地下交通员失去联系后的暗号，只要一方先说：“这天呀，说热就热起来了。”对方要是说：“这天呀，也是说冷就冷起来。”主动联系方就认定是自己人。

此时，冯俊妮心里七上八下，一时摸不着头绪。一是满金仓的交代模棱两可；二是她自从进这开拓团司令部以后，就发现这里壁垒森严，即使这刘老五仍是自己人，他一个厨师做饭的，也很难有机会从大泽小野那里获得那两样东西，即使有一点点机会，也太难了。她暂时还不想和刘老五接头，于是便装作听不懂的样子，很不耐烦地发驱逐令：“好了，没事儿你就走吧！”

刘老五灰心丧气到了大泽小野的办公室，邱野、郎当正先行一步在说窃听情况。大泽一郎也在场，正埋怨大泽小野神经过敏，竟将一个女教师、面包坊的普通老娘们儿也当成了抗联的地下工作者。大泽小野任他们说，来回踱着步，似乎心里轻松了一点点。突然外边传来了“砰——”的枪声，他挺直脖子，同时去摸手枪，又支起耳朵一愣……

鲁大棒子爷俩听到的是这同一枪声，来自田中隆吉起名的隆良村。

田中隆吉受到大泽小野的夸奖以后，心花怒放，回到他的独身小房里就着清蒸猪肉罐头喝了整整一瓶白酒，醉醺醺忘乎所以地在屋里又唱又喊，躺在炕上兽性发作。他想起隔院有个刚结婚不久的小媳妇长得很漂亮，几次去骚扰都受到她丈夫的威胁。他便使尽招数，把她丈夫送进了开拓团电丝网劳工大院。

田中隆吉踉踉跄跄进了独居的小媳妇的院子，知道敲门不会开，便去窗下打开鸡窝抓鸡。十多只公鸡、母鸡扑棱着翅膀拼命地又飞又叫。小媳妇以为是黄鼠狼偷鸡吃，点着油灯拎着铁锹开门跑了出来。一见是田中隆吉，撒腿就要回屋关门。田中隆吉冲了上去，撞开了小媳妇来不及关上的门，并把她拖进房里。田中隆吉发出阴险的低沉的笑声，把小媳妇摁倒在炕上就去拽她的腰带，小媳妇反抗着顺手摸起炕头上的一把剪刀朝他狠狠刺去，田中隆吉一歪身子，顺手掏出手枪“砰”的一声对准小媳妇胸口打去。在小媳妇血流如注、残喘之际，田中隆吉撕掉了小媳妇的裤子……小媳妇痛苦地大骂：“畜生，畜生……”她骂着骂着，很快闭上了眼睛。

这个中日居民混住的小村子，家家都听到了枪声。点油灯的急忙把油灯吹灭，孩子闹夜哭啼的，母亲急忙捂住孩子的嘴。大家都猜测村里十有八九发生了命案，但谁也不敢出来，包括从日本移民来的人家。这个小村子原来只有从山东闯关东来的8户人家，后来又来了50户。日本天皇接受关东军的建议，从日本边远和贫困地区动员来了移民6万户，计20多万人分布东北各地，落户这里的多数是善良的日本农民。日本岛国火山频发、难以生存，他们是以求生为目的，来种地落户的。他们看到田中隆吉廉价收买农民的土地，还以种种理由霸占土地给他的亲友，又改村名，也觉得过分，真担心这里被惹怒的村民会联合起来报复他们。田中隆吉也察觉到了这一点，慌忙到自己宅院里骑上摩托，把小媳妇的尸体横捆在摩托车后座上向万人坑驰去。他心想，让狼饱餐一顿，灭迹了之。然后，回来再找几个日本移民中的亲信清洗她家的血迹。

鲁大棒子爷俩听到枪声，匆忙中刚把马车赶出不远。只见一辆摩托车从隆良村疾驰而来，不用问就知道是开拓团八家子村小队长田中隆吉。鲁大棒子急忙轻轻吆喝住马让车停住，爷俩一起躲在车后，都紧紧攥着大棒子观察动静。

田中隆吉双手紧紧把着车把，小媳妇的尸体颠得靠右偏重了一些。天黑路不平，一会儿摩托车上的尸体又不断往左倾斜，他就尽量让车往右倾斜，车身还是平衡不过来。突然前轮轧上了一块路石，车身一个向左大倾斜，颠得连车带人一起翻倒在路上，田中隆吉也甩出去三米多远。

那十多只狼被小棒子打得脑汁涂地，有只残喘的大灰狼被枪声惊醒，歪歪斜斜站起来，发现前方有人，便把嘴巴往地上一插，“嗷欧嗷欧”地呼叫起来。鲁大棒子一听便知，这是在呼唤它的伙伴，但声音太小，远处的狼不会听见。他见摩托车倒下又起来，便用手捏住喉咙，学起狼嚎来，一声比一声大，刹那间，一群饿狼阵风似的扑来，鲁大棒子才停止了学狼叫。

群狼弃残喘哀嚎的大灰狼而去，朝前方奔跑着。斜方向传来了“噗噗噗”的摩托声，吓得狼群集体往后挫步。突然听得一声跌撞声伴着“哎呀”一声惨叫，摩托又跌倒了。那头狼飞身而起，其他十多只尾随着扑向田中隆吉。田中隆吉半仰脑壳，挓挲着颤抖的双手，浑身筛糠似的哆嗦着，“救——命——”的呼救声似鬼哭，似狼嚎。那群狼一起冲扑上去，咬脸的，撕大腿的，啃胳膊的……每只狼咬准一个地方，一口又一口，很快就再也听不见田中隆吉的惨叫了，地上剩下了一堆骨头和脑壳儿。田中隆吉再凶恶，还没凶过这东北的狼。

头狼发现不远处还有具女尸，刚跃身要扑上去，四道明亮的光束直射着群狼而来。前面传来了汽车轮胎急切摩擦地面的“嚓嚓”声，一辆吉普车在前，一辆大卡车在后，共四盏灯随着车轮飞转，突破黑暗。

头狼见势不妙，“嗷嗷”急叫一声，撒开腿就跑，其他饿狼也跟着一阵风似地跑了。

鲁大棒子悄悄捅了一下小棒子，坐上车。马车神不知鬼不觉地向远方的黑幕里隐去。这一切，车上三名被救的劳工看得清清楚楚，他们忘记了疼痛和难受，一时都格外清醒和精神起来。他们还没到要绝命的时候，只是病重，或者下地干活没有力气，就被日本鬼子活活送进这万人坑。他们三人横躺竖卧把脑袋集中在了一起，谁也不吱声。他们不是一个工种的，谁也看不清谁的面孔，但都互相你在我面前，我在你面前竖着大拇指，久久不肯放下。

鲁大棒子用鞭杆尾部捅了一下马屁股，那马尥起蹶子奔跑起来。有节奏的马蹄声、咣咣当当的马车颠簸声，交织在一起，就像一支美妙的小夜曲。

这一切都是在夜幕里进行的，只有月亮和无数眨眼的星星，拨开它们身边的一层层黑云，悄悄地探视着。它们把鲁大棒子爷俩的离去，田中隆吉的恶行，日本鬼子对慰安妇的暴虐，群狼的替天行道探视得清清楚楚。

田中隆吉枪击小媳妇时，那枪声惊得大泽小野等四人几乎同时一愣，大泽一郎、邱野和郎当愣瞧着大泽小野。大泽小野瞬间预感十有八九是抗联小分队袭击了隆良村，或是村里农民闹事儿，田中隆吉开了枪。他知道，田中隆吉曾硬性驱走了六户当地农民，廉价收购了他们的土地。从日本岛上来的开拓团移民虽然落下了脚，也将八家子村改成了隆良村，还立上了村碑，但也隐藏下了一些报复的苗头。他准备把改建隆良村的做法，作为霸占中国土地的经验来推广，事后向天皇和日本国会当面请功。所以即使有一点小乱子对他来讲也是大事情。他立刻吹起紧急哨，集合了一卡车全副武装、子弹上膛的日本兵，自己乘坐吉普打头，气势汹汹地朝隆良村驶去。

随着紧急集合哨声响起，慰安房门前那花花绿绿的轮廓彩灯，还有慰安房里的灯突地都灭了。

从这十多个小房间里出来的鬼子兵，提着裤子、脚踏拖鞋，满头大汗地推门而出。每个门口排队剩几个没进门的，哼鼻子的、没痰干咳吐痰的、跺脚的，都一个腔调：真扫兴……

慰安妇们蹒跚着走出黑屋。只有最后一个小黑屋不见出来人，里面传来了痛苦不堪的呻吟声。两名慰安妇转回身去，喊着“金玉姬”的名字，进去扶着金玉姬跛足走了出来。她抬右腿勉强跨过门坎，左腿像被什么拖住一样，船形鞋被甩掉，脚背狠狠磨蹭着门坎，身子瘫软地被架持着出了小黑屋。她嘴里喃喃着：“姐妹们，生不如死呀……”

在右边搀扶的叫曾丽娇，她用力架着金玉姬，张口气喘地说：“玉姬姐，不能，不能死，就是死也要出口气再死。”

金玉姬被架搀着，哀叹着。

在左边架着金玉姬的叫朴巧巧，身材苗条，长相漂亮，家在汉城，是典型的朝鲜漂亮姑娘。抢着性虐她的日本兵很多很多。起初每天晚上抢着在她门口排队的日本兵都是长长一队，超过其他慰安妇几倍。不久，受管理慰安妇日本兵小队长小林照兴关照，她的门口不准多人排队，要与其他慰安妇相同。即使这样，按理说，她也难抵挡久久不息性暴虐的兽类鬼子的欺辱，但她却比其他慰安妇显得有精神，搀扶金玉姬也似有气力，说话还能溅出唾沫星子：“丽娇姐说得对，我们国家无能，是日本的殖民地，我们不能报民族大仇，也要报自己的小仇……”

慰安妇门前的轮廓彩灯一灭，院里就只有昏黄的灯光和月光相混洒出的惨淡亮光。没排上号离开慰安房的日本兵一回营房，院子里就显得安静了一些。

冯俊妮悄悄掀开一条窗帘缝，想观望一下有没有刘老五的身影。只见左侧停车场有一辆大卡车正在启动，车旁一小撮日本兵要上车的样子。一名穿白衣褂的日本军医身边站着大泽一郎，他走过来说：“不用等大泽小野司令了，这事他知道，你们开车走吧。回国好好治疗。”接着，有几名日本兵上了车，其余寒暄着摆手告别。这几名日本兵得了一种怪病，这种病无法医治，而且会通过性交传染。其余几个日本兵送别后，路过慰安妇宿舍窗口要回营房，冯俊妮急忙放好帘布，只听一个日本兵说：“我家里有八十多岁的老母，还有老婆和儿子，真羡慕他们几个，得了怪病能回日本国治疗，我们在这里还不一定能活过得怪病的呢，这日子没个头呀……”另一个日本兵厉声说：“住嘴，让大泽小野听到枪崩了你……”

冯俊妮娘俩还想再听，金玉姬被架着进了屋。慰安妇脱换完衣服、洗完澡，都过来问长问短。金玉姬有气无力地说：“姐妹们，我觉得身体越来越不行了……”

“怎么能行呢，”曾丽娇抑制不住愤懑说，“玉姬姐都来月经了，这帮畜生还不放过！”

朴巧巧苦笑一下说：“我也是有次来月经，他们不放过我，我当时想了个好办法……”

慰安妇七嘴八舌地让她说说什么好办法，朴巧巧松开扶着金玉姬的手，让曾丽娇扶她上炕躺下，自己往炕沿上一坐，给姐妹们讲了起来：

在这几十个慰安妇里，朴巧巧长得很漂亮，个儿高略胖，很性感，大泽小野常常招她进他的房间同寝，朴巧巧见大泽小野时时动真情，提出要嫁他为妻。大泽小野家中有妻，何况儿子在身边，并不曾答应。小林照兴见司令常找朴巧巧，便常给予关照。金玉姬让他找刘老五，从厨房取来一大片中间带肉洞的猪皮。凡是到她小房间的她都要求闭灯，性饥如狼的鬼子兵什么都依。她就靠着刘老五送的带眼的、眼下是暄肉的肉皮对付日本兵们。

“哈哈哈……”曾丽娇大笑一声说，“日本关东军里不仅有咱朝鲜慰安妇，还有中国产的慰安猪皮哟……”

慰安妇们全部哈哈大笑。

曾丽娇已安顿好金玉姬，有气无力地一转身说：“巧巧，你说说情，让刘老五也给咱姐妹们都弄块带肉的猪皮呗？”

“想啥呢，”朴巧巧无可奈何地说，“这得小林照兴和刘老五两个坏蛋帮忙，再说，哪来那么多猪皮呀，那东西一天就得一换。”

金玉姬觉得这算不了报仇，只算是姐妹们用微薄的小本事戏弄了色狼似的日本鬼子，便强支起身子问："巧巧，那肉皮怎么办?"

朴巧巧说："听刘老五说，我每次用完他都给鬼子熬肉皮冻吃了。"

"哈哈哈……"

慰安妇宿舍响起一片哄笑。只隔窗帘布的小间里的冯俊妮和嘎丽娅也忍不住笑了。娘俩心里明白，这些受欺凌的朝鲜妇女同胞，是那么无奈，她们哪怕有一点机会报复、戏弄那些日本鬼子，也觉得是一种安慰，一种反抗。

曾丽娇自己似乎也有一种像朴巧巧那样的满足，往她跟前凑凑说："巧巧，我知道，开拓团劳工大宿舍后边就是养猪场，日本鬼子大大杀猪，就让刘老五帮帮忙吧?"

"嘿，"朴巧巧说，"你以为刘老五那么好求呀，我可了解了，那才是个老滑头，再说，大家都这么做，日本鬼子还不发现了呀……"

……

她们再说些什么，对冯俊妮和嘎丽娅而言都无足轻重了。

冯俊妮把嘎丽娅拽到靠墙的炕头，轻轻说："这回可以断定，刘老五成了叛徒。听说他有点厨子手艺，主要还是被圈养在这里想钓鱼，以防劳工中或是混进什么人来是地下党。"

"嗯。"嘎丽娅点点头说，"妈，我真佩服你，要是我，刘老五来送面条时一说出暗语，我可能就给对上了。"

冯俊妮把嘎丽娅搂进怀里说："姑娘，干母亲这一行，常言说的很对，脑袋别在裤腰带上，随时都有掉下来的危险，除非紧急任务需要去冒险，一般都要慎之又慎，以静观动……"

"妈——"嘎丽娅斜身半仰脸说，"这回我和你学了不少东西……"

"你学学也会有用吧，"冯俊妮紧攥住嘎丽娅的手说，"常在母亲身边也可能会遇到一些什么事儿，另外，我告诉你，你父亲在苏联那边做的事情和母亲做的是一个性质……"

嘎丽娅打断冯俊妮的话，问："母亲，父亲和你做的一样？也是地下工作者？他不是军官吗？”

“是一个性质，都是反法西斯侵略战争的，他是地上的。”冯俊妮说，“不过，你父亲做的不比母亲安全，他是苏联红军一名大校军官，直接面临敌人的子弹和炮火。不过，你父亲机敏得很，也勇敢得很。”

嘎丽娅想起三年前见父亲那一次，骄傲地说：“我记事儿起每次见到父亲，都是这种感觉……”

“知道就行了，埋在心里，”冯俊妮说，“你父亲在外，一般不会回来，我身边就你这么一个宝贝女儿，所做的事情你都知道，不管任何情况下，要是敌人想从你身上突破，你都要守口如瓶，保护母亲，也是保护组织。”

“我懂，”嘎丽娅恳求说，“妈，我也参加你和鲁伯伯的组织行吗？”

冯俊妮说：“这得需要上级同意？”

嘎丽娅问：“我想满——”

冯俊妮急忙堵住了她的嘴，虽然她知道大泽小野已经带兵出去，没来得及安排人监视自己，但还是掀开窗帘瞧了瞧外边，没发现什么，才说：“你现在不要想这么多，眼下先是怎么应付过现在。我知道，大泽一郎把你带来，可能是发现什么蛛丝马迹了，想通过你把我引进来，也可能是大泽一郎真的要娶你。这两种情况，对你来说都很难，也很危险……”

嘎丽娅不假思考地说：“我感觉是你说的第二点。”

冯俊妮说：“就这第二点，从你本身来讲够倒霉的，对母亲来说，也够揪心的了……”

嘎丽娅冷静地安慰冯俊妮，说：“母亲，你不用揪心，我会向你学习，以静观动，随机应变，想办法对付大泽一郎。我看，他对我已经痴迷了，不会马上有生命危险，我也不会受侵害，是可以周旋的好条件。”

“聪明，坦荡，”冯俊妮笑笑说，“这点像母亲，你这样，母亲就宽慰一些了……”她停停又说：“姑娘，这样的话，说不定是一个获取重要情报的好机会呢。”

冯俊妮这么一说，嘎丽娅兴奋起来："母亲，不是常说不入虎穴焉得虎子吗？要在这里获得什么情报，你可以告诉我，说不定，你和鲁伯伯、满伯伯办不到的事情，我能办到呢。"

外面传来了金玉姬痛苦不堪的呻吟声，娘俩急忙掀开门帘走了出去。

第五章

月亮的光芒吞食了一片片厚云，照亮了天地间诺大的空间，白茫茫的一片。那生气勃勃的稻田、麦地、玉米地，展示着华夏大地蕴藏的活力。

大泽小野打开车窗，暖风卷着泥土的芬芳倏地吹来，他注视着前方禁不住赞叹："中国这片肥沃的黑土地实在让我流连忘返。对我这个自幼生活在火山岛上的人来说，这泥土香味比美味佳肴都养胃口呀!"

坐在副驾座上的副司令洼岛诚郎，紧握手枪，也陶醉地说："大泽小野司令，我们怎么一个感觉呀——"

大泽小野自嘲地嘿嘿一笑说："在日本国吸一口气，不管什么时候，钻肺的是海腥味，我真是闻够了。"

"所以——"洼岛诚郎得意洋洋地说，"大日本帝国要占下这片土地太英明了，二十万开拓团移民，一年生下十万个日本小移民，随着中国人日益减少，这里很快遍地就是日本人，我们要把哈尔滨改建成新东京，把牡丹江改建成新冲绳……"

"哈哈哈……"大泽小野狂笑一声说，"我的副司令洼岛诚郎，你比田中隆吉小队长志向还大，关东军里真是人才济济呀……"他说着把头转向窗口，刚吸进一口空气还没呼出来，发现不远处黑压压一片，憋着气说："停——"

司机笑笑说："司令，是狼群。"他说着把车头一调，两只巨兽眼睛般的灯光骤然向狼群射去，一对对绿汪汪的狼眼一闪一闪地向远处飞去了。

吉普车后大卡车上的日本兵本已子弹上膛，把机枪都支到了卡车框沿上，见此也都收了起来。

月光笼罩下的地面物体，让人实在分辨不清是什么东西。

吉普车又继续前进，车轮没转几圈，司机把车猛地刹住，指指前方路面上黑乎乎的东西说："有情况——"

大泽小野发出命令，"准——备——"

吉普车和大卡车"叽里咔啦"同时响起了子弹上膛的声音，大泽小野推开车门走下吉普车，身子紧贴着车身一挥手："包围——抓活的——"

几十名鬼子端着枪猫着腰向路上的黑影围去。突然，路左边"扑棱"一声，几名鬼子禁不住一梭子弹射了出去。接着，右边又是"扑棱"一声，几名鬼子又禁不住几梭子弹射了出去。

枪声把宁静的夜空搅乱，一群野鸭子飞向了远方，两只山兔吓掉魂似的一窜老远跳进了远处的枯草丛里。

"混蛋!"大泽小野失声大骂，"没有我的命令不准开枪!"这时他已经发现前面的黑影仍一动不动，于是紧握手枪带头走去，到了跟前一看，大吃一惊：黑影是摔歪了车轱辘的日本摩托，手电筒下是散乱的人骨，旁边是一具女尸。

大泽小野警惕地扫视一下四周，手枪仍然不离手，大声对站在面前的众鬼子兵说："看看这日本军衣、摩托，还有这具女尸，我大大的不明白，狼为什么不吃女尸，这一定是抗联干的，也可能是隆良村的老百姓干的……"

鬼子们谁也不搭茬。

洼岛诚郎转悠到女尸跟前，举着手喊："大泽小野司令，你看，这女尸有枪伤。"

大泽小野大步走过来，在女尸身边借着手电筒光扫视一圈儿，说："这女人可能是抗联!"

"大泽小野司令——"洼岛诚郎用脚踢了下女尸的脑袋，让脸朝上，瞧了瞧，发现新大陆似的说，"这个人可能是抗联。"

洼岛诚郎又在翻倒的摩托车旁转了一圈，仔细地观察了一下地上破碎的军衣，忽然脸色大变，慌慌张张地说："司令，被狼吃掉的日本兵可能是田中隆吉小队长，摩托车和军衣上有他的编号。"

"八嘎呀路，可恶的抗联，皇军一定要将你们全部消灭掉。"大泽小野怒气冲冲仰面咆哮着。过了一会儿，他对站在身边的小林照兴说，“把田中隆吉小队长的军衣遗骨带走。”然后又对洼岛诚郎说：“我俩换乘大卡车去隆良村。”

随着一片杂沓的脚步声，大泽小野和洼岛诚郎进了驾驶室。鬼子兵们争抢爬上了大卡车。

大卡车缓缓开动了。

大泽小野紧紧仰靠着后排车座靠背，像是对坐在副驾上的洼岛诚郎说，又像是自言自语：“田中隆吉小队长是我大日本帝国的有志之士，他的不幸让我很痛苦，他的经验还没有传播下去……”

洼岛诚郎回头问：“大泽小野司令，什么经验?”

大泽小野往前探探身子：“他要把有大日本帝国移民的所有中国村庄，都改成大日本帝国的村名，建上日本建筑，让这片大地真正成为大日本帝国的土地……”

“大泽小野司令，我知道——”洼岛诚郎转身振奋地说，“这是大日本帝国天皇给你的使命，也是给我的使命，这件事由我去隆良村总结情况，代替田中隆吉小队长完成任务——”

“好啊——我的洼岛诚郎副司令，”大泽小野兴奋了，“你也不愧为我大日本帝国的优秀子孙，大事若成，我定禀报天皇给你大大的嘉奖!”

洼岛诚郎坐着“嗨”了一声说：“谢大泽小野司令的高抬!”

……

卡车要进村口的时候，月光下，大泽小野发现那个刻有“隆良村”的石碑不仅倒了，还被砸成了两半截，旁边有块滚圆的大石头。他叫停卡车跳下来一看，气得两撇黑胡子直挓挲，对身后的洼岛诚郎说：“村里的刁民干的，我要好好教训教训他们!”

卡车在村里街中间停下，按着大泽小野的指挥三五名鬼子兵一伙，连踹带枪托子砸，让男女老少到村头集合。小小山村顿时鸡飞狗跳，女人哭孩子叫，有的衣服穿反了，有的拎着衣服还没穿就被统统赶到了村头的场院上。原先村长因反对开拓团强占土地被田中隆吉一枪打死，新出了个汉奸伪村长叫苗广地。大泽小野先问苗广地知不知道谁杀害了田中隆吉，谁砸了村碑，苗广地苦言苦语点头哈腰说不知道。大泽小野双手拄着刺刀，劈着腿叉，耀武扬威地说几句，苗广地就翻译几句。总的就是查问谁知道田中隆吉被狼吃的经过，路上的女尸跟抗联有什么关系。说了统统放回去，不说，统统杀头，烧掉房子……

大泽小野身后十多名鬼子打亮的手电照着无可奈何的男女老少。一些日本移民被惊醒，有的站在门口，有的在远处路边，他们默默瞧着，谁也不吱声，不靠前。往日的教训让他们都已经知道，就是关东军做得不对也不能说，否则会被谴责，甚至处罚，有的还会丧命。

人群里传来了响亮的声音："我知道。"

十多只手电筒的光束一起向发出声音的一名壮年汉子照去。

大泽小野靠前两步："你知道？"

壮年汉子回答："知道。"

伪村长凑到大泽小野跟前说："皇军，他叫明天。"

大泽小野说："你的叫明天，说吧。"

明天站在人群右侧边上，跨上两步说："地上的女尸不是抗联战士，而是陈来善他老婆。我是陈来善的邻居，傍黑的时候，先是听见陈来善媳妇几声喊救，不大一会儿就听见枪声，又过了一会儿，听见陈来善家门响。我从窗帘缝往外一看，田中隆吉小队长出来了。我急忙到了陈来善家一看，陈来善的媳妇已经被枪打死了，下身光光的，像是被强奸了，炕上都是血。我回家正和老婆说这事儿，就听见传来摩托车声，从窗帘缝往外一瞧，见田中隆吉正抱着陈来善媳妇的尸体往摩托车后座上捆……"

"你的统统的撒谎，"大泽小野怒指着明天说，"皇军怎么会干这种事情……"他明明知道明天说的是真实的，嘴上却说："你这是诬蔑皇军！"然后掏出枪问，"我再问你，村头上的村碑是谁砸的？"

明天回答："这我就不知道了。"

"你是明目张胆的反皇军的抗联，"大泽小野一挥手，"把他带走！"然后告诉洼岛诚郎："把他的和陈来善的房子烧了，带去开拓团劳工大队看他说不说！"

洼岛诚郎带十多名鬼子从卡车里拿出些汽油往村头两幢草房上一洒，随之点燃，这里很快变成了两堆熊熊烈火。

愤怒的人群怒视着大泽小野和他身后持枪的几十名日本鬼子。

大泽小野又开始发泄："我们田中隆吉小队长为大日本帝国粉身碎骨了，但是，他的工作还会有人继承的，我明天立即派新的小队长来，为了继承田中隆吉的伟业……"他把头傲横地转向苗广地，声严色厉地说："无疑，田中隆吉的壮烈牺牲和中国人有关。明天开始，这个村的中国人一律停止农活，在你的带领下，就在村中央为田中隆吉挖一个巨大的坟墓，修造一个与田中隆吉一般高的墓碑，雕刻一座他的石像……"

苗广地有点儿哆嗦了。他心里清楚，村民们不会情愿的，说不定，倒霉的是自己。

大泽小野大声问苗广地："听到了没有？"

苗广地连忙回答："皇军，听到了，听到了，照办，一定照办。"

大泽小野指指面前的人群说："你带领他们去掩埋田中隆吉小队长的遗骨，要按照我们大日本帝国的民俗举行隆重的葬礼……"

苗广地点头哈腰地答应："明白，明白。"

……

鲁大棒子的青鬃马很通人性。有一次拉粮，小棒子偷着骑马上山打猎，从马背上摔了下来，正跌在青鬃马的前腿处，这青鬃马高抬前蹄嗷嗷直叫就是不落蹄，直到小棒子翻身爬起来，抱住它好一通亲。

青鬃马好似会观察环境，刚刚在去万人坑的那条路上，它迈着小步轻抬慢落，而且不大声喘气。倘若哞叫一声或脚响落地，在遇到大泽小野的车时，就那点距离，肯定会被发现。那可就要暴露目标，甚至不知会惹出什么麻烦。车离日本鬼子远了，鲁大棒子这么夸这匹马，小棒子还不服气，说不就一帮日本鬼子嘛，我灭了这些狗娘养的。鲁大棒子对小棒子的鲁莽不放心，可又对他的勇敢、无所畏惧高兴，于是生气地说："你灭得了？鬼子一个信号弹，营房里出来一帮鬼子，我们的青鬃马能跑过鬼子的车轮子？”

小棒子不吱声了。

青鬃马到了镇街口，脑袋直往后扬，鲁大棒子用鞭子轻轻甩撩它的脑袋，让它拐弯进街口，它还是往后扬头，还尥起蹶子。鲁大棒子回头一看，隆良村那边正火光冲天，浓烟抹黑了周边的天空。

“不好！”鲁大棒子跳下马车，忧心忡忡地瞧着火光说，“一定是鬼子发现砸断了村碑，拿老百姓撒气呢！”

小棒子毛了：“或许是发现那个日本鬼子死了的缘故吧？”

“不可能！”鲁大棒子一股浓浓火气一下子上来了。小棒子砸碑时他就预感会出事儿，果然不出所料，本想回家以后狠狠教训他，这回，实在忍不住了。想到村里的惨状，心里的火气实在憋不住了，一转身，叭叭就是两个耳光。

青鬃马尥起了蹶子。

“你——”鲁大棒子火气十足地发怒，“你不配跟着我干革命。”

小棒子“扑通”一声跪下了：“父亲，对不起，我对不起你！”

“你，你不是对不起我。”鲁大棒子说，“你是对不起村里的乡亲们——”他说着，再不忍心瞧那漫天火光，心如刀绞、泪水纵横了。

青鬃马在嘶叫，像是在劝解这爷俩。小棒子悔恨不及，“叭叭”打起了自己的嘴巴子。

青鬃马叫得让人撕心裂肺，不是尥蹶子，而是尥蹶刨地了，刨得扬起了一股股尘土。

在鲁大棒子眼泪模糊的视线里，村里的火焰熄灭了。他安慰自己，事已如此，只能妥善安排。而且要紧的是日本鬼子找不到砸碑的人就要拿村里老百姓撒气。自己骂儿子鲁莽，而自己不能再鲁莽了，何况儿子是出于那种偏激的爱国情绪。他拍一下暴躁的青鬃马，让它静了下来，双手扶起小棒子说：“起来吧，父亲打你也不对——”

小棒子泪流满面，站起来乞求着：“父亲，你打吧，打吧，再打几下，把我打痛了，我可能心里才痛快一点儿。”

“算了，”鲁大棒子教诲说，“干革命，特别是干父亲这一行，要是光有鲁莽劲儿，不讲究策略，会酿成大祸，甚至导致革命失败。”

小棒子擦擦眼泪：“父亲，我记住了，原谅我吧……”

“不说什么原谅不原谅了，”鲁大棒子深情地说，“你有勇敢、爱国心这两个优点，还是父亲的种。但是，父亲干这一行，你跟在身边不合适……”

一种要被遗弃的感觉涌上了小棒子的心头：“父亲，你说什么？”

鲁大棒子重复着：“父亲干这一行，你跟在身边不合适。”

小棒子急着问：“父亲，你要让我离家出走？”

“怎么离家出走呢！”鲁大棒子解释说，“山东老家还有你奶奶。当年，她老人家故土难离，不肯来东北，看来对了。你回去伺候你奶奶，就算是帮了父亲，也算是间接参加了革命……”

小棒子争辩：“家里有叔叔，他们会照顾好的，我不去！”

“不行！”鲁大棒子很坚决，从兜里掏出几块大洋说，“儿子，去吧。如果大泽小野怀疑到我，也会牵连你，那损失就大了，去吧，你不能回家了，现在就去火车站，半夜有趟火车，要是之前能找到别的车，哪怕多给点钱，尽早离开这地方。”

鲁大棒子说得那么坚决，而且有了这么具体的嘱咐，小棒子知道，瞧父亲的脾气，已经是难以挽回了。他哈大腰鞠了个躬说：“父亲，你多保重。”头也不回地跑了。

鲁大棒子泪水刚干，眼睛又湿润了。

小棒子才不听鲁大棒子的安排呢，他躲开鲁大棒子的视线后，拐弯朝满金仓住处跑去。他轻轻敲开门跟满金仓说了整个过程，又挨了满金仓的一通批评。最后，又要下跪时被满金仓扶起。满金仓问他如何打算，他提出要去参加抗联。满金仓一想，这孩子这么有革命热情，也行。于是交代了到什么地方，怎么接头。小棒子请求满金仓不要把这事告诉他父亲，满金仓满口答应了。他还让满金仓发誓，满金仓轻轻给了他一个温馨的目光，他笑着拔腿就要走。满金仓留他住下明天再去，小棒子不依，紧紧攥了攥手里的大棒子，给满金仓深深鞠个躬，又是一个头也不回地走了。

这个不回头，和告别父亲那个不回头可是两种心情，两种滋味儿呢。

那边，鲁大棒子一甩鞭子，马车拉着车上三名昏迷不醒的劳工直奔营救所了。

第六章

冯俊妮刚掀开门帘要去看看呻吟不堪的金玉姬，嘎丽娅也要跟去。大门忽地被推开，大泽一郎进来了。他身着呢子军装、戴着军帽，军章、军衔章有镶在肩上的、有挂在胸前的，腰间挎着洋刀、别着手枪，油亮的高帮皮鞋踏得地面“梆梆”直响，一副不可一世的样子。此时大泽一郎这身装扮，当然是为了讨好嘎丽娅。大泽一郎伤势并不轻，医生已经替他包扎了伤口。为了穿上这套衣服后不显左胸包扎的凸起，右胸也垫上了同样厚薄的药棉布。他一跨进这慰安妇宿舍的门槛，就尽量收胸。可是，他隆起的胸部依然显得十分滑稽。

嘎丽娅知道他的伤情，又觉得实在好笑，但在这好笑里又有欣喜，这个家伙确实狂喜着自己，这就给自己留下来为母亲和鲁伯伯要做的事赢得了机会。大概是有母亲在的缘故吧，她已经毫无畏惧。女人的漂亮是吸引男性重要的先天资本，没想到漂亮还是革命的资本。

冯俊妮推一把嘎丽娅，娘俩不紧不慢地退回了帘后小间。

大泽一郎掀开门帘，急切地问：“嘎丽娅，亲爱的，要和母亲出去吗？”

嘎丽娅回答：“是，想陪母亲去卫生间。”

“妈——”大泽一郎显得很殷勤，与那身故作威武的装束很不相符，“走，我带路。”

冯俊妮笑笑：“不，不麻烦你了，大泽一郎副司令，我们是女人上厕所。”

“是，”嘎丽娅态度也很温和，“不用了，大泽一郎，你来这里有事儿？”

冯俊妮客气地让地方让大泽一郎坐下，这大泽一郎倒有些不自然了，甚至说有点小小的紧张。他心里盘算，我大泽一郎完全可以把嘎丽娅强拉进屋子脱光她让她就范，但那样不甜蜜，若要从内心娶她当太太，就要关在笼子里慢慢来。就像他在日本时从鸟店买的两只喜欢的八哥鸟，让它俩干啥它们不干，你打它们，它们在笼子里扑棱乱飞，羽毛都掉了，还是大泽小野告诉他，要有耐性。不知怎么，他此时把要娶嘎丽娅和驯服那对八哥鸟联系在一起了。

他坐在床沿上，双手搭在膝盖上，抑制着内心的兽性和暴躁说："大泽小野司令执行任务去了，没来得及多思考就把你娘俩，我最尊贵的客人安排到了这里，有些不好意思。"他说着拍拍胸，心里"哎呦"一声，忍着疼痛没出声，"你看，我身体好好的，你娘俩可以住进我的病房，我回独间宿舍去住。"

"不用，确实不用，"嘎丽娅抢先说，"大泽一郎，我看出来你是真心爱我，你的伤不重，可是，我的伤还有些严重，常一阵一阵地疼痛……"

冯俊妮打断了嘎丽娅的话："大泽一郎副司令，你该知道，追求我家嘎丽娅的人不少，能攀上你，是我女儿的幸福，也是我的福分。可是，我孤儿寡母，还要靠嘎丽娅养老，你要娶我女儿我可有一个前提条件……"

大泽一郎问："什么条件？"

"要是我女儿嫁了你，我肯定不会去日本，你们那里是个火山岛，"冯俊妮说起来有些心跳，她强装扮成自然和真诚的样子，"那就得在中国安家。"

慰安妇们都在炕上悄悄地爬向帘布一侧，听到这里，发出了一阵"嗤嗤"的耻笑声。

大泽一郎听出慰安妇对他的嘲笑，于是掀开帘大骂一声："都给我滚！"

慰安妇叽里咕噜爬着四散去。这一骂，让冯俊妮和嘎丽娅几乎同时感到，这家伙毕竟年轻，加上又痴情，断定在他身上会有很多空子可钻。

大泽一郎转向母女俩，边坐下边说："这都是从朝鲜征来的慰安妇，是些没教养的村妇。”

嘎丽娅装不懂，问：“大泽一郎副司令，这些女人在营房里干什么？”

大泽一郎说：“这是大日本帝国首领们对出国打仗军人的关心。军人常年打仗，见不到女人，这些女人是供他们性快乐的……”

冯俊妮和嘎丽娅都在心里咒骂，但脸上却含笑。

冯俊妮问：“日本不也有的是女人吗？怎么用朝鲜的女人呢？”

“不说这个，”大泽一郎见这娘俩心底坦然，训话的本领和耐性更加勃勃蓬发，“我们大日本帝国来到中国是为了大东亚共荣，中国和大日本帝国还有朝鲜，都是一家人了。从哪里找还不都是一样吗？”

慰安妇那边又传来了稀里哗啦的嗤笑声。大泽一郎被希望冲昏了头脑，性欲、野心在极度滋长。他虽年轻有不老练之处，也具备“鬼子”的“鬼”的特性。他努力压制着冲动但总压不住，迫不及待地说：“说我们自己的事儿，那，我和嘎丽娅就在绥芬河镇举行结婚典礼，在绥芬河安家……”

“好，这好，”冯俊妮又补充条件，“那也得好好和你父亲商量一下，还有就是等嘎丽娅的伤口好了再说。”

大泽一郎还是心切，觉得那样时间太长，顺口说：“小小伤口不影响结婚吧。”

“哎呀——”嘎丽娅故意一捂脖子，“怎么不影响，你挨打的是肉，我可是大脖子筋呀……”

这时，外边传来了叫骂和吆喝的声音，冯俊妮问：“大泽一郎副司令，你们军营里怎么这么乱？什么事儿呀，你听外边……”

“哎，”大泽一郎毫不隐瞒地说，“刚才，副司令洼岛诚郎和我父亲一起出去执行军事任务，怀疑劳工营里有个叫陈来善的和抗联有联系……”他说到这里，似乎觉得走嘴，刹住又补充说，“我嘱咐这里以后肃静一点。”

随着两束明亮的光进院，大卡车很快进来了。

大泽一郎知道大泽小野的规矩，忙起身说：“我先走了，回头再来。”

冯俊妮和嘎丽娅跟随走出门帘外。大泽一郎一出门，嘎丽娅便朝他的背影狠狠唾了一口。冯俊妮没有吱声，反倒笑了，她知道，慰安妇们已经瞧不起她们娘俩了，女儿这是故意做给她们看的。

卡车一停，便传来了鬼子兵噼里啪啦跳下车的声音，还有吆喝叫骂声。冯俊妮掀开窗帘缝一看，一名魁梧的庄稼汉被驱打着进了刑讯室，那就是当众在鬼子面前揭露田中隆吉罪行的村民明天。

冯俊妮心里很纳闷儿，也很忐忑，这些日子一直比较太平，怎么出家门多半天时间就发生了这么多事情：夜间枪声，农民被抓，而且被带到这里，她知道，一般嫌疑犯都是由警察署处理，凡是被带到这里来的，都是重量级人物，这个明天能是什么重量级呢？她百思不得其解。

隔门帘那边又传来了金玉姬痛苦的呻吟声。

冯俊妮掀帘走出小间，嘎丽娅端着刘老五送的一碗面跟着走了出来。围着金玉姬的几名慰安妇吐痰的、唏嘘的、瞧不起说俏皮话的，小旋风般一起卷来。金玉姬连连摆手："快走，快走开，我吃不起！"

"朝鲜妹妹，"冯俊妮脱鞋上了炕，凑到金玉姬跟前说，"你们说的猪皮的故事和其他一些话，我都听到了。你们是朝鲜人，无奈被强征来受凌辱、遭欺压，你们的反抗、斗争，让我很佩服。我们中国人进到这里的心情和你们是一样的……"

"不对吧，"曾丽娇说，"你们和大泽一郎在小间说的话，我们也听到了，不久，你女儿就是日本人的军官司令太太了……"

"朝鲜姐姐，别这么说，"嘎丽娅端着面条说，"我们要是想那样，还能住在这里吗？"

朴巧巧反应快，脑子会转弯儿，快嘴接话说："中国姐姐，你说得有道理，我可是听出点儿门道来了……"她说到这里下炕走到窗前，掀开一道窗缝儿瞧了瞧，返回来开始破谜："你娘俩是想能拖就拖，哄住日本鬼子找机会能逃就逃吧？"

冯俊妮机灵地扫视着身边的这些慰安妇，朴巧巧又开口了："中国姐姐，没事儿的，我们几十名姐妹一个心眼，一根肠子。不会有探子的……"她见冯俊妮和嘎丽娅都在微笑，加重口气说，

“两位中国大姐……”

嘎丽娅把碗放在了炕上，指指冯俊妮截话说：“不能都叫大姐，这是我妈。”

“怎么没看出来呀，这么年轻，”朴巧巧说，“那就叫你们中国美人，你们想呀，日本鬼子这么践踏我们，让我们这么遭罪，谁还能给他们那些狗日的当探子、当特务！”

曾丽娇发恨说：“要是那样，还叫人吗！”

几十名慰安妇一起响应，气氛变得群情激愤起来。

大门开了，穿白大褂的医生进来了，拿着一张化验单一晃喊着：“金玉姬。”

金玉姬正躺着，有气无力地欠一下身子回应：“我是，在这儿。”

白褂子医生又晃一下手里的单子说：“化验结果显示，你已经患上了怪病，不准再坐班了！”

“哇——”金玉姬大喊一声，高兴地转起圈来。

朴巧巧说：“医生，今天和玉姬姐在一起的兵，就不准再……”

她话没说完，白褂子医生就说：“我知道那几名关东军，已经遣送回日本了，其他人经过体检都没问题。”他说完转身走了。

金玉姬像是有了力气，竟高兴地坐了起来，还在鼓掌：“好哇，好哇！”

嘎丽娅有些奇怪，她还不懂得这种性暴力、性虐待给人带来的痛苦。她睁大着眼睛问：“朝鲜大姐，我可是听说这种病很难治呀，你没听见医生说吗，那几个得了这病的日本兵都送回日本治去了。”

“哈哈哈，知道，知道，”金玉姬又是一阵大笑，“我怎么会连这个都不懂呀，得病了，就再没有日本兵来折磨我了，就这样静静地死去，我觉得，比那些野兽们把我狂虐死好多了，安静呀。”

这席话，一下子揪住了嘎丽娅的心，揪的是那么紧，渐渐由紧又变成痛，痛得从心尖处发胀，胀到全身每一个细胞。她以一个教师善长分析的头脑得出结论：战争中武器侵略炸毁的是房屋、街道，刹那间不知炸去了多少人的性命，来得残忍，但人死得并不痛苦。而这种性侵略比其他侵略更灭绝人性，更无法原谅。日本法西斯侵略罪行，应该重重加上一笔性侵略罪……

冯俊妮看出女儿在深思，便端起放在炕上的面条送到金玉姬面前说："朝鲜妹妹，吃吧。"

金玉姬点着头，双手接了过去，瞧着冯俊妮，笑脸变成了苦脸，两个眼角慢慢渗出了泪水，嘴唇颤抖着说："谢谢中国姐姐，祝愿你娘俩能远离厄运……"

围前围后的慰安妇姐妹们都默默地瞧着，谁也说不出一句话，但都流下了眼泪。

第七章

开拓团劳工营救所安置在天长山对面石砬子峰中端一个自然山洞里。这里是抗联的一个秘密营地，洞口小，内里宽敞，有十多个大洞小洞相连。抗联战士将一个小洞与地面打通后，垒出了烟囱做厨房，安置有二百多张木杆床和吊床。山脚下树木茂密，没有通营救所的路，只能靠辘轳来上下。这里是营救劳工和受伤抗联战士休养最安全的地方。

鲁大棒子赶走小棒子后，已是小半夜了。尽管青鬃马听话，一给信号，会悄悄落蹄，缓缓拉车。鲁大棒子还是怕弄出点动静，引得狗咬鸡叫，于是，先是绕到镇外，再奔石砬子峰走去。离开村子以后的路上，鲁大棒子对车上三名被救劳工问寒问暖，送水壶，给面包，三名劳工渐渐清醒。其实，他们仨都没有到奄奄一息要告别人世的份儿，只是劳累与饥饿交加，在地里干起活来手发抖、腿发颤，有一名还晕倒在秧田里。监工的鬼子小队长在他们后背上用红笔画上了叉，他们已知道事情不妙，要跑不能，要死都寻不到路。劳工大队收工刚刚要进工棚，他们就被拥上来的几名鬼子扯腿、架胳膊抬上卡车，扔进了万人坑。

马车进了密林小路，鲁大棒子才算心清静了，他让马车蹚着榛子丛、草地走着，转过身双腿往上一蹿进了车板箱，没坐稳就说："不好意思，怠慢几位弟兄了，路远时间长，都怎么样啊？"

靠他身边的一个说："吃了你的面包、香肠，还喝了格瓦斯，有精气神了，我们哥仨可是都瞧着，那个让你打嘴巴走了的是你儿子，都没吃一口东西呢，你也没吃呀。"

"哎——"鲁大棒子拍拍自己的肚子说，"我这里头有些底儿呀。喂，你们哥仨都怎么称呼呀？"

一个拉着他的手说，他叫张有孝。另一个说叫林天新，最后一个说叫马永江。

“这一路上，我们哥仨有时你捅捅我，有时他捅捅我，”张有孝虽然气力不足，吐字还是很清楚，“有时候咬咬耳朵，虽然之前不认识，但现在都成哥们了……”

林天新比张有孝气力大：“大哥，你看，我们混的，都忘了恩人姓啥名啥了。”

鲁大棒子笑笑说：“就叫我鲁大棒子吧，我在镇上杀猪、做香肠开店的。”

“哎哟哟！”马永江被狼咬了大腿一口，但没撕下肉，他忍着疼痛说，“你可是老有名气了，听我们一起干活的伙计说，你是山东人，要那大棒子像孙悟空呢。”

鲁大棒子笑笑：“没有，没有，我要是有孙悟空那两下子，有七十二变，还有火眼金睛，还不早把大泽小野那帮王八蛋给灭了……”

“鲁大哥，”张有孝喘着粗气说，“我哥仨在车上一听，就猜着你是抗联，也是共产党。”

鲁大棒子笑了。

林天新问：“鲁大哥，我们这是到哪儿去呀？”

“去石砬子峰，”鲁大棒子回答说，“石砬子峰半山腰的山洞里，那里是咱们抗联的伤员疗养所，又是营救开拓团劳工的营救所。那里有病房、医生和药品，还有好吃的，给你们看看病，疗养疗养，送你们回家……”

马永江激动了：“不回家了，鲁大哥，等养好身子，请你介绍我们参加抗联打鬼子！”

“对！”林天新也激情满怀，“鲁大哥，要是没有你，我们现在都被饿狼吃了，打死一个鬼子就赚一个，打死俩赚一对……”

“喂，我纳闷儿，”鲁大棒子问，“看这样子，你们哥仨没到不能干活被扔进万人坑的地步呀？这鬼子……”

张有孝向鲁大棒子靠靠说：“鲁大哥，确实，你看得准，我们哥仨是要熊呀！”

鲁大棒子不解："要熊？甘愿喂狼？"

"在开拓团劳工棚里吃不饱，活累不说，工棚炕席低，臭虫像蚂蚁，早晚插秧的时候那蚊子咬、小咬叮、瞎虻啃、小刨锛儿刨，你现在看不见，我浑身都是脓包，一片片的红疙瘩，生不如死，活得难受呀……"

林天新耐不住了："再说，种出的大米全是日本人吃。有一天，我们一位兄弟在泔水桶里捞了一块锅嘎巴，让鬼子好一顿痛打，逼着喝臭屎水吐出来，还要受罚，我们五百多劳工绝食罢工才算了事。"

马永江愤愤地说："我们种的大米，鬼子吃不了都送天长山要塞了，听说还准备运往日本。鲁大哥，我们给这帮狗日的日本鬼子干活身体受累不说，心里窝囊呀，不如死了，不伺候这帮狗日的了……"

青鬃马突然停了，晃着脑袋嗷嗷叫了两声，右前蹄开始刨地，竖着耳朵，两眼直盯盯瞧着左前方。

"不好——"鲁大棒子瞧去，随着窸窸窣窣磕碰树枝、丛棵子的声音越来越大，月光下，一个黑乎乎的东西一蹿一跳地直线奔来，肯定是猛兽。

三名被营救的劳工有心无力，缩成一团，不知如何是好。鲁大棒子急忙从扣绳里抽出大棒子跳下马车。距鲁大棒子还有两米多远时，那猛兽一纵身飞扑而来，鲁大棒子猛劲抡起大棒子大喊"左前腿"，相交叉的刹那，只听"嘎巴"一声，猛兽惨叫一声跌落地上，接着迅速翻滚起身两腿猛力一蹬，虽没有了乍扑来时那旋风般猛烈，但也来势汹汹。鲁大棒子抡起的大棒子随着大喊一声"后腿"，比第一次"嘎巴"声还响，猛兽随着吼叫又"扑通"落地了。它正吼叫着，拼命挣扎着，想站立，没站起来时，鲁大棒子抡起大棒子对准它的脑袋"梆""梆""梆"就是三闷棍，那家伙"哼哼"两声，没被打的一条前腿和一条后腿也哆嗦着直挺挺了。

马车上的三名劳工拍起手来。

鲁大棒子要把这东西拖到马车上，可有点费力，马车上那哥仨来了劲儿，跳下马车帮忙。鲁大棒子哈腰使劲儿又掀又拖，哥仨敲边鼓似的抬，虽然吃力，还是把这重重的家伙弄到了马车上。

“鲁大哥，”张有孝就着月光用手拨拉一下这家伙的头问，“是老虎吧？”

鲁大棒子说：“看那来势凶猛劲儿像是老虎，其实不是”。他说着，摸摸这家伙的前额，“你们看，这是个假‘王’字，老虎额上‘王’字很规矩，这个成了四横一竖。不过这家伙凶猛劲儿仅次于老虎，都说老虎不在家，猴子称大王，其实它是老虎不在家，豹子称大王，这是只豹子。你们看见那凶劲儿了吧，要是老虎不会这么凶猛而来，它要掂量掂量，而这家伙就不了，它不看看是谁，傻愣愣扑来了。豹子胆大，比老虎胆大，常说有胆量的人‘你吃了豹子胆了’，就是根据这家伙这股劲儿来的……”

“就是呀，”张有孝说，“也不看看是谁，鲁大哥，你真厉害！”

其他两兄弟竖起大拇指赞叹不已，称鲁大棒子是活着的孙悟空。林天新问：“鲁大哥，这豹子拉回去能吃吗？”

鲁大棒子回答：“当然了，那皮剥下来给伤员，给营救的劳工，是一床好褥子呢。”他心里着急问一件事儿，但他明白，只有把他们要关心的问题回答个清楚，他们才能心平气和地回答自己的问题。但是，鲁大棒子心里也高度警惕，从分析看，这哥仨说的都像是实话。但他们会不会是警察署特务科安排的汉奸探子呢？目前还不像，要是的话，也不知道自己会去万人坑，他们不可能冒被狼吃的危险。再说，日本鬼子至今没发现石砬子石洞里的秘密，也从来没发现抗联从万人坑里营救劳工。要是发现了早就来袭击了。尽管如此，他还是格外小心地试探着问：“刚才，张有孝兄弟说，日本鬼子收了大米还送往天长山地塞，有这事儿吗？”

“有啊！”张有孝已经很信任鲁大棒子了，放亮嗓门回答得很有力，“我还去送过！”

林天新也不示弱：“我也去过！”

“是，”马永江没去过，为表示他俩说的如实，急忙在一旁证实，“我见到了，日本鬼子押他们上车，车上大帆布盖着大米袋子，他们也被埋在帆布底下。”张有孝接着说：“不光蒙在帆布底下，还都给捂上眼睛！”

鲁大棒子驱车前进，被着急需要的情报紧紧缠住了舌头，锯住了心，但还是故做心平气和，警惕地问地塞入口："这么说，你们进那天长山地塞了？"

"那还得了呀，"林天新说，"别说地塞里头呀，那地塞入口我们连个毛都摸不着……"

张有孝打断他的话补充："我们走时睁着眼装车，一上车就给蒙上了眼睛，一直被蒙着，等回来还是劳工大院里这块地儿，头顶上这片天。"

马永江问："鲁大哥，抗联是不是想捣日本鬼子这个老巢呀？我可看出来了，真比登天还难。"

"哎呀，"鲁大棒子说，"三位老弟，你们不是说我是人间的孙悟空吗，能上天，能入地呀，现在就是想设法知道那地塞入口。听说地塞大炮打不透，洞口难找，当年开工挖地塞的时候，半山腰那施工洞口，完工以后就用水泥灌浇得死死的了，真正使用的入塞口都在秘密处。要是知道出入口了，我鲁大棒子和抗联的人就有办法了。"

"噢，"张有孝深深感叹，"鲁大哥，你了解得很详细了。我知道的都没有你多。"

此时，鲁大棒子凭着察言观色已经对他们仨有了完全的信赖感，他叹息一声说："这都是些毛皮。"他正要驱车，张有孝说："大泽小野应该有地塞的秘密图纸。"

"那当然了，"鲁大棒子说，"大泽小野负责往里送东西嘛！"

马永江早就忘了伤痛，咬牙切齿地说："不行的话，我杀进去宰了这个王八蛋，把秘密图纸抢出来……"

"不可能啊——"鲁大棒子理解他的心情，轻轻"驾"了一声，马车向石砬子奔去。

张有孝突然拽住鲁大棒子说："鲁大哥，我能知道个大概！"

鲁大棒子一时心花怒放："老弟，你说。"

"我当扛运工一共参加过三次往地塞里运东西，"张有孝说，"每次上车我们被蒙在帆布严封的卡车里，大约就是四个时辰让下车扛东西，有鬼子扛枪打头的，有看着压尾的，怕我们跑了，或走丢了。那脚下踏的是树棵子和蒿子草，走起来很吃力，应该是在爬山。”他说得急，恨不能把知道的一切都掏给鲁大棒子，他喘几口气接着说，“那是第二次去背运的时候，我觉得太累，就迈一步心里查一个数，好有个盼头，到让我们放下麻袋回来，一共是3898步……”

鲁大棒子急忙问：“你知道大卡车停在山脚下什么位置吗？”

张有孝说：“不知道。”

“这好说，”林天新插话，“大卡车有进山和留在山上边的车轮印呀。鬼子不光送大米，还常送木箱子，里面装的沉沉的东西，劳工大院养的猪杀了也往里送……”

对鲁大棒子来说，这倒是些新的信息，日本鬼子称这天长山地下要塞是“东方马奇诺防线”，设想据此称霸天下或亚洲，也设想一旦落败隐藏其中，以待援兵或东山再起。外部都防守这样严密，看来入内就更不用说了。想弄到它的秘密图纸，真不知从何处下手。这一点点尽管渺茫的信息，也让鲁大棒子兴奋起来，他回答说：“好，你提供的情况很好，日后再聊。”然后一甩鞭子，马车加快了速度。

原来，青鬃马嘶叫声、豹子吼叫声惊动了石砬子石洞的人，他们猜想一定是鲁大棒子上山遇到了麻烦，抗联疗养所所长彭立志和开拓团劳工营救所所长靳晨光带领十多人持枪带刀俯冲下来。一喊联络语，鲁大棒子便学鸟叫回复平安无事，他们便直冲而下，把鲁大棒子和三名被营救的开拓团劳工接到了山下，又带入石砬子洞里。

日本鬼子自称天长山要塞是“东方马奇诺防线”，殊不知这营救所和疗养所合二而一的石砬子天然山洞，也是东北大地赐予的天然马奇诺防线。高高的砬顶巍然耸立，茂密的山林紧紧拥抱，砬顶鸟飞绝，砬底端也无兽迹，只有山洞口探出一块顽石，可以拴上粗粗的绳索用辘轳上下运送人和物资。洞内伸展出很远很远，炮弹打不着，子弹飞不进，可谓是个“一夫当关，万夫莫开”的军事险要隘口。当然，运送人和物资的马车只好安置在山底，如遇情况，就像青鬃马也可以用大镰铲摇将上去。

进石砬洞左拐再左拐是抗联受伤战士的疗养所，右拐再右拐是开拓团劳工营救所。张有孝三人跟着鲁大棒子和靳晨光一进营救所洞门口，油灯下呼啦跑上来五十多名被救治的已基本恢复健康的劳工，喊着他们仨的名字，把他们围拥了起来，都问是怎么跑出劳工大棚找到鲁大哥的。众人见他仨这样好端端，谁都想不到他们会是从万人坑被营救出来的。他们仨不知怎么回答，兴奋得泪花溢出眼角。营救所所长靳晨光兴奋地跑进来，对身后脑袋上还扣着耳机的报务员说："小王，快，快向大家报告好消息！"

小王举举手里的电报说："中共满洲省委电报说，苏联接受德国法西斯无条件投降，正式对日宣战，苏联红军分三路对日本关东军发起进攻，东北抗日联军已经派出兵力配合苏联红军作战……"他停上一停，振振臂接着说："毛主席发表声明，号召中国人民的一切抗日力量，举行全国规模的反攻，密切而有效地配合苏联及其他同盟国作战……"

没等电报员说完，疗养所所长彭立志激动地振臂大喊："同志们，日本鬼子的末日就要到了！"

顿时，石洞里响起了各种欢呼声：

"苏联红军万岁！"

"中国共产党万岁！"

"抗日联军万岁！"

……

各种欢呼口号声交织在一起，形成了一股巨大的声浪涌出洞口，飞向森林的夜空，震动着远处的山谷，回声久久不息。

第八章

大泽小野从八家子村回营房大院，一下大卡车，便直奔医务所单间病房，不见大泽一郎，十分不高兴，断定他是去慰安妇宿舍的小里间了，让人去喊他立即到自己办公室。大泽小野一进办公室，机要员随后跟了进来，送上一份密电，是关东军司令部发往所属各部队的。他看了起来，越看呼吸越困难，呼吸声越来越粗。两个月前，关东军司令部曾发来密电，说纳粹德国在苏联战场连连获胜，眼瞧就要打下莫斯科了，怎么眼下还能败给苏联红军，而且无条件投降呢？真是不可思议。他看着手里这份电报，暗忖苏联即使胜了，国内也是千疮百孔，破败不堪，竟对我已经占领了多半个中国的大日本帝国宣战，真是不自量力……

他又看到电报后面还加了一段命令词，要求关东军要发扬武士道精神，与中共八路军、东北抗日联军，国民党军，特别是苏联红军决一死战。

人泽小野辞退报务员，一转身，目光盯住了办公桌后面墙上那面日本国旗。这面旗是营房刚建造好他要进驻办公时挂上的。当时，洼岛诚郎、大泽一郎和二十多名小队长都身着整齐的军装，聚集在他面前，一起跪拜宣誓，向天皇起誓，他们离开日本岛，就像离弦的箭，没有回头路，誓死要占领中国这片土地。

他瞧着瞧着，横心又起，把文件往桌子上一拍，一个猛转身坐到了椅子上，气势十足，但他的面孔却流露出一丝惶恐不安。他把电报刚塞进抽屉，邱野和郎当进来了。他开口就问：“那两个女人怎么样，发现可疑的没有？”

邱野回答说，“大泽小野司令，她们只是上了上厕所，再没离开慰安妇那间屋子。”

大泽一郎在慰安妇小间里听到大卡车声，就知道大泽小野回来了，又听到传话，急忙往大泽小野办公室走去。他一脚门里一脚门外听见了邱野的话，于是一边关门一边说："大泽小野司令，听洼岛诚郎说，没什么大乱子，只是几个刁民闹事……"

"是，不说这个，"大泽小野显得很不高兴，"你堂堂关东军独立开拓团的副司令，怎么会屈身到慰安妇房间里去？"

大泽一郎有些激动："大泽小野司令，不，父亲……"

大泽小野看出了儿子的情绪，对邱野和郎当一摆手说："你们两人先出去一下。"

两名警察特务一走，大泽一郎说："父亲，你还不懂我，我太爱嘎丽娅了……"

大泽小野站了起来，也有些激动："儿子，大日本国还有美惠姑娘等着你，难道你真要娶这个嘎丽娅？"

"父亲，是的，"大泽一郎毫不含糊地回答，"那个美惠姑娘，只是在大阪见了一面，我没什么感觉。嘎丽娅恐怕是地球上任一角落都难找到的漂亮姑娘，如果娶不到手，那我就要疯了，这是真的。"他说到这又补充："父亲，要觉得在这里麻烦，那我带她回国，现在就走。"

"唉，那是不行的，军纪不允许呀，"大泽小野叹口气，"你打算怎么办？"

大泽一郎说："父亲，我正在感化她，让她真正地爱我。"

"用不着吧，你没看那些慰安妇吗？关东军的大兵出了国不管在哪里，不管什么女人，要占有就占有，"大泽小野说，"你日本军人的是……"

"父亲，"大泽一郎打断他的话说，"你该知道，我和你的女人观有些不一样，你看，慰安妇里也有漂亮的，我从来没去动过吧，我要真正的属于我的女人，属于我的爱情……"

大泽小野在儿子面前有些羞愧难当。有一天晚上，大泽小野让小林照兴叫来那个叫朴巧巧的慰安妇睡了一宿，没想到这个女人乖巧嘴甜，竟让大泽小野几乎彻夜未减兴。早晨，朴巧巧披头散发出屋让大泽一郎看见了，这一碰面也让正在屋里穿衣服的大泽小野看见。当然，院子里来来往往的很多人也都看见，大泽小野都不在乎，因为这兵营里没有一个男人不睡慰安妇的，只有他儿子不睡。其实，大泽一郎也理解，父亲在日本时就与母亲不和，吵凶了就分居，听说父亲和母亲闹矛盾还偷偷去妓院。那时候，他就对父亲有意见，据自己所知，每次和母亲闹矛盾，都是因父亲专横、暴躁。他从有性意识开始，就非常羡慕邻居一对在工厂当小头目的夫妻，两人和和睦睦，恩恩爱爱。大概主要还是那女人长得漂亮的缘故吧，她穿一身樱花和服，那么鲜艳夺目。有一天，他发现那女人从对面一排樱花树旁走来，向他打招呼，绽出的笑容比那樱花还美，还撩他心醉。从那之后，他就想娶一个像那女人一样漂亮的媳妇，也那样恩爱。可是，那个人一直没有出现，直到他走进华语学校上第一堂音乐课见到嘎丽娅。后来越看越觉得嘎丽娅比那女人要漂亮多了，嘎丽娅讲课、唱歌的姿态更让他心驰神往。他下决心要娶她。他曾经向嘎丽娅多次表示过，而嘎丽娅都不动声色。他拿定主意，不急躁，不能像日本兵那样见了女人就疯狂……

大泽一郎话里有话，暗示对大泽小野不满意，主要是因为没问自己的意见，就主观武断地安排嘎丽娅母女吃住，且说这说那，让他主动去向嘎丽娅表示爱的机会都失去了。大泽一郎嘴上不说，心有怨气，按捺不住说出了那番话，他察觉这番话已经在父亲心里有作用了，作用的深浅度还无法预测。当然，尽管有时耿耿于怀，他还是很在意这个既是父亲又是上司的大泽小野。

“你是大日本帝国的军人！”大泽小野很严肃，“军人……”

“父亲，”大泽一郎截断大泽小野的话说，“军人，军人，我懂得大日本帝国关东军来中国的使命，可是，我娶上嘎丽娅带在身边，不比用慰安妇强吗？您知道，已有好几人得了怪病被送回国了。父亲，你……”

他留半截话没说出，让大泽小野心里有些惭愧，被刺激得隐隐约约一阵不舒服，但同时他心里又升起了另外一种奇异的感觉：为儿子这种做事的执着劲儿，甚至能胜自己一筹而骄傲。他态度还是有些严肃，从抽屉里抽出那封电报递给大泽一郎说：“你是副司令，这种形势该让你知道。”

大泽一郎一看，心里倏然升起一阵恐慌，却还在惦念着嘎丽娅，一皱眉说：“苏联红军还能有多大本事，别看他们胜了，都已经让德国打得稀里哗啦了，我们也就是多费点炮弹嘛。”

“不，”大泽小野走出办公桌说，“我也这么想过，但也要以防万一。我们有天长山地下要塞，近水楼台先得月，任何情况下都会安全地活着。”

大泽一郎点了点头。

大泽小野说：“父亲支持你，你也要支持、理解父亲，不准有情绪，好好配合我。”

大泽一郎点了点头。他知道，倘若是军令，他这个父亲可是不含糊的，若有违，他会枪下不留情。

大泽小野说：“我是问你，我离开这段时间，包括刚才你去嘎丽娅的小单间，发现问题了没有？”

“大泽小野司令，我可以郑重地说，”大泽一郎一副坦然的样子，“你派去刘老五试探了，两个警察也在侦探，她娘俩自打进慰安妇宿舍就是去了一次厕所再就没出来，能有什么事儿呢，你别再这么敏感了！”

“不，不是，儿子，你年轻呀，”大泽小野拍拍大泽一郎的肩膀，奸笑说，“共产党，抗联的红色交通员大大的狡猾，估计，他们也已得到了苏联红军向我大日本宣战的消息，田中隆吉小队长之死、隆良村村碑被砸，很难说和这娘俩没关系。”

大泽一郎狡黠一笑：“大泽小野司令，你不会怀疑我也是抗联的特务，把嘎丽娅引进来的吧？”

“哈哈哈……”大泽小野瞧着大泽一郎，眼不眨地说，“那是不会的，我是想，不怕巧，就怕巧中巧呀，我们这开拓团司令部，还有天长山地塞秘密交通图早就是抗联、共产党搞情报的重点，可是，可是……哈哈哈……”他接着又说，“搞到了这秘密图纸，”他说着拍了拍不离身的皮背包，“就是为了抄我们的后路呀，不过……哈哈哈……”

“大泽小野司令，”大泽一郎问，“你说怎么办？”

大泽小野说：“只要进我们这里的人，不管是你要做太太的女人还是什么人，都要像过筛子一样，细细地过，毫不马虎地过……”

大泽一郎回应：“父亲，你打算怎么办？”

大泽小野回答：“在这里发现不了，放回去看看是否有问题。”

大泽一郎大吸一口气：“不必吧？”

大泽小野很肯定地说：“必须，必须，这个安排定了。要是没事儿，你就大胆地去娶这个嘎丽娅就是了，父亲不会再说什么。”

大泽一郎无奈的样子，摇摇头，又点了点头。

这一宿时间，冯俊妮、嘎丽娅已经和几十名慰安妇混得彼此很信任了。冯俊妮见她们敌视日本鬼子的情绪很高，就把她和嘎丽娅如何到这里的来龙去脉说了个详细。有几名慰安妇，像朴巧巧、曾丽娇、金玉姬等七八个人讲述了她们因被强征慰安妇如何家败人亡。不过，也没想到，她们中竟有人夸大泽一郎几句，说他不像这里大多数日本鬼子那样都是禽兽，因为他从没沾过慰安妇的边儿。大泽小野则是个狐狸精，老色鬼。大家你一段我一句，不知不觉天亮了。大锅饭还没开，刘老五就殷勤地送来了小灶饭，这娘俩确实饿了，只吃了一份，把那一份送给了金玉姬。这一举动，加上夜里相谈甚欢，金玉姬感动得热泪盈眶，双手拉着娘俩的一人一只手直说相见恨晚，没想到远出国门还能遇到这么样的好人，可惜自己不久将绝于人世……她这一说，屋里的人都掉起眼泪来。

冯俊妮为了稳定慰安妇们的情绪，拽一把嘎丽娅进了小间说：“嘎丽娅，咱娘俩得商量一下，大泽小野和大泽一郎要是强把你留这里怎么办？”嘎丽娅有些困惑：“妈，你说该怎么办？”冯俊妮说：“那我就死活不走……”

娘俩正商议着，随着踏踏的脚步声越来越近，大泽一郎站在小间布帘门口问：“嘎丽娅小姐，可以进来吗？”

嘎丽娅回答：“可以。”

大泽一郎在前，白褂子医生在后，双双进了小间。

冯俊妮从炕沿上站起来说：“你们二位请坐。”

嘎丽娅已经变得很自然了，见大泽一郎似在班级当学生，自己也就拿出了当老师的架势："大泽一郎，你昨天嘎丽娅老师、嘎丽娅老师的称呼，怎么今天又是嘎丽娅小姐……"

"你怎么了，"大泽一郎笑笑说，"我还叫过你亲爱的呢，你怎么不说了？我真心地爱你，不知称呼你什么好了。"

"那是你们两个的事儿了，私议吧，"白褂子医生说，"嘎丽娅小姐，请你到医疗室去一下，换换药，打一支消炎针，然后就可以回家养着，一个星期来一次换药打针。"

"多谢，"冯俊妮问，"医生，在镇医院换药打针不行吗？"

"当然不行，"白褂子医生说，"那里的药质量不敢保，这里的都是从大日本帝国运来的。"

嘎丽娅说："明白。"

大泽一郎一旁说："嘎丽娅小姐，河东大作校长也来请你回去上课呢。"他说完又补充，"你有伤在身，方不方便上课就随你了……"这里当然有关心的意思。正如有的慰安妇所说，大泽一郎这家伙还是有些人性，或者说有理智的成分。他绝对不会在这种场合称嘎丽娅"亲爱的"，也绝对不会那么杀气腾腾。

"好，谢谢医生，"嘎丽娅说，"医生先生，现在就去。"

大泽一郎接话："对，现在就去。"

嘎丽娅先迈步出了小门，其他三人接踵而出。那些在帘布跟前偷听的慰安妇呼啦散开了，碰得你倒我卧，大泽一郎似没看见一样，大步向外走去。就是他来，慰安妇们才敢偷听有什么热闹，要是换成大泽小野、洼岛诚郎，或是小林照兴队长，早就指着她们骂娘了。

白褂子医生给嘎丽娅边换药边说："嘎丽娅小姐，本来是三天换一次药，大泽一郎副司令想得周到，临走换一下，就可以在家多疗养一天。"

冯俊妮纳闷，三天换一次，怎么，昨天才换上了药，今天就又换？这个大泽一郎根本就不想让嘎丽娅走……

大泽一郎说："其实呢，这也是大泽小野司令，我父亲的意思。他非常同意我娶嘎丽娅为妻，但军营不是很安静，想让嘎丽娅小姐回去安心疗养，之后再谈我们俩的事情……"他停停又说，"至于河本大作校长那里，不想去上课，我和他去说。”

嘎丽娅说：“谢谢你，那，这两天我就不去讲课了。”

白褂子医生换了药、打了针，又给了嘎丽娅一小包口服药，说是消炎止痛的。嘎丽娅揣起药对冯俊妮说：“妈，我们走吧。”

大泽一郎奇怪地问：“怎么？就这么走？”其实，他是想让嘎丽娅主动提出让车送一下，嘎丽娅根本就没这个意思，那些“谢”字、笑脸，都是受母亲熏陶佯装而为的。从内心里她要不失高傲的做派，并如实地表现出来了。

“对呀，”嘎丽娅笑笑说，“我和母亲边说话边慢慢走，肯定用不了天黑就到家了。”

“没有嘎丽娅老师讲课，我就没多大兴趣去上课，”大泽一郎又在献殷勤，“我今天得去上课了，不管怎么样，我还是班长，正好，顺便用车送你们回去。”他看出了嘎丽娅的高傲，想说送她娘俩，顺便去上课，还是把内心所想说颠倒了，当然这里明显让人感到，有讨好献殷勤的成分。

冯俊妮满脑子都是着急的事情，接话说：“那，我们就谢谢大泽一郎副司令了。”

鬼子这点小小的伎俩她还明白，说是让嘎丽娅回去好好养伤，这百分之百是圈套。也许是他们已经掌握了自己的真实身份；也许是掌握了部分线索，在考察；也许连大泽一郎追求嘎丽娅都是阴谋……这一切，都要格外谨慎。

冯俊妮作为一名地下党，不能不考虑这么多，也不能不考虑这么细。

大泽一郎带着冯俊妮和嘎丽娅朝车库走去。

冯俊妮看一眼大泽一郎的伤口包扎处说：“大泽一郎副司令，你还有伤，就别去了，要送就找个司机送一下吧。”

“不客气，”大泽一郎笑笑说，“我的双手没受伤呀。”

……

第九章

满金仓的小食杂店位于镇东街头，外间店内间室，除经营鲁大棒子的猪肉、香肠，冯俊妮的俄罗斯大面包、黑面包和格瓦斯外，还有油盐酱醋、烟卷、火柴等日用杂品。有的商品较大，比如俄罗斯面包就有小盆子那么大，那售货窗口就设置大了一些，往外递货和收款时，可以探出头去，眼一斜可将左巷里右街头的行人车辆看得一清二楚。他知道，警察特务加紧了盯梢，从昨晚开始可疑的身影比往日多了，由于刘老五的情况摸不清，他除正常去鲁大棒子和冯俊妮那里上货外，没有和其他人打交道。虽不断有密件往来，都没被察觉。昨晚天刚黑，情报员借买烟卷手碰手送来缺右角的密件纸条，上写：老黑被抓是阴谋。送件人走后，满金仓刚展开纸条扫了一眼，皮鞋声伴着“嘭、嘭、嘭”的砸门声急骤而来，他一面吞咽纸条，一面解开裤腰带开门，生气地问：“干什么？”大个子陌生人似乎看见买烟卷人递给满金仓的不光是钱，开始动手搜他的兜、袖口，但没发现什么。满金仓说：“你俩是警察局的吧，是抓贩毒的，还是抓共产党？我憋不住去厕所，要撒泡尿……”两个陌生人瞧瞧地下的尿滴，转身走了。后来这两人和另外两个陌生人碰头一交流，查明买烟的是个无业游民、二流子，曾经偷烟，被店主痛打了一顿，他们便没再找满金仓的麻烦。

满金仓回到柜台里思量，可能情况不妙，心急如焚。密条里写的“老黑”就是指鬼子在村里调查田中隆吉死因时慷慨陈词的明天。这家伙是被捕前安排在村里的，也不知怎么又被策反了，情况太复杂了！还有，冯俊妮娘俩怎么样了？这些无头绪的事情，让他就像断了线的风筝。但，有一条是肯定的，鲁大棒子去山砬子送完营救的劳工，是务必要尽快赶回他的香肠店的，他会知道些情况。

不过，和他接触，也会引起怀疑，对开展工作不利。不过，无论如何要接触一次。

鲁大棒子天刚刚亮就赶回了家。他家也是前店后厂，员工们正在杀猪制作各种肠，火熏香肠是他这个店的品牌，其他还有粉肠、爆肚、风干香肠，也有熟食，如猪头肉、猪爪、猪耳朵等等。因为外国商人比较多，生意还算红火。店里表面是由他主事儿，其实这一切，都由他妻子王春芹操持。鲁大棒子进厂，把小棒子的情况说了说，让她别担心。王春芹还是有些担心，事已至此，只好叮咛鲁大棒子要格外小心。鲁大棒子感觉形势要紧张，劝她回老家躲一躲，王春芹说："那怎么能，你现在并没有暴露，就算有那一天，他们把你抓去了，我也陪着你。"鲁大棒子说："哎呀，说傻话呢。"他看窗外已大亮，对王春芹说："你照顾后院工厂那边，我安排前店，卸门窗板，那些远道的批发商估计又快到了。"

满金仓的这个小食杂店，半夜也有人来敲窗买东西的。他一拉开后窗帘，发现有陌生人叼着烟在晃悠，装束没见过，那身材，步子似乎眼熟。他开了大门，有意倒洗脸水往右瞧瞧，发现街头墙角处又是个装束眼生而身材似曾相识的身影，一面低头点烟，一面斜眼往这面瞧。他如往常地倒出洗脸水回到屋里，点着一支烟。看来警察署特务已经加紧了对自己的监视。他心里明白，除正常去鲁大棒子、冯俊妮那里上货外，从未接触过外人。小棒子来时是深夜，监视还不严，并未被发现。自打刘老五被抓，送出信息让他怀疑后，他随时都做好了被捕的准备。

对于满金仓这条线索，大泽小野已经放松了警惕。他以为首领已被抓捕后丧生，满金仓这么长时间没有与人联系，可能会上头断线，下边接不上，这样就无关紧要了。于是，一时特务监控跟踪放松了一些。大泽小野获得的消息是极准确的，特别是抗联计划去获得秘密图纸。满金仓接触最多的就是鲁大棒子和冯俊妮，但特务人员从未发现过有可疑行动。营房里，虽然冯俊妮不接应刘老五的暗号，但并不能排除嘎丽娅利用大泽一郎的可能，甚至连刘老五是不是两面手法，也值得怀疑。苏联红军对日宣战的消息让他神经又紧绷了起来。最可怕的是，尽管这天长山要塞的坚固性是世界上其他防御之事都不能比的，但它跟苏联太近太近了……大泽小野脑子里充满了各种怀疑。他从隆良村回来已经是后半夜，和大泽一郎谈完后，特调来邱野和郎当，要他们加密监视满金仓的同时，监视鲁大棒子。

鲁大棒子打开店门和窗户封闭板，回身正要往店里走，发现满金仓拉着两轱辘的人力车走了过来。

鲁大棒子已发现满金仓身后有两个过路的人影，断定是警察署便衣特务监视他的。他笑呵呵的如以往举手打招呼："满老板，这么早就来上货了？"

满金仓若无其事地哈腰拉着车，边走边抬头回应："你没看出来吗，最近咱绥芬河镇客商多呀，朝鲜的、日本的、俄罗斯的，他们就喜欢吃你这火熏香肠。我算是摸透了，他们的习惯呀，不像我们中国人早晨喝粥，吃干粮就咸菜。他们早晨就是一个面包，一根香肠，一杯奶……"

两名警察署特务见满金仓离鲁大棒子的店铺越来越近，也若无其事地躲闪着，找着角度，看他们是否传递什么东西，是否说什么买卖之外的话。

鲁大棒子发现了满金仓身后的两个人影，轻轻给他使了个眼色，满金仓明白了，他心里早猜着这一点了，故意大声报货单。鲁大棒子冲着店里喊："大财神来了，熏肠二筐，粉肠一筐，爆肚十个，酱猪肉二大片……"

"好嘞——"店内传来了呼应声，"马上，马上——"

两个警察特务进了街对面的浆子馆，坐在门口第一个桌上，听着，瞧着。

满金仓料定两个警察特务还在找自己的下线，不会马上动手，没话找话问鲁大棒子："我这生意好，是借你的光呀！"

鲁大棒子笑声爽朗地说："快别这么说，你是老客户，我不能给你断货。我两天一车给开拓团皇军送货，就这点生产能力，好多来晚的客户都办不上货呀……"

"噢——好啊，谢谢鲁老板了。"满金仓故意放低声音转了话题说，“听说嘎丽娅要嫁大泽一郎司令了，福星高照呀……”

两名警察特务竖起了耳朵，声音虽比刚才小了些，但尚能听得清楚。

满金仓又放低了点声音。

两名警察特务不仅竖起了耳朵，还伸长了脖子，仍能听到。

满金仓一转话题问：“嘎丽娅被大泽一郎接到了开拓团司令部，我听说你和冯俊妮一起去看她了，冯俊妮回来了吧？要是回来了，我还要拐弯去她那上面包呀。”

“她还没回来，”鲁大棒子提高了声音，“看样子，大泽一郎要娶嘎丽娅当太太，大泽小野司令也满心欢喜呀，还把冯俊妮留下了。皇军讲究礼数，肯定要好好犒劳这未来的儿媳，未来的亲家呀。”

伙计报了账，满金仓与鲁大棒子结算货款。两个特务看不清他们递什么，一名急忙出来，也到了柜前，掏着票子说：“老板，买两根熏香肠——”这特务瞧着递的是票子，就不再那么注意了。

鲁大棒子对特务说：“先生，早上第一批加工的就这两筐，让满老板都批发了。”

满金仓忙回身从筐里成挂的香肠上摘下两根说：“先生，拿着吃。”

特务接过香肠给满金仓递票子，满金仓笑笑推让说：“算了，算了，就两根肠嘛，以后到我店里多来两次就有了。”

警察特务躬下腰说：“那，谢了。”

满金仓拉车要走，瞧着东方天空自言自语地，又像对鲁大棒子说：“我来的时候，还想拿伞呢，那老黑天，怎么一下子变白了……”那“老黑天”三个字咬得特别重。

鲁大棒子瞧瞧东边天空说：“要是明天晴天就好了，我得去给皇军送货呢。”

满金仓摆摆手躬身拉起车说：“再见，我到镇上再上些面包。”

鲁大棒子说：“快去吧，不去恐怕没货了！”

浆子馆里的两个特务坐下吃着香肠，一个特务说：“署长安排人盯了半年梢了，还常晚上一蹲就是一宿，满金仓的下线不会是这个鲁大棒子和冯娘儿们，他们多少年了就在一起勾搭做生意。大泽一郎看中嘎丽娅了，你瞧过没？那寡妇娘儿们长得也不错，说不定那俩鬼子爷儿们一个搂老的，一个搂小的了呢。”另一个特务说：“他妈的说不准。”他瞧瞧后面的人，悄悄说：“听说苏联红军打败了德国鬼子，又对日宣战了，日本鬼子能顶得住吗？”另一个回答说：“我看悬，他妈的，日本鬼子垮了，咱们给‘满洲国’做事儿的，也不会有好果子吃，多个心眼儿吧……”另一个回答说：“怎么个多法呀，走一步看一步吧。”

……

第十章

关东军司令部给大泽小野发来的密电，再次明示如何效忠天皇。并声称157万苏联红军越界对日宣战也没什么了不起，苏联红军能打败德国军队，因德军已经筋疲力尽。但绝难打败大日本帝国关东军百万大军。大日本帝国倘若打败了苏联红军，不仅按原计划占领西伯利亚地区，还要接替德国没有攻占莫斯科的未竟事业。每一名官兵都要养精蓄锐，立志拼死获胜，又要做退一步的准备……

大泽小野看到这里，心里就明白了，恐慌起来，关东军司令部已经预料到有败北的可能。他继续看下去，两条命令：一是要听从指挥做好接收护送进塞的一批重要官兵和武器及其他物资；二是要严防被抗联或地下共产党窃取要塞入口和塞内构建秘密图纸。这使他本来就紧绷的神经绷得更紧了。目前，唯一可疑的就是这冯俊妮和嘎丽娅娘俩。看完密电，他在屋子里踱了几十个来回，有时停住直跺脚，又不断抽出大刀，接着又插入鞘内。他矛盾极了，想劝大泽一郎干脆死了要嘎丽娅的心，可是一想，从大泽一郎领来嘎丽娅那股劲头看，肯定不行，他那股子坚定自负劲儿也和自己一样呢。当年，关东军司令部批准大泽一郎跟着自己来，就是因为他有这股执着劲。经过考验，大泽一郎忠于大日本帝国，也忠于天皇，年纪轻轻，就因能治服劳工老老实实干活，管理开拓团劳工有功，被任命当了副司令。大泽小野在儿子和嘎丽娅问题上的犹豫，失去了一切事务服从组织的坚定，其原因还有一点，那就是在日本时与妻子多年分居，好不容易动员儿子跟在自己身边。假如仗打胜了，回日本带这么个漂亮的儿媳也是骄傲。大泽小野也害怕真的闹僵了，这个儿子有叛逆的因子。

但他也怀疑嘎丽娅会是共产党或抗联地下情报员。他想，还是要来一场严密的考验。

自从嘎丽娅走后，大泽一郎坐卧不安。他耐不住推门进了大泽小野的办公室，大泽小野正在与明天谈话，大泽一郎顾不上那么多了，开口便说："父亲，嘎丽娅会不会不回来了呀？"

"不可能，"大泽小野说，"我已经布下了天罗地网，她要是第三天不回来，我就安排人去把她给你带回来！"

"父亲，"大泽一郎说，"不要这样，要是这样的话，就没有爱情的味道了。我要慢慢感化她，让她爱我。我不要你和母亲那样的男女结合，要真正的爱情。"

"明白，"大泽小野说，"父亲使用完下一套措施，就放心了，会由你的。"

大泽一郎叹气一声，转身出了办公室。出门时撞见了送吃的刘老五。

刘老五送完东西后便离开了。大泽小野板起脸问，"大老黑，皇军对你大恩大恩的，明白？"

明天点头哈腰："皇军，明白，明白。"

大泽小野特意安排刘老五送瓶红酒和一盘香肠，等他离开后便告诉明天："他，厨房里的干活，我怀疑他是抗联奸细！"

次日，劳工大队全体在地里插秧。刘老五去送饭，发完饭要走的时候，明天追到马车跟前，漫不经心地踅摸一下周围没人注意，走上去问："厨师大哥，你在这里时间长，这里山上什么花最好看？"

"滚你妈的！"刘老五鄙夷地骂道，"臭劳工还挺有闲心呢，什么花你都不配采。"

明天讪讪地走了，回到营房向大泽小野报告情况，正巧，大泽一郎也在。大泽小野问："那个厨师是不是奸细？"

明天说："皇军，不是，他要是和抗联有联系，就应该知道这新的联络暗号。"

大泽小野一摆手："好的，回吧。"

明天点头哈腰走后，大泽一郎对大泽小野说："父亲，这么说，刘老五已经成了我们的人了，冯俊妮和嘎丽娅也不是抗联的密探。"

“不对，你的头脑太简单了，”大泽小野说，“我分析，满金仓的上线被抓死后，有可能满金仓还在活动，换了现在用的联络暗号，刘老五不知道。”

大泽一郎一立眉：“父亲判断的有道理，这说明抗联已经不相信刘老五，怀疑他投靠了皇军。”

大泽小野笑笑说：“现在，不会有人知道大老黑是我打进共产党的铁腕密探，不管谁，要是被大老黑供出的话，必定落网。”

“父亲，这么说，有了明天这块试金石，咱们就可以无忧了。”大泽一郎说，“父亲是军人，我也是军人，应该像父亲这样，慎重又慎重。要是父亲验证完了，我就可以好好去爱嘎丽娅了！”

大泽小野笑了：“说心里话，父亲也很喜欢这个漂亮的国际美人做我的儿媳妇呢。”

“父亲，”大泽一郎激动了，“我明白您的意思了，如果像您说的那样，嘎丽娅想用美人计毁我天长山地下要塞，一旦证据确凿，我一定亲自杀了她！”

大泽小野激动地猛劲一拍大泽一郎的肩膀：“日本大帝国军人的是！父亲的血脉的是！”

这时，洼岛诚郎进来了，大泽小野一转身命令说：“我的洼岛诚郎副司令，为了展示我大日本帝国子孙久住这里的决心，一个田中隆吉倒下去了，要有千万个田中隆吉站出来，一个隆良村的村碑被砸倒了，千万个隆良村的村碑要竖起来，我命令你　　”

洼岛诚郎立刻右脚皮靴往左脚皮靴上“嘭”地一碰，打举手礼：“洼岛诚郎定效忠天皇，效忠军令！”

大泽小野抽出战刀，凶狠狠地说：“你去指挥实施，凡有我大日本帝国移民的村庄统统改成我们日本的村名，竖上村碑，这村碑要比隆良村的那个宽宽的，高高的！”

洼岛诚郎仍在打着举手礼，大声回答：“是！”

大泽小野一挥大刀：“凡是抗拒者，杀！统统的杀！”

洼岛诚郎也抽出刀一挥：“杀！”

大泽小野说：“隆良村重新立碑后，我大泽小野再和你一起换其他的乡名、乡碑，统统都是大日本帝国的！这是天皇赋予我们开拓团司令部的神圣使命!”

洼岛诚郎刀进鞘，猛吸口气回应：“是!”

大泽一郎在一旁受到了感染，随着大泽小野和洼岛诚郎的对话而变得兴奋和激动起来。

大泽一郎以要上学的名义送嘎丽娅和冯俊妮乘吉普车回绥芬河镇。上车时，他让冯俊妮坐副驾驶座，他和嘎丽娅坐后排。冯俊妮借故没坐。他坐在副驾驶座上，有些心神不定，屁股底下像有什么扎着，一会儿前挪挪，一会儿后仰仰……要说他这个班长，是名副其实的吊儿郎当，三天打鱼，两天晒网。今天他要送嘎丽娅是真，上学是假。他不时回头看一眼，几次没话找话，都让嘎丽娅的无意回答而扫了兴。他脑子里不时闪着大泽小野的嘱咐与对话，他不相信，也不希望嘎丽娅，包括冯俊妮是抗联的密探……心情正郁闷时，吉普驶上一个山坡，眼前让他一亮，学校后山岗这片迎春花更艳丽了，他总听人说日本的樱花好，可觉得没有这迎春花好。

温柔的阳光，和煦的春风抚弄着这竞相开放的漫山岗迎春花，那样温馨，那样动人。

大泽一郎打开车窗，一阵淡香随风袭来。他禁不住让司机停车，歪斜着包扎伤的肩肘，边下车边说：“嘎丽娅，下车欣赏下迎春花吧?”

嘎丽娅不想下车，冯俊妮轻轻推了她一把，随在她身后下了车。

“嘎丽娅，你快看——”大泽一郎指着眼前一片迎春花说，“你往这里一站，花朵展开得更鲜艳了……”

大泽一郎朦胧的幻觉视线里，花骨朵在渐渐咧嘴似的绽放，半展开的扑啦一下全展开了，全展开的变得又黄又艳。他如醉如痴地瞧瞧嘎丽娅，又瞧瞧眼前这一片迎春花，那花变成了嘎丽娅，嘎丽娅的脸变成了一朵迎春花。在多少个梦里出现的樱花姑娘与眼前展现的景色一样……

“没有啊——”嘎丽娅说，“那是你想象的……”

大泽一郎要去抚摸嘎丽娅的脸，嘎丽娅一躲，在他朦胧的视线里，嘎丽娅的脸变成了一朵迎春花悠悠落到了枝头上。他急忙上去摘下像嘎丽娅笑脸的迎春花亲吻起来……

冯俊妮瞧着他对嘎丽娅悄悄地说："我听说过这种事，叫美女痴病……"

嘎丽娅笑笑说："真可笑！"

大泽一郎一转身，被脚下石头绊了一下，身子猛一斜，脑袋似乎清醒了。原来，他这种感觉并不是持久的，就是痴迷时那一阵。他拿着迎春花枝说："嘎丽娅，我在日本读高中的时候，听老师讲过一个樱花姑娘的故事。当樱花初开的时候，她路过樱花山岗时的情景，就像你来到开满迎春花的山岗一样，我要找的那位樱花姑娘没找到，没想到来中国找到了迎春花姑娘……"

他这么一说，嘎丽娅和冯俊妮都明白了美人痴病的幻觉功能。

"嘎丽娅，"大泽一郎请求说，"唱支日本歌吧？"

嘎丽娅刚一皱眉头，冯俊妮就说："孩子，唱吧，母亲也喜欢听。"在和满金仓、鲁大棒子一起研究如何获取那两份秘密图纸时，一点办法也没有。大泽一郎这么痴迷女儿，不就是一个可试的办法吗？但是，如何不让女儿身心受伤害，是她从始至终忧虑的……

"大泽一郎，"嘎丽娅以老师的口吻说，"好，我唱一支《樱花》怎么样？"

大泽一郎鼓掌："这是我最爱听的歌！"

嘎丽娅润一下嗓子唱了起来：

樱花啊，樱花啊，
阳春三月晴空下，
一望无际是樱花。
如霞似云花烂漫
……

嘎丽娅"如霞似云花烂漫"这句歌词一出口，大泽一郎眼前出现了一树树兰花，无数被歌声惊飞的蝴蝶在他眼前变成了一只只漂亮的百灵鸟，伴着嘎丽娅一起歌唱。他听得如醉如痴，又疯狂起来，又要去拉嘎丽娅。

冯俊妮说："大泽一郎副司令，咱们该走了。"她说完拽着嘎丽娅上了车，车门"哐"地一响，大泽一郎恢复知觉清醒了过来，也上了车。

司机呆瞧了他一眼，开动了吉普车。

校长河东大作在办公室里透过窗户玻璃，看到大泽一郎的吉普车过来了，他踏着下课的铃声急忙出门迎了上去。河东大作已经六十多岁，两鬓白发，但步履矫健，身子板挺硬实。他是大泽小野中学时的老师，又会些华语，关东军司令部提出办校时，大泽小野一下子就想起他来。他起初是推辞这份工作的，经过再三工作，还是来了。他虽然没什么官衔，但在大泽小野和大泽一郎那里却都有很大的面子。学校几名华语老师评价说，这个人也眼馋中国这块土地，但还不那么猖狂；也有人说，他很狡猾，可能还没暴露出来。

"大泽一郎，"河东大作迎着走下车的大泽一郎问，"伤情怎么样？"

"河东大作老师，"大泽一郎自认识河东大作就随大泽小野这么称呼，"没什么大问题，开拓团司令部里有大日本帝国最优秀的外科医生，我们的药也好。"

一帮下课的学生围住了嘎丽娅，问："嘎丽娅老师怎么样？"

"嘎丽娅老师的伤很轻，"大泽一郎说，"我看，上几次药就没问题了。"

河东大作拉着大泽一郎说："走，到我办公室去一下，我有几句话要说。"

俄罗斯、日本的学生正把嘎丽娅团团围住，大泽一郎边走边回头瞧着，心神不定地被河东大作拽进了办公室。

"大泽一郎——"河东大作皱起眉头问，"你真的要娶嘎丽娅为妻，还是身在异国，要抚慰寂寞？"

"当然是要真娶！"大泽一郎态度很坚定，"河东大作老师，你听说过我们日本那个樱花姑娘的故事吗？"

河东大作一展笑脸，拿出一副先生的派头说："我怎么能没听说过，而且很喜欢这个传说。这个故事暗喻大日本帝国有着世界上最漂亮的姑娘，也是神话般传奇的姑娘。”

“是啊，”大泽一郎听到这个，感慨极了，“自从知道了这个故事，我在日本走路、上学、逛商店就到处注意，甚至连画报、广告画上的美人像都看了不少，没有发现一个樱花姑娘。一来到华语学校，就发现嘎丽娅这个迎春花姑娘，她就是日本的樱花姑娘。她比我听说的樱花姑娘还美丽动人，我已经在迎春花岗见证过了——”

“是的，我也发现，嘎丽娅确实漂亮过人。不少外国的商人称她是国际美人。有个英国大富豪让我做媒，要出百万英镑的大价钱娶她，许她及她的所有亲属都去英国伦敦，享一辈子荣华富贵。她都坚决不同意……”

大泽一郎睁大了眼睛：“还有这事？”

“你三天打鱼，两天晒网，当个班长也不常来上课，”河东大作说，“班级里不少学生，有日本的，也有俄罗斯的，都在暗暗追求嘎丽娅。大概因为她是老师，还没法太直接，但，都在跃跃欲试。”

“啊？”大泽一郎睁大了眼睛，“有这种事？”

“谁无爱美之心呀？”河东大作放缓了口气说，“她不光是美丽过人，还在哈尔滨第二届俄语歌大赛上获过金奖，才华出众。”

大泽一郎更神往了：“还有这事儿？”

“当然了，作为校长，我是非常了解情况的，”河东大作说，“大泽一郎，娶嘎丽娅你父亲同意吗？”

大泽一郎回答：“同意，条件是，她不能是共产党或抗联的特务分子。”

“了解这个，你父亲是有办法的，”河东大作说，“不过，作为老师，你的长辈，我可要说几句——”

大泽一郎恭维地说：“河东大作老师，你说吧，我听着。”

“大泽一郎，”河东大作说，“看嘎丽娅这样子，不像是什么抗联的密探，也不会是苏联红军的间谍。不过，你父亲的做法是对的，是为了大日本帝国的神圣事业。如果排除了，你还要发挥你的优势去争取嘎丽娅，她是一个不可多得的好姑娘。”

大泽一郎说：“河东大作老师，您想的和学生想的一样，学生一定听您的教诲。”

“你要有信心去征服她，”河东大作说，“华语班那些想追求她的日本学生都不是你的对手，只有让你打伤了的那个俄罗斯男学生阿廖沙，你要在意一下。”

“他呀？”大泽一郎不屑一顾地说，“不是我的对手！”

河东大作说：“他们有着相同的俄罗斯血缘。”

“河东大作老师，”大泽一郎一挺胸说，“他根本不值得一提，要相信我的能力。到时候，我把嘎丽娅带回大日本国，很快全国就会传遍迎春花姑娘的奇闻。”

“那倒是好，”河东大作显出担忧的神情，“这几天，我不能不有所焦虑。你也该知道，德国无条件投降，苏联红军对我们宣战。大街上，咱们学校里也有了传单和标语。我察觉出来了，不光是中国人，连俄罗斯人也不像过去那么看我们了……”他说到这里又不知哪来了一股子底气，“不过，我相信，大日本帝国关东军是不可战胜的——”

“河东大作老师，”大泽一郎用鼻子“哼”了一声说，“这话有道理，但话说回来，就是关东军一时失利，我们也还有任何人不可攻破的东方马奇诺防线——天长山地下要塞。”

河东大作说：“这我倒心里有数。”

大泽一郎不时探头窗外，还是惦着要和嘎丽娅多相聚一会儿，他问：“河东大作老师，还安排嘎丽娅老师上课吗？”

河东大作说：“那要看她的伤怎么样。”

大泽一郎吸口气说：“看来没多大问题，打了针，吃了药，控制住炎症了……”他突然一转话题：“河东大作老师，用石头砸我和嘎丽娅的，你也没听说是什么人吗？”

“没有，”河东大作说，“肯定是个浑小子，不会是抗联，地下共产党，他们不会干这么愚蠢的事情。或许是听到苏联红军向我们宣战的消息，对我们仇视的中国老百姓，或俄罗斯人……”

大泽一郎点点头：“老师说得有理。这么说，也就是流氓瞎胡闹。”

河东大作说了句“应该是”。这一解释，入了大泽一郎的心意，是这样，就没必要多虑了。

电话铃响了。

河东大作接起来一听，是大泽小野打来的，要找大泽一郎，立刻把话筒递给了他。

“父亲，是我，”大泽一郎接过电话说，“有什么嘱咐？”

大泽小野声音很大：“大泽一郎，你去送嘎丽娅就有失身份。向一个华俄姑娘求爱，众人面前不要失去了你大日本帝国军官的尊严。劳工大队那边怠工现象有些严重，眼下正是忙的季节，稻神供在了地头，不好好伺候稻神赐予的生灵，它不会让水稻好好生长的。没事就快回来，营房里事情很多。”

“父亲，我明白，”大泽一郎说，“我马上回去！”

大泽小野说：“你放心，嘎丽娅已在我安排的监控之下，她飞不了，到时候会回来的。”

大泽一郎一听，心里便踏实了：“父亲，我明白，立即返回。”他走出办公室到了吉普车跟前，刚要拉车门上车，阿廖沙肩膀缠着厚厚的白绷带，从校舍后山岗抱着一束迎春花跑到簇拥嘎丽娅的人圈里。

大泽一郎两眼一斜就要过去，河东大作一把拽住他说：“大泽一郎，军令在身，你快走吧，我来处理！”河东大作猛把他拽到车门口，推上了车。

那些围着嘎丽娅的日本、俄罗斯学生，无非还是那些话语，问嘎丽娅答应大泽一郎求婚了没有，到了开拓团司令部受欺负了没有……

冯俊妮站在旁边见女儿应酬不迭，额角渗出了细细的汗珠儿。见河东大作走了过来，上课铃又响了，急忙说：“同学们，都静一静吧，谢谢你们对我女儿的爱，她伤还没好，我们该回家休息了……”

河东大作挥手说：“都去上课！”

学生们这才慢慢散开向教室走去。

“河东大作校长——”冯俊妮客气地说，“我女儿伤还没好，大泽一郎安排三天换一次药，暂就不能上课了，请你原谅。”

“没关系，那就等嘎丽娅老师伤好了再说，不过，嘎丽娅老师的课一般老师都代不了……哎，那也没办法，”河东大作说，“你真是养了一个好姑娘呀……”

伴着河东大作的赞叹声，教室里传来了有节奏的群哄声：“嘎丽娅老师——上课——嘎丽娅老师——上课——”

河东大作大斥一声：“肃静！”

一位代课老师进了教室。

河东大作见冯俊妮带着嘎丽娅要辞别，忙问：“嘎丽娅老师，请问，你答应大泽一郎求婚了吗？”没等嘎丽娅回答，他又补充一句：“要是答应了，就和其他想向你求婚的人说，别让他们空盼了……”

阿廖沙靠窗坐着，脸贴着窗户玻璃，几乎把鼻子和两腮都压扁了，两眼瞪得滴溜儿圆，眨也不眨地直往外瞧。讲台上的老师大喝一声：“眼珠子瞪出来了！”

哄笑声、嬉笑声混杂在一起飞出窗外。

河东大作说：“你们看到了吧？”

“河东大作校长——”冯俊妮说，“这也太难为我女儿了。”

“不能这么说，这是你为母的骄傲。”河东大作确有几分先生的斯文，又追问了一句，“嘎丽娅老师，我问你，你答应大泽一郎的求婚了吗？”

嘎丽娅有礼貌地回答：“河东大作校长，我们东正教的教义是三位一体，神灵恩惠；内心祈祷，自身择善；不分贵贱，普度众生；吃苦耐劳，艰苦朴素；维护真理，严守教规；团结互助，平等待人……”

河东大作说：“我知道，你是信奉东正教的。”

“感谢河东大作校长对我女儿的理解，”冯俊妮接话说，“我女儿信奉的是基督教的正教，她会博爱、宽恕和忍耐，笃信神灵。”

“母亲说得对，”嘎丽娅恭谦地对河东大作说，“该答应谁的求婚，我要到教堂去请求圣母的教诲。”

“噢，我明白了。”河东大作说，“你们回去休息吧。”

冯俊妮和嘎丽娅礼节性辞别河东大作朝家中走去。

第十一章

嘎丽娅的家位于华语学校三层楼后，绥芬河镇东北角。嘎丽娅家是按着俄罗斯建筑风格盖的小别墅，伸展出去便是面包作坊、格瓦斯生产车间、雇工宿舍。靠路边是店门，嘎丽娅的父亲为了招引俄罗斯、日本客人，把生意招牌做得很洋气，长长的店里摆满着俄式面包、黑面包、成箱的格瓦斯，很有气势。自从冯俊妮曝出丈夫去俄罗斯谈生意遭不幸后，就以寡妇身份支撑这个厂连店。这些年，生意并没逊色，镇内仍很有名气，谁也不敢小瞧这个开厂又办店的寡妇。嘎丽娅被日本人带走，冯俊妮去了又不见回，引得人们议论纷纷。娘俩突然回来了，又成了镇上的新闻，左邻右舍以及在她这里进货、买吃买喝的一些老主顾、老朋友都纷纷赶来探望。弄得两个特务眼神有些忙不过来。当然，他们主要是监视满金仓是否来这里，是否有诡秘行为。

鲁大棒子的屠宰厂、香肠加工厂及住宅都在一处，且在绥芬河边，这样，屠宰污水可以直接进河流走。河上有一架宽敞的木桥，桥上可以过车。他家与冯俊妮家隔绥芬河相望，鲁大棒子庭院地势高出一截，冯俊妮大院里每一处都尽在眼底。这一天多时间，特别是在便衣特务监视下，见到满金仓那一面后，鲁大棒子心急如焚。满金仓被严密监视，已经没有直接交流商量事情的机会。深入开拓团劳工大队内部的明天和刘老五去获取天长山要塞的两份秘密图纸的计划，都已泡汤。满金仓暗喻的那番话，“这老黑天怎么说变就变了”，明显是认为培养有素的明天，不知怎么又被策反了，看来，所谓捕进劳工大队是个阴谋。弄得满金仓、冯俊妮、鲁大棒子三个人心里都没数了。

鲁大棒子一上桥，感觉自己身后似乎有鬼鬼祟祟的身影。他隔河看见冯家大院，不少来看望的乡亲正和冯俊妮娘俩坐在院子里那棵老桦树下说说笑笑。

鲁大棒子急匆匆下桥，直奔冯俊妮家去，几乎和一位俄罗斯牧师同时到了门口。牧师微躬礼示让鲁大棒子先进，鲁大棒子后退一步让牧师先进。牧师表示谢意不再谦让了。鲁大棒子在绥芬河镇多年，见过几名牧师，但没见过这位。他身材魁梧高大，高高的鼻梁，胸前挂着白珠项链系着的十字架，红色的帽子只罩着头顶尖，一身青黑色的崭新牧师服，罩边、对襟、袖口边，包括纽扣全是鲜艳的枣红色，右手食指带着黑玛瑙戒指，那么得体，那么庄重，别具魅力。

牧师一进院，嘎丽娅和冯俊妮都恭敬地站起来施迎接礼。其他人也静了下来，都站在一边注视着要发生什么事情。

“美丽的嘎丽娅姑娘，”牧师自我介绍说，“我是教堂的哈巴洛夫牧师。”

嘎丽娅彬彬有礼地说：“知道的，哈巴洛夫牧师，有什么请您讲吧！”

哈巴洛夫问：“阿廖沙是你的学生？”

“是的，”嘎丽娅回答，“您有话请讲。”

哈巴洛夫说开了：“我受阿廖沙父亲恰巴萨克的嘱托，请您到他家里去一趟。”

嘎丽娅问：“尊敬的哈巴洛夫牧师，能说一下是什么事情吗？”

哈巴洛夫说：“恰巴萨克的儿子阿廖沙要向你求婚，请你到他家一坐。”

冯俊妮问：“牧师先生，恰巴萨克的儿子向我女儿求婚，为什么我们要到他家去呀？”她指指二十多名日本、俄罗斯学生说：“这里有好几位已经开口，是来看望嘎丽娅，也是来求婚的。”

“冯老板，这就不对了，”哈巴洛夫一本正经地说，“我东正教的教义是‘平等待人’‘不分贵贱’，大泽一郎向嘎丽娅姑娘求婚，既然你们都到日本开拓团兵营，那么，为什么不能到恰巴萨克家里去一下呀。眼前的这些求婚者不是没邀请嘎丽娅去他们家吗？”

“尊敬的哈巴洛夫牧师——”嘎丽娅心里明镜一样，去开拓团司令部是无奈之举，只好干脆地应承，“听牧师您的安排。”

哈巴洛夫说：“去是应该去的，至于同不同意求婚那是自身择善，神灵恩惠。”

“是的，”嘎丽娅忙说，“靠神灵恩惠，还要靠哈巴洛夫牧师指点。”

哈巴洛夫转身告辞了。

二十多名学生一起围上嘎丽娅表示也要求婚。而且有人表白说，早就有求婚之意，只是碍于师生关系，既然大泽一郎是学生可以，他们也要求婚，求嘎丽娅选择。鲁大棒子敞怀露胸，一副屠户神采借机大大方方和冯俊妮问长问短中说了明天，也就是劳工大队的老黑子已经不可靠了。冯俊妮听着用别的话大声应酬，门口盯梢的特务不好进来，当然也不知道他们说些啥。大泽一郎通过特务科科长告诉过跟踪冯俊妮的特务，不要盲目，要细细监视观察，看是否有可疑人来往，重点是满金仓。

满金仓本来应该来上货，却没有来，这倒也引起了特务的怀疑。但是，他们又不知所措，只是死盯着鲁大棒子。

绥芬河镇与俄边界两边都有茂密的原始森林，野兽资源丰富。由此，恰巴萨克成了有名的跨国皮货商。他在绥芬河有店，在对面的哈巴洛夫斯克市也有经销店，受对面黑社会势力保护，生意做得十分兴旺。他能从猎户那里得到一些珍贵的皮货，如虎皮、貂皮，还能得到虎骨、老山参等珍贵药品。经过苏联红军改造，他成为了苏联红军在绥芬河的秘密联络站站长，给他的主要任务也是要弄到天长山地下要塞的秘密图纸。苏联红军也计划全歼日本关东军以后，最后再攻克这个死角。

嘎丽娅很虔诚地信仰东正教，按牧师说的，要去恰巴萨克家。她用绸布遮住了脖颈上包扎的伤口，精心编织了两条辫子，辫梢上系上了母亲绣的迎春花丝绢，穿着那件最喜欢的粉红色的连衣裙，翠绿色的高跟儿皮鞋。走在路上，别说多招惹路人的眼光了，她自己都有种飘飘然的感觉。

恰巴萨克的皮货店位于镇中心大街中段最热闹的地方，各种商店、饭店聚集，平时行人就不少。嘎丽娅朝阿廖沙家走去成了镇上的新闻。

两名特务受大泽小野指派紧紧盯着嘎丽娅的行踪，大泽一郎又特别嘱咐，不准伤害和恐吓嘎丽娅。这两个家伙给日本人效劳，已不很情愿，方才，捡到了两张苏联红军对日宣战、日本必败的传单，心情很矛盾。不干吧，怕得罪日本人；干吧，像两只热锅上的蚂蚁。

皮货店门口挂着“暂不营业”的小木牌，恰巴萨克与阿廖沙正并肩站在门口等候，均西服革履。阿廖沙比恰巴萨克矮半个脑袋，那脸形、身材，特别是鼻子都那么相似，就像一个模子刻出来的。

恰巴萨克见冯俊妮和嘎丽娅盛妆打扮，非常高兴。

“冯老板，可爱的嘎丽娅姑娘，”恰巴萨克一边端着装有面包和盐面的木制餐盘一边说，“你们能屈驾赴约，我们实在是高兴极了，欢迎，欢迎——”娘俩各掰一点面包蘸蘸盐面放进嘴里，阿廖沙主动去拥抱并亲吻嘎丽娅的面颊，嘎丽娅并没回避，还伸开双臂接受了拥抱。围观的人议论纷纷起来。恰巴萨克在一旁对冯俊妮一示手说：“冯老板，室内请吧，屋里说话。”然后门关了。

两名特务看得清清楚楚，也不停地议论起来。一个说，看来，人家嘎丽娅不喜欢嫁大泽一郎。另一个迎合说，那当然了，关东军眼瞧就没好戏了，谁还干那傻事。

这两名特务在外边装作行人，在门前窗后晃悠来晃悠去。

满金仓店前店后增加了两名监视的特务。

鲁大棒子门口也有便衣特务在转来转去，盯着每一个进出的人，只要是买货的陌生人，他们都要随后追上去查看证件。

冯俊妮被恰巴萨克带进了咖啡间，有些莫名其妙，于是先开了口：“恰巴萨克老板，我们俩应该和孩子们在一起交流呀？”

“冯老板，时间紧——”恰巴萨克习惯性地耸耸肩说，“我就直说吧。”

冯俊妮很警惕地说：“我不明白你是什么意思？”

恰巴萨克用流利的汉语说：“苏联红军对日宣战一事，你该知道，我们那边的特务组织通过你在苏联红军当指挥官的丈夫撒夫林克知道了你的身份。这边共产党和抗联情报站无法展开工作的情况那边也大略知道，因此，我们要共同组建一个获取天长山地下要塞两份秘密图纸任务的联合情报站，由我负责。”

冯俊妮还是有些怀疑，只是听着不回答。

“冯老板——”恰巴萨克对冯俊妮的态度有些焦虑，“我把大泽一郎爱慕你女儿的事情向上级做了汇报，上级很重视这一情节，认为是个可利用的机会……”他瞧着冯俊妮一口气说了下去：“我从上级获知你们的原情报站长牺牲以后，满金仓已被严密控制，日本鬼子想把这方面的情报人员一网打尽，铲除后患。你们的上级暂时已无法和你们联系。另外，满金仓安排进劳工大队的大老黑被策反……”他说着拿出了撒夫林克的一封亲笔信给了冯俊妮，冯俊妮细细看后才完全相信了。

冯俊妮问：“上级对下一步有什么指示？”

“千万保住你和鲁大棒子的身份，”恰巴萨克说，“满金仓处境十分危险，大泽小野随时可以逮捕他，上级最近就设法让满金仓摆脱监视离开绥芬河——”

冯俊妮感叹说：“那太好了。我们下一步怎么办？”

恰巴萨克说：“我们这个中苏联合情报站的重要任务，就是尽快获取天长山地下要塞的秘密入口和塞内交通图，为苏联红军和抗联共同粉碎天长山地下要塞创造条件。”

冯俊妮问：“有具体做法的指示没有？”

“没有！”恰巴萨克说，“我有一个想法……”

冯俊妮说：“请讲！”

“据观察了解，大泽一郎向你女儿求婚有些诚意——”恰巴萨克说，“我支持我儿子向你女儿求婚，让大泽一郎求婚更迫切。你女儿答应谁要靠牧师来指引，用来迷惑大泽一郎，分散对你的注意力。然后，你女儿每次去开拓团司令部都不要痛快，要讲条件，你都必须去，一是保护你女儿，二是在那里寻找机会去获取情报……”

“好——”冯俊妮说，“我回去抓紧把这情况告诉鲁老板……”

恰巴萨克点点头：“好啊。”他说着从兜里掏出一张撒夫林克的照片说："久不见你的丈夫了，看看吧！"

冯俊妮接过照片一看，丈夫穿一身苏联红军军官装，比平时更英俊威武，然后问："给我的吗？"

"不，只是让你看看，放在身上或家里很危险，"恰巴萨克说，"然后我要在这里烧掉！"

冯俊妮双手捧着照片，热泪盈眶，好一阵子才说："明白，站长牺牲前嘱咐过。我有一个请求，让我的女儿也看一看吧，这也是让她努力完成任务的动力。"

恰巴萨克满口答应："没问题。"

两人走出咖啡间，到了阿廖沙房间门口，停住脚步听了几句，恰巴萨克说："你听，我儿子是真喜欢上您的女儿了。"

……

第十二章

那天小半夜，小棒子冒险从满金仓店窗后出去，横过一条街，两个特务盯了上来问，是干什么的。小棒子拎着他的棒子用浓浓的山东口音回答说是要饭的，在身后那个桥洞里睡不着，饿极了，想去土地庙里寻点供品吃。两个特务看不出疑点便没再盘问。

小棒子记着满金仓嘱咐的联络暗号，出了绥芬河镇直奔天长山第三峰方向去，那是东北抗日联军计划围剿天长山要塞的秘密根据地。天长山第二峰与第三峰山坳相连处，多年前地壳大变迁，两座坳峰相撞后裂出一条天然大缝沉凹下去，自然形成了一个小地下森林。从缝顶射进的阳光不多倒也很灿烂，东西两头有多个洞口相通，主洞口风不大，可以让树叶微微飘动。洞底两处还有潺潺流水淌过，成为豺狼虎豹多少年来的争宠之地。东北抗日联军接受围剿天长山要塞任务建立根据地时，一名叫祁荣久的猎手战士提供了这个地方。经考察十分合适，于是用火攻驱散了各种野兽并秘密扎寨。尽管有二百多抗联战士住进了这里，这些野兽还常在周边打转，伺机重来，时有战士遭受伤害。

天蒙蒙亮，两坳峰缠绕上了宽厚的雾带，给这里又增添了一种神秘的色彩。

小棒子按着秘密路标顺利地穿行在密林里，边走边喝腰里系的格瓦斯，吃面包，一路上很顺利。他十分兴奋，想到要参加抗联，不仅要从大泽一郎那里夺回心爱的嘎丽娅，还要亲自杀了大泽一郎这家伙。他只可惜怎么没一石头把大泽一郎的脑袋砸开了花……

他抬头一看，到了发暗号的地方，“咕咕咕——咕咕咕——咕——”学了两长一短布谷鸟叫，从他身后不远处小石洞里传出了同样的回声。正当一个身影闪出小石洞时，一头黑鬃大野猪斜着方向张牙舞爪向他扑去。那身影急忙端起枪招架刺杀，同时，从腰里抽出一把匕首“嗖”地甩了出去，野猪一躲闪，恰插入它的喉眼。插刀眼咕噜流着血，野猪扑了个空，“扑通”一声跌落在地上。瞬间又拼命地猛一蹿高，朝那身影嗷叫着扑去。小棒子见此情形，跨上两个箭步，对准蹿起的野猪后腿猛地一闷棍，那野猪嗷叫一声落在了地上。那野猪还哆嗦着被打折的腿和另一条后腿猛一蹬地，刚半立起来要扑向小棒子，小棒子一个扫荡棒又打折了另一条腿，野猪再也爬不起来了，又气又急，嘴里冒着沫瞧着小棒子直嗷嗷。小棒子趁机右抡左甩，把野猪两条前腿都打成了滴里耷拉的皮包骨，然后照着脑门儿又是一棍，野猪大嗷一声翻了白眼。

“哎呀——活孙悟空呀!”那身影竖着大拇指走到小棒子跟前问，“你是镇上有名的鲁大棒子吧?”

“不不，”小棒子连忙说，“鲁大棒子是我爹，我是他儿子小棒子。”

那身影啧啧赞叹说：“小棒子都这么厉害，可以想象大棒子是什么样了。你来得正好呀，我们队长还叨咕你们爷俩，希望你们能到这里来呢。”

那人自我介绍说：“我叫祁荣久，是咱抗联攻克天长山要塞别动队的连长，说来话长——”他说完冲下坳处“呱呱呱”学了三声老鸦叫。很快从前面的又一岗哨山洞里跑来了十多个人，寒暄一番，祁荣久用匕首把大野猪大卸八块，众人扛着、拎着来到地下森林入口。两名隐藏的洞口岗哨又露了面来迎接时，小棒子才发现，这里一切都这么森严。

祁荣久让大家把野猪分块往地下森林洞口放，等中午剥皮卸肉吃。他领着小棒子往里走，小棒子目瞪口呆：桦树、松树、柞树、榆树，还有小曲柳，郁郁葱葱，蜂飞蝶舞。一个个壁洞形成了形状不同的天然房间，他一眼看到底的大房间有百十米长，一个个吊铺像是摇篮。对面一个大洞宽敞明亮，有几百人在练刺刀，喊“杀”声从战士们口中呼出来，回音像呼啸的奔泻的洪水，像狂风吹卷起的巨浪在响……

小棒子看傻了、听傻了。

祁荣久把小棒子领进队长的小石洞办公室，并将他介绍给了大队长战大辛。小棒子把大棒子往手里一攥，右手去鞋边缝里掏出满金仓的便条递了上去。战大辛打量着小棒子，接过便条不看便说："小伙子，不用看这个了，我见过你。"

小棒子欣喜地问："战大队长，你见过我？"

"当然了——"战大辛说，"五年前，我们刚进野狼峪扎寨打鬼子的时候，有个弟兄在山洞里掏了一窝狼崽子说是要治冻疮和烫伤，那母狼寻到了踪迹，集聚几十只狼在营房周围转，后来——"他说着指指祁荣久说："我是从老祁那里了解了你和你父亲的情况，捎信儿把你父亲和你请进野狼峪了，记得，你们还给我们背上了面包、香肠……"

小棒子说："记得，记得，我和父亲见的队长姓程呀？也不是你！"

"哈哈，那时我是副队长，这人就不兴进步了？"战大辛说，"程队长在一次打鬼子时牺牲了。"

小棒子沉默了。他记得程队长的样子，那么好。一路上还想着能不能再见到程队长呢。

祁荣久说："不说这个了，小棒子老弟，就是打那时候起，你父亲成了咱抗联队伍里的人！"然后又对战大辛说："大队长，小棒子打野猪那威风劲儿呀，不比鲁大棒子差。我看，是青出于蓝而胜于蓝了！"

"哎呀——"战大辛走到小棒子跟前使劲捶了一下他的肩膀说，"咱中国人说话有邪劲儿呢，说曹操，曹操就到。你父亲重任在身，必须和我们分头作战，我还想，要是那个小棒子能到我这里来就好了……"

"战队长，"小棒子问，"什么意思呀？"

"让你来呀，作用大了——"战大辛说，"一是眼前的重要作用，这地下森林本是野兽之家，我们给抢占了，它们哪能消停呀，常来骚扰，已经有两名站秘岗的战士牺牲了生命，有十多人受了伤……"

祁荣久叹息说："要是鬼子敢到门前这么嚣张，我们才不依他。

这野兽跟日本鬼子一样牲性，却不能开枪，一开枪就暴露目标了。只能用刺刀与这些野兽拼命，要是有了你的棒子，我们可就好了！”

小棒子真为自己有用武之地高兴：“战大队长，祁大哥，没问题，阻挡狼虎虫豹就交给我了。”

“小棒子，你的任务可不是光治治野兽这么轻松，”战大辛久久握着小棒子的手，这才脱开，比划着说得有些兴奋了，“你来呀，第二点，也是更重要的意义。”他说着吸口气大呼出去，似乎五脏六腑里都迸发力量：“小棒子，你知道，西方战场，德国无条件投降，苏联红军对日宣战，日本鬼子灭亡就在眼前，可这攻破日本鬼子筹谋已久的天长山地下要塞是一场大硬仗呀……”

“哎呀——”小棒子着急地说，“硬仗？他小鬼子的要塞能有多硬？还能硬过苏联老大哥的飞机炮弹？干脆，如果地塞里的小鬼子不投降，就让苏联红军对准那一片来个猛轰乱炸！把山都炸平，让小鬼死不见尸骨！”

“小棒子，不那么简单，”战大辛为了日后真能发挥小棒子的作用，耐心地说，“据我们掌握，这个要塞绵延二十多公里，像楼房一样有三层，内部交通设置复杂，入口出口有多处。第一层距地面就一百多米深，炸了第一层还有第二层，炸了第二层还有第三层呢，据说内里还有许多拐弯通道。上级指示我们只能智取，不能强攻。因为里面还有日军掠夺的一些黄金、粮食等没来得及运走的宝贵物品，特别是粮食，现在多珍贵呀——”

小棒子点点头：“战大队长，我明白了。”然后问：“那该怎么办呢？”

“绥芬河镇的情报站被破坏后，工作一直没有进展。为了最后攻下天长山地下要塞，抗联司令部和苏联红军联合成立了新的联络站。而且有苏联的名探参与。”战大辛说，“如能搞到情报，我们的最终目标是打进去消灭敌人，可能要短兵相接……”

小棒子说：“要是拼刺刀，我第一个！”

祁荣久说：“小棒子，要是拼刺刀我们两个、三个、五个都不顶小日本鬼子一个！”

“嘿，”小棒子说，“祁大哥，别给小鬼子吹了，我就像抡棒子一样抡刺刀，不说一顶十，也一顶仨。”

“不行，不行，你听我说，”战大辛说，“要说，抗战早期，中国的战士，包括国民党、一些地方抗日武装，在和日本鬼子拼刺刀的时候常常处于下风，有人说我们三个拼不倒他一个。但要说八路军的作战素质，应该是能行的。

小棒子禁不住问：“战队长，那是怎么回事儿呢？”

“日本鬼子在拼刺刀时，技能外又有武士道精神起了一些作用，”战大辛说，“但实际上，日本鬼子的武器起了关键性作用。我们这里就有缴获的日本鬼子的三八式步枪……”他对祁荣久说：“祁荣久同志，你去拿一杆，顺便也把我们的中正式枪拿来一支。”

战大辛先从祁荣久手里接过日本鬼子用的枪，用一把卷尺边量边说：“你看，在这里，日本鬼子普通装备的三八式步枪，枪长1.275米，刺刀长500毫米，刃部全长400毫米，实际拼刺时枪刺全长1.675米——”他停停从祁荣久手里又接过另一支枪说：“你看，这是我们的中正式枪，枪长1.11米，刺刀全长575.5毫米，刀柄整好是100毫米，我们这中正式步枪实际枪刺全长1.585米，比日本的短10厘米左右。我们汉阳造步枪的枪刺长度大约也比三八式短5厘米……”

祁荣久从腰里抽出匕首，敲了敲三八式说：“一听这声音就知道了，日本鬼子步枪所配刺刀是最好的，具有不卷刃、不崩口的特点。”

“武术世家有句谚语说，一寸长，一寸强。实事求是地说，日本鬼子的刺刀除质量外，这点长度在拼杀中的作用很大，它比你的长呀，你伸出去刺不到他，他就先刺到你了。有个情况你父亲知道，不知你知道不？”

小棒子问：“战队长，什么事儿？”

“全国很出名的西山军大刀队，每个人身背一把大刀，又配一支盒子枪……”战大辛说，“和日本鬼子短兵相接时大刀与手枪并用，就一场场都把鬼子杀了个落花流水。”

小棒子问：“战队长，你的意思是我们要组织大刀和手枪队，让我也参加？”

“不,”战大辛摇摇头说,“我是想组织棒子队加配手枪……”

小棒子兴奋了:“战队长,要是真能进入地塞,不和狗日的拼刺刀,各种抡棒技术准能抵挡日本鬼子的刺刀靠近我们——”

“好,小棒子,让祁荣久先安排你休息吃饭,”战大辛说,“你休息过来,我找一个拼刺刀的好手与你棒子加手枪较量一下看可不可行?”

小棒子说:“战队长,现在就来吧!”

“不,不,”战大辛说,“别着急嘛,我好好安排安排,你先去。”

第十三章

大泽一郎虽然很不想离开绥芬河镇，但他知道，大泽小野发的是命令，必须立即赶回。他与河东大作在华语学校教室门前分开后，急匆匆回到了开拓团司令部。见大泽小野的门半敞着，便推门进去问："大泽小野司令，有事请吩咐！"

"我给你介绍一下，"大泽小野指着身边坐着的一位日本军官说，"大泽一郎副司令，我给你介绍一下，这位叫中野良里，是关东军警厅安排驻绥芬河镇警察署的新署长。"

"中野良里署长，你好，"大泽一郎说，"我叫大泽一郎，是这里的副司令。有任务时请多多配合。"

中野良里笑笑："没问题。我和大泽小野都是天皇的忠孝子孙，也是关东军里的精诚战将。"

大泽一郎握住中野良里的手："是，是，我大泽一郎也是如此！"

"大泽一郎，"大泽小野开始发布命令，"你的任务是负责和中野良里一起尽快侦破缉拿妄图获得我天长山地下要塞秘密图纸的抗联情报站，宁可火烧一个村、一个乡，或者一个县，决不留有片瓦嫌疑的遗憾。宁肯错杀一万，不让一个嫌疑分子漏网……"

大泽一郎双腿并拢："明白，坚决完成任务！"

"大泽一郎副司令，"中野良里不紧不慢地说，"至于我，你放心就是了。"

"大泽一郎，"大泽小野放平缓了口气，"我知道，中野良里署长可是警察厅里最棒的反侦破勇士、干将、大智者——"

"过奖，"中野良里说，"关东军司令部有指示说，大日本帝国要实现大东亚共荣的伟大目标，已经到了攻坚的关键时刻，我知道该怎么做!”

“好，大大的好!”大泽小野说，“洼岛诚郎副司令已经去隆良村了。那里有一项很重要的工作，需要我马上就去，你们各自研究去吧。”他说完挎上手枪、大刀，大步走出办公室上了吉普车。

隆良村头有一片农民的场院用地，有一千多平方米。这里原来是荒草地，几十户人家你占一块，我占一块，然后用轱辘磙子压实，秋天用来做打场之地。被砸了的那块“隆良村”碑就在场院边上，隔道就是村子。如今，在原地又立起一块比原来还高还宽，字还大的“隆良村”碑。

大泽小野向关东军司令部电话汇报了碑被砸、立新碑的情况，还提出要开推广大会，把合江省、嫩江省、松花江省等五个省凡有日本移民的村子都改成日本的村名，村头立碑。司令部对他大加赞赏，夸奖他是有长远眼光的军事家。他从昨天就开始安排让这些村的日本开拓团小队长、村长统统来隆良村场院集合。日本军车、吉普车、警察车就占了多半个场院，各类人物分类扎堆儿，小队长一堆儿，村长一堆儿，隆良村的村民一堆儿，让这里一下子又显得人气旺盛起来。在老百姓眼里，恐怖感也浓郁起来。

起早来这里打前站安排会场的洼岛诚郎和协和会季会长在台前立正站着迎接。大泽小野一下车，他们就指着会场布置请示：“请您检查安排如何。”

大泽小野一看土坯垒起的讲台后，两根木柱扯挂着大会标题：“大东亚共荣隆良村经验推广大会”，旁侧路边的隆良村碑耀眼夺目，讲台前又人山人海，满意地点点头。但很快又满脸杀气地扫视着眼前的人群。

“季继匠会长——”洼岛诚郎说，“你是大东亚共荣的主要人物，你先说说吧——”

季继匠是个溜须日本不要命的汉奸，他点头哈腰地说：“让大泽小野司令说吧。”

洼岛诚郎说：“你是协和会的会长，当然要你先说了。”

季继匠不敢登讲台，往台边靠靠说：“本土的父老乡亲们——”

他刚一开口，大泽小野就打断，问："喂，我问你，'本土'是指哪部分人?"

季继匠有些紧张了："皇军，我说的本土父老乡亲，就是指中国人呀。"

"你这协和会长怎么当的?"大泽小野有些生气，表现出心里极大不满，不过，还没达到发飙的地步，"这就不对了，开拓团的大日本国移民来到这里，也是本土了……"

"噢，是，是是，也是，"季继匠结结巴巴地说，"也是本土了。我一时没考虑好，说走嘴了。我重说——"

大泽小野用鼻子哼了一声，再没吱声。人群里引起了一阵骚乱，议论纷纷起来。隆良村的日本村民和本地村民挤在一起。本村村民躲着身边的日本农民箍成了一堆儿，男女老少也有一百多口吧。他们听了季继匠的话，有用鼻子"哼"的，有小声骂的，整个人群都不平静了。

洼岛诚郎见大泽小野直瞧那边，带着怒色地走过去大声呵斥："肃静，肃静，我怎么向你们交代的……"

人群里静了。

"……老少爷们儿们，最后，我就强调一句，皇军有什么指令咱们一定都照办。大东亚共荣对我们来说，都是有好处的，请各位多多包涵，多多支持我这会长的工作。"季继匠说完主动离开了讲台十多步，退在了洼岛诚郎身后。

洼岛诚郎要上台圆场子了，被大泽小野一挥而退。大泽小野威风凛凛地直接上台讲了起来："大日本帝国的臣民们，你们积极响应第二届防卫内阁外相松岗洋右'大东亚共荣'国策计划，漂洋过海来到中国，你们辛苦了……"

众日本兵举枪齐声高呼："不辛苦!"

大泽小野面向中国老百姓说："中国的朋友们，大日本帝国已经在亚洲富裕崛起，但是，我们不能自己独享安逸。所以，我们是来帮助你们变得富裕，不过穷日子的。要实现共荣，你们大大的幸运呀……"

他用高嗓门说完这些话，希望能得到掌声或欢呼。但除几个村长鼓掌外，其他人都木头一样没有表情，没有反应。

洼岛诚郎在一旁有些尴尬，因为大泽小野没来之前，他单独训练了日本士兵和移民，也训练了多个村的村长，又单独训练了隆良村的村民。当时，掌声都很热烈，热烈劲儿都让他兴奋。他瞧瞧大泽小野不悦的脸，特别那似乎挓挲直了的小黑胡，大声冲下边喊："鼓掌，鼓掌——"

驻各村开拓团日本小队长，几乎同时指挥自己带来的村长鼓掌。掌声东一下，西一下，零零碎碎。不知谁拍一下，擦一下手，弄出了怪动静，引得中国人哄然大笑。

"噢……大家高兴就好，"大泽小野说，"我们的大东亚共荣圈的范围有中国、朝鲜、日本、'满洲国'等，在大东亚共荣圈中，我们日本本国与'满洲国'、中国为一个经济共同体，这三国要相互提携，建立政治、经济、文化等方面互惠互利的关系。今天招集大家来开会，就要推广隆良村的经验——"他说着指指一面是中文、一面是日文的隆良村碑说："天皇有令，凡是有日本移民的村庄都要改成日本村名……"

"皇军——"一个大高个儿村长打断了大泽小野的话，"共荣就共荣呗，为什么要把我们中国已经有的村名改成你们日本的村名呢？"

"哈哈哈……"大泽小野哈哈大笑，"这个，你的不明白了，中国的土地，日本的名字，这不就是共荣的开始吗？"

"皇军，不对吧？"大个子村长问，"这样的话，我们可以去一部分到日本，把日本的村名改成中国的村名，也派去带枪的小队长，强占日本人的土地……"

大泽小野一听恼羞成怒："你的，反对大东亚共荣，抗联的干活？还是共产党的干活？"

"八嘎呀路——"洼岛诚郎举起手枪对准大高个儿村长脑袋就是一枪，顿时，血溅四周，人群里出现了混乱。

大泽小野不满地指斥洼岛诚郎："鲁莽，鲁莽，他是共产党、抗联，我要抓活的，快，快去看看能不能抢救……"

"报告大泽小野司令——"一个日本小队长用脚踢了踢血泊里

的大高个儿村长说，“死了死了的!”

人群骚乱起来。

“砰！砰！砰!”洼岛诚郎对天鸣了三枪，大喊：“肃静，肃静——”

人群静了下来。

大泽小野暴跳如雷，说：“中国的朋友要明白，大日本主持的《大东亚宣言》是不会改变的，大日本的军事、经济强权是不可战胜的，各村回去以后要立即效仿隆良村的做法，立刻改村名，立村碑……”

战大辛带领十多名侦察员正躲在远处一个堰沟，卧在沿边用望远镜盯望隆良村。只见黑压压一片人，还有日本军用卡车、吉普和摩托车。只听先是一声后又三声枪响，他们觉得大泽小野又在祸害老百姓了。身边做向导的小棒子早忍不住了，几次要冲上去，扬言打死一个够本、打死两个赚一个。战大辛又批评他鲁莽劲头不改，小棒子尴尬地苦笑了。

小棒子进抗联地下森林营房的第二天，就把大泽小野在隆良村的罪行细说了一遍。接着战大辛又得到情报员送来的侦察情报，大泽小野要在隆良村开这么个大会。战大辛心里有数，所谓带侦察班来侦察，也只是了解掌握情况。这里地势平坦，隆良村与开拓团营地又不甚远，真的交火，大泽小野运兵快，实力强，抗联只能吃大亏。从大泽小野这一举动看，虽然德国投降，苏联红军对日宣战，他的侵略野心不但不减，反而在疯狂地推行侵略政策。

战大辛双手持望远镜，眉头紧锁，自言自语地说：“这是垂死的挣扎，这种挣扎可能更疯狂，所以，早消灭他们一天，老百姓就早幸福一天。”

“队长——”小棒子虽没那么急躁，但还是忍不住地说，“我们不能这么干瞧着呀……”

战大辛放下望远镜说：“干瞧着，瞧准了是为了日后狠狠地打！你等着吧，有你大显身手的时候。下午开始，就有好戏让你看!”

小棒子问是什么好戏，战大辛只是笑，不吱声。没等隆良村的人马撤完，战大辛就领着十多人直接撤到了距地下森林营房不远的一座山头上。山下看不见他们，他们却能看到山下很远很远的地方，一道道河，一个个村庄，一片片田野尽收眼底。

侦察小队的十多人正站在战大辛身边擦汗，喘粗气。忽听山下不远处一个村头“砰”地传来爆炸声，战大辛忙举起望远镜，圆形的轮廓视线里，一辆日本摩托车连人炸裂在腾腾的烟雾中。这响声刚落，旁边另一个村庄又是同一情形。战大辛忙把望远镜递给小棒子，小棒子正看着，三个村庄的村头几乎同时发生了这样的情形。大家抢着拿望远镜望，东边、南边、北边、西边，爆炸一声又一声响起，天空一团团烟雾缭绕……

“战队长，怎么回事儿？”小棒子问，“多少地方在向鬼子开火呀，不对，怎么像变戏法似的，怎么看不见咱们的队伍呢？”

“小棒子，这叫巧摆地雷阵——”战大辛说，“抗联司令部得到大泽小野要在隆良村搞这一名堂的信息后，经过侦察，各有军事管制的开拓团村的鬼子都去隆良村了，抗联这就撒下人马在他们进路口处埋下了地雷，而且都是双雷。这是附近的你听到的，你看不到，也听不到的还多着呢，估计，有百八十个村子路口上都有鬼子骑摩托车上天的……”

“好好学吧，”战大辛说，“我希望有一天，咱们也能亲自来场过瘾的！”

小棒子高兴地说：“你可得给我机会呀！”

“那当然了，”战大辛说，“看来，我还真得抓紧给你找机会，不然打败了日本鬼子，以后再想找机会就难了……”

十多名侦察员抢着说：“战大队长，这场遍地开花仗也有小棒子的功劳呀。”

小棒子不解地问：“我？”

“是啊，”战大辛说，“你砸了隆良村的日本石碑，我向抗联总部一汇报，引起司令部首长的关注，并派侦察员密切监视日本鬼子的动向，获得情报以后，我们的首长连夜部署安排，才打了这场让各村坐镇的鬼子小队长乘摩托坐地雷上天的仗……”

“哎呀，这不该是功劳，”小棒子不好意思地搔搔头皮说，“我父亲可是骂我惹了大祸，我还挨了父亲的耳光……”他说着说着情不自禁地“扑哧”一声笑了，摸着腮帮子说：“战大队长，这么说，我挨了父亲的耳光很值呀，很光荣呀。”

战大辛说：“我起个名堂，给你记个功吧？”

“功？”小棒子问，“不要，不要，什么功？”

战大辛说：“耳光功呀！”

大家都笑了。

远处又传来了爆炸声。

“小棒子，不听了，”战大辛说，“咱们快回营房，我说让你当教练，组织一个棒子队，这棒子也按你说的全是核桃树、黄玻璃树的，长度也按你说的，都准备好了，抓紧回去教大家要大棒子吧……”

小棒子一拍胸脯：“好！”

“走！”战大辛脱口而出，“下山！”

第十四章

大泽小野离开营房后，大泽一郎找来了邱野和郎当向中野良里汇报绥芬河镇抗联地下党活动情况。两人先报告姓名资历，他们都是警察厅所属特务学校毕业的，邱野年龄比郎当大五岁，刚过38岁的生日，比郎当资深一些。他们先报告了抗联在绥芬河镇情报站被剿，站长身亡的，满金仓是站长的下线联络人，抓进营房的刘老五是已叛变了共产党，明天已被施计进了劳工大队。目前，正考察冯俊妮和嘎丽娅是否有是抗联人员的嫌疑。大泽一郎也介绍了自己对嘎丽娅母女的看法，并认为她们与抗联、共产党无关，还说了她们多年给开拓团营房送面包和格瓦斯。另一个可以接触到开拓团司令部的就是鲁大棒子，他多年给司令部送香肠，毫无是抗联人员的迹象。中野良里听后狡猾地笑笑说，但愿如此。

这四人正在小会议室商议着下一步行动，机要员送来了关东军司令部特急密电，大泽一郎展开一看，只见电报文是：

特急密电

开拓团司令部：

目前，世界战局形势紧张而复杂，特别做好以下四项工作：

一、从今夜零时起，将要有重要物资运往天长山地下要塞，希望你们认真做好入塞接收和运输保卫工作；

二、据可靠情报，抗联和苏联红军已派特务，想获得天长山要塞秘密入口和地塞内秘密交通图，这两份文件务必严密保管，不得疏忽被窃；

三、尽最大之努力，排除一切可以排除的抗联特务嫌疑人员，不得有一点失误；

四、做好适时接收关东军要员入塞准备工作。

关东军司令部

1945年×月×日

大泽一郎将电报看完了一遍又一遍，神情有些不自然，中野良里犹豫着问：“大泽一郎副司令，我可以知道电报的内容吗？”他觉得虽然自己的官衔比大泽一郎小不了多少，大泽一郎知道的事情自己也该知道，大泽一郎父子在关东军司令部里是特级红人，自己还是应该谨慎。

大泽一郎知道这是个非常时期，关东军的每一个人，尤其是有点军衔的，都关心着战局的命运，也都在关心着自身的命运。这电文内容又和中野良里的工作有关，于是爽朗地递过电报说：“当然可以了。”然后对邱野和郎当说：“你俩先回避一下吧。”

这两人一出门，郎当就说：“我怎么觉得日本人没有精神气儿了呢。”邱野回头瞧瞧，小声说：“你不怕日本人听见，小点声儿。”郎当说：“要是日本人垮台了，国民党也不会在意我们，弄不好就要落个姥姥不亲，舅舅不爱呀……”邱野见前面有人来，忙说：“别说了，走一步说一步吧，我相信，日本人也不会那么简单就完蛋的……”郎当叹口气说：“他妈的，你看，这日本人也不拿咱当知己，一个破电报背着咱们看……走，到厨房喝两杯去，日本鬼子咱支使不了，支使个刘老五还是没问题的……”

两人发着牢骚，直奔餐厅而去。

邱野和郎当走出小会议室时，门没有推紧，闪开着一道缝儿。大泽一郎把门关紧，转回身见中野良里已经看完了电报，问：“中野良里先生，看了这份密电，你有什么感触？”

“苏联红军已经进入东北境内，我从司令部来的时候，美国飞机在南方开始轰炸我们的主要基地、兵营，”中野良里仍然气势很足，“看来，司令部已经做好了战败的思想准备，但我认为不会这么简单，我觉得我们百万关东军是名副其实的‘亚洲第一军’，不会轻易就被打败的！”

“那当然，”大泽一郎受到了鼓舞，“美国离咱日本国太远，兵力有限，光轰炸轰炸是吓不倒关东军的。苏军已筋疲力尽，他们的劣势明显。我们只要打败了苏联红军，美军无济于事，那时候，关东军就天下无敌……”

中野良里说：“我们必须有这个信念，不负天皇和大日本帝国的使命。”

“看来，保卫天长山地下要塞不被侵犯，已经成为我们神圣的责任，”大泽一郎说，“绥芬河镇警察署的邱科长已经把情况向你报告了，你看怎么办吧？”

中野良里说：“必须万无一失！”

大泽一郎说：“我已经向大泽小野，不，向我的父亲表示，我倾心追求的嘎丽娅小姐也必须受到严格的考察，以防她是抗联人员。”

“明白，”中野良里说，“我已经有了初步想法，看了电报后，我觉得更要缜密了，等大泽小野司令回来要首先向他报告，然后再行动。”

大泽一郎说：“好。”

晌午的时候，大泽小野感到已经把所有参会的村长都训服了，他们一个个斗志昂扬地表态，回去后立即改村名、立村碑。洼岛诚郎宣布散会，大泽小野双手拄着扎地的军刀，把隆良村的伪村长苗广地留下，让他站在自己面前。

大泽小野眯着两眼，又斜一眼村碑说，“原来的碑被砸了，又立起来了，你的立的是？”

苗广地猜不出大泽小野要问什么，要干什么，心里直发慌：“皇军，是，是我立的！”

“大大的好，你的忠于皇军，皇军很欣赏，”大泽小野一下子睁开了眯着的眼睛，虽然说的是好听的话，但闪出的都是阴森的光。他一抿嘴说，“砸碎碑的人应该是你们村的，你该知道……”

苗广地有些紧张了：“皇军，要是砸碑的人是我村的，我肯定能找出来。从那天起我就挨家挨户查询，没发现一点线索。会不会是明天砸的？他被皇军带走了，我无法再查问了。我问了乡亲们，倒也没人发现是明天砸的。”

“已经审讯了，明天的不是，”大泽小野说，“你要知道，这个砸碑的，不是共产党，就是抗联。”

苗广地应和说：“肯定和皇军不是一条心，不支持大东亚共荣的人。”

“明白，明白，你明白的很好，”大泽小野很断定地说，“砸你们村村碑的人，肯定是你们村的，苗村长，我限你三天之内把这个砸碑的人给我找出来。我已经清点过了，隆良村共有男女老少189人，若找不出砸碑的人，我将他们统统的杀掉，房子统统烧掉……”

“皇军——”苗广地有点儿懵了，嗫嚅起来，“我倒有一个还闹不很准的线索……”

大泽小野急忙问：“什么线索？”

苗广地说：“砸碑的第二天早晨，村里下地干活的村民捡回了几十只死狼……”

大泽小野问：“死狼怎么了？”

“这里有蹊跷呀，”苗广地显得自然了一些，“那些狼都是腿骨折断，脑骨粉碎，这说明打的人棒子功夫了得……”他见大泽小野不眨眼地瞧着他，又有些紧张了：“我们村子里可没有这本事的人，不过，在绥芬河镇有一个呀……”

大泽小野忙问：“谁？”

苗广地忙说：“就是那个杀猪又做火熏香肠的人，听说他还常给皇军营房里送香肠呢。”

大泽小野问：“噢，就是那个叫鲁大棒子的？”

“对呀，”苗广地说，“那鲁大棒子要起大棒子来凶得很，别说迎面扑来的狼，就是老虎也来一个打一个的呀。”

大泽小野两眼一眯，脑子开始转动，对，就是那天晚上这个鲁大棒子和冯俊妮一起来营房，回去时又恰好路过隆良村，狼是他打的，碑可能就是他砸的。他要是抗联，或共产党的情报员，那就正在想方设法向我进攻呢。如果他是，冯俊妮和嘎丽娅会不会是呢？

他想着想着，一下子兴奋起来，拍拍苗广地的肩膀笑笑说：“苗村长，你的，皇军的好朋友，以后，好处会大大的有。”

苗广地点头又哈腰：“谢谢皇军。”他还想听大泽小野再说什么，大泽小野已拽开车门上了吉普，直奔营房而去。

大泽小野回到营房办公室正想让人喊大泽一郎过来，电话铃响了，他接起一听是关东军最高指挥官冈村宁次，立即站起立正说：“报告冈村宁次司令，我是大泽小野。”

“大泽小野，你怎么搞的？”冈村宁次语气很重，训斥道，“司令部已接到一百多个报告，我们开拓团的勇士均在你那边几个地区的村头遭地雷爆炸殉难，统计起来比一次战役都惨，怎么回事？”

大泽小野一听惊呆了：“冈村宁次司令，我一定认真追查清楚。”

“那是必须的！”冈村宁次说，“我肯定了的，你这个会议很好。但你身边一定是有共产党掌握了情况，布置的战线这么长。你的，一定坚决移除身边隐患，确保司令部指令你的那四条。要知道，你那边共军实力是最小的，也就是钻个山洞藏个树林的土匪，怎么会这样？”他说完“叭”地把电话撂了，大泽小野还是本能地回答：“请司令放心，一定遵命！”

大泽一郎见大泽小野进了办公室，和中野良里一起敲门走了进来。

电话铃又响了。

大泽小野接起电话一听便说：“绥芬河警察署，什么事？”

“满金仓一直在店里，没有和任何可疑的人接触，也没发现买货的有可疑的人。有个叫恰巴萨克的皮货商，他的儿子阿廖沙正在向嘎丽娅姑娘求婚。还有，二十多名日本、俄罗斯学生也在向嘎丽娅献花求婚……”

大泽一郎听到了电话里的声音：“什么，向嘎丽娅求婚？”

大泽小野摆摆手不让他说话，听着对方继续说：“鲁大棒子自那天去开拓团营房送香肠回来，他的儿子小棒子一直没露面，不知是躲在家里，还是跑到哪里去了……”

大泽小野问：“还有什么情况？”

电话里传来回答："没有了。"

大泽小野大声命令："继续秘密监督，要查清鲁大棒子的儿子不露面在干什么。"

电话里又传来了回应："明白！"

大泽小野立刻联系起了苗广地说的那些情况，咬咬牙说："好啊，原来，名堂就在这里！"然后一捶桌子说："来吧，咱们商量一下怎么把惦记着天长山要塞的共产党一网打尽！"

石砬子山洞里的营救所和疗养所也有着获取天长山地下要塞两个秘密文件的任务。鲁大棒子向靳晨光汇报了张有孝三人提供的地下要塞的信息，靳晨光听了后非常激动，立即报告给疗养所所长彭立志。彭立志一听，觉得虽然朦胧，也是一点线索。如果摸准了，起码知道从哪里入洞口最近，潜入进去就可以找到主洞口。他知道，别说天长山地下要塞的交通图，就是洞口也非常隐蔽。那几个建设时期运送物资的塞口，施工结束前便早已封死。

为了寻找洞口，抗联特别行动侦察小队已经煞费心思了。在山底去天长山洞口的方向，十里之外就有严密的秘密封锁线，不是那种明岗明哨，而是密藏着一条横的防线，或隐于一个个人造的空树洞、石洞，或匿于上面生长着密密匝匝树丛的地穴。据有的采参人、猎人说，不管什么人，只要一过这条防线，就会飞来无声手枪子弹。我们的侦察小组已经三次潜入，潜入人员人都壮烈牺牲，其余只好撤回。这些防线上守卫的都是日本鬼子，没有一个中国人。哪怕一只鸽子飞过天空，他们也会怀疑是否是抗联的信鸽在与塞内奸细联系。塞内有经过层层筛选的一些中国技工和劳力，死死封锁在里边，根本就出不来。日本鬼子虽觉得地下要塞插翅难飞，无孔可入，但也担心共产党像神话一样搞出名堂，凿孔而入。

彭立志了解完情况后，带领张有孝、林天新、马永江等人立即出发赶到了地下森林营地。战大辛听后说："好，好，太好了！根据最近得到的可靠情报，关东军司令部已经开始往地下要塞运送重要物资了。每天晚上都有几辆车，这也说明他们已经预感到失败了，忙着囤积物资，以便最后在地塞里负隅顽抗。"

“要是这样的话——”彭立志说，“大泽小野对地下要塞的防守就会更加警惕和严密了。”

“那是肯定的，”战大辛说，“这就给我们夺塞增加了新的难度。”他停了停，瞧着张有孝又说：“我朦朦胧胧地感到，有了你们三兄弟，似乎有了想办法的突破口……”

张有孝瞧瞧营地里这么多抗联战士、枪支，迫不及待地说：“首长，干脆撒大网冲上去，灭这帮狗日的不行吗?”

“不行，”战大辛说，“鬼子在暗处，我们在明处，那是干吃亏。对于这一仗，我们的策略是只能智取，不能强攻，上级也有这样的指示。抗战就要胜利了，要避免不必要的牺牲。抗战很不容易，让每一个活下来的战士，都好好享受和平年代的幸福。来，咱们细谈谈，拿出一个可行的办法来。”

彭立志接过话说：“战队长，我收到了一份信鸽情报说，我们的地雷遍地开花，炸怒了鬼子，鬼子可能要有反扑行动。我感到，满金仓的处境已经很危险，是不是抓紧把他救出监视圈?”

“是，你来之前，我们还在研究搭救满金仓的问题，”战大辛说，“我带队几次去想暗救暗撤，敌人为监视他新的接线人，全天候监视，暗救已经不可能了，只有明抢。我担心暴露目标非交火不可，满金仓是我们的好同志，绝不能让他落在敌人手里，就是危险也要救。计划这几天就要行动，我已经有了行动方案……”

彭立志点头：“这就好。”

第十五章

大泽小野和手下一帮人策划完行动方案后，安排洼岛诚郎和中野良里各带人兵分两路立即行动。大泽一郎也要去，大泽小野说："我知道，你是在想着嘎丽娅，我已安排了，她今天不会来，明天一早自然会有人送来，她已经在我们的严密监控之下。你是担心那些向嘎丽娅求婚的吧？"

"父亲，是的，那个阿廖沙是俄罗斯人，华语学校我们同班的学生，傻大个儿，学习不好，绝对不是我的对手，"大泽一郎心绪很多，又说："我是在想您所想的，嘎丽娅是不是共产党的联络员，是不是满金仓的人……"

"大泽一郎，你不仅是我忠孝的儿子，也是大日本帝国忠诚的将士，"大泽小野赞叹地说，"你爱美，不沉溺美色，忠国忠君，让我这个当父亲的感到骄傲呀！好，去吧。"

大泽一郎敬个礼："谢谢大泽小野司令，谢谢父亲……"

其实，这是一番骗大泽小野的话。他已经对嘎丽娅达到了痴迷的程度，无论如何也不相信，一个华俄混血姑娘会给抗联和共产党当情报员。他相信的是这当司令的父亲已经是草木皆兵，甚至有些荒唐了。好，那就让他怀疑去吧，让事实证明自己爱的姑娘不是他想象的那样。他坚定了信心，就是形势再糟糕，不管是回日本，还是到天长山地下要塞，都要娶嘎丽娅，让她永不离自己的身边。他感觉到，再也不会遇见这么漂亮的姑娘了，哪怕让她那个做面包和格瓦斯的母亲跟在身边也可以。当然首先是用温和的办法，温和不行就用硬的……

这样，去绥芬河镇的行动，就兵分三路。当然，大泽一郎不带兵，仍然是以华语班班长的身份，先去学校。然后去找嘎丽娅，接她回营房换药，给她一种关心和温馨的感觉，不是来强迫她回去。现在兵荒马乱，这次回来大泽一郎就想再也不让她回去了。

大泽一郎很少照镜子，此时他鬼使神差地到了洗漱间墙镜面前，正帽子、顺纽扣，一再抚摸插在腰间的手枪皮壳，心中感叹自己很有大日本国军人的威风。他以威武的气势上了吉普车。路过迎春花岗，他探头窗外，怎么看，都也没有嘎丽娅从这里路过时好看。蝴蝶、蜜蜂是那么丑陋，连一只百灵鸟都没有，这让他更相信了嘎丽娅的神话，她真的就是日本传说中的樱花姑娘……

大泽一郎让司机加大油门一气儿开到了河东大作办公室门口。河东大作刚被大泽小野从日本请来的时候，真是一心一意要办好这个为大日本帝国实现“大东亚共荣”的学校。但学校里有了这个大泽一郎，还当了班长，河东大作哭不得、笑不得，他办学遵奉的章程简直成了一团乱麻，这在日本是不曾有的。大泽一郎作为一班之长，三天打鱼，两天晒网，经常晚来早走。为求爱嘎丽娅惹了一场场风波，教学秩序几乎乱套。他走出办公室说：“大泽一郎——”想发牢骚，又忍了回去，“十多名学生跟着阿廖沙一起去向嘎丽娅求婚，学校已经没有什么秩序了……”

大泽一郎站在车门口问：“河东大作校长，您说十多人去向嘎丽娅求婚?”

河东大作点点头：“是。”

大泽一郎问：“去嘎丽娅家里了吗?”

“不，”河东大作说，“听说是教堂。”

大泽一郎问：“河东大作校长，这是为什么？求婚还去教堂?”

“这你就不懂了，”河东大作说，“嘎丽娅信奉东正教，向她求婚的人都必须在耶稣面前表示真诚，然后才由嘎丽娅来选择。”

大泽一郎一皱眉头：“噢，是这样。”

“大泽一郎，”河东大作问，“你把嘎丽娅带到军营求婚，她答应了吗?”

“没有。”大泽一郎回答，“也没说不答应。”

“难怪呀，”河东大作说，“我正准备打电话告诉你，你就来了，快去教堂看看吧，要求婚，就必须在那里。”

河东大作对大泽一郎很是无奈，又只能顺应，心里很复杂，很矛盾。

大泽一郎转身要上车，河东大作说："我告诉你，到了那里就是诚心诚意求婚，让嘎丽娅去选择。我相信，她只要理智，会选择你的。千万不要和那些求婚者发生冲突，懂吗？"

"懂了，"大泽一郎边上车边说，"谢谢河东大作校长的指点。"

教堂设在绥芬河镇十字街口靠天长山脚下的路旁。这座教堂为俄式宗教建筑，也是庭式建筑，占地 310 多平方米。中央一座主体建筑，红碑结构，巍峨宽敞。厚门高窗，房顶为拱形，室内壁上绘有油画。浅蓝色半圆形顶端竖立着圣杆，顶端上有一短、下有一长，中间一斜棍的柱子。教堂四周是高高的铁栅栏，门口的横碑上刻着"君帝圣殿"四个大字。

今天，嘎丽娅精心化了妆。一身洁白的连衣裙，连头上的蝴蝶结也是一样的白色。又淡淡地抹了口红，淡淡地描了双眉。身材婀娜，步履轻盈，这般洁白如玉的美女让行人都禁不住多看上一眼。她在前面走着，阿廖沙手持一束玫瑰花走在她左边。十多名日本、中国、俄罗斯的华语学校学生学着阿廖沙的样子，分布在嘎丽娅左右，都后错半步，一起朝教堂走去。

嘎丽娅走到教堂门口，一位年长的俄罗斯牧师躬腰示意欢迎，她迈着安静的步了进了教堂。阿廖沙等十多名小伙了也随着牧师的又一躬腰示意跟了进去。

嘎丽娅停步在耶稣圣母面前，拱手膜拜，敬礼后默默地说："嘎丽娅尊崇的圣母，今有多名小伙子向我求婚，请您做主。"

牧师问："嘎丽娅姑娘，你接受求婚的心是否真诚，请向圣母表白。"

嘎丽娅向牧师示礼，转身耶稣："尊崇的圣母，嘎丽娅的心一定真诚。"

牧师对持花的小伙子们说："你们向嘎丽娅求婚的心是否赤诚。"

众小伙子一起举起玫瑰回答："赤诚！赤诚！赤诚！"

“好吧，”牧师说，“那么，你们就一个个向圣母表达向嘎丽娅姑娘求婚的赤诚吧。”

阿廖沙学着嘎丽娅的样子，手捧玫瑰花膜拜耶稣：“我尊崇的圣母，请你做证，我向嘎丽娅求婚诚心诚意。如果嘎丽娅答应我，我将爱她一生不变，让她终身幸福！”

嘎丽娅侧转身向阿廖沙说：“谢谢你的求婚。”但不接他的玫瑰花。

牧师说：“下一个。”

日本学生甲又学着阿廖沙的样子说：“尊崇的圣母，我向嘎丽娅求婚的意志如钢铁般坚定，请圣母做主。如嘎丽娅答应嫁我，我会海枯石烂心不变。”

嘎丽娅侧转身对日本学生甲说：“谢谢你的求婚。”仍不接他的玫瑰花。

牧师又发话：“下一个。”

学生乙、丙、丁……依次都是这类真诚求婚的话，只剩最后一个的时候，大泽一郎手持一大捧玫瑰花威武地进来了，皮鞋踩得地板“踏踏”直响。牧师示意要求婚的学生停止向耶稣保证，走向大泽一郎说：“请停步！”

嘎丽娅等十多人的目光骤然投向大泽一郎。

“对不起，请后退，”牧师毫不客气地说，“脱鞋入内，要尊重圣母，尊重教堂的肃静。”

大泽一郎刚要拒绝，一眼看到了一身洁白的嘎丽娅，怦然心动，理智提醒他要在嘎丽娅面前显得尊重她崇尚的东正教文明，忙哈腰“嗨”了一声退到门口。他脱鞋后捧着玫瑰花，人模人样地着袜静悄悄走了进来。

大泽一郎要抢先说求婚誓言，牧师指指该发言的日本学生说：“且慢，要有个先来后到，等这位先生求婚完了你再来吧。”

大泽一郎深吸口气，把对眼前这帮求婚人的厌恶深深埋进了肚里，压制住自己不表现出来。他笑笑对牧师举拱手礼说：“学生不懂教堂的规矩，请牧师多多包涵。”

最后求婚的日本学生叫洼岛原克三，是副班长，大泽一郎的副手。大泽一郎经常不来上课，或者是晚来早走，就由洼岛原克三负责一些班务工作，在班级很有威信。大泽一郎多次发现，他这个助手找话题和嘎丽娅接触，嘎丽娅对他很和善，甚至胜过对自己。洼岛原克三常在同学面前，特别是有嘎丽娅在场的时候，宣扬自己的家世，让大泽一郎非常嫉妒。对那个阿廖沙，大泽一郎根本不在乎，而对这个洼岛原克三，就不能不在乎了。他恶眼斜视着洼岛原克三，听他要说些什么。

“我尊崇的圣母——”洼岛原克三说，“我是华语学校一班的副班长……”

大泽一郎耐不住说：“正班长在这儿呢……”

牧师很不高兴地对大泽一郎说：“看来你是关东军的一名军官，我实在是不好意思提醒你，请不要打断别人的求婚誓言!”

“对不起，对不起，”大泽一郎是能伪装的，“牧师先生，因为我太爱嘎丽娅了，不希望有任何强于我的对手，这也是一种对嘎丽娅爱的阐述，请原谅。”

牧师不理睬地说：“洼岛原克三先生，您请讲。”

洼岛原克三斜了大泽一郎一眼说：“请圣母大人禀知并做主，我自感比任何人都深爱嘎丽娅，因她是老师，当学生的难以启齿，其实我们年龄都不相上下，既然有人开了头，我就忍不住了。我会用我真心的爱去浇开嘎丽娅心中爱情的花朵；我会用在大日本帝国的富豪之家的财产去让爱情花朵开得更鲜艳；我会用我祖父在东京都当大官的权势，去让这更鲜艳的爱情花朵驱逐那些有非分之心的人。因为我知道，爱嘎丽娅的人太多太多了……”

洼岛原克三文采飞扬，让所有求婚的人都目瞪口呆。牧师不停地点头称赞，大泽一郎却早已气得，不，是恨得咬牙切齿，他恨不得立马掏枪崩了洼岛原克三。可是，洼岛原克三的父亲就是洼岛诚郎，开拓团的副司令，大泽小野的得力助手，一时有所无奈。他的思绪乱极了……

牧师见大泽一郎发愣，大声说：“那位关东军军官先生，该你了。”

“谢谢牧师，”大泽一郎骤然间故作精神焕发，学着洼岛原克三的开头语的称呼，又加了修饰虚词，“我非常尊崇的圣母，刚才，那位洼岛原克三先生说谁也没有他对嘎丽娅的爱深，不对，我心里对嘎丽娅的爱就比他深……”

“呐呐……”牧师问，“看来你很爱嘎丽娅小姐，那么，你说说你心里的爱比洼岛原克三深，深多少呢？”

其实，牧师从大泽一郎一进来就反感他，这是在刁难他。

“牧师大人，”大泽一郎一下子显得很谦卑，自然地说，“洼岛原克三的爱比别人都深，不管他说的别人有多深，他又比别人深多少，都是有数量的。我心底对嘎丽娅的爱是无边的，她是我心中大日本国内传说的樱花姑娘……”

牧师点点头：“呐，呐，请继续说。”

“我用我父亲比洼岛原克三父亲军衔高的骄傲来爱嘎丽娅。我用洼岛原克三是我的副班长，我比他更优秀来爱嘎丽娅。我非嘎丽娅不娶，非嘎丽娅不爱，请圣母大人做主。”

牧师已看出一些求婚人对大泽一郎誓言的鄙视，冷笑一下说：“就这些吗？”

大泽一郎有礼貌地回答：“牧师大人，就这些，请您在圣灵面前多美言。”

牧师说：“我对每一名向嘎丽娅求婚者都是同等的。”

大泽一郎给嘎丽娅献玫瑰花，嘎丽娅仍像对他人那样拒绝。大泽一郎问：“嘎丽娅，为什么拒绝呢？”嘎丽娅笑笑：“我要等待圣母的指教。”

牧师说：“嘎丽娅小姐，以往来这里求婚的都是一男一女，祝贺你有这么多求婚者，快向圣母祈求指点吧。”

嘎丽娅连忙并拢双脚，双手合拢拱在胸前，面对圣母像连续地叨念了多时方停止。众人凑上来几乎问一样的话，圣母是让您答应我吗？大泽一郎急不可待，大声地说：“一定是我！”洼岛原克三更大声地说：“一定是我！”嘎丽娅回答说：“你们都静一静，静一静……”大泽一郎满脸煞气，扫视着每一张面孔，都觉得那么可恶。牧师说：“嘎丽娅姑娘祈求完，圣钟没有响，就是告诉嘎丽娅，每一名求婚者都是真诚的，请她好好思考。”

嘎丽娅向牧师告别，众求婚者簇拥着嘎丽娅献殷勤。到了教堂门口，冯俊妮迎上来说："嘎丽娅，咱们回家吧。"

嘎丽娅挎起冯俊妮的胳膊说："谢谢母亲。"

洼岛原克三赶忙凑上去想说什么，还没张口就被大泽一郎一把拽住说："跟我走一下，我有话对你说。"

大泽一郎不由分说便把洼岛原克三推上了吉普车，让司机开到一个僻静的胡同里，两人一起下了车。大泽一郎掏出手枪威逼说："嘎丽娅只能是我的，决不容许你插手！

洼岛原克三眉头一皱说："大泽一郎，你别无理，能听嘎丽娅怎么按圣母旨意回去静想！"他口气竟不服软，而且叫号说："你敢开枪？"

"你看我敢不敢，"大泽一郎对准洼岛原克三的胸口一搂扳机，"砰"地就是一枪，洼岛原克三立刻躺在了血泊里。司机颤抖着下车说："大泽一郎副司令，洼岛原克三和他的父亲都是为大日本帝国来实现大东亚共荣的忠臣呀……"

大泽一郎又要示枪说："告诉你，不准乱说！"

司机连忙承诺："明白，明白。"

特务邱野和郎当正按大泽小野的安排执行任务，一听到枪声急忙赶来，一时不知问什么好，大泽一郎举着枪说："对任何人都说，洼岛原克三让抗联打死了……"他接着又冲着吉普车后排座窗户开了一枪，打碎了玻璃。又让两个特务往车后排座上弄上一些血，并调来警察署的车，把洼岛原克三的尸体送往开拓团军营。两个特务一起保证："请大泽一郎放心，一定听皇军嘱咐！"

大泽一郎上了吉普车，让司机朝嘎丽娅家开去。

邱野和郎当本来是按大泽小野的安排，带领地方保安队去直接抓捕满金仓的。待打发走大泽一郎速往满金仓家走时，保安队长领头带着十多名保安队员，子弹上膛闯进了满金仓杂货店。他们远处发现站在柜台旁的，原来是个草人穿一身大褂。邱野店前店后大搜一通不见一个人影，问保安队长："不是说，你们监视一宿，只见满金仓天黑进店再没出来吗？"队长回答说："是啊，我们一直没离他的门口和后窗。"郎当问："没有人出来过？"队长回答说："你们奔枪声去时，一个穿上衣的长发女人挎个筐子出来，像是买东西的。”邱野问：“你是不是看见这个女人进去又出来？”他加重语气问：“两个女人一样？”队长支支吾吾说：“一样。”邱野大骂：“蠢猪！第一个是满金仓，第二个是替身，往哪里去了？”队长回答说：“左边，刚走出不远！”邱野说：“跟我来，快追！”

邱野和郎当进了大卡车驾驶室，载着车上五十多个保安队员飞驰追去。大卡车出了镇，果然见十多个人正急匆匆往林边上赶。邱野催司机加快，等追到林边时那些人已经隐入密林无影踪了。他们再不敢前进了，关东军、警察和保安队最怕入林作战，因为吃过不少亏。邱野带头一开枪，众保安队员也纷纷对准林中射击，但似乎没起什么作用。邱野一句“撤”，司机倒车调头朝绥芬河镇驶去。邱野叹口气说：“明明是瓮中捉鳖的，结果扑了空，回去可怎么交代呀？”

“我看，咱就实话实说，”郎当毫不在乎地说，“要不是大泽一郎，咱们怎么能抓不住姓满的呢，全天候监视了半个多月了！”他停停又说，“哥们儿，别当回事儿！你没看吗，大泽一郎击毙洼岛原克三，日本人内部也不太平了。我看，关东军长不了，咱也别那么死心眼卖命了。”

“这话可别乱说，”邱野说，“怎么也得想法混过这一关，日本人可是杀人不眨眼呀。”

郎当说：“那倒是，这么说，还别得罪了大泽一郎。”

……

冯俊妮的面包店门庭若市。乡亲们正挑着担子、挎着筐、拎着袋子赶来，批发面包、格瓦斯，他们仨一伙、俩一队议论着，已经听见了苏联红军的枪炮声，要多进货是为贮藏粮食。冯俊妮正和嘎丽娅商量着怎么打发走这些客户，要为石砬子营救所和疗养所，还有地下森林的抗联战士们多准备些面包、格瓦斯。她们还想去鲁大棒子那里让他多留些熏香肠。娘俩刚一出门，大泽一郎坐的吉普车在门口停下了。

嘎丽娅已经换下了白色的纱裙，穿着平时讲课时的朴素服装，眼前没了那些求婚者，只有大泽一郎独自站在嘎丽娅的面前，爱恋油然而生。嘎丽娅无论精心打扮，还是平常装束，在他心里都是美妙无比的，就像雨后格外娇艳的迎春花惹他心醉。从教堂里出来，他才知道嘎丽娅那么虔诚信奉东正教，虽然可抢可夺，还是用攻心战术让她乖乖归顺自己，才是幸福的。他厌恶那些关东军，他们一进村子，不论老的少的，堵住妇女就强暴。

“噢！大泽一郎副司令来了，”冯俊妮主动搭话，“快请进屋吧。”她带嘎丽娅去恰巴萨克的皮货店以后，思考了自己任务的重大，还真是只有自己能有机会进开拓团司令部，想办法去获得天长山地塞的那两份图纸。因此，她对大泽一郎多了几分假热情。

大泽一郎很有礼貌地一躬腰：“谢谢。不进屋了吧。”

冯俊妮问：“那——你是……”

“我是来接嘎丽娅去营房换药的，”大泽一郎语气、表情显得很谦卑，也很有礼貌。他心里盘算着，强忍着，这种情形必须到嘎丽娅答应求婚为止。

嘎丽娅猜出了母亲的意思，客气地回话说：“谢谢。”

“大泽一郎副司令，”冯俊妮说，“你看，嘎丽娅在你们那里上了一次药已经好了，太麻烦了。到时到了换药的日子，我们就在镇医院换换药吧。”她明知不去躲不过，其实心里也想去，故意这么说来迷惑大泽一郎。

嘎丽娅一旁说：“我看行。”

“不可以，”大泽一郎说，“我们那里的药品都是从大日本运过来的，效果好，还是去吧。再说，这不单单是换药，是我对嘎丽娅的一份关爱。”

冯俊妮点点头：“明白。”

“嘎丽娅，”大泽一郎迫不及待地问，“圣母的旨意你想好了吗？”

嘎丽娅回答：“牧师说要我静想，这刚刚回来帮母亲料理店里的事情，河东大作校长还想让我回去上课。刚才，又听到枪声，事情繁多，哪能静下来呀。”

“正好，就到我们军营里去吧。”大泽一郎说，“那里肃静。”

嘎丽娅说："我走了，很担心母亲。"

大泽一郎脱口而出："让你母亲也去呀。"他心想，这样可以满足父亲的要求。父亲怀疑鲁大棒子，也怀疑冯俊妮和鲁大棒子有瓜葛。让冯俊妮去，解了父亲的心疑，以后的事情就一顺百顺了。

这么推三阻四，大泽一郎无论如何也不相信冯俊妮会是抗联的地下联络员，甚至觉得鲁大棒子也不会是。

嘎丽娅淡淡一笑说："谢谢。"

这淡淡一笑，已经让大泽一郎意乱情迷了。

"请上车吧。"大泽一郎客气地向门口吉普车招手。

"好，我安排一下。"冯俊妮向伙计头头嘱咐了一番，牵着嘎丽娅的手向吉普车走去。

大泽一郎习惯性地坐进了左驾驶室，嘎丽娅一拉后车门，禁不住"哎呀"一声停下了，往冯俊妮身后躲去。

"血——"嘎丽娅说，"那边的车窗也破了……"

大泽一郎猛醒地一皱眉，推门下了车，懊悔自己怎么忘记了这一点呢。他连忙脱下衣服把血迹盖上说："我坐在前面，洼岛原克三坐在后面，他不幸中了共产党的暗枪，没关系，坐吧。"

嘎丽娅还是躲在冯俊妮身后不动。

"嘎丽娅，没关系的，"冯俊妮若无其事的样子，"来，大泽一郎副司令这么照顾我们，用军衣把血迹盖上了。我坐这，你往里坐。"

"母亲——"嘎丽娅故作惊慌失态，"我们会不会吃冷枪呀。"

冯俊妮问："有大泽一郎副司令在，我们不会受伤害吧？"

"不会，不会！"大泽一郎轻松地说，"凶手大概是从山上蹿下来的两个抗联，都不用关东军，警察署的保安大队听到枪响赶来追捕，就把他们灭了……"

冯俊妮心抽紧了一下，立刻掩饰着气愤对嘎丽娅说："孩子，不怕，有大泽一郎在呢。"说着，牵着嘎丽娅的手弯腰进了后排座。

大泽一郎厉声命令司机道："开车——"

吉普车开动了，刚驶到中心街口，只见一辆日本军用大卡车驶向鲁大棒子家门口。随着洼岛诚郎跳下卡车，几十个鬼子兵紧随其后，疯狗似地涌进了鲁大棒子家店门。

大泽一郎、冯俊妮和嘎丽娅都看见了。冯俊妮发现嘎丽娅有点慌张，一使眼色，嘎丽娅立即闭上了嘴，谁也没吱声。当然，大泽一郎心里明白，那是洼岛诚郎带人去抓捕鲁大棒子。冯俊妮和嘎丽娅不问，他当然也不会去说。他知道，鲁大棒子和冯俊妮做生意关系密切，冯俊妮要真问还真不知他会怎么说。他一方面想取宠她们，但另一方面这种机密是万万不可泄露的，真庆幸娘俩都不问。他心里也纳闷："这是为什么呢？"

冯俊妮灵机一动，觉得不问不妥，瞧着最后几名日本鬼子闯进鲁大棒子家的店门，吃惊的样子问："大泽一郎副司令，鲁老板怎么得罪皇军了？"

"噢——"大泽一郎也瞧着那儿说，"不清楚呀，等回开拓团司令部就知道了，"他停停又说："到鲁老板家买香肠、猪肉的人那么多，是不是有抗联的人藏进去了……"

嘎丽娅迫不及待地说："我们家人来人往，要是有抗联的去买面包和格瓦斯，皇军会不会闯我们的家呀？"

冯俊妮心里赞扬女儿这话问得好。

"不能，万万不能，"大泽一郎觉得已经开始征服这母女俩，有点儿飘飘然，乖乖地说，"有也无关紧要，只要和你们没关系就行。你们要是发现了告诉我，把他们抓起来，你们还大大的有赏呢！"

嘎丽娅说："那可真好。哪天，要是让我碰上几个真好。"

大泽一郎相信冯俊妮和嘎丽娅说的是真的。而嘎丽娅和冯俊妮虽然没交流，但都不相信大泽一郎说的是真的，大泽一郎献媚地说："嘎丽娅，你要是真碰上又让我抓住，我亲自大大的奖励你！"

嘎丽娅显得自然了："我哪有那么好运气呀！"

大泽一郎回头一笑："但愿你有。"

嘎丽娅淡淡一笑，没有回答。

大泽一郎又被嘎丽娅这一笑弄得神魂颠倒了，不时往后瞧。嘎丽娅却很自然地将手搭在双膝上，倚在了后座背上。车轮飞转，冯俊妮和嘎丽娅都在"嚓嚓嚓"的车轮声中，陷入了深深的沉思。

冯俊妮在想：大泽一郎说是两名"共产党"，这两名"共产党”是谁呢？是不是满金仓要逃脱监控被追捕开的枪。那么，另一个是谁的？要是来接应掩护的，那样，就绝不只是两个人，她百思不得其解，便安慰自己，先不想了。不过，还有件疑惑的事情，她本想去恰巴萨克那里一趟，请教一下进了开拓团司令部后用什么招儿获取情报。没想到大泽一郎来得这么早，按理，明早才是嘎丽娅换药的日子。但，她心里有数，自己和女儿被接走时门前门后都是来买面包和格瓦斯的人，恰巴萨克知道她走了，肯定会关注她的消息和行动，如真有收获时就随机应变吧……

嘎丽娅在想：要么，大泽一郎这家伙是在撒谎，在这敌占区，抗联不会无故去袭击一辆吉普车，就是枪击，也该打他大泽一郎。在教堂时，这家伙对洼岛原克三那样怀恨在心，母亲没在意，自己可看得清清楚楚，是这家伙没好气地把洼岛原克三带上了这辆吉普车。一定是在一个背静的地方，两个人因争风吃醋，洼岛原克三惹恼了这家伙，吃了这家伙的枪子儿。至于关东军闯进鲁伯伯家里，那么多人，不会像这家伙说的那么轻松。从开拓团司令部回来的第二天，鲁伯伯就到家里和母亲说，发现可疑人总在他家门前房后打转转，可能是特务。关东军那么气势汹汹地闯进了鲁伯伯家，肯定是很恐怖的事情……想到这里，她有些紧张了。

吉普车颠簸着穿过学校后面，驶上了迎春花岗。大泽一郎已经没有心思让嘎丽娅下车，再现他幻觉中的美景。再说，关东军司令部从昨天开始已经往天长山地塞里运东西了。夜间，也有白天的时候常听远处传来炮弹声、机枪声，这些日子可能会有不妙的战斗。他急忙把嘎丽娅弄进军营，就算撤进天长山要塞，也要把她带进去，让她插翅难飞……

第十六章

隐密又宽敞的地下森林里，攻克天长山地塞特别行动队的抗联战士们热血沸腾。小棒子当教练，教战士们学要棒武艺，不少战士很快就达到精湛水平。战大辛十分高兴。他拍拍领着训练结束，满头大汗的小棒子说：“小棒子呀，太棒了，我想，有那么一天咱打进天长山要塞的时候，大炮、枪肯定是不好使。因为根据得到的粗浅消息，塞内通道狭窄，不过 2 米左右，就是所谓的库房、宿舍、厅等面积也都不大。据说靠水泥柱支撑顶棚，面积大了容易塌陷。咱们拼刺刀拼不过小日本，他们的刺刀比我们刺刀长 10 公分。但我们这新式武器——棒子尖上又装上了匕首，比小日本的刺刀又长出 10 公分了。有了你教大家的这般武艺，就让小鬼子命丧棒尖的匕首上，让他们的腿像兽腿一样骨折筋断……”

战大辛神采奕奕，像讲演一样引来一阵热烈的掌声。

“战队长——”小棒子问，“今晚上用吗?”

战大辛说：“今晚不用，我们只是去一个侦察小组，张有孝兄弟仨去一个领路，探密下天长山地塞入口的大致方向，以便做新的安排。”

“这么说，”小棒子问，“这回，我不能去了?”

“对，”战大辛说，“你去了没有用武之地，等着吧，有你大显身手的时候。”

“战队长，”小棒子请求说，“我的棒子时间长了不吃腥就难受呀。”

“嘿，”战大辛说，“有用得着你这小棒子的时候，到时候可要别出错呀。”

铁匠出身的大个子战士说：“战队长，枪杆是黄玻璃木做的，匕首是一等钢质，你就放心吧！”

“你们都别显摆了好不好，”张有孝抢上来说，“战队长，听您刚才的话，我们仨兄弟不能都去呀？”

“那当然了，”战大辛说，“你们哥仨是咱特别行动队唯一能摸清天长山地下要塞入口处大致方向的宝贵人才，都去了，一旦都回不来，那怎么行！”

“战队长——”林天新抢着说，“我们哥仨已经是多活了这些天了，小鬼子，我恨透了，让我去吧？”

张有孝说：“呸，怎么也轮不到你呀，要去得我先去，就是牺牲，我也该牺牲在你俩前头！”

马永江沉不住气了：“老张，你凭什么先去呀？咱哥仨的事儿谁都知道，谁对小鬼子最恨。要去得我先去！”

马永江的话音一落，张有孝、林天新一起围到了战大辛身边，战大辛说：“怎么，要绑架我还是要动手呀？”

哥仨愣愣地瞧着战大辛，谁也不吱声了。

“这样吧，”战大辛说，“反正只能去一个，你们哥仨抓阄吧。”

小棒子冲上说：“我来做阄。”

“好吧，”战大辛吩咐小棒子说，“快去，谁走运抓赢了我还有吩咐呢。”

小棒子一迈开大步，哥仨呼地一阵风跟着去了。

战大辛对众战士说：“你们的教练走了，我瞧着你们集体耍耍棒！”

战士们举棒齐呼：“执行命令！”

马永江幸运地抽到了赢签。

猎手战士祁荣久熟悉山林，受命为侦察小组组长，他再带上马永江和战士皮德友，组成此次行动的侦察小组。天擦黑的时候，侦察小组从山边草路朦胧的车辙印找到了停车卸货的林边，他们藏进了密密匝匝的丛树里。果然不错，关东军开始秘密往天长山地塞里运送东西了。两辆大卡车从夜幕里缓缓驶来，停在了林地边。穿着劳工服、被蒙着眼睛的数十名劳工从卡车后端跳下，日本鬼子持枪吆喝一个个劳工背驮木箱，前边有两个鬼子领路，后边一个鬼子压阵，压阵的正是小林照兴，形成了一支蒙眼队伍，劳工一个接一个往山上艰难地攀行着，不时有跌倒的，很快被前或后面的人扶起来。皮德友卧在树丛里查点着，正好五十人。

祁荣久和马永江分别卧在与皮德友不远处的两个密密匝匝的榛树林子里。

每辆卡车后板门旁有两个日本鬼子持枪看着每一个劳工把木箱背上肩，一个挨一个向山上走去。马永江穿着他的劳工服，手里攥着留下的捂眼罩，想不到法子混进劳工队伍里去，他忍着蚊子咬，小咬叮，难受得直搔头皮。听着从山上往下传来的绊树棵子、绊枝条的窸窣声，等一个个的人影下过多半了，他蒙上眼睛，提起裤子往队伍里走。尾随的小林照兴发现了丛棵里突然站起的人影，端着枪跨上一步问："什么人的干活，举起手来！"

马永江边提裤子边系腰带走出来，装出有气无力地回答："劳工的干活，拉屎的干活。"

小林照兴走上前去用手电筒一瞧，果然是一名劳工在提裤子，接着传来一股熏鼻的屎臭味儿，他大骂一句："八嘎呀路，你们中国有句话说得好，懒驴上磨屎尿多，快快的，干活的有！"

马永江紧赶慢赶，跟在队伍最后，朝大卡车走去。

俗话说上山容易下山难。劳工们吃不好，休息不好，一上一下够受了，不少人腿肚子酸胀，又饿，个个打不起精神，劳工把头开始发窝窝头和咸菜。马永江混在这饥饿疲惫的人群里，躲着任何人，也不敢去领饭。他知道，那份饭是有数的。他们三人出来时，战大辛用野猪肉、高粱米饭，已经让他们饱餐一顿。再说这几天饮食上又格外受照顾。人是铁、饭是钢，他觉得浑身在往外冒劲儿。好不容易，到了开始扛箱的时候，他凑到车厢边上一哈腰，一个百十斤左右重量的箱子压在了他的背上。他每走三步，都用手掐折一棵榛子棵，或者是笤条梢，但不让它们断，连着皮耷拉下梢头。没有这类丛棵的地方，就把擦身的树枝条掐断一个，一直掐着、数着，整整 3800 步到了洞口处。站岗的日本鬼子不让再往前走了，便放下往回赶去。他又迈下山走出 3800 步，悄悄趴下，钻进了密匝的丛林里，轻轻地向远处爬去。他觉得离大卡车远了，按约定，轻轻学了两声猫头鹰叫。端着枪和握着手榴弹的祁荣久、皮德友一听到这信号，分别从两树丛里向约定处爬去。

祁荣久和皮德友先到了来时路过的山边那棵老桦树下。马永江赶到后像讲故事一样把情况说了一下。三人紧紧拥抱在了一起，健步如飞地连夜奔地下森林营地而去。

当午阳光已有些灼人，大泽小野在办公室里焦躁地转来踱去。一抬头看那长方形，中间是太阳，四角写有“长武久运”四个字的旗时，射进窗的阳光刺眯了他的眼睛。他气恼地走到窗前，“刷”地拉上了窗帘。洼岛诚郎见门敞着直接走进来说：“报告大泽小野司令，鲁大棒子已经抓到。他家里搜查遍了，没有别的可疑情况，就是不见他的儿子小棒子了。”

大泽小野问：“问他没有，他的儿子小棒子哪里去了？”

洼岛诚郎说：“问了，鲁大棒子先问为什么抓他，我回答说，开拓团司令部有情况要向他了解，他说，那就到司令部一块儿说。”

大泽小野问：“你看他怎么样，心虚吗？”

“看不出心虚，”洼岛诚郎说，“很强硬，说吃了他香肠少给不少钱，还抓人，要和你好好说说。”

他的话音刚落，邱野和郎当恐慌地进来了，大泽小野感觉气氛不好，先开了腔：“有什么情况？”

邱野规矩地鞠躬后说：“报告皇军，大泽一郎和洼岛原克三坐在吉普车上遭了共产党的冷枪……”

洼岛诚郎说：“冷枪怎么样？”

邱野说：“洼岛原克三被击毙……”

大泽小野瞪起了眼珠子问：“大泽一郎呢？”

邱野有些口吃了：“大泽一郎让我俩把尸体送回来，他去接冯俊妮和嘎丽娅了。”

郎当在一旁已经心虚得冒汗了。

洼岛诚郎逼问：“洼岛原克三在哪里？”

邱野回答：“在车上。”

洼岛诚郎发疯似地冲出门外，拉开警车一看，洼岛原克三躺在后排座的血泊里，上身被军衣蒙着，睁着双眼。他上去摸了摸胸口，已经冰凉。他转过身来，双手紧紧抓住邱野的衣领怒问："你的什么的干活？"

邱野往后挣扎着说："我和郎当都不在场呀，我们负责抓满金仓……"

大泽小野问："满金仓抓到了吗？"

"等大泽一郎回来说吧。"邱野没有直接回答。

洼岛诚郎一时的凄苦和愤怒不知何处发泄，左右开弓给了邱野两个耳光，还要开打，大泽小野大喝一声："洼岛诚郎——"

洼岛诚郎立正站好："司令请讲。"

"为天皇献命，为大日本帝国的'大东亚共荣'战略捐躯是一件光荣的事情，"大泽小野严正地警告，"你要节哀，要冷静！目前复杂的形势，正是关东军生死攸关的时刻，望你以国任为重。"

洼岛诚郎："是！"

大泽小野问："鲁大棒子在哪里？"

洼岛诚郎回答："被送进了禁闭室。"

"邱野——"大泽小野又用警告的口气说，"洼岛诚郎副司令，你心情不好，可以理解，还要好好听司令部安排！"

邱野称是，郎当也随声应和。

大泽小野继续说："你俩悄悄去带劳工安葬好尸体，就和田中隆吉葬在一个地方吧。要悄悄地，不要声张，以免扰乱人心。"

邱野和郎当应声出了门，碰上了正要进来的大泽一郎。

"大泽一郎，"洼岛诚郎问，"大泽一郎副司令，我的洼岛原克三，是怎么回事呀？"

大泽一郎说："邱野不是说了吗？"

大泽小野说："他没说详细呀。"

"没有什么更详细，"大泽一郎一副悲伤的样子，"洼岛原克三是我的兄弟呀，我让他和我一起去带回嘎丽娅回来。从一个胡同里打来了冷枪，洼岛原克三兄弟不幸中枪了。"

"看来，抗联已经很猖狂了。"大泽小野又转话题问，"满金仓为什么没有抓到？”

大泽一郎看这态势，心里明白，邱野和郎当是按着他的嘱咐说了，就不想给他俩生麻烦，叹口气说：“邱野和郎当正准备抓满金仓，听到我这边枪声响就赶来了，就在这时，满金仓溜了……”

大泽小野没有大发脾气，只是“嗨”了一声。

“大泽小野司令，”邱野说，“就是满金仓抓住，也就是一块行尸走肉，他没什么用处了。我们监控得严，可以说，他没有和任何人联络。警察署里有对他的监控记录，每天接触的人，都是平时去买货的。”

“也是，”大泽小野说，“冯俊妮和嘎丽娅呢？”

大泽一郎回答：“又让她俩去慰安妇大宿舍里面的小间了。”

大泽小野说：“你休息去吧，也该去换换药了。”

关东军刚侵进东北时，大泽小野曾带领这支部队烧杀抢掳，牡丹江这一带土地都是他带这支部队占领的。洼岛诚郎和大泽一郎是他的得力左右手，而洼岛诚郎这只右手显得更重要。让洼岛诚郎去抓鲁大棒子是对他的信任，当然这也不是什么难事。洼岛诚郎在他心目中的地位十分重要。虽然大泽小野已告诫洼岛诚郎国任为重，但还是怕他免不了心中的不痛快，于是让刘老五做了几个菜，邀请洼岛诚郎在办公室边喝酒边谈心。从对关东军满怀信心到也有担忧，从个人前途到后事如何考虑，有啥说啥，不知不觉天已蒙亮，俩人仍无睡意……

小林照兴带领搬运队回到营房，见大泽小野办公室灯还亮着，忙进去报告说：“报告大泽小野司令、洼岛诚郎副司令，这次往天长山要塞押运物资，出现了一个怪现象，必须马上向您报告。”

“快说，”大泽小野一下子站了起来，“什么怪现象？”

小林照兴提心吊胆地说：“我组织 50 名劳工，共 150 箱物品，每人背三次，可是，到最后时有一个劳工没有分到活儿，塞口查点收到的货又不缺，整整 150 箱，真是怪了。”

大泽小野问：“上山 50 人，下山 50 人，都清点过吗？”

“没有。”小林照兴回答。

洼岛诚郎说：“粗心，粗心，天长山要塞不能有半点马虎。”

小林照兴说："以往都是这样的，前有引路，后有压阵，不会有什么漏洞。"

大泽小野一皱眉头："没发现中间插人进来过？"

"一个蹲在草丛里拉屎的劳工蹲完后又进了队，"小林照兴抢先补充，"是我们的劳工，劳工服、眼罩都是我们发的。"

大泽小野问："这劳工叫什么名字？"

小林照兴支吾说："不，不知道。"

"坏了，"大泽小野立刻反应说，"是抗联的侦察员，他的眼罩是假的，后面没上锁，已经探到地塞的这个重要入口了。"

"不可能吧？"小林照兴说，"我查看一下库房，看是不是少装了一箱货。"

"不可能，这么重要的东西，装车时我都盘点过，"大泽小野左右开弓，对准小林照兴就是两个耳光，大骂道，"八嘎呀路，玩忽职守，泄露了我大日本帝国东方马奇诺防线的秘密。洼岛诚郎副司令，派人来把他拉出去，宣判后毙了，以正军法——"

"大泽小野司令，我……"小林照兴立刻瘫软了，苦求说，"饶了我，给我机会立功好吗？我忠于天皇！忠于大日本帝国！宁可死在抗联枪下，也不能死在自己人的枪下呀……我日本国还有老母……"

大泽小野怒不可遏的口气："拉出去！"

洼岛诚郎一脚门外一脚门里大喊："警卫班，来人！"

两名日本兵闪进来，洼岛诚郎命令："把小林照兴给我捆起来！"然后站在办公室门前吹起了紧急集合哨，两千多名开拓团日本兵很快以连为单位站成了方阵。小林照兴五花大绑被推着站在方阵队伍前。

大泽小野满脸杀气地走出来，扫视一下方阵队伍，大喊一声："稍息——立正——站好——"

方阵队伍随着大泽小野的喊口号声迅速完成着动作，变得很静，静得可怕，一双双眼睛都在盯着被捆绑的小林照兴。小林照兴在这些日本兵中没什么威信。他这个小队长既负责慰安妇管理，也负责外勤工作。他常常把漂亮的慰安妇留下自己用完才放去坐班，有时还让慰安妇陪睡。不少连、排长向大泽小野反映过，大泽小野含糊其辞，并不怎么理睬，因为他多次让小林照兴往办公室兼宿舍偷偷送慰安妇。这回小林照兴被大绑，谁也不知道是为什么。

慰安妇们透过窗往外瞧，冯俊妮、嘎丽娅也往外瞧，鲁大棒子在禁闭室里，也往外瞧……

“大日本帝国的将士们——”大泽小野站在警卫兵搬来的一个小讲台上，厉声厉色地说，“我们大日本帝国实现‘大东亚共荣’战略到了最关键时刻，我们关东军誓死与共产党血战到底，忠于天皇是我们关东军的天旨——”

众士兵齐喊：“忠于天皇是我们关东军的天旨——”

大泽小野待声浪停止又说：“保卫天长山地塞是我们开拓团军人的神圣责任——”

众士兵齐喊：“保卫天长山地塞是我们开拓团军人的神圣责任——”

“将士们执行军令的决心要如磐石般坚定不移，”大泽小野放大声音说，“小林照兴是我的战友，但他玩忽职守，昨夜天长山地塞搬运物资的劳工队伍里混进了共产党，这会使我们遭灭顶之灾呀，该杀，拉出去毙了——”

两名警卫班日本兵把小林照兴架上吉普车走了。

大泽小野大声说：“洼岛诚郎副司令，请增加天长山地塞封锁线兵力，要挑精兵强将日夜守卫，决不能有一点马虎。”

洼岛诚郎转向大泽小野，立正行举手礼：“请大泽小野司令放心，保证完成任务！”

……

山洼里传来了枪毙小林照兴的枪声。大泽一郎见嘎丽娅被枪声震得一惊，忙说：“亲爱的嘎丽娅，不要怕，这是开拓团内部的事情。走吧，我已经换完药，你该去换药了。换药回来，就会有人给你和你母亲送早餐。”冯俊妮说了声“谢谢”，大泽一郎一示手，嘎丽娅从坐着的炕沿上站了起来，掀开布帘往外走。几名趴在帘旁窃听的慰安妇忽地一下子闪开。

大泽一郎训斥说：“有什么好奇怪的，都给我老实点儿。”

这几名慰安妇连滚带爬地回到了自己的铺位。

第十七章

天长山夏日阳光炙热，尤其是正午时分，待通过地下森林拱顶照射进石缝里，就变得温情脉脉了。洞外狂风大作，掀起阵阵绿涛，但从洞口和拱顶石缝再吹进来，就变得温和了。洞内树枝婆娑摇曳，舒适怡人。夏日的地下森林如果说像是“人间天堂”，也不为过。这里的花草树木、潺潺流水享受着大自然一种特别的厚爱，格外俊秀。人称那小白桦是林中少女，这里的小白桦就是林中美女；人称那林中核桃树挺拔英俊，是林中少男，这里的核桃树就是林中俊男；人称那林中河边垂柳是林中不弯腰的老翁，这里小溪边的垂柳就是林中美须公……

进驻这里多年来，攻克天长山要塞特别行动队的抗联战士们都养得英俊了。炊事班的十多名姑娘养得身材婀娜、脸色俊俏，特别是去溪边挑水回厨房时，走起路来如仙女下凡，步履轻盈。只有彪悍的小棒子敦敦实实往那儿一站，像座小铁塔，直嚷嚷再不出去打鬼子，就把这里变成了“美人国”了。哨声响起，说是接到上级命令，战大辛要做目前形势和任务报告。要有仗打了，战士们个个精神抖擞地在大洞会议室里集合。这偌大个石洞会议室四处高矮不齐，有的地方能直起腰来，有的地方则只能蹲着。战士们站立蹲坐不一，个个精神振奋，虎虎生威。他们静静听着，心底都充满活力。他们那手中攥足了劲儿，脸上憋足了英气，紧紧簇拥在一起，就像一座座憋足热量、随时都可能爆发的小火山……

战大辛站在中间，左手掐腰，右手不断比画着说：“同志们，据最近得到的可靠消息，日本侵略者已处在国际强大军事力的夹攻之中。首先是东北战场上，苏联红军与东北抗日联军联合，共分三条路线，第一路战线，从蒙古到长春、旅顺，由苏联红军与东北抗日联军第二军合作；第二路战线，从牡丹江到吉林，由苏联红军与东北抗日联军第五军合作；第三路战线，由佳木斯到哈尔滨，由苏联红军与东北抗日联军第六军合作，同时展开对日本作战。另外，美国跟国民党合作与三路战线配合，正在四川修筑机场，要来个空袭大轰炸，彻底切断日本国内的军火来源……”

战大辛讲到这里，火山爆发般响起了热烈的掌声，他刚说“上级命令我们，必须坚决打好攻克天长山地下要塞这一仗”，祁荣久带领马永江和皮德友兴冲冲跑了进来。

战大辛转身跨前一步问马永江：“怎么样？”

马永江对祁荣久一仰脸：“你说！”

祁荣久也一仰脸：“你说！”

马永江责怪道：“你组长不说谁说呀！”

战大辛说：“祁荣久同志，你就说吧！”

“可以说是大获全胜呀，”祁荣久说，“不瞒首长说，还挺惊险呢。”

“是吧！”战大辛一笑说，“那，你就给大家讲讲吧。”

祁荣久直指着马永江说：“这回该你的了吧？”

“别——”马永江一挤眼说，“咱俩给大家来个现场再现，你装那个日本鬼子小林照兴。”

祁荣久问：“你怎么知道他叫小林照兴呀？”

“嘿，”马永江不屑一顾地说，“在我们劳工大队他是顶有名的日本鬼子。”

祁荣久问：“什么有名？”

“虐待慰安妇呀，”马永江活灵活现地说，“那家伙是管慰安妇的小队长，又兼管一些外事活动。他两大出名，一是溜须大泽小野出名，二是虐待慰安妇能耐。我看他那天端着枪晃晃荡荡很疲劳的样子，肯定是上山前虐待慰安妇……”

祁荣久挑逗问：“你怎么知道，看见了？啊？没出息！”

众人哈哈大笑。

“准保是这么回事儿，”马永江说，“你演小林照兴。”

祁荣久拒绝说：“听你这么一说，我不演那个臊棍子、臊司令。”

战大辛问：“臊司令，新鲜词儿。什么意思？”

“他管慰安妇，说虐待哪个就虐待哪个，很说了算，就像司令一样。”马永江说，“我们劳工大队给他编了一句歌。”

战大辛问：“什么一句歌？”

“好，我唱给大家听听，”马永江滑稽地故意扯个公鸭嗓子拉出唱腔：“臊啦——臊啦——唏——”

大家哄堂大笑，前仰后合，这才发现，这个马永江幽默且滑稽，很是可爱。

战大辛也掩饰不住笑：“祁荣久，来吧。快给我们演演吧，都着急了。”

“那就开始吧，”马永江冲着祁荣久做个鬼脸唱道，“臊啦——臊啦——唏——”

又是一阵哄堂大笑。

战大辛挥挥手说：“静一静啦，静一静啦——”

大家静下来，都在用眼睛使劲往前边看。

马永江戴上那围眼罩，猫腰蹲在地上，边解裤腰带边说：“我这是蹲在劳工搬运队运完第一趟下山时的草丛子里。”

祁荣久见马永江边提裤子边往外走动，双手空举着枪大喝一声：“什么的干活？”

马永江回答：“拉屎的干活。”

祁荣久捂鼻子：“八嘎呀路，你们中国人有句话说，懒驴上磨屎尿多，快进队。”

众人哈哈大笑。

马永江戴着眼罩站直腰板绘声绘色地说：“我随着下山的劳工大队走到了两辆大卡车跟前，不敢领窝窝头，因为他们带几份儿是有数的。也不敢咳嗽出声，不然工友们就能听出来，他们都知道我已经喂狼了。好不容易磨蹭到该背货的时候了，我不前不后，二十来人背上货箱我才背，一起步就开始查步数……”他说着解下捂眼罩说：“本来这玩意是用完收回的，这条开始松线了，鬼子扔了，我捡起来，常系在腰带上擦脸用的，你们看——”他让大家看看后围口说："这对襟是要上锁的，我就用小绳子系着糊弄上了，他们也看不清。我背着箱子，一边查步数，走三步就掐断一个小树枝条……"他抖抖眼罩说："前面有鬼子，后面有鬼子，我干脆就摘了下来，认准了路上一些重要标志性的石头，大树和路石，上山是3800步，下山是3800步……"

"这个马永江呀，"祁荣久说，"都说山里大雁贼这东西贼，什么枪也打不住，他比大雁贼还贼，下山快到大卡车跟前时，一猫腰又趴下钻进了丛棵子里——"他端着枪说："我小林照兴愣是没发现呀——"

马永江做个鬼脸连说带唱："你的特长是朦啦——朦啦——唏——"

众人又是一阵哈哈大笑。

"哎——"祁荣久伸出拳要打马永江，"你小子把我当成真小林照兴了……"

战大辛拉住祁荣久说："别闹了，别闹了……"他话音还没落，张有孝、林天新、小棒子还有几个抗联战士一起把马永江抛起来，等落下又抛起来，还伴着一片呼喊声……

战大辛大声喊："别闹了，别闹了，咱们抓紧研究作战方案吧！"

……

第十八章

开拓团营房禁闭室就在和大泽小野办公室同一栋房最把头，面积不大，也算宽敞，是专门给违犯军令受反省处分的日本官兵用的，内室有单人床、桌椅。在大泽小野的观念里，违犯军纪不像小林照兴那样失职。即使是禁闭反省过错，也还是应该有个安逸的环境。冯俊妮和嘎丽娅来这里时，大泽一郎曾经闪念过这个地方，来不及开口，大泽小野就让她娘俩住进了慰安妇大宿舍隔出的小单间。大泽小野觉得儿子只是单相思，还看不出他俩相爱，也不知这娘俩是什么人性。中国人是不能和日本人相提并论的，哪怕是犯错误的日本人。鲁大棒子住进这里，有他的特殊安排。

大泽小野宣布对小林照兴处死刑并训话时，刘老五端着餐盘，走了进来，里装有一杯牛奶、两块面包、一个鸡蛋，他客客气气地说："鲁老板，大泽小野司令说你是他尊贵的客人，因忙着还没来得及看望你，让你先用早餐。"

鲁大棒子一打眼，就知道这个人是满金仓怀疑已经叛变了的刘老五。虽从没见过他的面，也客客气气地接过餐盘说："谢谢，谢谢。"

在刘老五接触的满金仓那伙地下联络员里，没有这个鲁大棒子，他故意找话不走："鲁老板，听说这开拓团军营里吃的面包都是你店里的，好手艺呀。"

"过奖了，"鲁大棒子说，"要说呢，在绥芬河镇这一带，我家的面包还是数得着的。"

"是，"刘老五小心地瞧瞧外边，不见有什么动静，用恶狠狠的口气说，"这些日本鬼子，怎么不快死光了呢！"

"噢，你知道我是大泽小野的朋友，怎么这么说话，"鲁大棒子装作十分吃惊的样子说，“看来，你是这里的厨师。”

刘老五叹口气说：“什么厨师，就是无奈在日本人手下混口饭吃。”

“怎么还混口饭吃呢？”鲁大棒子故意显出羡慕的神情说，“大泽小野能让你替他接待客人，说明你很有地位，我来这里还不知要给我个什么差使呢！”

“放心吧，坏不了，”刘老五问，“你是镇上的老人了吧？”

鲁大棒子说：“当然了，皇军还没来东北的时候，我就跟着父亲闯关东来了。”

“快吃吧，咱边吃边唠，我呀，在这里头见了中国人就觉得亲的不得了，”刘老五瞧瞧窗外说，“我来东北这地方，不习惯的是这里的天气，说黑就老黑下来……”他说到这里，故意显出自然的神态，等待着回答。

鲁大棒子边吃边说：“是，这里的天就像孙猴的脸说变就变，就像人似的，好好的长吧，长着长着就变成人模狗样了……”

刘老五听着格外别扭，好像在讽刺自己叛变了抗联。从这一点上判断，他就是抗联，狗日的，看我怎么给你奏本吧。他笑笑说：“是啊，和我老家山东不一样……”

鲁大棒子觉出这样说暴露了身份，连忙说：“哟，老乡呀，以后请你多关照！”

“说不定你要有个什么好差使，还要你关照我呢，在日本鬼子手下难混呀，”刘老五说，“好，鲁老板，你慢慢吃，我先走了，我方便时，抽空再来和你闲聊。”

鲁大棒子笑笑说：“好，不送了。”

刘老五走到门口又转身说：“军房后左拐就是厕所。”

鲁大棒子瞧着刘老五的背影心想：满金仓的怀疑是完全正确的，这确实是个叛徒，狗日的，你等着，要是以命换命，我就换你的。因为你这个叛徒，我们的情报联络站站长被捕身亡，满金仓被监控无法开展工作，时时有被捕丧命的危险，如今怎么样还不知道呢。通过刘老五施用这一旧联络信号可以断定，日本鬼子和警察署并不掌握自己的地下身份，这是被抓进这里讹诈呢。

这东北太阳起得早，夏日凌晨三点半钟就可以爬上山，顶透过窗户照到睡觉的人的屁股。这日本鬼子担心夜袭，夜间少睡，白天睡，拿着中午当早晨起床，起床后出门就是厕所。

鲁大棒子出门拐弯，发现并没有人监视。心想，日本鬼子不会再在门口监督了，这里围墙高，门口和后面拱门上的围墙墙顶都有岗楼哨。其实，也有专门的鬼子在旁侧房间监控他。

鲁大棒子出门往左拐，刚侧过日本兵大宿舍，明天小跑向厕所走去。原来，劳工大棚和日本兵宿舍是不通的，劳工是不能上这个厕所的。大泽小野安排刘老五告诉鲁大棒子厕所位置的，让明天监视着，以便找时机和鲁大棒子在厕所对联络暗号。明天随鲁大棒子身后进了厕所，见鲁大棒子蹲下，自己也挨着他蹲了个便坑。明天没有便，占着茅坑不拉屎，鲁大棒子真拉了，臭得他直捂鼻子，忍着呼气巧妙地开了头："老师傅，你是刚来军营的吧？"

鲁大棒子漫不经心地回答："是。"

"看样子，你一定是多年生活在这北大荒，"明天说，"有件事想求您。"

"我有什么好求的，"鲁大棒子说，"请说吧。"

明天说："我看中了慰安妇里一个妞儿，想带她跑出去成婚，不知道山上什么花最好看，想跑走时到山上采一朵给她。"

鲁大棒子没有马上回答，明天又说："老师傅，我们劳工干活时可以跑。忙季时慰安妇晚上伺候大兵，白天也下地，好跑。能跑就跑走，跑不走大不了挨个枪子儿，反正在这里也是活受罪。老师傅，是真的，指点指点吧。"

之前，满金仓曾经传达过，明天在隆良村的英勇表现是个骗局，他是更阴损的汉奸，被日本人收买后，来侦破军营里是否会打进中国人，是不是有共产党的秘密侦察员。不用考察，明天叛变了。于是说："我看这边山上的什么花都好，野玫瑰呀、芍药花、百合花呀，还有什么达子香，都好看。"

明天很扫兴，提起裤子走了。

鲁大棒子冲着他背影"呸"了一声。没好气地说："这日本人吃的好，拉的屎就臭，受不了了。"连忙揩完屁股提起裤子就走了。

他回到禁闭室琢磨，通过这两个家伙来用废了的暗语，说明两个问题：一是他们没有发现新的秘密联络站和人，二是对自己只是怀疑没抓住什么把柄。这样如何对付大泽小野和警察署，鲁大棒子心里有了底儿。

明天躲在墙旮旯里，见鲁大棒子回禁闭室了，转向来到大泽小野办公室，见刘老五和大泽一郎都在，把情况一说，大泽一郎说："大泽小野司令，我们吃了鲁老板多少年香肠了，要是共产党的密探早就被我们发现了，我看不像是，算了吧。"他是真的相信鲁大棒子。如果大泽小野继续下去，还要给冯俊妮和嘎丽娅颜色看，惹些不必要的误会，或许会伤和气影响求婚。嘎丽娅又是个虔诚的东正教徒。伤了和气，美好的婚姻不好顺利进行下去。

"你不懂，"大泽小野说，"你回去吧，"然后又对明天和刘老五说，"统统的回去。"

大泽一郎还住在单间病房，到了门口，见明天和刘老五走了，又返身回到大泽小野办公室说："父亲，我和嘎丽娅谈谈结婚的事情吧，不管是入塞或回大日本国，我都想带着她，我实在是太爱她了，希望父亲理解。我的第六感很强很灵，我觉得她娘俩不会是共产党的探子。"

"不行，还为时过早，冷她们几天。你也不要过于热情追求她，"大泽小野严肃地说，"我经过严密审察，确实不是，任你怎么都行。"

"唉！"大泽一郎叹口气走了。

冯俊妮和嘎丽娅这次重返慰安妇大宿舍，进门和慰安妇们不那么生疏了。她们都很随和地表示欢迎，知道是大泽一郎看好了嘎丽娅，她们娘俩无奈被圈进了这里，尤其是金玉姬、曾丽娇，还有那个漂亮活泼的朴巧巧，都主动和她娘俩打招呼。娘俩发现金玉姬更加消瘦了，一阵心酸和同情，几乎同时含泪进了小单间。说实话，眼下，她娘俩尚没有心思去和她们攀谈，鲁大棒子被抓，还不知下面怎么继续。冯俊妮想日军这么怀疑鲁大棒子，也会怀疑到自己，因为自己和鲁大棒子接触较多。娘俩趴在窗口，发现刘老五去送饭，又大摇大摆地出来去上厕所，特别是刘老五和明天从大泽小野办公室走后没有什么动静，一时提起的心暂放了下来。冯俊妮端着汤，嘎丽娅端着面包盘一起来到金玉姬面前，还没等说话，金玉姬就泪水扑簌，泣不成声了。

“玉姬妹妹，”冯俊妮端起奶杯说，“喝了这杯奶，以后给我的奶，天天你来喝，不要太悲观，要坚强地活下去。这种病也不是不能治的。”

“活什么呀，”金玉姬擦擦眼泪说，“在中国是治不了，再说了，也没条件治，只能等死。那几个得上这种病的日本兵都送回日本国去了，据说，日本国能治……”

朴巧巧一旁说：“我们这些慰安妇恨死小日本鬼子了，我们姐妹商量了，反正在这里永不见天日，不是病死，就是被折磨死，我们想让玉姬大姐的病传染给我们大家，我们再狠狠地传染给大泽小野，传染给这里所有的日本鬼子。折磨折磨这些混蛋王八蛋!”

嘎丽娅一听觉得蹊跷，一旁问：“你怎么传染他呀?”

“姐妹们不知道，”朴巧巧说，“那个小林照兴不让我伺候别人，就伺候大泽小野。”

冯俊妮问：“大泽小野都什么时候找你呀?”

朴巧巧说：“一般都是隔两三天吧。”

“噢，还有这种事儿，不能这样，咱们这些没得这种病的还要好好活，得了要想法治，”冯俊妮说这些话时心里打起了主意，转脸把奶送到金玉姬手里说，“玉姬妹妹，喝了这杯奶，你们细听我说。”

金玉姬含泪喝了下去，又从嘎丽娅端的盘子里接过面包和肉肠吃了起来。

“玉姬妹妹，你要增加营养，一定活着回朝鲜，”冯俊妮说，“说不定，你这病朝鲜能治呀。”

曾丽娇说：“回什么朝鲜，我估计没几天，大泽小野就会安排人把玉姬扔进万人坑……”

冯俊妮让嘎丽娅趴窗放哨。

“玉姬妹妹，还有姐妹们，你们听我说，”冯俊妮精神焕发地说，“他们要那样，你们就集体抗议！你们在这里消息闭塞，我来这里的时候在镇上听说，苏联红军已经对日本宣战，来了一百多万红军和我们中国的抗日联军联合作战，日本鬼子必败无疑了。还有，你们听说过日本在1941年12月7日用飞机偷袭珍珠港吗？”

慰安妇们都摇摇头。

“所以说，小日本猖狂地把火都烧到了美国。你们想呀，美国能就让小日本这么自在吗？”冯俊妮说，“美国、苏联和中国要联合起来打日本鬼子，这日本鬼子的日子还能好了？我估计，用不多久，日本鬼子就会完蛋的。”

慰安妇听了都兴奋起来。

金玉姬问：“大姐，你是干什么的呀？”

“嘘——”冯俊妮打了个手势，瞧瞧嘎丽娅没发现异常，敞开心怀说，“你们没看见我女儿像俄罗斯人吗，我丈夫是苏联红军，我是抗联一伙的，我是要打日本鬼子的！”她转向对金玉姬说：“玉姬妹妹，好好活着，等打走了日本鬼子，我就负责把你送回朝鲜。”

“这么说，我们都有希望了，”曾丽娇兴奋地说，“拜托了，到时候让你丈夫千万把我们姐妹都送回朝鲜去呀。”

冯俊妮说得很恳切：“要是能行，我保证把你们都送回去。”

“玉姬姐姐，你听明白了吧，”曾丽娇说，“要是大泽小野敢把你扔进万人坑，我们姐妹一起抗议，都跟着去！”

“对……”朴巧巧还没说完，众慰安妇一起响应，都义愤填膺地表示都跟着去，这样，日本鬼子就没办法了。

金玉姬紧紧抱着冯俊妮痛哭起来。

“玉姬姐姐，别哭了，哭有什么用呀，”朴巧巧激动地说，“冯大姐，有什么需要我帮忙的尽管说话。”

冯俊妮高兴地握住朴巧巧的手说：“还真有。”

朴巧巧说：“大姐，你尽管说，我朴巧巧为人仗义，只要能做的在所不辞。”

冯俊妮说：“你到我们小间来，听我细说。”

曾丽娇说：“大姐，就在这里说吧，让我们也听听，没事儿的，这些姐妹是一根肠子，一个心眼儿，跑不了风的。”

“你这说哪去了，”冯俊妮拍拍曾丽娇的肩膀说，“我不是信不过你们，这事儿说来话长，主要还要和巧巧先商量看成不成。要是成了，再告诉你们不迟吧？”

“不迟，不迟。”曾丽娇一听高兴了，慰安妇们也都高兴了。

冯俊妮拉着朴巧巧的手进了小间。

鲁大棒子坐在床沿上，正思忖着面临怎样的灭顶之灾，大泽小野笑容可掬地进屋来，说：“鲁老板，我的老朋友，让你受冷落了！我确实军务缠身，还请你多多谅解呀，老朋友嘛！”

“哪里话，”鲁大棒子笑着站起身来，“好吃好住，哪里还有冷落之意呀。”

“当然了，”大泽小野说，“要是没有你的熏香肠供着，哪有我兄弟们如今的健壮体魄呀。”

鲁大棒子说：“哪里哪里，还有人家冯老板的面包做得香甜可口。”

“那是，那是，当然冯老板的功劳也是大大的，”大泽小野说，“你和冯老板关系密切……”

鲁大棒子忙截话说：“大泽小野司令，可别说我们有关系，人家是寡妇，这么说不好。我们就是绥芬河镇商家中一般往来的朋友，还是由于你同时选用我们两家的货，才使我们来往多了一些。”

“呀，是这么回事儿，今天不提这个了，”大泽小野一示手说，“请，我让厨师炒了几个好菜，陪你喝一杯。”

鲁大棒子惊叹说：“哎呦，那可不敢当呀，知道这样，你到镇上去我请你，我现杀猪，现熏肠，再买点菜……”

“别客气了，”大泽小野又一示手说，“鲁老板，你们中国人不是有句俗话说，既来之，则安之吗，请吧。”

鲁大棒子随着大泽小野进了他的办公室，一桌美味佳肴已经摆设好了。大泽小野不等坐下就介绍说：“鲁老板，你看，这是飞龙、熊掌、山鸽肉、大雁肉，这几个就不用说了，都是猪肉炒的菜，我的中国朋友，可都是中国菜哟。对了，这寿司可是我们大日本帝国的名肴呀。”

“嚇，这么多美味，”鲁大棒子说，“就是我们当地人也吃不到呀。”

大泽小野指着四道野味说：“这四道菜，都是天长山地塞的卫士们送给我的。”

“谢谢大泽小野司令，”鲁大棒子说，“你太客气了。是不是有什么事情要我帮忙呀？”

“请坐，请坐下，无关紧要，”大泽小野不接话题，一味地说，“鲁老板，快请坐下，我们先喝酒、吃菜。”

鲁大棒子坐在大泽小野的对面，大泽小野启开一瓶酒，先给鲁大棒子斟上：“鲁老板，这是我们大日本的清酒，大大的好呀……”鲁大棒子站起身迎斟，忙说：“谢谢，大泽小野司令这么客气，我真是受宠若惊了。”大泽小野接着给自己斟上说：“先干一杯。”他一饮而尽后自己夹熊掌，劝鲁大棒子也先品尝这个。鲁大棒子只好一饮而尽，夹了一口熊掌肉。

大泽小野开始正题：“鲁老板，你看，我是把你当好朋友对待吧？”

“是，是，”鲁大棒子连连说，“当然是了。”

“好，老朋友，”大泽小野说，“听警察署特务队的人和我报告说，隆良村边上那些死狼是你和你儿子小棒子打死的？”

“什么隆良村呀，”鲁大棒子毫不含糊地回答，“是在八家子村吧。”

“是八家子村吧，你的忠诚的朋友的是，实话的，实话的，”大泽小野竖起大拇指说，“来，再干一杯！”

大泽小野给鲁大棒子斟上，又自己斟上，又是先一饮而尽，然后吃一口炒飞龙肉，劝鲁大棒子也品尝这道菜，鲁大棒子神志自然，也不那么客气了，这让大泽小野很高兴。他仍然是先给鲁大棒子斟，又给自己斟，笑着问：“我们这大日本的清酒怎么样？”

鲁大棒子脱口而出：“我怎么觉得没有我们东北土灶的小烧好喝呢。”

大泽小野有点不高兴：“小烧的我喝过了，你说怎么怎么的好喝？”

"大泽小野司令，我们中国农民祖祖辈辈和土地、粮食打交道，都说酒是粮食的精华呀。你们日本没有这么多地，也打不出像中国这么多的粮食，没这种体会，"鲁大棒子说，"喝了小烧晕乎乎的，像腾云驾雾一样，别看中国穷，好东西都在这酒里藏着呢。只要喝上几口，就浑身是劲儿，你听说过武松打虎的故事吗？"

大泽小野搔搔头："不知道的。"

鲁大棒子一听他不知道，便天马行空说起来："那是皇军还没有占领天长山的时候，天长山出现了一只凶猛的老虎，常到八家子村来祸害人。村里有个叫武松的，喝了三大碗小烧，只身一人进山打死了那只老虎。不用枪，也不用炮，就用一根结实的棍子……"

大泽小野半信半疑地问："有这样的事情？"

"有，我们中国的小烧有劲儿呀，十斤粮才烧一斤酒，"鲁大棒子说，"武松就等于吃了十斤粮食上山，你说能没有劲吗？"他接着说："大日本这清酒，听说是稻壳子做的，清清淡淡，喝进肚子都不起泡儿，没劲儿呀，我喝几瓶都没事儿。"

大泽小野问："你的，能喝几瓶？"

"没喝过呀，"鲁大棒子一拍胸说，"那就喝着看吧，老朋友，你能管够？"

大泽一郎一直在门口听着，本来想进去，一听两人这话都在兴头上，又止步了。

大泽小野相信酒后吐真言这句话，又从柜里搬出一箱刚才的清酒，先拿起一瓶要启盖给鲁大棒子去斟。鲁大棒子不那么恭维他了，伸手说："大泽小野司令，来，给我，就用瓶子吹吧。"

"吹？"大泽小野问，"什么是吹？"

鲁大棒子拿过瓶酒，用牙咬住瓶盖边沿，下齿大牙往上一撬，瓶盖"呲"的一声开了。然后他举起酒瓶放在嘴边儿，就像往肚里倒灌一样，发出"咕噜噜"的声音，酒瓶底下不断往上翻着酒花儿，一瓶清酒很快就进肚了。

"粗鲁，粗鲁——"大泽小野目瞪口呆，自言自语地说，"酒汉，大大的酒汉的是。"然后问："你的还要？"

鲁大棒子一伸手说："在我们中国，这就叫吹。"

大泽小野说："明白，明白。"又递一瓶，鲁大棒子如第一瓶一样很快就又进肚了。他不再说话只是伸手，大泽小野只是递，吹完第五瓶时又伸手，大泽小野说："没了，没了的。"

鲁大棒子说："大泽小野司令，我还没喝过瘾呀。"

"坐坐坐，等从大日本运来再喝，大大的喝。"大泽小野见鲁大棒子脸已泛红，说话开始喷唾沫星子，觉得可以让他吐真言了："我有话要说。"

鲁大棒子一坐下，大泽小野便挤着桌沿一探身子问："这么说，我的田中隆吉小队长是被你还有你儿子小棒子打死后让狼吃了？"

"哎——"鲁大棒子猛站起来说，"大泽小野司令，你这话可不够朋友了！"

大泽小野板起面孔："那你的说，那是怎么回事？"

"老朋友，"鲁大棒子也板起了面孔，"那天，我和冯俊妮老板来给你们送香肠、面包和格瓦斯，你们把冯老板留下了。我儿子小棒子想向嘎丽娅求婚，惦着嘎丽娅是不是答应大泽一郎副司令了，心里急呀。天黑嘛，他怕遇到什么野兽，拎根大棒子来接我，在八家子村路口迎到我，发现一群狼正围着你说的田中隆吉，扑的扑，咬的咬。我家小棒子见是大泽小野的兵，就冲上去抡起棒子打狼，打了这只，那只扑上去了。我上去要帮忙，见地上还有个女尸……"

"停吧，"大泽小野更严肃了，"你是我的老朋友，说实话没关系的，我会大大的谅解你。警察署可是向我报告说，是你和小棒子打死了田中隆吉，还砸了我的隆良村碑，老实地说！"

"大泽小野司令，我很老实呀，"鲁大棒子辩解说，"我爷俩怎么会砸你的什么隆良村碑呀，我还不明白，隆良村碑是什么东西呀……"

大泽小野终于露出了真实面目："鲁老板，你不要装糊涂了！事实上，你儿子小棒子砸了我的隆良村碑，又打死了田中隆吉，怕皇军找他麻烦，偷偷地去了抗联，对吗？"

"不对，"鲁大棒子有些激动地说，"大泽小野司令，这可是无中生有呀！我的儿子要救田中隆吉去打狼时，我就说，到时候别好心不得好报，再说，这群狼打死以后，山里还会有更多的狼。我骂了他几句。儿子就和我犟嘴，我又打了他两个耳光，第二天就撵他坐火车回山东沂蒙山老家了……”

“沂蒙山老家?”大泽小野瞪圆了眼珠子，“我会让那里的皇军去查清楚的……”

“查吧——”鲁大棒子毫不示弱，“山东省沂蒙县，沂蒙村。”

大泽小野问：“为什么回那里?”

“那里是我的老家，还有点房子，有点山坡地。我来闯关东，老母老父故土难离，就留在那里了。小棒子回去，正好可以照顾他们。我本来不想让小棒子在这，沂蒙山有他的光腚娃娃亲。他这个混账东西喜新厌旧，想娶嘎丽娅，大泽一郎副司令看上嘎丽娅了，留在这里不是会和大泽一郎副司令闹矛盾吗?大泽小野司令，你说，他看上了人家嘎丽娅姑娘，要和人家拉对象，人家嘎丽娅怎么会看中他这土豹子呢。你说也怪，嘎丽娅对他还真不错。他不走，硬让我……”

“住嘴，你大大的撒谎，在骗我，”大泽小野冲门口喊，“来人——”

大泽一郎想进，又退回去了。邱野和郎当持枪一听呼声，气势汹汹地冲了进来，大泽小野“哼”了一声，对这两个家伙说：“你俩的，给我搞清楚!”

邱野一迈门槛就掏手铐，鲁大棒子双手举起餐桌上的烟缸边猛扔去，大骂：“都是你俩提供的假情报，狗日的东西，无中生有，挑拨我和皇军的关系……”

大泽小野、大泽一郎都在门口听着，一个皱眉，一个摇头。

随着“叮当”“哐呲”声，邱野头破血流，郎当胳膊骨折。邱野举起手枪，瞄准鲁大棒子肩部就是一枪，鲁大棒子一躲，子弹嗖地从身边飞过，“哐当”一声穿透窗户玻璃飞了出去。郎当趁机狠狠对准举起办公桌的鲁大棒子左大腿就是一枪，鲁大棒子双腿一软倒在了地上，鲜血直流。这时，警卫班十多名鬼子一起刺刀上膛，持枪冲了进来，把鲁大棒子架起来就往外拖。刚拖出门口，大泽一郎说：“三人统统的送进医院!”大泽小野进了旁边自己的办公室，洼岛诚郎也随着大步走了进来。

“大泽小野司令，”大泽一郎心情极端烦躁，喘着粗气说，“父亲，你们在用餐时的对话我都听到了，这个鲁大棒子不像是共产党呀，就此为止吧。”他心里想的是，大泽小野怀疑鲁大棒子和冯俊妮，这样会极大影响嘎丽娅的情绪，他恨不能一下子得到嘎丽娅的真心。

洼岛诚郎对自己儿子的死有所疑虑，但又不敢冒昧再问大泽一郎。他偷偷问邱野和郎当，他们仍咬定大泽一郎说的是真的，再问细节，他们什么也不知道了。他俩的神态和眼色，让洼岛诚郎心里很不踏实。于是别着大泽一郎的劲儿说：“大泽一郎副司令，共产党狡猾狡猾的，单单好酒好菜是哄不出真实情况来的，我也很怀疑这个鲁大棒子……”

大泽小野点点头说：“大泽一郎年轻，你说的有道理。你去找一下关东军司令部派来的中野良里，负责和邱野、郎当一起把真实情况找出来。千万要留活口。”

大泽一郎赌气地说：“我看打死也行!”说完转身走了。

小间里，冯俊妮和嘎丽娅透过窗户玻璃只见这进那出，知道是大泽小野在对鲁大棒子要什么花招儿。突然又听到枪声，警卫班的鬼子又持枪闯进拖出了鲁大棒子，邱野捂着头、郎当捂腿出来了，便猜出了个大概，心里都为鲁大棒子担忧。

第十九章

夜，锅底一样黑，风雨交加。那密集的雨点被风吹得变成了一条条斜线不停地落向地面、森林和房舍。呼啸的林涛和密集的雨线汇合成难以描绘的恐怖景象，席卷着天长山。

战大辛特意选择了这么个天气，由马永江领路，他亲自带领八名骨干侦察员，去天长山探寻地下要塞秘密入口。汽车将他们送到天长山主峰坡底，马永江很快找到了日本鬼子货运大卡车停靠、劳工往山上搬运物品的地方。战大辛问："准不准?"马永江咬定说："没错了!"他爬行领头，没爬出多远，透过雨帘，在夜幕里摸着一棵被折断的榛树枝，并且让战大辛确认，战大辛兴奋地拍拍马永江的肩膀，趴在他耳朵上说："对，继续前进!"

战大辛和马永江紧挨着，他们一行共十人组成了一条横线，匍匐前进着。他们都知道，隔入塞口不远处就有一条秘密封锁线。这条线距日本鬼子大卡车停的地方究竟有多远，连马永江也没有弄清情况。因为劳工队伍背货爬山时，打头引路的日本鬼子有信号发出，什么信号，信号是怎么发的，马永江还特别留意，也没发现一点点蛛丝马迹。

马永江边爬着，用伸出胳膊往前移动的频数估摸着前进的距离，已经是2100步左右了。

天仍然那么黑，雨仍然那么紧，风声、雨声和林涛声仍那么狂暴。大概山里的熊瞎子找不到回窝的路，一声嗷叫掺杂在风雨声里，更增加了恐怖的气氛。野兽袭来他们倒都不怕，因为小棒子紧握着他的大棒子就匍匐在战大辛的左边。他的任务就是踅摸着四周是否有野兽袭来，若有的话，不用枪，就毫不暴露目标把野兽的腿打折，头敲碎了。

最右边一名战士悄悄爬过身右侧一块狼牙状的石头时，突然飞出一梭子子弹，那战士立即不动了，几乎同时，最左侧两名战士爬过一个树丛旁时，突然从树丛底下飞出一梭子弹，两名战士躺下了一个，另一个肩负重伤。继两梭子弹射来，大约从周围十几处嗖嗖嗖飞来子弹。战大辛急忙发出紧急撤退的布谷鸟叫声，战士们调头往后爬去。驾着伤员的两名战士暴露了目标，同时被子弹射中壮烈牺牲了。待爬到大卡车停留的地方，只五名战士回到了战大辛身边。

马永江心情沉重地直捶脑袋说："战队长，都怪我，都怪我，怎么就没搞清鬼子的封锁线呢？"

"老马，"战大辛制止他捶胸拍脑说，"你已经很了不起了，找到了进攻天长山路线！我们回去想办法，一定突破这条封锁线，为大部队冲进地下要塞提前做好准备！"然后他沉痛地说："同志们，我们战友的血不会白流，他们用生命为我们提供了经验和教训，来吧，我们一起向老李等四位抗联战士默哀。"

战大辛等六人一起向着上山的方向默哀鞠躬。

小棒子说："战队长，我们得去把战友的遗体背回来呀。"

"小棒子，条件不允许，"战大辛说，"我们抗联战士上山的时候就都有思想准备，随时随地以祖国的任何一处青山绿水为墓地！"然后又深深鞠躬说："老李，你们四人的家属，我们一定照顾好！安息吧，请放心，你们的鲜血不会白流，祖国人民会永远记住你们。打败日本鬼子那天，我们就在这里给你们修墓立碑，我的好战友老李和你的三名抗联兄弟，安息吧。"

他说完迈开了大步直奔向卡车。他听得出来，小棒子在啜泣，不是他一个人，身边的人都在啜泣。他本想不带头掉泪，也禁不住泪水簌簌地流淌下来，只是没有出声。

说来也怪，雨停了，风也停了，野兽也不嗷叫了。

第二十章

大泽小野躺在收拾干净了的床上，猛烈的风雨声敲打着窗户和房顶，让他胆战心惊、心烦意乱。他一闭上眼睛就是力大无比的鲁大棒子举起桌子要砸他，他点亮灯，用被头紧裹着头，几次都是在迷迷糊糊的睡梦中被飞来的大桌子惊醒。他急忙去摸枕下的手枪，掀开被头，竟什么也没有。刚躺下，又传来了敲门声，他一看时钟才深夜两点，急忙举枪问："什么人？"

"报告司令，"一个日本兵站在门口手持文件夹说，"我是机要员土征四郎，有天长山防线部队发来的紧急电报。"

大泽小野拉闩开门，土征四郎打开文件夹递去电报，只见上面写着：

大泽小野司令：

今夜一点十五分，共产党数人企图越过封锁线已击退，击毙四人，其他不知数调头逃走，特此电告。

天长山防线 XNK

1945 年 × 月 × 日

大泽小野看完电报对土征四郎说："立即回电：关东军司令部和开拓团司令部对防线全体将士嘉奖，每人衔升一级，奖励金条一根，望继续严防严守，不惜一切代价打退妄图上山的共产党，失守严惩！"

土征四郎见大泽小野不再言语，忙问："司令，此电怎样署名？"

大泽小野思考一下说："先署关东军司令部，后署开拓团司令部。”

“是，”土征四郎边撤步边说，“马上发出。”

大泽小野关上门瞧瞧窗外，风停了，雨也停了。他觉得实在疲劳，刚闭上灯和衣躺下，电话响了，他一听是冈村宁次，立即双脚并拢，立正站好，答道：“报告司令，是我！”

冈村宁次说：“今晚又有重要物资需要运送到天长山地下要塞，大约夜里十二点钟到山底。”

“一定完成任务！”大泽小野接着说，“报告司令，昨夜，一伙共产党侦察队偷越防线，估计是企图侦察我地塞入口，被防线卫士击毙四人，逃走者人数不清。”

“妙，妙！”冈村宁次啧啧赞叹说，“你坚决守住我的东方马奇诺防线，天皇会大大奖励你，奖励昨夜立功的将士们。”

大泽小野说：“报告司令，我已代你发布了口头嘉奖令！”

“好的，”冈村宁次放低声音说，“大泽小野，不瞒你说，眼前战场形势很严峻，我们已有几处失利，有可能要多去将士在地下要塞保存实力，你的全体将士必要时要全部撤进……”

大泽小野心里抽紧了，心想，冈村宁次这么说，就是战局发生危机了，还是故作镇静和坚定说：“请司令放心。”他半天没见冈村宁次说话，好久才传来撂机声，他也愣着了迟迟地撂下电话。

敲门声，电话声，嗡嗡听不清的说话声惊醒了邻房间的洼岛诚郎，也惊醒了另一邻间的大泽一郎。和衣而睡的大泽一郎一骨碌翻床下地，洼岛诚郎手忙脚乱蹬裤子披上衣，两人一前一后进了大泽小野的宿舍。两人同时注视着大泽小野焦虑的面孔，洼岛诚郎抢着问：“大泽小野司令，发生什么事了？”大泽一郎同样的问话到了喉边又咽了回去。

“说是昨晚，共产党偷袭天长山地塞防线，被我将士击毙四人，”大泽小野一口气说了两件事情，“冈村宁次司令来电话说，战场形势不妙……”

洼岛诚郎赞叹说：“好哇，那么雷雨交加的黑夜，共产党都不能蒙混过关，这说明我们的东方马奇诺防线是不可突破的！”

“大泽小野司令，”大泽一郎问，“你为战场形势不妙焦虑吗？”

“不——”大泽小野穿着肥大的睡衣踅来转去，最后站住，咬咬牙说，“小林照兴死得应该，共产党能摸到防线上去，一定是那天晚上那个拉屎的假劳工，这人是从哪儿冒出来，又怎么知道那天有运藏任务呢？刘老五、明天统统的不可靠，鲁大棒子可疑性万万不可忽视，包括那个冯俊妮、嘎丽娅！”

“鲁大棒子要是没事儿，冯俊妮娘俩就不会有事儿。”大泽一郎心里坚信鲁大棒子，才这么说。

“是的，”大泽小野点点头，“是这个道理。你来负责，让中野良里配合对他们统统的严加审讯，如果战势不利，刘老五和明天都没用了，死了的也不可惜。”

洼岛诚郎“嗨”了一声说：“明白。”

大泽小野又说：“大泽一郎，今天晚餐你亲自去请冯俊妮和嘎丽娅，就说来这里第二次了，要宴请她娘俩。你再次提出求婚，看她们怎么说。我安排人在她俩的小房间里安上窃听设备。”

“大泽小野司令——”大泽一郎还是觉得父亲过于疑神疑鬼，但又不能直说，“要想这么仔细考察，早该这样呀。”

“早，早，早没出现这么多可怕的事情，”大泽小野说，“对于大日本帝国耗费上千亿日元修筑的天长山地下要塞，来不得一点点马虎。看来，我们可能要为驻进地下要塞积蓄后劲了！”又说：“好了，你们都回去行动吧！我实在是太累了，要休息一下，天就要亮了。”

两人各怀心事地走了。

关东军建立这座开拓团军营时，一方面是负责指挥从日本移民来东北跑马占荒、侵占土地，另一方面就是负责地下要塞建成后的物资运藏和保安工作。按冈村宁次的说法，除了关东军司令部之外，重点就是这里了，这里比司令部还有更重要的意义。军营施工完毕，开拓团进驻以后，大泽小野就勾结警务厅下署绥芬河警察署，以日本刑事为基础，又参考美国、德国等国家的刑讯手段，研究了一套绝无仅有的极残酷的刑事项目。因此，研究制定了一套五种别具各国风格特点的刑具和刑讯项目，自称是开拓团实现“大东亚共荣”的秘密武器。刑室就设在开拓团军官宿舍和小医院的地下室。

具体扩行这些刑罚逼供的是邱野和郎当。洼岛诚郎指挥并参谋，中野良里负责监视。他看大泽小野没有指出对谁的具体刑罚，那就是随他和中野良里的便了。为了刑罚效果达到最佳，又从警察署调来了十多名刽子手。倘若受刑人有情报不招供，就让其只留能悔过的一口气，直至最终说出实情。他知道连冯俊妮和嘎丽娅也在大泽小野的怀疑之列。大泽一郎迷恋嘎丽娅，洼岛诚郎就把她排除在外，但把冯俊妮列入了名单，捏着名单思考了良久，自儿子惨死他对大泽一郎就有了仇恨，真心想用此来解解心中苦闷，又转念一想，要是对冯俊妮施上刑，如果真供不出什么情报，这个大泽一郎报复心极强，就会对自己怀恨在心。说不定大泽一郎为了爱情灭了自己的儿子，同样也能灭自己。虽都是副司令，自己这个副司令和大泽一郎那个副司令不一样，他有大泽小野撑腰呀。倘若真有证据说明大泽一郎袒护共产党情报员，大泽小野是极忠于天皇的，也不会轻饶他。他决定下狠心收拾这几个人，最大程度去抓证据……

洼岛诚郎左思右想，还是想买个人情，拿着刑罚名单来征求大泽一郎的意见。他来到大泽一郎办公室，见刘老五正在这里和大泽一郎研究菜谱，一听要做什么俄罗斯人喜欢吃的沙拉，就知道要招待冯俊妮娘俩。他退不是，进不是。大泽一郎见到门口的洼岛诚郎，便打了让他进去先坐下的招呼。他坐在旁边听着，一听这菜谱就进一步看出大泽一郎已经迷上嘎丽娅，即使说她是共产党情报员，也会很费劲儿，甚至要自己取证。他听得越多，回想起邱野、郎当被询问时的神情，越怀疑儿子就是大泽一郎亲手杀的了，禁不住咬了咬牙。

大泽一郎打发走了刘老五，一看刑罚名单毫不含糊地说：“你也知道，我是天皇和大日本帝国最忠诚的军人，我已经向大泽小野司令表示，如果冯俊妮和嘎丽娅是共产党秘探，有了铁的证据，我会亲自施刑，直至折磨死她们。可是，就我的所见所闻，嘎丽娅肯定不是，她母亲也不大可能。我父亲同意我的意见，如果鲁大棒子是，冯俊妮就有是的可能，那时候再下手。我是想，请洼岛诚郎副司令不要给我未来的爱情留下抹不掉的阴影……”

“好吧，”洼岛诚郎说，“那就尊重大泽一郎副司令的意见。”他接过名单一笔勾掉了冯俊妮的名字。

“不，”大泽一郎很公正，“也是尊重大泽小野司令的意见。”

洼岛诚郎说：“我无法知道大泽小野司令的意见。”

大泽一郎嘿嘿一笑说：“不信，你可以去问！”

“不用，不用，”洼岛诚郎连忙说，“哪里还用得着这个，我相信大泽一郎副司令。”

洼岛诚郎要走，大泽一郎叫住他说：“对刘老五施刑，要等他把今天晚餐伺候完。”

“好说，”洼岛诚郎说，“听你的。”

其实，不用大泽一郎这么说，安排这几个人的刑罚要等到黄昏时刻。

黄昏时分，成了这块土地最恐怖的时刻。自打大泽小野在八家子村开完经验推广会，回村的鬼子不少在村头坐地雷上了天后，为了证实关东军不可欺，大泽小野又调兵遣将补上了开拓团日本移民村的小队长，并又各多增了五名值勤兵。日本兵更加疯狂地在村里施威。他们大多在农民散工回家黑天的时候，到鸡窝里抓鸡，强奸妇女，弄得村村不得安宁。

黄昏，各村各家就关门闭户熄灯，院子和屋里大门都用顶扛顶上，把鸡抓到屋里过夜，不少有年轻妇女的人家，把前后窗户都镶上了铁丝网，有些有亲的投亲，没亲的就到山边上搭窝棚去躲避……

西边天上的残阳洒下的殷红色，就像活的动物被捅了一刀，正鲜血喷流如注。

在开拓团营房东南北三个角上，有三棵大树，洼岛诚郎带领邱野、郎当，正在指挥劳工做这样的安排：从营房厕所里弄来了恶臭的稀汤洒在了树的周围，树旁楔上橛子牵来一头老牛让它吃草，拴绳很短，老牛只能在直径两米的圈内啃草。

洼岛诚郎、邱野和郎当分别带几个刽子手，将衣服被脱光，只穿一条小短裤衩的鲁大棒子、刘老五和明天各带到一棵树下，用细绳把他们五花大绑捆在了树上。刽子手们闪开时，惊飞的蚊子、小咬，还有那牛身上的瞎虻，闻到臭腥味儿嗡嗡嗡飞来的小刨锛，一股脑地向他们裸着的身上飞去……

中野良里来回巡查，洼岛诚郎、邱野、郎当和刽子手们几乎都坐在距大树三五米的地方，戴着手套、蚊帽、围巾，一语不发地瞧着捆绑在树上裸身的鲁大棒子、明天和刘老五。

洼岛诚郎坐在鲁大棒子对面，身后是几名警察署的小喽啰。透过蒙蒙的夜色，洼岛诚郎清楚地看到，原浸在树脚下臭水泊里的蚊子和小咬简直就像团成球、滚成蛋儿一样抢着往鲁大棒子的身上飞扑；那瞎虻更厉害，上去就不下来；时而又听着微弱的嗡嗡叫声，那是北大荒特有名的小刨锛。这小刨锛比蚊子大，比蜻蜓小，脑门上那根粗棍儿顶上有个像木匠用的刨锛儿。它不像蚊子把吸血须扎进肉里吸血，而是站稳后一蹶腚使劲儿一刨，刨下一小块肉后，把粗粗的吸血管扎进刨后的鲜肉里。这东西嗅觉灵敏，有的落到牛身上刨不动，嗅准肉香的方向，立即飞到了鲁大棒子的身上。那老牛已经被瞎虻咬得挺不住了，猛一甩尾巴，趴在屁股上的瞎虻便呼地飞到了鲁大棒子的身上。那些小咬被挤得没地方了，就往鲁大棒子的头发里钻。

不到一个时辰的光景，鲁大棒子已经是疼痛交加，挣也挣不动，想伸手去打又被紧紧绑着，想呼口粗气松解一下，一张嘴，嘴唇上的蚊子、小咬和瞎虻直往喉咙眼里钻，他恶心地“哇”一声吐了……

洼岛诚郎拧水壶盖让鲁大棒子喝一口，鲁大棒子不屑地摇了摇头。然后是无奈地咬牙和攥拳，闭着嘴深吸气，一团小咬又被吸进了鼻孔里，喷嚏起了个没完……

这个刑罚的名字叫“蚊虫大会餐”。

“鲁老板——”洼岛诚郎终于开口了，“我们大泽小野司令那么敬重你，你真是敬酒不吃吃罚酒。只要你说出你的上级是谁，是你儿子还是什么人砸了隆良村碑，我立即就放了你。你回去照常做你的香肠买卖……”

中野良里皮笑肉不笑地说：“就是嘛，不要敬酒不吃吃罚酒！”

“呸!”鲁大棒子忍着痒痛说，“你们大泽小野真不够意思，我常年供你们香肠，给了那么点钱，我挣别人钱几乎都搭到你们身上了。我一个屠户卖肉熏肠的，好端端的，怎么成了什么共产党的探子，大泽小野——”他放声大喊：“你——真——不——够——意——思——”他停停又喊：“大泽小野——冤枉良民——这就是—— 你要——建的大——东——亚——共——荣——吗——你说——呀……”

大泽小野正开窗户听着。

大泽一郎也推开窗户听着，他的办公室里已经摆好了盛餐，正准备亲自去请冯俊妮和嘎丽娅。他又止住了脚步听着，又传来鲁大棒子的呼喊：“大——泽——小——野，你来，你来呀——”

大泽一郎止步思忖：先不去吧，等一等，冯俊妮母女肯定听到了鲁大棒子的呼喊，一时去了不好怎么说话。

果真如此，冯俊妮和嘎丽娅不知鲁大棒子在遭什么刑罚，这凄惨的呼喊已经让她们撕心裂肺。鲁大棒子那么坚强的人这么痛苦地惨叫，一定是难以忍受的酷刑。这声音是远处来的，在哪里呢？又听不清楚。冯俊妮在偷偷抹泪，嘎丽娅也在偷偷抹泪儿……

“鲁老板，”洼岛诚郎瞪起圆眼问，“实话告诉你吧，给你做好吃好喝的刘老五已经投靠皇军，他已经向我们说了你参加共产党绥芬河联络站的事了……”

他这么一说，鲁大棒子更肯定是讹诈了，刘老五进这里的时候，自己还没有成为联络站的成员，回答说：“诬蔑，刘老五纯粹是诬……”他已经被叮咬得实在难忍了，只有咬牙、攥拳挺着。那些撑饱了肚子的蚊子、小咬和小刨锛已经喝得肚子圆圆的，在鲁大棒子的肉皮上站不住了，成团儿地往下跌滚着。

“不说是吧？”洼岛诚郎恶狠狠地冲着鲁大棒子发泄一句，一回头对身后警察喽啰说，“我用过这刑罚才知道，蚊虫大会餐最喜欢吃的是有臭味和臊味的地方，来，把这顽固东西的裤衩子扒了，让蚊虫们再尝尝它们最喜欢吃的地方……”

四个警察一起冲了上去。

……

邱野坐在明天的对面，身后也有四个警察喽啰，几乎是和鲁大棒子那边一样的情景。明天是个抽大烟后败落的地主，没有鲁大棒子那般壮实，也没有那般意志，细高挑个儿本就瘦骨嶙峋，哪经得起这多山野饥饿蚊虫大会餐。他已经到精神崩溃、难以承受的地步。

“明天，你交不交代，”邱野戴着蚊帽、手套已经问了几个回合不见成效，最后通牒似的说，“你脚踩两只船，明里给皇军做事儿，暗地私通共产党。我们警察署已经掌握，就是你小子送出情报。开拓团往天长山运藏东西时混进了抗联，后来抗联偷袭防线不成，来那几个，让我们防线上的将士统统击毙了。你说，你给谁送的秘密情报？怎么送出去的？说了，皇军既往不咎，仍然视你为朋友。大泽小野把你留下来会更加重用。”

那些蚊虫在明天身上吸不到饱满的血，恨不能把肉当血吸，把吸针扎了又扎。明天疼痒难忍，脑袋还清楚，心里骂道，共产党不得意我这样的，投奔你们日本鬼子一心一意好好干吧，你们这草木皆兵，连我都不放过，根本就没有的事儿。他悔恨交加地说：“邱野呀邱野，不管怎么样，你我都是中国人，没有的事情怎么能胡诌呢，我是一心一意跟你们干，你们还无中生有要治我罪……”他忍不住大喊：“良——心——哪里——去了——”停停又说：“我豁出去死了，你们要是这样，谁还——跟着你——们——干——”

大泽小野听到了。

大泽一郎听到了。

“好啊，你小子就是不说是吧，”他一挥手对身后的警察小喽啰说，“扒了这家伙的裤衩，让会餐的蚊虫吃点可口的！”

四个警察蜂拥而上。

明天拼命挣扎，怎么也挣不动。只好全身赤裸裸地交给了大会餐的蚊虫。他由声嘶力竭地大喊变成了大骂：“邱野，你这个狗犊子，我给说实话吧。我不是人，我是大烟鬼，是嫖客，是赌棍，地没了，房子也没了，共产党那边不得意我，我一心参加你们这边吧，他妈的，拿我当共产党的间谍了，你们也不是人……”

明天继续骂说：“你奶奶的，反正我明天哪里都不是人，都说浪子回头金不换，我不回了，不换了……”他已经有气无力，还是把最后要说的话说了出来：“邱野，你娘个龟孙子的，我死了到阴间地府也饶不了你，饶不了日本鬼子……”

邱野忍不住了，指挥小喽啰警察说：“打！给我打，狠狠地打——”

四个小喽啰蜂拥而上，一通拳打脚踢，不知明天那右眼珠子是打出来的，还是气得鼓出来的。天色已经暗淡下来，邱野和喽啰们都没看清那眼珠子是怎样掉落在草丛子里的，邱野上去一踩，只听“叭”的一声响。

中野良里来到这里，听了，也看了，无可奈何地摇摇头走了。

刘老五那边就是另一番情形了。郎当刚指挥要给他扒裤子。他已经忍受不住了。这家伙本来就耐不住折磨，意志非常薄弱。当初暴露被抓来，邱野问他有三种刑吃哪种，他一听就吓尿了裤子。这回，刚被绑在树上时觉得委屈，还硬挺着申诉。郎当哪里听这个，又让小喽啰去拎了一桶臭水洒在他脚下。嗅觉敏锐的蚊子、小咬、刨锛，还有从直甩尾巴的老牛身上飞去的瞎虻，几乎盖满了他的全身，痒、疼、酸、胀合在一起变成了全身麻木。他眼前一黑，只觉脑袋在放大，心脏在往外跳，还有点儿理智，忙说：“郎当警官，我说，是我干的，我说——”

郎当指挥小喽啰：“给他松了，上些蚊咬油。”

松绑了，上完蚊咬油了，刘老五也迷迷糊糊了。郎当让他说，他眼前一黑，“扑噔”晕倒在了地上。

大泽一郎听着不时传来的外边指责、大骂、大叫的声音，不由自主地说：“大泽小野，你这个父亲呀！神经太过敏了，什么人都怀疑，连我要爱个女人也怀疑是共产党特务……”他不时跺脚，不时看看手表，瞧着桌上丰盛的晚餐终于忍不住了，推门朝慰安妇大宿舍走去，到了门口又停住了。他自己也奇怪，当初要追求嘎丽娅的时候是那么自信，眼下怎么却步，甚至心毛起来。他犹豫一下还是走了进去。别看那些慰安妇在这里身份下贱，她们在鬼子面前却不自卑，有的和大泽一郎点头，有的摆摆手，有的干脆不理。他一进帘布遮开的小间，冯俊妮和嘎丽娅都站了起来。大泽一郎挺直腰板说："冯老板，今晚没安排送餐。你们回来这么长时间了，我也没来看看，实在抱歉，请吧——"他说着朝帘外一示手。

冯俊妮微笑着说："大泽一郎副司令，送来在这里吃不好吗?"

"不，"大泽一郎说，"到我办公室来吃，表示我的诚意吧。"

"母亲——"嘎丽娅已经很明白怎么从内心来配合了，"既然大泽一郎副司令一片热心安排了，我们就去吧。"

大泽一郎很满意，也很开心地说："是啊，谢谢嘎丽娅接受我的邀请。"

"听女儿的，"冯俊妮笑了笑，"那就去吧。"

大泽一郎房间桌上摆满了各种俄式、中式的美食，冯俊妮进屋就说："大泽一郎副司令，您太盛情了。"

"冯老板，"大泽一郎说，"这是表达我对冯老板的敬重，对向嘎丽娅求婚的诚意。"

嘎丽娅也说了感谢的话，大泽一郎对嘎丽娅今天的表现非常满意。带头坐下说："请吧。"

大泽一郎去给冯俊妮斟酒，冯俊妮用手挡着说："我不喝酒!"

"酒席酒席吗，"大泽一郎说，"无酒不成席，就一点点。"

冯俊妮不好再推辞，酒刚淹杯底，她便推开大泽一郎的手。嘎丽娅见大泽一郎要给自己斟酒，连忙捂住酒杯说："大泽一郎副司令，我真的滴酒没喝过。"

大泽一郎笑着说："过去滴酒不喝，现在不是到我这里来了吗，来吧，一点点。"俩人僵持住了。这让大泽一郎有点儿不愉快。

冯俊妮忙解围说："嘎丽娅，大泽一郎副司令这么热情，我从来滴酒不沾，也不推辞了，盛情难却，那就一点点吧。"

嘎丽娅只好挪开了捂着酒杯的手。

大泽一郎兴致很高，端起杯说："你们这是来第二次了，我也没好好招待过你们，来吧，就是表示表示。"

"大泽一郎，"冯俊妮响应地举起杯说，"今天下午，怎么军营外边又哭又叫的，什么事儿呀?"

“不碍你的事，”大泽一郎说，“警察署在这里审讯共产党嫌疑犯……”

冯俊妮放下杯说：“噢，鲁老板也是共产党？”

“只是怀疑——”大泽一郎说，“警察掌握了一些情况吧。”

“大泽小野请完吃饭又去受刑，”冯俊妮说，“对我们娘俩也是这样吧？要是这样，这饭就不吃了。”

嘎丽娅说：“母亲说得对，真是莫名其妙，鲁伯伯一个杀猪屠户卖肉肠的，怎么成了共产党。”

“不不不，不是，”大泽一郎先接冯俊妮的话说，“千万别误会，你们是我的贵宾。至于鲁老板，我不管这个，说不清楚。”他说完“只是怀疑”，有些后悔失言才又这么补充说。他接着举起杯说：“千万别多疑，你们是我的贵宾，我是真心向嘎丽娅求婚，才提出到这里换药。”

冯俊妮说，“这么说，我就放心了。”

大泽一郎说：“来，我喝一杯，你们也喝一点吧。”

冯俊妮和嘎丽娅随着大泽一郎一饮而尽，在相劝下开始吃菜。

“嘎丽娅，你从教堂回来，按着圣母的旨意，一定静想过了，这么多小伙子追求你……”大泽一郎耐不住再说多了，“对我的求婚你是怎么想的？答应吗？”

嘎丽娅问：“除了那天在教堂里说的，你还有要说的吗？”

“亲爱的嘎丽娅，”大泽一郎开始用爱称了。“你应该看得很清楚了，在所有你的爱慕者里，我是最执着、最积极的一个。他们只不过是在教堂里，那么表示表示，像做游戏一样玩玩。我呢，第一次请你来，这是第二次请你来，都是爱你的体现呀……”

嘎丽娅问：“我想知道，假如我答应了你的求婚，你会给我怎样的幸福呢？”

“想细听听吗？”大泽一郎说，“我早就构想出了我们未来的生活。”

嘎丽娅说：“当然愿意听，这是我最想知道的。”

“好，”大泽一郎说，“那，我们就先共同再喝一杯酒吧。”

大泽一郎带头喝酒、吃饭，然后说：“开始大东亚共荣起步时……”

嘎丽娅问：“什么时候算是开始大东亚共荣起步时呢？”

大泽一郎说：“打败了抗联，消灭了共产党，赶走了俄匪，大日本帝国在这里说了算的时候。”

冯俊妮禁不住在内心里好笑，还显出一本正经地问：“那要多少时间？”

大泽一郎脱口而出：“快，不会很久。”

“好，”嘎丽娅也觉得好笑，日本侵略已经进入了垂死挣扎时期，不想炮弹要打到头上了怎么办，还在这里痴心妄想，但也顺嘴问，“那时候，你怎么给我幸福呢？”

大泽一郎眉飞色舞地讲开了：“那时候，我就不是副司令了，和冈村宁次说一下，让我当绥芬河镇的大镇长。第一件事就是用修造天长山的日本建筑材料，建一座庄园式别墅，只供你、我和你母亲来住，还盖上员工宿舍，让厨师、保姆、清洁工等为我们服务。要用琉璃瓦，天皇居室里那样的砖，造型设计就像我们东京都里的天皇宫，里边有荷塘、鱼池、花草树木。不说了，你答应我的求婚，我就开始找人设计……”

嘎丽娅摇摇头说：“我虽然没去看过，但不喜欢，我早就喜欢上了中国北平故宫里那种建筑。”

“没问题，”大泽一郎说，“那就按你喜欢的设计。”他接着说：“中国风格，那就找中国的保姆、厨师……”

“不好，”嘎丽娅说，“虽然你是大日本帝国的，但在中国土地上建中国风格居室符合水土，中国人有句俗话说，嫁鸡随鸡，嫁狗随狗，还是用日本人做保姆，我很喜欢他们穿中国古代的和服，跪着服务……”

大泽一郎听不出嘎丽娅这话里拐弯抹角地掺杂着戏弄，直答应说：“没问题的，只要我亲爱的嘎丽娅喜欢。”他接着又说，“我要在这别墅里建上四季如春的高档温室花窖，让迎春花四季开放。还要建一座大大的网式鸟舍，专养百灵鸟。让迎春花四季伴你鲜艳开放，让百灵鸟伴你有兴趣时一起歌唱。我只让真正的亲朋好友进来看我的太太，他们只是听说过日本的樱花姑娘，我要骄傲地让他们看比樱花姑娘更漂亮的中国的迎春花姑娘……”

“不说了，不说了，”其实嘎丽娅是想说，别做你的美梦了，应酬说，“够奢华，够享受了……”她接着转了话题问：“要是一时半会儿打不败抗联、灭不了共产党，也赶不走苏军呢？那我不老了吗？”

“稍等等看——”大泽一郎说，“如果真像你说的那样，我就带你和你母亲去大日本，我父亲在军队就可以了……我日本的家现在由爷爷掌管着，大大的。”

嘎丽娅觉得实在好笑，可谓当事者迷，又挑逗说：“我要去日本有三不，一是不穿和服跪着为男人服务；二是不像你们日本人男女同浴，要单给我和我母亲建个浴塘；三是不能干涉我信东正教，要为我修个教堂。”

大泽一郎高兴地去旁边床上捧来准备好的玫瑰花。

冯俊妮说：“大泽一郎副司令，先慢，我还有点小小要求。”

大泽一郎返回座位上说：“你尽管说。”

冯俊妮说：“说句老实话，我女儿和鲁老板的儿子小棒子，从小要好，他也爱慕我女儿。一直以来我女儿对他也很友好……”

“母亲，”嘎丽娅一旁说，“是这样。”

大泽一郎有点奇怪：“这我还没听说，奇怪，他儿子长什么样？是不是长得也和鲁大棒子一样？”

嘎丽娅说，“还真有些像，我们俩是相伴一起成长的。”

“是这样，大泽一郎副司令，”冯俊妮说，“有你这么执着追求我女儿，鲁老板要真是共产党，你可要告诉一声，他儿子对我女儿再好，我们也不能和他们做朋友了。”

“好的，没问题。”大泽一郎嘴上这么说，心里琢磨，父亲太过敏感，娘俩这些话是遇事说事，总不会是编的吧。他心里一阵高兴，回去就和父亲说，让父亲不要再费多余的心思了。于是脱口答应，“没问题的，为了我和嘎丽娅的爱情，我也会这么做的。”然后迫不及待地又去取玫瑰花。冯俊妮说：“大泽一郎副司令，不忙，我还有话要说呢。”

冯俊妮说，“我还有个两个小要求，一个是我陪女儿换药的时候，发现伤口还没有结痂。我女儿诚信东正教，结婚出嫁的时候按教规要做到三圣洁。就是要结婚了需更加崇拜圣母，圣洁无瑕，还要心圣洁，身圣洁，伤口不痊愈不能洁身洗浴……”

“明白，”大泽一郎心想，也不会有几天了，那就忍着，于是问，“还有呢?”

冯俊妮说：“有了你说的那些能让我女儿幸福，我就满意了。但有一条必须听我的……”

大泽一郎这才领悟，嘎丽娅的婚姻，这个做面包的老板娘要管着呢，不能小看了，急忙说：“你说，没问题。”

“我们中国人有句俗话说，女儿的身，娘身上掉下的肉，”冯俊妮说，“我是中国人，在军营里结婚可以，要按着我们中国的习俗到我家去接亲。”

大泽一郎满口答应：“这没问题呀。”他说着又急忙去取玫瑰花，双手捧在嘎丽娅面前，并跪下说：“亲爱的嘎丽娅，这虽然不是我们大日本帝国人求婚的方式，我觉得这样能表示出真诚，请接受吧!”

“谢谢，”嘎丽娅接过话说，“起来吧。”

大泽一郎更加热情、殷勤了，不断地劝喝劝吃，而冯俊妮和嘎丽娅都心乱如麻，心急如焚。冯俊妮看出了女儿的心境，推辞说时间很长了，累了，才算用了主食晚宴结束。嘎丽娅随冯俊妮往外走，大泽一郎迎上一步就要去拥抱，嘎丽娅无奈，只好依了。他又去吻嘎丽娅的双唇，嘎丽娅一闪，吻到了右腮上。嘎丽娅把他轻轻一推，有冯俊妮在，大泽一郎只好松开。此时，欲望几乎占据了他的心头，要不是冯俊妮在，他可能就要把嘎丽娅抱到床上，甚至按倒在地上……

出门走出几步，冯俊妮见女儿要说话，回头朝站在门口的大泽一郎摆了摆手，他也还了一下。大泽一郎本应该去送，但嘎丽娅这一躲吻，他只吻了个腮帮子，心里有些不悦。

嘎丽娅见周围没人，放慢脚步说：“母亲，这不是认贼作夫吗?”

“不，孩子，其实是与贼斗争，”冯俊妮说，“在这种情况下已经没有别的办法，母亲会尽力想法让你金蝉脱壳的。”

嘎丽娅说：“很难。”

冯俊妮说：“哪有不难的事儿！”

灯刷地亮了，慰安屋那栋房的彩色轮廓灯一闪一闪，这都是从日本弄来的。小林照兴被毙，新任的小队长拉响了慰安房上的信号铃，日本兵们蜂拥着跑出来直奔各慰安屋门口排队。

冯俊妮走在前头，一进慰安妇大宿舍门口，朴巧巧就趴在她耳朵上说：“俊妮姐，你走后，来了两个警察在你小房间里鼓捣了一会。一个在外把门，不让我们靠近，我听到像是床头板响了一下。”

“知道了，”冯俊妮说，“巧巧妹妹，谢谢你了。”

冯俊妮进小间后悄悄看看床头板背，发现安了窃听器，扫视一下房间，发现梳妆镜后边和床沿板底下还有两个。她分别都用手指了指，然后从嘎丽娅兜里掏来钢笔，在手上写了三个字“窃听器”。嘎丽娅点了点头。

“嘎丽娅，母亲累了，想躺一会儿，”冯俊妮说，“要不是你的婚姻大事，要不是大泽一郎副司令这么热情，我早就累倒了。”

嘎丽娅也像配合演戏一样说：“母亲，女儿不争气，让您费心了，好好休息吧。”

“什么话呀，终身大事儿，母亲帮你把把关还不是应该的吗，”冯俊妮说，“妈就你这么一个宝贝女儿，当然要上心了，我看大泽一郎副司令是真心真意的。”

“母亲，”嘎丽娅也随之躺在床上伸个懒腰说，“是啊，我总觉得太愧对小棒子了……”

冯俊妮说：“大泽一郎副司令不是说了，他受了共产党的嫌疑，咱孤儿寡母的可不贴那个边儿。再说，那天咱俩回去，鲁老板不是说，让他给打跑了吗，要是和大泽一郎定下来，就不能再想小棒子了。按说，小棒子倒是个本分的孩子……”

监听室里，大泽一郎说：“大泽小野司令，听到了吧?!”他心里还涌腾着对嘎丽娅强烈的占有欲，有点激动地说：“别再闹神经了，赶快想法护卫我们的天长山要塞吧，千万不能再疑神疑鬼。要是这样，不会怀疑你的儿子也通共产党吧?”

“放肆!”大泽小野摆出司令的威势，“大泽一郎!”

大泽一郎立刻立正站好：“大泽小野司令，我听着呢。”

“共产党狡猾狡猾的，我这么做，正是为了天长山地塞的安全，要彻底消灭掉打我天长山要塞主意的人。”大泽小野板着脸训斥说，“不怕一万，要是万一呢!”

大泽一郎发誓说：“冯老板和嘎丽娅要是有一个是共产党，我就都亲自杀了她们!”

他俩再想监听，已经没有声音了。

院灯，轮廓灯下，传来了日本兵排队强占慰安房的杂乱声音。任何人听了，看了，都会心惊肉跳！什么样女人的身板，能扛住一个接一个铁蹄的践踏呀!

第二十一章

当初，大泽小野受衔带兵刚进驻这开拓团司令部时，站在大门口仰望蓝天，放眼四周，天是那么高，云彩是那么洁白，心里有这样一种感觉，撕下一片来不用蘸佐料就能吃呀！空气是那么新鲜，深深吸一口呼出去，像是把五脏六腑里的污垢都涤荡得一干二净，那么舒服！黑黝黝的土地像是要冒油一样。他禁不住在黑土地上打了一个又一个的滚儿，简直开畅得要发疯。如果这片土地有轱辘，把它推到日本岛上该多好，要想占领，竟这么费劲儿。他想到在日本山岛上，一块块小水田地被垄硬隔着，被畸形埂圈着，像这么开阔可以打滚儿的地方压根儿没有。城市里楼高房层矮，房间小，多数宾馆，你在卫生间里放个屁，没等抽风机抽走，先弥漫得整个房间都是臭气。再说，今天这里地震，明天那里火山喷发或者海啸，惶惶不可终日，而这里就是人间最美的天堂。地域太广阔，太美了，他还不知道中国有多大，反正心里的概念是大大的。

大泽一郎答应要在日本给嘎丽娅建那样的别墅家园，如果不是大富豪，简直是吹牛，像他的家境只怕也很为难。在这里行，干什么地皮都不紧张，不用吝啬，就连营房里的刑讯室都设计了多个小间，一种刑罚一间，成环形，监视间里可以随时看每一间的刑讯情况。

大泽小野和大泽一郎坐在监控间里可以监看到同时对鲁大棒子、明天和刘老五的刑讯。中野良里作为监管，来来回回，看是否有不认真的环节。

鲁大棒子作为重点，在第一刑讯间。他回来后就不敢穿衣服了，浑身都是肿包、脓包，脸已经肿得走了形。他身边放着一个比人高的圆铁筒子。洼岛诚郎说："鲁老板，我看你身上发热，想让你凉快凉快，这个凉快叫‘冻冰棍’，怎么样，是说还是不说？”

鲁大棒子说：“我说，我说。”

“好的，”洼岛诚郎对小喽啰警察一挥手说，“给鲁老板送杯水，让他润润嗓子。”

大泽小野和大泽一郎往窗口前探了探身子，已经认不出鲁大棒子的模样了，侧耳听着传声器里即将发出的声音。

鲁大棒子一手拨拉掉了送来的水杯，怒吼着说：“我说，要使劲儿说，你们大泽小野司令太不够意思，我就是被你们折磨成冤死鬼，也饶不了你们——”

洼岛诚郎一挥手：“给他冻冰棍！”

两个警察喽啰把鲁大棒子抬起来塞进了那个大圆铁筒，然后一摁电钮，只听里边开始吱吱作响，开始制冷，筒头上的温度计开始显示 -1℃、-2℃……

待 -40℃时，铁筒壁上已排满冷霜，审讯一句不招，两个喽啰警察会推着圆筒在地上滚动，一层层肉皮会粘在筒壁上——

大泽一郎说：“大泽小野司令，我看这鲁老板不像是共产党……”

大泽小野说：“再等等看。”他一抬腿，大泽一郎又跟着来到第二个刑讯窗口。明天只穿裤衩，在刑柱上五花大绑，全身和鲁大棒子一样肿，一样生满了脓包。他身边两把烙铁正在旺旺的炉火上烧烤，方形的烙铁板有两厘米厚，在炉中由黑变淡红，又变成深红，渐渐和火焰的颜色浑然成了一体。邱野牵着一只俄罗斯西伯利亚种的灰色大狼狗，屋里有些热，那大狼狗伸着舌头在喘粗气，两眼直盯着明天。邱野说：“明天，你说不说吧，我这只狼狗最喜欢吃烧烤……”

没等邱野说完，明天又开骂了：“邱野，还有大泽小野那缺了八辈子德的小鬼子，我操你八辈儿祖宗，说我假装共产党……”

邱野一挥手，两个警察小喽啰冲上去一人拿起一把烙铁，恶狠狠地往明天两条大腿上烙去，腥臭味立即扩散开来，明天歇斯底里大骂：“大泽小野，你不得好死，我操你们这些小鬼子的八辈儿祖宗，我豁出——”没等喊完便疼晕了过去。两个小喽啰警察被肉腥熏得直恶心，受不了一闪开，邱野“啾”了一声，大狼狗飞扑上去对准烙得发黑的大腿狠狠就是一口，又去咬另一口时，明天苏醒了，又开口大骂：“大泽小野，我操……”

大泽小野推开窥视窗，对准明天的胸部“砰”的就是一枪……

大泽小野来到第三个窗口，这里又是一番情形，刘老五被蚊虫咬得更惨，身上开始流脓水，被五花大绑着。两个警察小喽啰一人牵着他一只手，他身边有个无数眼孔的铁墩子，旁边炉火正旺，另两个警察小喽啰不断用钳子从火炉里钳出烧得通红的铁签子，很快就插满了。

郎当对刘老五说：“你可能还没享受过这种‘坐香拜佛’吧，要是想的话，就让你上去坐一坐……”

刘老五两眼被蚊虫咬得眼皮肿胀，眼睛成了一个小缝，他使劲睁着这条缝，炉香似的小铁柱，在他眼里成了一片红火。他脑袋还算清醒，这样一坐上去，两个屁股就会被烧出无数小孔，甚至一片焦糊，连连说：“我说，我说，是我干的，我说……”

郎当对小喽啰警察说：“快放了他……”

大泽小野对着第一个窗口说：“放了鲁老板吧。”然后对郎当说：“把刘老五先送到医务室，让医生给他消炎，然后打针、吃药，一定要保住命。”郎当应声带着刘老五走了。

大泽一郎想了又想终于说：“大泽小野司令，既然奸细出来了，原来刘老五这家伙是脚踩两只船，就把鲁老板放了吧？”

大泽小野想了想说：“只能这样，我明白你的意思。”

大泽一郎来到慰安妇小间，讨好地说：“冯老板，有件事情很不好意思，我知道你关心鲁老板的事情，我和你说过，我们只是怀疑共产党混进了开拓团营房，现在奸细招供了，警察署对鲁大棒子的侦察情况不准确，看在你的面子上，我向大泽小野讲情，要把他放了……”

“谢谢你，”冯俊妮说，“我说嘛，鲁老板不会的。”

嘎丽娅忙问：“奸细是谁？”

“嘎丽娅，”冯俊妮忙截话说，“不碍我们事，我们不问这个。”

“对了，对了，”大泽一郎说，“以后，我们结了婚，军队的事情要少问，就是好好当我的太太。”

嘎丽娅知道问走了嘴，忙点头说："知道了，以后不再问这种事情。"

大泽一郎说："我亲爱的嘎丽娅，那就快回去准备，我好去接亲呀。"

"大泽一郎副司令，"冯俊妮说，"刚才，我也和嘎丽娅商量这事儿呢，我轻轻揭开她伤口的药布一看，还是没结好痂，要是回去一洗澡，准会感染上细菌，那就一天两天好不了了。再等等，在这里再换次药，我看就差不多了。"

"好，我想也是这样，"大泽一郎高兴地说，"你们休息吧，我走了。"

第二十二章

又一个三天一换药的日子过去了，冯俊妮和嘎丽娅心急如焚，和朴巧巧商量唯一有机可趁的方案仍无进展。这是换药后两天的黄昏，朴巧巧去上完厕所回到住所，便直奔小房间。她刚要开口说话，被冯俊妮上去一把捂住了嘴，到了大间靠最里面才松开手，朴巧巧激动地说："俊妮姐，有机会了。我从厕所回来，故意去撩逗大泽小野，这家伙好像心情比前几天好，让我今晚和曾丽娇一起伺候他，他说听说在中国皇室里这叫'双妃'……"

冯俊妮问："你俩是不是伺候完那些鬼子兵再去伺候他？"

"不了，"朴巧巧说，"大泽小野那个老东西已经安排了，今晚停止兵营慰安活动。"

嘎丽娅问："大泽小野找你们很公开吗？"

"不，"朴巧巧说，"这老家伙在他们内部也是当面是人，背后是鬼，每次都是偷偷地约我去。这次又嘱咐我说，进他办公室的时候，千万躲避着他的儿子大泽一郎。"

"朴巧巧，真不知怎么感谢你，"冯俊妮把朴巧巧紧紧抱住说，"确实是个机会，千万要谨慎又谨慎。"

身边的慰安妇你一言我一语，都称赞朴巧巧机灵、又能说会道，肯定会成功。

"俊妮姐，你放心，"朴巧巧说，"回头，我再和曾丽娇仔细商量商量，一定想法成功。"

冯俊妮说："我去筹划我的行动方案，明天一早，我在小间里听信儿。"

朴巧巧点点头，拽着曾丽娇一边嘀咕去了。

原来，大泽小野这几天心情很放松，刘老五一说要交代，他开始还半信半疑。刘老五打了五天消炎针，外用消炎药，已经止住了炎症扩散，也有精神头了。大泽小野再三询问，是怎么把情报传出去的？刘老五想了又想，最后说：“我刚进来时，共产党头子说宁肯舍一个联络站长，也要把我潜进开拓团军营，明天是共产党，你们上了他的当——”

“狡猾狡猾的，”刘老五知道明天已经死了，胡编起来，“明天不是破落出身，是抗联第五路军长的儿子……”

大泽小野后悔：“八嘎呀路，我不该枪毙了他。你说，知不知道明天是怎么把这边的情报送出去的？”

刘老五殷勤地编造说：“明天通过在地里干活，送给了隆良村一名共产党联络员。”

“你的撒谎?!”大泽小野恐吓说，“有一点谎，我立即杀头。”他说着抽出了腰里的刺刀。

刘老五跪下说：“不敢不敢，这回说的都是真的，你可以用车拉着我到隆良村去找那个共产党，明天以为我也是潜伏下来的呢，还说了绥芬河镇上共产党的两个窝点。”

大泽小野很有成就感，安排邱野和郎当带上十多名警察直奔隆良村，刚出门要去厕所，就和朴巧巧走了个两碰头。

冯俊妮牵着嘎丽娅的手边往小间走边在她耳朵旁说：“我说什么，你就应酬着。”嘎丽娅点了点头。

大泽小野一看天色，还不到朴巧巧和曾丽娇来的时候，便和大泽一郎一起再监听一下冯俊妮和嘎丽娅还能说些什么。他来到监听室，房间里静悄悄的，他有点不放心地问：“冯老板和嘎丽娅在房间，怎么一点声音也没有呢，不会是在搞什么鬼吧?”

他俩正说话间，传声器里传来了嗡的声音，接着，便传来了嘎丽娅和冯俊妮的对话声：

冯俊妮说：“姑娘，来，让妈看看你的伤口怎么样了?”

窸窸窣窣的解扣和褪衣声里夹有嘎丽娅的声音：“我觉得好多了，妈，让你陪这些天，真辛苦你了。”

“这是说什么话，”冯俊妮说，“我有你这么个漂亮的姑娘就怕有点闪失什么的，要是你父亲活着，知道你嫁了个日本军官，还是日本国的大富豪，该多高兴啊。”

“妈——等回绥芬河镇，我到教堂里去向父亲的在天之灵述说，你也陪我去吧？”

“那当然了，”冯俊妮说，“你父亲听了该多高兴！”

监听室里，大泽一郎瞧着大泽小野得意地笑了笑。

“母亲，”嘎丽娅一边穿衣一边说，“前两次换了药，我就觉得伤口发痒，今天怎么一点感觉都没有。”

“那就是好了，”冯俊妮说，“大泽一郎副司令再来催结婚的事情就得答应了……”

监控室里，大泽一郎兴奋异常地对大泽小野说：“父亲，怎么样？我的判断没错，我要准备结婚了。”

大泽小野频频点头：“这样，我不就放心了吗，父亲祝贺你！你去和嘎丽娅娘俩商量吧，我来帮你安排，把你的宿舍当新房。杀猪宰羊，让军营里好好热闹热闹！”

“父亲，”大泽一郎说，“如果没有战事，就请您给我向冈村宁次请假，我带着嘎丽娅回趟日本，我要在报纸上宣布，我娶到了中国的迎春花姑娘……”

大泽小野说：“你先去和她娘俩商量一些具体的事情吧，明天再告诉我，这几天我很累，我要早点休息了。”

“好，父亲，”大泽一郎说，“晚安，祝您做个好梦。我去了。”

大泽一郎大步流星地走进慰安妇住所，直奔小房间，一掀门帘就问：“亲爱的嘎丽娅，明天上午又该换药了，我估计该好了吧？”他也在装蒜呢，在引话头让嘎丽娅先说。

“大泽小野副司令，”嘎丽娅装出羞涩的样子说，“刚才，我和母亲还说，这回，伤口真的要痊愈了，该回去准备准备迎亲了。”

“是啊，”冯俊妮有一番安排，抢话说，“只要好了，赶早不赶晚，能不能今晚就再换一次药，我娘俩一早就赶回去。”

大泽一郎爽朗地说：“好的，我随后就去接亲。”

“大泽一郎副司令，你也太着急了，”冯俊妮说，“你算算吧，我们回去以后，我要陪嘎丽娅去教堂，为了求婚者她去拜圣母了，这回定下答应你了，还要去回禀一下，请圣母保佑你们……再说，嘎丽娅还要准备一下嫁妆，看来，那就得去买了。这样，一小天就没了。”

大泽一郎说：“那样，我就晚上去接。”

“嘻嘻嘻，”冯俊妮说，“我是嘎丽娅的中国母亲，她父亲不在了，就得随我了。按我们中国的民俗习惯，都是上午迎亲，也有下午迎的，上午接姑娘，下午接寡妇……”

“不可以，”大泽一郎乖乖地顺杆爬着，“后天一早总可以了吧？”

冯俊妮点点头：“也就得那样。”

“还有，”嘎丽娅说，“按母亲老家的习惯，你来接亲的时候，要给我母亲带一块‘离娘肉’，母亲生我养我一回不容易，肉是女婿孝敬老丈母娘的。”

“问题的没有，”大泽一郎说，“劳工大队那养了不少的肥猪，到时候，我宰一头带去。”

“那也不成体统，”嘎丽娅笑着说，“按习俗说法就是带8斤，整整8斤，因为母亲生孩子时一般都是七八斤左右，所以就带8斤。”

大泽一郎笑了：“明白，大大的明白！”

“大泽一郎副司令，”嘎丽娅说，“我母亲接你肉的时候，你就不能再喊她冯老板了，要叫一声母亲。”

大泽一郎说：“这个明白。”

“另外，”嘎丽娅说，“我也不会叫你大泽一郎副司令了，就叫亲爱的。”

“好，大大的好呀，”他兴奋地要去拥抱嘎丽娅，被嘎丽娅笑着推开说，“留着后天，一切都留着后天。”

大泽一郎伸开双臂对着窗外喊：“我多想让时间把明天抹去呀！”然后转身说：“亲爱的，走，我陪你到小医院换药吧。”

冯俊妮说：“好，咱们现在就去。”

冯俊妮并没有对嘎丽娅特别嘱咐，她却配合得这么好，已经把大泽一郎忽悠得神魂颠倒，飘飘然了。至于，到了后天怎么办，她心里也不太有底，那只能是按计划走一步，说一步了，别无其他选择。

大泽一郎带路，冯俊妮娘俩并肩在身后紧跟，趴在窗口的金玉姬一见他们进了小医院，便对朴巧巧和曾丽娟说：“快，进去了。”

朴巧巧和曾丽娇站在门口瞧了瞧，见大院里静静的没人，大步流星地直奔大泽小野办公室去了。

按着大泽小野的嘱咐，朴巧巧每次都要偷偷地去找他，因为大泽一郎从不进慰安屋，大泽小野为了显父尊，表面也不进，偷偷地只找朴巧巧，偶尔也找过曾丽娇。这两个人都让他很开心，他真想单独使用，又不敢违反军纪；有大泽一郎在，也很难为情，就只能这样时不时让她们来自己房间过夜。但，每次只是一人，这次是心情很畅快：考察证明了鲁大棒子、冯俊妮和嘎丽娅不是共产党的人，刘老五又已带领邱野和郎当去连窝端共产党的秘密联络点。对他来讲，这是莫大的幸事，别无其他可怀疑的线索。他受命于关东军司令部守护天长山地下要塞，能有安全感就是万幸了。他从获得的情报看，共产党是下了大的决心，要获取洞口、塞内交通图纸，直至毁灭天长山要塞。当然他也是有自信的，天长山要塞被称为东方马奇诺防线，那可不是浮夸之词。要找到入塞口，费多大劲儿不说，即使找到，也休想进入。再说塞内，多少弯曲，多少塞洞。洞内有洞，洞中还有地下洞，地下洞拐个弯儿，转个圈儿，又能攀进第一层的洞，也可以入第三层的洞。洞内梯子几乎都是隐形的，非常难找，内部的人，也只有带着设计图纸才能找到位置。

天黑了下来，只要慰安房的轮廓小彩灯不亮，院子里就不那么亮堂。大泽小野的宿舍门虚掩着，闪着一条小缝，朴巧巧轻轻推开门，先蹦了进去，曾丽娇随后跟上，把门上了闩。屋里只有一盏小灯亮着，光线若明若暗，暗淡的光芒通过小窄门扩散出去，整个屋里呈现着暧昧的气氛。大泽小野知道洼岛诚郎随着邱野和郎当一起让刘老五引路抓人去了，也知道大泽一郎去安排婚事了，于是安稳地佯躺着。朴巧巧平时并不乖，总想获得点自由逃出去，一直不能如愿，也常在大泽小野身上打主意。她曾经是朝鲜一家舞剧院的主要演员，很会造作演戏，本来恶心大泽小野，心里盘算着报仇出气，今天重任在身，就显得格外乖巧。曾丽娇却另一个性格，长了个娇气模样，平时伺候日本兵，都是一副痛苦状，如今也含情脉脉。俩人手牵手扑上去，一个抱住亲吻，一个上去就拽裤子。

大泽小野推开她俩问："有人看见你俩进来了没有?"

朴巧巧趴在他耳朵上悄悄说："你大泽小野都嘱咐过了，我姐俩还能犯那傻事，发现有人就不进来了。"

"怎么，你们两个人一起来就胆子大大的了，"大泽小野虽这么说，却是嘻嘻哈哈的腔调，不像平时那么严肃，"我是这里的司令呀，你们怎么这么放肆。"

曾丽娇用娇滴滴的口气说："夫妻床上无大小，谁管你什么司令不司令的……"她身上的香水气味，加上朴巧巧耳痒的话语已让大泽小野欲望蠢动了。

朴巧巧说："谁管你司令不司令的，这回让你当个光杆司令。"她说着一动手，曾丽娇配合。大泽小野也是半推半就，被扒成了个光杆司令。

曾丽娇的娇柔温情最能打动男人的心，她扯着大泽小野的一只胳膊说："光杆司令，走，我们三个一起去洗澡……"

朴巧巧和曾丽娇脱掉衣服，驾着大泽小野进了浴池，打开热水开关，嬉闹起来，水刚淹过三个人，大泽小野就已经神魂颠倒，忍无可忍了。他急着上了床，一会儿已经是张口气喘，汗水淋淋了。他迷迷糊糊要睡着，两个女人不答应，很快又让他有了精神头……终于他身无气力，像滩乱泥，迷迷糊糊地喃语说："你俩快……走……吧……把门推紧关好。"两人答应着下了床，朴巧巧故意去推开门又关上，两人静静地站了不一会儿，就听见大泽小野传出了一声比一声大的鼾声。

对于安全问题，大泽小野对慰安妇是一点防备都没有的。朴巧巧悄悄握着刺刀把抽出刀鞘，猛地举起，对准大泽小野的脖子狠狠刺去，顿时鲜血四溅，身首异处了。曾丽娇打开他的背包，拿出天长山要塞位置及入塞秘密图，两人悄悄地打开门，一看外边没人，小医院里灯亮着，就知道是冯俊妮仍在内医务所牵制着大泽一郎。

朴巧巧和曾丽娇身上沾满血迹地回到宿舍，姐妹们一齐动手，有帮着脱衣服的，擦身子的，另找衣服换的。金玉姬一听兴奋得不得了，拿着血衣要出去处理，被另外两名慰安妇抢走，她们佯装去上厕所，把血衣扔进茅坑里，用旁边的大粪勺子狠狠地压了下去，两人便不紧不慢地回到了宿舍。大家各自躺下，若无其事地在兴奋、紧张、激动的神情中闭着眼睛。

嘎丽娅和冯俊妮肩并肩在前，大泽一郎在后进了慰安妇大宿舍，刚一露脸，朴巧巧就乐呵呵的口气问："嘎丽娅妹妹，以往不都是上午换药吗？怎么大晚上的换上药了呢？"

"你耳朵不好使，"曾丽娇一旁说，"你没听着刚才大泽一郎副司令到小间里和嘎丽娅妹妹，还有她母亲商量明天一早就要回去准备当新娘了。"

这两人也是借此压惊，以显得自然，朴巧巧问："大泽一郎副司令，是真的吗？"

大泽一郎一瞪眼回答："少关心我的事儿！"

"哎——"曾丽娇一旁说，"我听到你们在小间里商议时还想，我和巧巧姐能不能去给嘎丽娅妹妹当伴娘呀……"

"也不想想你们是干什么的，"大泽一郎说，"有资格给我的太太当伴娘！"

朴巧巧刚要开口，冯俊妮制止说："都少说几句，给我们的喜事儿增添点儿喜庆吧。"

她的话说完，三人也就走到小间门口，大泽一郎很有礼貌地说："亲爱的，晚安，明天一早我送你们。几点钟走？"

"当然是越早越好，"冯俊妮说，"这里三点多钟就亮天，路途又远，早回去好早准备，心里踏实呀。"

"好的，"大泽一郎说，"那就三点半，我安排好车在门口等你们！"

冯俊妮说："那，就这么定了。"

金玉姬趴在窗台上看见大泽一郎一走，就急忙和站在门口送大泽一郎的冯俊妮和嘎丽娅摆了摆手，两人立即回了屋，朴巧巧拿出那张图纸说："俊妮大姐，完成任务了。"

冯俊妮紧紧抱住朴巧巧和曾丽娇说："太感谢你们了。"然后松开问："没留马脚吧？"

朴巧巧和曾丽娇都抢着说，那怎么可能呢，冯俊妮感动地流下了眼泪。擦一擦说："两位朝鲜妹妹，不知我走了会不会给你们留下麻烦，看来，我明天带不出你们呀。"

朴巧巧说："俊妮姐，没关系，只要你能把这图纸带出去交给抗日联军，或者是苏联红军，快点消灭这些日本鬼子，我们就是死也值了，不然，也是让这些畜生活活作践死！"

"玉姬妹，"冯俊妮转脸说，"我看，这几天你脸色有些好转，要好好活着，我一定想法来救你们！"

只有感动，只有眼泪，没有声音，这凝聚了浓浓的感情，是任何一种感情都难以比拟的。这让冯俊妮和嘎丽娅深深感受到，朝鲜人民是伟大的！

冯俊妮拿着天长山地塞地理位置和秘密入口图回到小房间，想来想去，不知藏在何处，嘎丽娅和冯俊妮打手语比画，决定藏在鞋垫底下，冯俊妮竖起大拇指赞许："这里最安全。"

这一宿，不仅是冯俊妮和嘎丽娅睡不着觉，朴巧巧和曾丽娇更是。她俩大杀大砍时没觉得怎么样，事后都怕起来了，也趴在窗口直瞧着大泽一郎的宿舍门。她们瞧着，天空由浓黑变淡黑，由淡黑变淡白。忽见司机敲大泽一郎的宿舍门，大泽一郎打着哈欠，边披衣服边推门走了出来，指指慰安妇宿舍门口，吉普车停稳时他也赶到了，轻轻敲了一下小间的窗棂，嘎丽娅把衣服刚脱掉，边穿衣服边回应："来了！"

朴巧巧和曾丽娇见此也松了一口气，急忙躺下盖上薄被假装睡起来。

冯俊妮和嘎丽娅一出门，大泽一郎便殷勤地拉开前车门，嘎丽娅揉揉睡眼，笑笑要上车，大泽一郎抱住她要接吻，嘎丽娅笑笑说："一切都留在后天。"

大泽一郎也笑了："好吧，一切都留在后天，其实只有二十多个小时了，我等着。"

冯俊妮慢腾腾拉开后车门就是不上车，一脚车门梯一脚地下说：“大泽一郎副司令，我有件事情不知是否要求过分？”

大泽一郎说：“没关系，你只管说！”

“反正鲁老板也没什么事儿了，我们好孬都是一起做生意的伙伴，我能不能把他也捎回去？”冯俊妮说得很自然，“听你那么一说，我觉得他够冤枉的了，你看怎么样？”

“这——”大泽一郎说，“等等，我去问问大泽小野司令吧。”

“不，不，”冯俊妮说，“要是添麻烦就算了。”

嘎丽娅酸溜溜地说：“大泽一郎副司令不愿意给个方便就算了。妈，多一事不如少一事儿。”

大泽一郎一听，立即说：“好，走吧，可以。”他让司机把车开到禁闭室门口，上去拉开门，见鲁大棒子咬着牙，艰难地翻身坐了起来，唯恐嘎丽娅听不清，大声说：“鲁老板，你没事儿了，嘎丽娅给你求情，让你坐我的车回绥芬河镇，快点！”

鲁大棒子气哼哼地站起来，一步一颤地走出门上了车，要关车门时说：“不够意思，大泽小野司令太不够意思！”

“算了。”冯俊妮说，“受点苦，总算证明你是清白的就好了，皇军是讲理的，人家也是为了大东亚共荣着想。”

“对，你该这么想就对了。”大泽一郎帮着把车门推上，右跨一步向嘎丽娅打招呼：“亲爱的，后天早晨见。”

嘎丽娅摆摆手：“亲爱的，后天早晨见。”

大泽一郎嘱咐司机：“多注意，稳一点儿开，快去快回。”他朝门卫一挥手，沉睡的电动铁门慢慢开了，吉普一出铁门又关了。

吉普车右拐上了沙石马路，速度逐渐加快起来。

嘎丽娅回头瞧瞧冯俊妮笑了，算是松了一口气。

吉普进入了山路，两边是茂密的原始森林，坐在后排的冯俊妮对鲁大棒子打了个要掐死鬼子司机的手势，鲁大棒子点了点头。冯俊妮对鬼子司机说：“师傅，能不能把车停在路边上，我有点尿急。”鬼子司机一踩刹车，把车停住了。冯俊妮猛跃起狠狠掐住了鬼子司机的喉咙，司机伸手去摸枪时，早已被鲁大棒子抽出，使劲攥住子弹筒对准他的脑袋狠狠砸去。嘎丽娅也去掐鬼子司机的喉咙，鬼子拼命挣扎，鲁大棒子借机又是猛一枪托，鬼子很快瞪眼、蹬腿了。三人一起把鬼子拖下车扔进了森林树丛子里。冯俊妮说了声：“快。”嘎丽娅跳上驾驶室启动了车，沿着山路直奔地下森林抗联营地而去。

嘎丽娅驾着车驶上一个上坡，马上就要上岔路绕出老林子，忽听吉普车疾驶的声音，郎当驾车，邱野在副驾驶室。他们昨晚就到了八家子村，刘老五撒谎免了苦刑，是想对付一会儿是一会儿，他这个软骨头实在受不了那罪。一进村，他就指着一幢被烧了的房子说：明天让他秘密联络的就是这一家。邱野和郎当找到村长，村长说这家人搬到镇东头一条街中间，租了房开起小食铺了，邱野一听，只好奔绥芬河镇而去。邱野坐在副驾驶室里也听到右方山路上驶来了汽车，汽车一露面，他便看出了是大泽一郎专用的那辆大吉普车，一下子停在了嘎丽娅驾车行驶方向的前头，明显是要搭茬说话。

“母亲，鬼子司令部的车，”嘎丽娅瞧着冯俊妮说，“别慌，我停车后，从后车门下车去和车上的人搭话，你在车里打冷枪。”

冯俊妮点了点头。

鲁大棒子说：“我就见机行事儿。”

距离郎当开的车还有三十来米，嘎丽娅停下车，爬到后排座推门下了车。邱野也下了车边迎着嘎丽娅走边问：“大泽一郎副司令在车里吧？”

“你这个人，”嘎丽娅酸溜地说，“你怎么就关心当官儿的，先不说这个，我有事相求……”

邱野连忙回答说：“祝贺呀，很快就是副司令的夫人了，只要能做到，有求必应！”

嘎丽娅指指他坐的车说：“是郎当警官开的车吧，让他也过来我一起说，需要你俩帮忙。”

“是郎当，”邱野打招呼，“郎当过来，准司令夫人嘎丽娅有事要交代。”

郎当叼着半支烟推开车门走了过来。嘎丽娅说：“我这次回去准备一下，明天一早大泽一郎就来我家接亲……”她说着故意转了转身，让他俩后背朝着自己开的车说：“你说，这大泽一郎也太着急了，后天就要来接亲，让你们说，姑娘出门，那事儿多了，我母亲要准备陪送品，我要到教堂，还要买嫁妆、洗澡……”

郎当色眯眯地瞧着嘎丽娅说：“喂，大美女，洗澡可要洗干净呀，大泽一郎——”

冯俊妮已经瞧准了机会，首先对准邱野后背心脏位置就是一枪，郎当猛醒要去掏枪，冯俊妮对准他的脑袋又是一枪，两个家伙顿时倾倒在地，血流如注。邱野没死利索挣扎着要去掏枪，鲁大棒子冲上去一脚踩住他要掏枪的手，另一脚狠狠朝他的胸前踹去，他紧跟郎当上了西天。刘老五见势不妙，见冯俊妮持枪过来，吓得一下车就跪在地上求饶。冯俊妮二话没说，对准他的脑袋就是一枪，要了他的命。鲁大棒子和嘎丽娅各自去拎了一支手枪急忙回到吉普车上，嘎丽娅加足马力驾着吉普车飞一样疾驶起来。

鲁大棒子赞叹说：“姑娘这车开得好熟练呀！”

“嘿，”冯俊妮说，“这是十三岁那年开始，他父亲教的呢。”

……

第二十三章

昨晚这一宿，大泽一郎没睡好，心里盘算了一遍又一遍。想着天亮后把嘎丽娅送走，想等父亲一起床就和他商量动用什么人，怎样布置新房，想着把嘎丽娅接回来怎样度过新婚之夜，就这样翻来覆去不能入睡，看了不知多少次时间，终于盼到天亮了。大泽一郎送走嘎丽娅后回屋躺在床上想了一会儿，不知不觉睡沉了，过了一会儿隔壁大泽小野房间里电话铃声、远处的炮声、枪声搅在一起把他惊醒了。大泽一郎揉揉眼睛坐起来，隔壁的电话铃急促地响个不停，他心想，奇怪，父亲为什么不接电话呢？睡得这么死吗？他急忙起床出屋来到大泽小野门口，电话还在响，他敲门不见回声，喊大泽小野也不见回声，门又推不开。他找来劳工撬开门一看，大泽小野身首异处，满床是血。大泽一郎看到此景差点儿晕倒，他镇静一下急忙去接电话，一接起电话，就挨了冈村宁次一通臭骂，立即回话说，“报告冈村宁次司令，我不是大泽小野，是大泽一郎。”冈村宁次又是一通臭骂后，大泽一郎说了大泽小野被砍杀的事情，冈村宁次发命令似的说：“先不说这个，情况十万火急，苏联红军和东北抗联很快就要打到牡丹江了，你启动所有车辆，把2000多官兵，如果慰安妇可靠的话也一起，再挑一部分劳工统统送进天长山地下要塞去。现正式任命你为开拓团司令部司令、天长山地塞总指挥，火速行动……”大泽一郎请求说：“明天撤行不行？”又挨了冈村宁次一通骂，他急忙说：“我现在就安排紧急行动，带领司令部一部分的重要官兵往天长山地下要塞赶……”

大泽一郎正要请求还有什么嘱咐，忽听话机里传来了“轰隆”一声巨响，那是多枚炮弹一起落在了关东军司令部的楼房顶，顿时血肉横飞，瓦砾和砖石四迸。

远处传来了炮声、枪声，大泽一郎喊来警卫兵，吹起紧急集合哨声……

车轮急速飞转，但，车子很稳。嘎丽娅放心地把车开进绥芬河镇，停在了恰巴萨克皮货店门口。冯俊妮简单说了两句情况，他们一伙都上了恰巴萨克的俄罗斯造吉普车，直奔地下森林抗联营地而去。

战大辛昨天就得到电报，东北战场上，日军已在哈尔滨、佳木斯等城市失败溃逃，正集中兵力守住一些主要城市，已没有精力扫荡边缘地带。他们刚把石砬子山洞里的劳工营救所、伤员疗养所都搬进了地下森林营地，正在安置。冯俊妮首先递上获取来的秘密图纸，大家十分兴奋，只有小棒子顾不得听那些，见父亲终于脱离了虎口，却被折磨成这样，又辛酸，又高兴，扑通一声跪在地上说："父亲，没想到我一时激愤砸了隆良村碑，给你惹了这么大祸……"

"孩子，吃一堑长一智呀，"鲁大棒子说，"不过，要是不给大泽小野这点线索，我和你冯姨也不会有机会进日本开拓团司令部呀，这么说，你还立了功呢，父亲那一巴掌打错了……"

小棒子化泣为笑了。

"小棒子，快起来吧，"冯俊妮笑笑说，"没有你这一砸，我也认识不了朴巧巧、曾丽娇那些朝鲜姐妹……"冯俊妮和嘎丽娅互相补充，把获取秘密图纸的前后一说，大家都为朴巧巧、曾丽娇做出的贡献感激不已、敬佩不已，也为她们的遭遇愤慨不已。有人说，立即去攻打开拓团司令部，救出朝鲜慰安妇还有劳工。战大辛安排人先去给鲁大棒子上药，然后接话说："应该，不过，凭我们的力量是不够的，我们可以联络苏联红军或抗联大部队联合作战。"他急忙要来秘密图纸一看，天长山地下要塞在天长山所处的位置以及三个秘密入口处了然在目。祁荣久拿起图纸说："我在山上打猎三十多年，要是不看这张图纸，就是告诉我在什么位置也找不到。鬼子，鬼子，小日本鬼子真是狡猾。"战大辛说："大泽小野还把这张图揣在背包里不离身，再鬼也没鬼过我们的冯俊妮和嘎丽娅呀。"

在场的人都笑了，不知道谁一带头，竟给这娘俩鼓起了掌。

“同志们，别鼓了，”战大辛摆摆手说，“彭立志同志，你在疗养所懂得餐饮，去安排庆祝晚餐，欢迎冯俊妮、鲁大棒子和嘎丽娅胜利归来，也同时欢迎绥芬河中苏联合情报站的站长恰巴萨克参加我们的欢庆晚餐。把冰池里的好吃的野味儿多拿出一些！”

“没问题，”彭立志说，“请首长放心，我打鬼子可能比人家冯老板、鲁老板差，要说琢磨吃喝，恐怕这里还没有比过我的！”

“别吹了，”靳晨光说，“伙计，快去吧！”

战大辛笑笑说：“靳晨光，你马上通知攻克天长山地下要塞特别行动大队的中队长，秘密联络站的同志，另外，吸收小棒子，还有马永江、张有孝、林天新三位被营救的劳工也参加，越快越好，就在第一会议室开个紧急会议。”

靳晨光进了广播室，打开播音器电钮，拿起话筒发开了通知：“同志们请注意，请注意，现在播送通知……”

随着通知播出，被点到名字的人开始一个个往第一会议室走去。

第一会议室是专门召开小会议的场所，长方形的大会议桌是用桦树杆拼并成的，和桌一样长的大长条凳子也是用桦树杆拼并成的，所以也叫“桦树会议室”；第二会议室则是像茶馆一样，用柞杆制成一个个小方桌、小凳子，可供三四个人商议事情或谈心，就叫“柞树会议室”；第三会议室则像大礼堂一样，只是拐拐角角，棚底高矮不一，面积老大，可以召开两千多人的大会，又完全是用杨树搭的主席台、会议凳，又叫“杨树会议室”。抗联总队的领导来视察很有兴致地说，别看有人说咱抗联队伍土气，这番营地就三个特点：正规化、特色化、战斗化。等打走日本鬼子，我们建立了人民当家做主的国家，这里就是一个抗日战争纪念馆，每一名在这里战斗过的同志，都要留一张照片。这番话给了大家庄严感和自豪感。

战大辛听靳晨光报告说人已到齐，便底气十足地说：“今天会议的形式就是我先说，做个抛砖引玉，然后大家一起讨论，中心议题就是如何尽快攻克天长山地下要塞，那么，我首先讲四点：第一，东北抗日战争形势问题。自苏联红军从三路与抗联紧密配合作战以来，仅二十多天，就歼灭鬼子五万八千人，还缴获了大量的武装，形势正朝着乘胜前进的方面发展，关东军已开始分崩离析，日本必败大势已定；第二点，我们特别行动队的任务。大家知道，我们这支特别行动队就是为了攻克天长山地下要塞成立的，昨日接到抗联司令部电报指示，司令部为了全面展开对日寇的围剿，要求我们不要因为东北抗日战场形势好，就有依赖思想，还是要以我们的任务为主。当然，必要的时候，抗联部队和苏联红军会给予支持和配合，会后，请靳晨光同志立即安排人将天长山秘密图纸复制一份，由恰巴萨克同志立即转给苏联红军……”

恰巴萨克一旁应话说：“没问题。坚决完成任务！”

战大辛笑着点点头继续说：“第三，从失败中吸取教训，以利再战。一周前，我带领祁荣久、马永江等五名同志组成侦察小组，根据马永江等三名被营救劳工提供的情况，准备摸清路线，找准天长山地塞的秘密入口，然后制定作战计划。万万没想到，鬼子在距秘密入口很远处就设了秘密防线，我们都没能穿过去，损失惨重，有四名战士壮烈牺牲。这就给我们提了个醒儿，怎样突破鬼子的秘密封锁线，成了攻击天长山要塞的第一关，这需大家出谋划策。如何来打好这第一仗……”

战大辛正要往下讲，情报员喘着气跑进来，站在战大辛面前先立正，然后打个举手礼说：“报告首长，有紧急情况向您汇报。”

战大辛说：“好，请讲。”

“根据我们得到的可靠情报，”情报员说，“今天上午八时许，开拓团司令部里大约两千多鬼子兵，还有一些慰安妇、劳工被强行逼着往天长山地塞逃去……”

小棒子急得站起来说：“战大队长，咱们赶紧追击吧？”

“就靠你这大棒子？”战大辛笑笑说，“怎么样，刚检讨完，又犯急性病了。”

冯俊妮说：“我在那里住了两宿观察了，确实有两千多鬼子，据说是关东军的精锐部队，三八式步枪、机关枪、大炮、坦克都有。”

嘎丽娅补充说：“大泽小野宿舍小后院，还有两架小直升飞机。”

小棒子说：“那也不能眼看着老鼠夹尾巴往洞里钻，咱们无动于衷呀。”

“怎么能叫无动于衷呢，到时候，我们可以关上洞门打老鼠呀。那时候，你的大棒子才能起作用。”

小棒子又要说什么，被鲁大棒子截住了：“你别说了好不好，战大队长的讲话还没完呢！”

“快了，”战大辛一笑说，“第四个问题就是要做艰苦斗争的准备。你们想呀，我们找到入塞口都这么困难，连鬼子的秘密防线还没突破，进塞或者是让鬼子乖乖投降出来，要有多大难度呢！”他话一转继续说：“眼前的重要任务是如何突破秘密防线，先攻上塞口……”

在开拓团小医院时鲁大棒子就敷了药，特别是回到了抗联队伍，又见到了儿子，精神头一下子足了好多，身上也有力气了，他接过战大辛的话说：“在座的各位，我听战大队长的话，看来要攻克鬼子的秘密防线，只能智取，不能强攻，因为鬼子在暗里，咱们在明处，现在的问题是搞不清那些暗处都在什么位置……”

“对，说的对，”战大辛说，“鲁老板，你有什么好办法没有？”

鲁大棒子说：“我倒想了一个，不知可不可行？”

战大辛说：“鲁老板，你快说说看。”

鲁大棒子扫视一下四周说：“在座的各位，你们都听说过诸葛孔明草船借箭的故事吗？”

在座的人有的说听过，有的说没听过，战大辛说：“鲁老板，你有什么话就尽管说吧。”

鲁大棒子讲完草船借箭的故事，说：“受这个启发，我就设想，学习古人的智慧作战，将攻克鬼子的秘密防线分两路军。首先，找一个没有月光的夜晚，一路军爬行前进，每个人举着一个穿衣服的草人，扎草人的时候，多半躬着腰端着木枪前进，也有的站着；另一路军子弹上膛，手榴弹备好。一进防线区，鬼子向一路军草人开枪，二路军专门留意哪里飞出子弹，就往哪里扔手榴弹……”

他的声音没落就响起来一片掌声。这时，守护队一名战士领进三名红军来，没等守护员介绍，嘎丽娅捅捅冯俊妮问：“那大个儿的是我父亲吧？”冯俊妮激动地点了点头，嘎丽娅禁不住站起来扑过去：“父——亲——”

撒夫林克紧紧抱住嘎丽娅说：“哎呀，我们姑娘长这么大了，这么漂亮了……”

冯俊妮主动给撒夫林克介绍了战大辛等人，战大辛请撒夫林克坐到了自己身旁说：“撒夫林克大校，你带两名战士突然而来，一定是有重要公干，就说说吧，在座的都听听，没问题吧？”

“没问题，”撒夫林克说，“当然有重要公干了。首先，我代表出征中国参加抗日的苏联红军指挥部，向在座的中国抗日的兄弟们致以战斗的敬礼！”

随着他的敬礼，两名红军战士也随着敬举手礼。

在一片掌声中，嘎丽娅抱住冯俊妮的胳膊说：“母亲，父亲比我上次见时可威武多了！”

冯俊妮拍拍嘎丽娅的脑袋说：“是啊。”

“母亲——”嘎丽娅紧抱着冯俊妮的胳膊说：“通过这次进开拓团获取秘密图纸，我才看到您的真本领，您真是英雄！”

冯俊妮趴在嘎丽娅耳朵上说：“父亲瞧你了，快听说些啥。”

撒夫林克一直瞧着久别的妻子和女儿说：“我这次来的目的，主要是和我们抗联的朋友沟通一下攻克天长山地下要塞的事。我首先给大家说抗日形势吧。”

“好啊，”战大辛说，“我们在这只接到一些内部电报，几乎都是指示性的。这里交通不便，消息闭塞，撒夫林克大校，快说说吧。”

“好，我说，形势是很令人振奋的，”撒夫林克铿锵有力的声音似乎震荡得这山洞嗡嗡作响，“8月6日和8月9日那两天，美国向日本的广岛、长崎扔了两颗原子弹，相继，九十多架美国飞机从我国四川起飞，对日本多个城市进行轰炸，日本军国主义无情屠杀、轰炸中国上海等城市，这回，也尝到了被轰炸的滋味……”

“听说原子弹这玩意儿厉害呀，”鲁大棒子说，“解恨！真解恨！”

撒夫林克接着说："我们苏联红军分三路杀进东北以后，和东北抗联联合作战，所到之处，打得日本鬼子丢盔卸甲，狼狈不堪。8月15日中午12时，由日本播音员主持，日本天皇对日本国民亲自宣读了诏书，接着播放《君之代》国歌乐曲，歌曲结束，日本天皇宣布无条件投降……"

会议室一片欢腾。

"这期间，"撒夫林克说，"关东西军开始有组织地投降，苏军进入沈阳，五万多名日本兵缴械投降。八路军挺进东北，配合抗联、苏军一起作战，八路军从苏军得到了缴获的大批武器，有3700门火炮、反击炮和掷弹筒，600辆坦克，26架飞机，1200挺机枪，680座各种军用仓库，松花江舰队的船只等。"

彭立志激动得要喊出来了："太棒了，怎么不分给我们点儿，要有这些武器，我们早把开拓团打趴下了。"

撒夫林克笑着说："另外，还有一点，苏军第一军团已经攻克了牡丹江市，消灭日军四万多人……"

马永江又耐不住了："牡丹江市离天长山地塞不过百多里路，怎么不打过来一起灭了狗日的呢？"

"这问题就是我下面重点要说的，"撒夫林克说，"已经这时候了，关东军一些团队不相信天皇已经宣布投降，像开拓团司令部，就已经逃进了天长山地下要塞。据可靠情报，撤的时候，人是步行，车全部拉着武器，准备负隅顽抗。东北，还有其他地方也有类似情况。提到天长山要塞问题，东北抗联司令部认为这场攻坚战情况特殊，还是由你们特别行动大队来完成。"

战大辛说："没问题！"

"我来的任务就只有一个，"撒夫林克说，"就是要详细了解一下情况，回去汇报，你们有需要援助的尽管说。"

"好啊！听了撒夫克林大校的话很振奋呀！"战大辛侧下脸对撒夫林克说了一句，又面向大家精神抖擞地说，"同志们，东北抗联司令部把这任务交给我们好啊，太好了！日本鬼子投降了，如果这点收尾仗都不交给我们，等到全面胜利了，回想起参加抗联这段生活，别人问我们，你们打死过多少鬼子呀。我们怎么也不能说，就守着地下森林了，你们说对不对？”

一片呼应声：“对！”

战大辛激动地站起来说：“同志们，非常感谢撒夫林克大校给我们带来这么多好消息，他还准备需要的时候支援我们攻克天长山地下要塞。来，大家热烈鼓掌表示衷心的感谢吧！”

掌声响起，洞壁上发出回音。原音与回音交织在一起，激烈而持久，一起飞旋着、回荡着，时间越长，声音越响，像一支节奏明快的高低音搭配的二重唱乐曲，充斥了整个桦树会议室。

“同志们，停吧停吧。”战大辛摆摆手说，“我前几天因差顺便回家一趟，可知道这夫妻久别、父女久别的滋味。祁荣久同志，快安排个单独房间，让撒夫林克大校和冯俊妮娘俩在一起亲热亲热吧——”

“这不好吧？”祁荣久反问战大辛一句。

战大辛眼一瞪：“有什么不好的？”

“咱们这里有的是房间，”祁荣久说，“为什么三个人一个房间呀，我的意思是冯老板和嘎丽娅一个房间，撒夫林克大校一个房间，至于安排完了他们三人怎么串通，我就不管了。”

祁荣久的口气还有点滑稽味儿，逗得哄堂大笑。

“你瞧我这脑袋，怎么一根筋不拐弯呢，光想打鬼子高兴了，”战大辛拍拍自己的脑袋说，“你就安排吧，我不管了，反正好人是让你当了！”

又是一阵哄笑。

……

第二十四章

撒夫林克走后，战大辛就组织地下森林军营的所有官兵以及被营救后恢复健康的劳工、伤员开始夜以继日地扎草人。最主要的是要盼来一个阴云密布大雨瓢泼的夜晚。可是一天天过去了，总是晴天，夜晚月亮又是那么圆，皎洁的月光照得世界如同白昼，真是天公不作美。战大辛和他的战友们熬过了一个白天盼来一个夜晚，站在洞口望天空，盼望皓月下的哪片云彩能变黑变浓，变得电闪雷鸣。天公似乎与他们这支特别队作对似的。一阵轻风吹来，把飘飘落云吹得飞絮一样，渐渐向周边散去，很快融化在了广阔无边的天空里，有的战士竟骂起了老天。

天公哪里会是有意和他们作对，日转星移，刮风下雨，虽不定时定日，终有它一定的规律。夜半时分，护卫队员突然跑进战大辛的房间报告：天还不黑，就昏暗下来了，还有雷电闪闪、风雨交加，孔明草船借箭好不容易借到了东风，战大辛草人骗子弹好不容易借来了这阴霾滚滚，风雨交加……

战大辛率二百多精兵强将，浩浩荡荡地出发了。情报员早已传来消息，绥芬河镇内已经没有一个日本鬼子影儿了，警察署也已空，连同地方保安队的人也不知都到哪里去了。所以，进发的队伍不必偷偷前进，不知谁一起了头，还边行军边唱起了《义勇军进行曲》。当然，他们出了峡谷后，隐蔽的森林车队也不必再有暗号，车厢还插满枝条再出来。战大辛带队上了带路车时，三辆大卡车已经在等待了，车上还贴了大红标语：“庆祝抗日战争的伟大胜利！”“坚决打好攻克天长山地下要塞这一仗！”“世界和平万岁！”一辆辆车在风雨中前进，车前边不远就是开拓团司令部了，已经能清楚看到前几日的司令部已成了一片被炸后的瓦砾，这是苏联红军攻占牡丹江后，一直转战到此开的炮，可惜晚矣，大泽一郎已经带领大队人马奔天长山地下要塞去了。

三辆大卡车要擦废墟而过时，马永江发现在厨房残墙旁有人露了下头，他向战大辛报告后，战大辛下令停车，一百多名抗联战士呈圆形围拢了过去，渐渐逼近，战大辛喊："什么人？快出来!"

没有回声。

战大辛又喊："什么人？快出来，你们已经被包围了!"

残断的墙里确实有人，这人随着露出半张脸冲着战大辛"砰！砰！砰!"就是三发手枪子弹。

战大辛小声对马永江说："看来，你没看走眼，不是日本鬼子就是狗特务。"

里边的人听到脚步声渐渐逼近，又一露脸射出了一颗子弹，就在一个战士胸部受伤倒下时，从另侧围上的彭立志等十多人一起对准露出的脑袋开了枪，又一个露头要开枪的人也中了弹。原来，这里就两个人，这两人同时站出来，从腰里抽出手雷拽一下小绳后，大喊："誓死不投降！天皇万岁!"

然后把手雷在脑门一碰便放在胸口，随着"轰"的一声，胸部被炸开了。

战大辛首先冲过去，马永江跟过去用脚踢了踢两个死尸的头，又说："战大队长，这个是洼岛诚郎副司令……"

战大辛问："真的?"

马永江说："是他，剥了他的皮也能认他的骨头。这家伙太坏，太狠，就是他常去劳工大棚宿舍，只要发现有劳工躺着有气无力的，就让人拉出去装上车扔进万人坑喂狼!"他说着一个脚踢，那血头飞出了断墙。

战大辛又问："这个呢?"

"这个不认识，"马永江说，"看这穿着应该是个小队长。"

这时，百多名战士已经围拢了上来，战大辛说："同志们，我本来想抓活的也审审日本鬼子，看来不行了。你们看见了，听见了吧，这就是日本侵略者残害中国人民，残害自己，所谓的武士道精神。其实，是一种亡命徒的变态精神。"

抗联战士们个个义愤填膺，指斥声、骂声响成了一片。

战大辛说："这件事告诉我们，鬼子开拓团这支部队逃进了天长山地下要塞，会非常顽固地坚守，我们要做艰苦卓绝的战斗准备，坚决拿下天长山地下要塞，争取和正在战场上收尾的苏联红军、八路军，来一个胜利大会师，大家有没有决心？"

一片粗犷有力的喊声直冲夜空："有！"

战大辛纳闷地问："这两个家伙躲在这里，是怎么回事儿呢？逃往天长山地下要塞，落谁也落不了他这个副司令呀……"

谁也不知道这里的谜。

原来，大泽小野安排洼岛诚郎带领邱野和郎当让刘老五带路，去八家子村抓捕抗联的联络员，到了八家子村，听村长说那家搬去了镇里。洼岛诚郎信吧，觉得这个刘老五是个滑头，不太靠谱；不信吧，又没有事实根据。这时，儿子被杀一事再次涌上心头，他焦躁不安。刚上车碰见新派进的小队长中野小星，他与这人是大阪同乡，中野小星说请他到屋里坐坐说说公事，他思忖一下便让邱野和郎当带刘老五去了，说有情况及时来报告，并一再嘱咐，没情况时回来路过这里把自己捎上。他跟着中野小星来到被抢占的一家农民屋里，找来日本移民妇女做了四个小菜，他俩喝起酒来。大泽一郎率队逃走的声音他们没听到，苏联红军炮击营地的声音惊动了他和中野小星，看着一片火光，他们以为全军覆灭了。天黑了，两人悄悄赶到营地，都不知如何是好，也不知去哪里是好。

……

天大黑了。战大辛率队来到了日本鬼子运藏物品的卸车点。战大辛对照秘密图纸，和马永江第一次领路来时是一个地方，张有孝、林天新也确认无疑。

一场草人骗子弹的智慧战开始了。

马永江打头，三十名抗联战士各抱一个穿衣戴帽还手持步枪弯腰慎行的草人，匍匐前进着，就像耍驴皮影的艺人一样。他们没走多远便个个满头大汗，尽管临出发时每人在头皮上、脖子里都涂了防蚊油，脚上都穿袜子还扎紧了裤脚，但汗水冲洗之后，防蚊油淡了、没了。那些小咬、蚊子和小刨锛的嗅觉特别灵敏，特别是肉香味儿，老远就能嗅到。这时它们都穿过树枝缝，钻越草棵，嗡嗡嗡飞奔而来，狠狠地叮咬战士们。最可怕的是那小咬，飞来听不见声音，落时感觉不到，钻进头发里就不出来，直到撑死……战士们就像鲁大棒子受日本鬼子的蚊虫会餐刑一样，每个人都忍着，忍着……

突然，随着一个石窟里飞出一梭子弹，树洞里、草丛棵里、石洞里大约二十多处子弹擦火出膛飞向一个个草人。有的草人佯装倒下，有的在弯腰继续前进。跟在草人后面的六十多名战士冲着闪出枪出膛的火光处掷着一颗颗手榴弹。顿时，飞出子弹的地方碎石如雨注飞上了天，鬼子的惨叫声声……

按着战大辛事先的部署，十多个躺下的草人又站了起来弯腰前进，只有三处又飞来了子弹，多枚手榴弹一起向这三处飞去，很快传出了鬼子的惨叫声。又有三个草人站起来继续前进，只有一处飞来子弹，十多枚手榴弹一起飞去，这里的鬼子被炸得最惨。

三十多个草人一起站起来躬腰前进，前进，再没有一颗子弹飞来，战大辛猛然站起来高呼："我们胜利了！"抗联战士也都一起站起来，蹦跳着，举着枪欢呼："我们胜利了……"

呼声像胜利的凯歌在天长山的夜空里飞荡，一直传出很远很远。他们不喊了，还听着峡谷远处的回声在响。细听，还有旋转声，那是这声音传向临近山谷石壁，又产生了小小的回响。原声伴着回响在飞荡，在轻轻擦着树叶飞翔，细听，多么美妙的抗日夜曲呀。要是把它录下来播放，讲述这草人骗子弹的故事，说不定会让多少人心情激荡，让史学家或文学家整理出来写成小说传奇，会成为孔明草船借箭之后，又一传世佳作！

战大辛征求大家意见，不再往上攀登。天黑山陡不说，根据秘密图纸的注明，只知大概的位置和距离，还是说不准是什么样的开口，据分析绝不是洞朝天。大家找了一个树木稀少的林中小洼地，十来个人一组，从老树上掰下干枝，点起篝火，熏走了蚊虫，都开始涂抹防蚊油。

一堆堆篝火照亮了林中小洼地，也照亮了一片天。

"你看大家伙这激情劲儿，"战大辛瞧瞧十堆篝火说，"要是有头野猪来个烧烤，可就棒了！”

“喂，战大队长——”祁荣久说，“野猪可不好弄，要是有狍子烧烤吃会怎么样？”

“行啊！”战大辛说，“你有办法打到狍子？”

祁荣久说：“战大队长，你选几个枪法好的跟我来！”

“选什么呀，”战大辛说，“除了新来的马永江、小棒子等，其他人枪法都可以呀，深更半夜上哪儿打狍子去呀？”

“听我说呀，”祁荣久说，“我先讲讲规则。”

战大辛选了整整十个好枪手聚到了祁荣久的篝火边。

祁荣久说：“我会学狍子叫，尤其会学母狍子叫。我这么一叫呀，近处的公狍子和小狍崽儿就会跑来，那狍子跑起来是一纵一纵的也不好打，但是，管它能不能打准，也要打。我们在林子住打猎为生的都管狍子叫傻狍子。你打枪打不着，它扭头撒腿就跑，跑不多远就要停下来回头看看，到底发生了什么，这一停一回头，正是好瞄准好打的节骨眼儿……”

“嘿，妙，”战大辛拍一下祁荣久的肩膀头说，“你不说我还忽视了，你祁荣久是猎户出身呀！”大家一阵叫好，战大辛说：“这都说小鬼子、小鬼子的，你说那洼岛诚郎和那个小队长，哪儿去躲都能躲几天，主动去投降还能留条命，又回头到被我们炮轰过的废军营了，这不也是傻狍子吗。”

大家哈哈一笑，好几个人赞许地迎合说，什么他妈的小鬼子，是傻狍子一个。

“走！”战大辛对围着篝火的人一挥手，又对其他篝火边的战士说，“听到枪声别紧张呀，我们去打狍子给大家烧烤吃。”

抗联战士们一片欢呼，有的开玩笑说：“战大队长，可别连根狍子毛都弄不来呀……”

“臭嘴！”祁荣久抢白一声说，“放宽裤腰带等着吧。”

祁荣久果然说得很灵，他们进了村子以后，往回拖狍子磨地的嚓嚓声、火烧狍子吱吱的冒油声、吃烤肉的咀嚼声伴着欢声笑语迎来了黎明。祁荣久又给大家出主意，在附近山林里采山葡萄、圆枣子吃。难熬的夜晚变成了欢乐的时光。

旭日爬上天长山顶，灿烂的阳光照射进森林，穿过密密匝匝的树叶撒在林地上，就像碎金子闪闪发光。抗联战士们踩着碎金般的林地前进着，马永江打头边走边踅摸着路径，战大辛不断看着手里的秘密图纸，上了一个小崖，攀上一个平坡，马永江指着前面不远一个鼓包说：“战大队长，我们扛的东西就放在这个平坡上往回返，估计地塞出入口就在附近。”

马永江胳膊还没落下，突然从手指处半截人高的粗树墩子后飞来两颗子弹，打中了他的头部和胸部，被林天新和靳晨光架着扶下了平坡。战大辛等数十名战士立即卧倒射击时，两名日本鬼子一纵身，嗖地跳进了一个树洞里。战大辛说了句：“四面搜索”，战士们立即散开向四方搜索前进，并不断打着冷枪。彭立志要往树洞口扔手榴弹，被战大辛一把拉住说：“要是入口，你炸塌了我们怎么进？”这时，又听见从树洞口发出了沉闷的钟声，四面搜索的战士再没发现有隐藏的日本鬼子哨兵，便都奔半截子树走去。

战大辛警惕地探探身子往下看，黑咕隆咚什么也看不见。靳晨光说：“这么深，两个鬼子跳下去不摔个粉身碎骨？”战大辛摇摇头，又瞧了瞧这直上直下又看不到底的黑洞说：“不，这里面一定有名堂。”

战士们都思考着，认为战大辛说得对，究竟有什么名堂，谁也说不出来。鬼子竟敞开口往下跳，肯定有秘密。

战大辛和战士们在树洞口呆望了好一阵子说：“这是一个入口，图纸上标着还有两个，走，咱们再去找那两个。彭立志同志负责警卫。”彭立志应了一声“是”，带领五十多人分别向平坡四处散去。

战大辛拿着图纸来到一个凸起的土包跟前一看，十分明显敞露着一个洞口，没有岗哨，没有警卫。往斜坡深处看去，传来了“嗡嗡”的机器转动声。仔细一瞧，只见一个偌大的东西在不停地转动，彭立志说：“战大队长，这是通风口，可能是大风扇在转动。”战大辛点点头，战士们也都认可是这么回事儿。看这通风口，听风扇叶转动，那声音就说明，从这里进，就会被绞个粉碎。

看罢通风口，战大辛又看了看图纸，向东北方向走去，下了平坡，不见任何建筑物。突然，彭立志旁边的一名战士像踩空了一样，接着，一块木板被踏破，露出一个大黑洞，这名战士紧紧抓住彭立志，战大辛又去拉拽，才把他拖上洞口。彭立志松开这名战士，探身瞧瞧洞底，黑咕隆咚，彭立志说："这是个熊瞎子窖，也叫兽窖，这是猎人猎大野兽用的。野兽一踩上这个木板再弹起来，很快扣绳拴住双蹄，旋转扣翻，野兽的两只后蹄就会被扣绳紧紧扣绑住，被反吊跌下悬挂在一根洞底的横杠上……"这时，"扑通"一声，从一个树丛子里蹿出五只山兔，这五只山兔想跑跑不了，原来都被绳子拴住，系在草丛里一个铁楔子上。祁荣久说："这是兽窖的诱饵，这些野兔一出来，被路过的野兽来抓捕时，野兽就会跌进这兽窖，不只是熊，也可能是野猪、老虎，看来，这是塞里的鬼子用来猎兽吃的。"这让战士们觉得，这三个入口都太诡秘了，绝不是轻易可以进去的，就是进去了，也会下去一个死一个。

靳晨光赶来向战大辛报告说，马永江同志的遗体已安排妥当。战大辛带领大家来到马永江遗体前，摘帽三鞠躬说："马永江同志，你是中国人民的好儿子。参加抗联不分时间长短，在对敌抗战中，你的勇敢与无畏，永远铭记在我们心里，你永远活在我们的心里，你是顶天立地大无畏的抗日英雄……"

他的话音未落，祁荣久攥拳举手大喊："血债要用血来还！"战士们齐呼："血债要用血来还！"然后放大声呼喊："打倒日本帝国主义！""抗日英雄马永江永垂不朽！""世界和平万岁！"口号一浪接着一浪，呼啸着向远方滚滚而去，刺破着天空……

彭立志等早已将采来鲜花发给战士们一人一束，战士们排成长队，由战大辛打头向马永江的遗体献花、告别。

张有孝和林天新悲痛难忍，声称要跳下洞去和鬼子拼了，被战士们紧紧拉住了，让战大辛狠狠批评了，然后一挥手说："同志们，下山召开动员大会，坚决与地塞里的小鬼子拼了！"战士们齐呼："拼了！拼了！"

战大辛留下十名战士安葬马永江。其他人跟着他朝山底走去，他们没有话语，都一个动作——那就是埋头前进。但"嚓嚓嚓"的脚步声会让人感到他们多么愤怒，他们憋足了力气，有一股不消灭顽固的日本鬼子决不罢休的气势。

队伍到了路边，战大辛让司机把车直接开到华语学校，让情报员立即发电报，通知地下森林营房里的全部战士，立即赶赴华语学校召开大会，那里的鬼子早已逃之夭夭，并请恰巴萨克站长电告撒夫林克大校，最好来一起研究下作战方案。

以往华语学校操场上黑压压的学生，变成了黑压压的抗联队伍。战大辛请撒夫林克做当前抗日形势的报告，自己做了近来侦察天长山地下要塞的情况通报。他的讲述从冯俊妮、嘎丽娅获取到天长山地下要塞位置图及秘密入口图，以至雨中侦察失败，这次草人借子弹打破鬼子秘密封锁线的胜利。特别强调三个秘密入口的危险与进入的艰难，告诉大家可以献计献策。然后分别将新编制的彭立志、靳晨光、祁荣久三个连定为第一、第二、第三突击队，满金仓为总队政委兼后勤生活总管，其余统统为大兵团部队随时准备入塞战斗，除准备好枪支、弹药、手榴弹外，小棒子被编进第一突击队，队员都带大棒子。鲁大棒子请战，因他身体尚未恢复，只能被编入冯俊妮带队的担架救护大队。嘎丽娅挑选了十多名能唱能跳的战士作为战地宣传队。河东大作和几名日本管理人员逃跑时什么都没带走，也没毁掉，有一套完整的乐器。参加大兵团作战的战士嗷嗷直叫，说憋了这么久，强烈要求参加突击队，让战大辛大喝一声，谁也不敢再吵吵了。经和撒夫林克商量，决定所有编队一起开赴天长山要塞入塞口待命，并带着帐篷和锅碗瓢盆及粮食、蔬菜、油盐等必需品，祁荣久插话说："秘密防线那些石洞、地屋就可以解决一大部分战士的住宿问题。"战大辛哈哈大笑说："对呀，我怎么没想到呢！"

各连由政委满金仓负责组织开始分头准备，连长和担架队队长冯俊妮，战地宣传队队长嘎丽娅，另特请鲁大棒子也一起查看秘密入口，参与研究战术问题。

战大辛带领撒夫林克等人来到通风口，先听了机器转动声音，量了洞口宽厚度、高度和水泥质量，估计了一下电扇停下来，扇叶尖与洞壁的距离。撒夫林克让人刨了一下洞口水泥壁，战士干刨只落个白点，又让战士在洞壁上扔一颗手榴弹，爆炸后上去一看只炸开了一层皮，露出了交叉盘结的铁棍儿网。撒夫林克说：“战大队长，你看，手榴弹才这个样，要是用炮弹炸，恐怕也就是一个小坑。还不知多厚，有多少炮弹才能炸开呀。”他又指指里面说：“这是通风口，不是一般的风扇齿轮，如果不是从根上炸，恐怕炸不坏。”

“轰炸可能不行，”战大辛说，“撒夫林克大校，要是真给它炸毁了，里面没了空气，里面的人就会窒息，我们攻进去也会窒息。再说，塞里还有不少慰安妇、劳工、华语学校的老师和学生。你不是说了吗，苏联红军、八路军和抗联给我们的目的很明确，日本天皇宣布投降，鬼子在各城市的部队开始有组织的投降、缴械，我们还是应该以劝降为主。看来，强炸强轰突破进去都不是最佳办法。”

撒夫林克大校点点头说：“看来，这也不是日本鬼子进出的主塞口。”

战大辛又带领大家来到窖熊口，祁荣久介绍了发现这塞口的情况。撒夫林克看了看铺陈草的木板，又看了一下拴着的兔子，嘿嘿一笑说：“鬼子，鬼子，小日本鬼子，连吃野味都有招儿。”

祁荣久说：“这里肯定有中国猎手。”

战大辛说：“那肯定是，恐怕这里也不是鬼子的入口。我们要是从这里进入，先把吊挂野兽的设备炸毁，下去时，我们在明处，日本鬼子在塞内暗处，不等我们反抗，就会被打击。不行，不行。”

撒夫林克点点头说：“有道理。我们再看看那个塞口吧。就是我们战士牺牲的地点吧？”

“是，”战大辛应着，带路来到了树墩子跟前，只见空心树洞往下黑咕隆咚，什么也看不见。

祁荣久说：“我们亲眼看见两个鬼子打了枪就跳进去了，等围堵的人赶到时，就是这样，看来，这是个人和物的主塞口……”

“应该是，”撒夫林克一耸肩说，“要搞清楚，这里一定有奥妙、有阴谋。这么深，要是鬼子就这么往下跳，还不摔成烂泥？”

战大辛为难地说：“看来这个主入口也不能强攻，就是攻进去还是摸不清里边的情况，也是无把握的仗。”

“这样吧，”撒夫林克说，“你们先在这里观察研究，我还有紧急任务要办。我回去也向首长汇报一下这个情况，看一下集中力量猛力轰炸行不行。”他停停又说：“不过，现在中苏联合抗日司令部的意见是，日本既然已投降缴械，对少数顽固分子，还是以劝降为主……你们再细研究一下吧。”他说完带领两个战士就要走，向嘎丽娅招呼，嘎丽娅一下子扑到他的怀里，他们互相吻了脸颊告别。他接着松开嘎丽娅朝冯俊妮走去，张开双臂要去拥抱。冯俊妮难为情地说：“这么多人像个啥！”撒夫林克收回双臂笑笑说：“你看，都是我快二十年的妻子了，还是不如我们俄罗斯人的习惯，那就入乡随俗吧——”说着伸出了有力的大手使劲一握，冯俊妮“哎呦”一声，战大辛一旁笑笑说：“怎么样，还不如让人家抱一抱，亲一亲呢。”

大家都笑了。

撒夫林克走后，战大辛让大家以连队为单位讨论，群策群力谋划作战方案。他来到第一突击连，彭立志、张有孝等人摩拳擦掌地请战说：“战大队长，成立个敢死队，我当队长，要是没人报名，有几个算几个，我们带着枪、手榴弹，估计底下是暄棉花之类的，下去摸摸情况……”战大辛说：“不行，明知山有虎，不能偏向虎山行，这样就是去送死！”

“这样牺牲没价值！”冯俊妮从旁边走过来说，“要是这样下去，都得送死！”

鲁大棒子在旁边听后走过来说：“咱们成功的经验为什么不用呢？”

冯俊妮问：“什么意思？”

“我明白了，”战大辛说，“弄两个假草人，用绳子拴着往洞里下，看看有什么动静。”

“对，”鲁大棒子说，“到底是当领导的。”

冯俊妮、嘎丽娅等一起动手，割草的，砍木棍的，很快扎绑成了两个草人，又找来几件衣服穿好，用绳子拴住草人的腰，一行人来到洞口，往下放着绳子，两个草人开始入洞下行。战大辛冲着洞里喊：“老王，你们俩下塞可要格外小心呀。”

洞口旁的祁荣久特意压着嗓子回答：“首长，请放心吧，我们一定完成任务。”

随着绳子下滑，两个草人下了五六米深，突然，洞壁东西南北各敞开一扇小门，四把刺刀同时向草人狠狠刺去，接着就听见传来骂声：“八嘎呀路，上当的有……”

战大辛等洞上的人哈哈大笑起来。

战大辛说：“怎么样？彭立志，还敢死队呢，敢死不是勇敢，白死就是熊包一个。明白了吧？鲁老板，没事儿呀，多给他们讲讲《三国演义》，让他们都多长个心眼儿！”

“没问题，只要大家愿意听，”鲁大棒子说，“别看我是个杀猪卖香肠的，我在关里老家时，老爹供我念那几年私塾没白念呀。”

战大辛说：“没白念。”他见满金仓在旁边一会儿皱眉头，一会儿闭眼睛，走上两步问：“满政委，你得发表发表高见呀！”

“没有高见，这几年，我在敌占区做秘密联络的工作，养成了一个注意观察、少说话的习惯。”满金仓说，“可能是不习惯插话，喜欢等上级的指示命令。”

“哎——”战大辛说，“这你可不对了，上级任命你当大队的政委了。政委可是个要多说、多想的角色呀。”

“是啊，”满金仓说，“我在看大家的行动，想大家说的话，觉得还是执行撒夫林克大校说的话比较好。日本投降以后剩下的顽抗团伙，尤其对天长山地下要塞这样坚固诡秘的建筑和设施，更适合于劝降。”

“可是进都进不去，没有宣传说话的机会呀，要是下面的鬼子知道战场形势，或许能投降缴械呢？”战大辛听了高兴地问，“满政委，你说说，有什么劝降的办法没有？”

“有一点朦胧想法但不成熟，先不说，”满金仓说，“我们党一直的优良作风就是做好思想政治工作。”

战大辛一抬头见嘎丽娅在自己对面瞧着她说：“嘎丽娅，你是老师出身，有文化，还会日语，你把当前抗日形势和我们的俘虏政策好好编排编排，写封劝降书，我们想法儿从这里投下去，怎么样？”

嘎丽娅回答说：“没问题！”

第二十五章

大泽一郎惊慌于父亲被杀，接到冈村宁次任命他为司令，并让他带队逃往天长山地下要塞的任务时，他脑袋里有根弦立刻绷紧了，即刻到大泽小野随身的小皮包里找那张天长山位置和秘密入口图，拿起包一看，图纸不见了。他脑袋"嗡"的一声，闪现出两种可能：洼岛诚郎这家伙怀疑自己枪杀了他的儿子，想偷了图纸去占塞为王。大泽一郎从抽屉找出钥匙打开保险柜，那张塞内交通和结构图都在，可能洼岛诚郎不知道这一重要图纸的藏匿处，父亲只告诉过自己。大泽一郎脑子又一转，还有可能是抗联跳进大墙，从棚顶揭了瓦进来，因为抗联好干这种神出鬼没的事情，看看棚顶又完好……不要紧，他知道，这三个大进口是主塞口，以往还有秘密小出口都在这上面。这两张图纸都在大泽小野手里掌握，其他任何人也没有。命令如此紧急，除了刹那想到要去接嘎丽娅被否定外，他什么也顾不得，立即让警卫兵吹起紧急集合号，简单做了部署，由警卫班监督押看，除一些劳工因逃跑被打死外，其他劳工、慰安妇和全体日本兵统统一起，包括华语学校的河东大作、几名日本教师和学生都被拉到了天长山脚下的进塞入口处，浩浩荡荡进了天长山地下要塞。

大泽一郎接任了开拓团司令，新名堂叫天长山地塞司令，似乎一下子变得成熟起来。入塞头一件事，就让警卫班手下拉响紧急集合号，除守卫塞口的哨兵外，让全体人员集合在能容三千多人的地下大堂。大泽一郎开始厉声厉色训话，颁布塞规塞法、宣布重要人员的责任，并任命河东大作为副司令，负责塞内日常管理。尤其能躁动人心的是大泽一郎在账上看到塞库里有大批黄金，他宣布了守塞期间的酬劳，连长每年 250 克黄金，副连往下直至副班长每级递减5%，劳工、慰安妇、塞内原有的厨师等各工种分三等为200克、150克、100克，一月一发，鼓动得人心所向。

稳定了人心，大泽一郎认为不会内部出乱子甚至暴动了，才让导航警察引路，保管警察带钥匙，看了一通主要仓库，还看了日本兵、劳工、慰安妇宿舍。然后安排人抓紧把慰安房布置好，仍然像在开拓团军营一样，用彩色轮廓灯装饰一下。他一看温泉浴池，高兴极了，希望各种温度的池子分开，让这里的人尽享其乐。一时间，大泽一郎成了塞内最受拥护的人。其实，大泽一郎想的是别在这里起内讧，包括劳工、慰安妇，他一再向河东大作讲这个道理。当然，河东大作也很赞同。大泽一郎巡察仓库和住所后更加觉得，别说生人，就是住上一段时间的人，要是没有图纸，对这东拐西拐，转一个圈又拐了不知多少弯的交通路线也难搞清楚。但是，要想在哪个角落搞个名堂，可比在开拓团营地方便多了。然而不管谁搞，怎么搞，也难逃制裁。他越想，越觉得先人设计建筑的这个地下要塞太高明了。

一天又一天过去了，大泽一郎愁苦地在办公桌前坐了一会儿，又踱起步来。河东大作进来一眼看穿他有心事，上去问："大泽一郎司令，还有什么愁苦事儿吗？"

"河东大作老师，"大泽一郎这样称呼惯了，"你说，多可惜，还差一天就把嘎丽娅娶到手了，哎——"他说着，长叹了一口气。

河东大作说："事已至此，也只好留下遗憾了，你千万不要为此误了咱们大日本帝国的大事。"

"不行，"大泽一郎说，"如果不遇上嘎丽娅也就算了，如果没下这么大功夫也罢了。没有她，我觉得生活缺少了很多。那么空虚，那么无聊，要是有她在身边，我会浑身有劲儿，精力会格外充沛。一个男人的成功，必须有美女的陪伴。不说别的国家，中国的皇帝为什么嫔妃满堂，就是这个道理。"

"看来你真的放不下了，"河东大作说，"大泽一郎司令，我来想办法吧？"

大泽一郎问："你有办法？"

"大泽一郎司令，"河东大作不回答，问道，"你觉得嘎丽娅会是真心爱你吗?”

大泽一郎回答说:“会的,因为嘎丽娅笃信东正教,她已经在教堂里向圣母请愿又还了愿,不会改变的。”

“噢,”河东大作问,“我们日本战败,中国人会瞧不起我们的,她母亲是中国人,不会有影响吗?”

“河东大作老师,”大泽一郎笑笑说,“你我心心相印呀,你想的问题我都想过了。不会的,我已经看出来了,她母亲听她的。”

河东大作说:“你要有把握,这就好。”

大泽一郎问:“河东大作老师,你有什么好办法,快告诉我!”

河东大作刚要开口说话,第一塞口警卫兵跑来报告说:“报告大泽一郎司令,塞上的共产党用草人试探我们第一塞口,暴露了。”

大泽一郎说:“暴露也不妨,那洞壁炸不毁,我知道,他们不仅知道了第一塞口,可能第二、第三塞口都已经知道了,放心吧,无济于事。”

这时,又一塞口哨兵跑了进来:“报告大泽一郎司令,共产党从第一塞口扔下了劝降书。”

大泽一郎说:“给我看。”

大泽一郎接过,一页又一页看后说:“河东大作老师,你先看一下,我说你来写,写完让他们传上去,然后再研究能招来嘎丽娅的办法。”

河东大作接过劝降信看了起来。

第二十六章

秋风阵阵，吹来了山下四面八方的鞭炮声、锣鼓声、东北大秧歌的唢呐声，声声夹杂着欢呼抗日战争伟大胜利的口号声。喜庆欢乐气氛中，绿海一样的森林已经变成了五花山。

天长山地下要塞三个主塞口的平坡上一片沉默，一天天过去了，战大辛也没能拿出攻克这地下要塞的可行方案。战大辛、祁荣久、冯俊妮、嘎丽娅，还有鲁大棒子等正在树墩子塞口旁呛呛一个新的作战方案，忽听从洞内传来越来越近呲呲呲的声音，战大辛喊一声“卧倒”后，又吹了紧急作战准备的哨声，平地上立刻呈现出一片紧张气氛，各连队紧急集合，战大辛和在塞口的人卧倒后子弹上膛，密切注视着塞口。呲呲声似乎是响到了树墩口不响了。食指扳着扳机的，手握手榴弹随时准备拉线掷出的，每个人都在时刻准备着。

一分钟、二分钟、三分钟……半个小时过去了，仍没什么动静。战大辛用手示意不让大家动，自己悄悄爬向塞口，头贴着洞沿一看，原来是从塞底升上了一块电梯底板，上面放着一封信。战大辛悄悄拿过来一看，是一份《反招降书》，他看了一眼，气得“嗖”地扔到了一边，嘎丽娅拿来念了起来：

> 抗联并共产党：
>
> 我关东军开拓团地下要塞司令部，死拼到最后一个人，滴尽最后一滴血，也不会投降，誓与你们血战到底……

嘎丽娅念到这里，祁荣久气得火冒三丈，怒喝一声说：“不听这些丧心病狂的狗臭屁，我建议给他回信就一句话：‘不投降，就叫你们灭亡！’”

嘎丽娅瞧瞧战大辛，战大辛说：“反正都是丧心病狂的叫嚣，不念就不要念了……”

战大辛话音刚落，电梯底板呲呲呲响着开始下滑，小棒子拎着大棒子就要跳下去，被战大辛一把拽住了：“小棒子，听命令，不许胡来——”他拽着拽着，小棒子还是扔进了一颗手榴弹，很快就传来了“轰隆”一声。

小棒子使劲挣着，哭喊着：“你别管，你别管，小鬼子，我爹不能白白让他们给折磨了……”战大辛拽不动，靳晨光、鲁大棒子、满金仓都来拽。早在旁边等待下地塞急了眼的张有孝、林天新见人们都去忙乎小棒子了，两人抱起备好的干柴跑到塞口点着，等火一大就往下推，接着，把抱来的干柴都推了下去，战大辛去拉没拉住，就随他们便了，顿时滚滚浓烟从塞内往上冒。又有十名、二十名战士把准备做饭用的干柴都抱来往里扔，战大辛止也止不住。他刚要冲天鸣枪警告，撒夫林克带着恰巴萨克爬上坡正往这边走，见浓烟滚滚，大喝一声：“停——”

“不能这样胡来，这点烟火对地塞来说无济于事呀，”撒夫林克到了塞口跟前说，“我已经说过了，攻打地下要塞是一场智慧战。你们突破秘密封锁线这一仗就打得很漂亮嘛，我向中苏联合抗日指挥部汇报了，指挥部表扬了你们，还说，等攻下要塞了，一起给你们开庆功大会。”

“谢谢首长，”战大辛说，“战士们是憋着一股仇恨的火，想找找茬儿发泄发泄。”

“可以理解，”撒夫林克说，“对敌斗争不能冲动，要冷静，要靠智谋。你们获取天长山位置及秘密入口图纸不都是靠这个吗，我已把那图给了指挥部。首长说，很有用，让参谋长带人研究一下。”

冯俊妮问：“都看到塞口了，还研究什么，没价值了吧。”

“不对，”撒夫林克说，“它处在天长山的位置很重要呀。这是我们必要时远程射炮的必备条件。”

战大辛说：“明白了，必要的时候，有了位置图可以炮轰呀，飞机轰炸呀!”

“对,”撒夫林克说,“那是万不得已的时候。”然后指示恰巴萨克:“你说说吧。”

恰巴萨克说:“据我们苏方特务机关得到的情报,日本关东军修筑天长山地下要塞耗费十多亿美金,还不算中国土地上的无报酬劳工,掠夺的木材等资源。地塞主要建筑材料如钢筋、水泥等都是特制生产的。地塞共分三层,每层可不是水泥和砖砌成,而统统是水泥钢筋浇铸筑成。据我们掌握其坚固程度的数据,说要轰炸一平方米的面积使用的炸药比建筑时成本还要高,而且……”

“好了,我来说吧,”撒夫林克接过话说,“再说多了,似乎没什么意义,大家只知道它的坚固性就行了,不然日本人怎么会称为是东方马奇诺防线呢。现在,我要说的是,中苏抗日联合指挥部的明确意见就是高举和平的旗帜,只能是智取、劝降。如果强轰强炸,即使炸平了,里边还有那么多的中国劳工、朝鲜慰安妇呢。”

旁边的人静静听着,谁也不插言,没人阻止,旁边连队的战士们也都渐渐围拢过来。

撒夫林克接着说:“我考虑,就是打,也是靠智慧攻打。这方面中国军队有优势,比如说,听说河北那边的地道战打得就很漂亮嘛。指挥部的中国首长说,你们同意,可以从河北那边调支队伍来……”

“不,不,”战大辛说,“这差使早就分配给我们了,谁也揽不去,请首长听我们的告捷喜讯吧……”

这时,一伙又一伙人爬上平坡,他们来到树墩塞口问哪位是首长,战大辛一看都是外来的,让他们有话尽管讲。一伙说,他们是从东北各地来的,家人被日本鬼子抓了当劳工来了这里,听说鬼子押着自己的亲人进地下要塞了,来找亲人的;另一伙说,是从朝鲜过来的,日本鬼子开拓团抓了他们的妻子做慰安妇,寻妻来了……还有人要说,战大辛制止了他们解释说,日本开拓团抓的劳工和慰安妇都被强迫赶进地下要塞了,有没有你们的亲人尚不清楚,我们现在正研究攻打地下要塞的问题,请大家耐心等待。他的话音刚落,赶来的上百号人一起呼喊要求参加攻打地下要塞,从那愤恨的痛斥、咒骂声中可以看出，报仇的火焰在激烈地燃烧。

怒声不息，声浪滚滚。

这时，有四名戴着“赤卫队”红袖标，背着枪的壮年男子押着被紧紧捆绑的两个人来到跟前要找首长。

战大辛问：“这是怎么回事儿?”

其中一个大个儿的人说：“我们是绥芬河镇共产党的党代表组织新成立的赤卫队队员，负责维护社会秩序，打击个别逃窜的日本鬼子、汉奸。昨晚，我俩巡逻到冯老板家门口，发现这两个人鬼鬼祟祟躲在门口。上去一问问不清楚，押到赤卫队的队部，我们队长一审才知道，这两个家伙是逃进地下要塞的大泽一郎派出来，招嘎丽娅进地下要塞当太太的。”

另一名赤卫队员补充说：“他们还带有匕首，被队长缴获了。”

嘎丽娅在一旁愤怒地说：“简直是无耻到极点……”

“你先别说，”战大辛制止了一句，对大个儿赤卫队员说，“来，把他俩带到这边来。”

战大辛似信非信，因为三个主塞口都在跟前，怎么会冒出两个人来。他约撒夫林克、鲁大棒子、祁荣久正要把两个人带到林边审讯，一位挤在人群里的中国中年妇女，踮脚瞧了又瞧，挤到前面看了又看，忍不住失声大哭着扑上去，拽住一个被捆绑的男子说：“孩子他爹……我可把你找苦了……你怎么干上这缺德事儿了……”那男子被绑得紧紧的，眼睁睁瞧着这扑来的妇女，嘴角抽搐着，鼻子抽搐着，再也忍不住，也失声大哭起来：“孩子他娘，我有什么办法呀……”

“都静一静，冷静冷静——”战大辛大声说，“来自朝鲜的朋友们，来找劳工的同胞们，你们的心情我都理解，问题是大家都不要激动，都不要感情用事。你们来了，我们欢迎，我们和苏联红军——”他指指撒夫林克说，“正在研究如何攻打地下要塞，你们愿意就在这里等，不愿意等回家也行，等攻打下地下要塞，这里有你们的亲人，我们负责安排送回去……”

不少人齐呼：“在这里等着！”

“好——”战大辛对靳晨光说，“晨光同志，你去安排一下他们的食宿。”然后说：“这位找到丈夫的女同志，还有鲁老板、冯老板娘俩、满金仓、祁荣久同志都过来，咱们一起听听撒夫林克大校的意见。”

这些被点名的人到一起，鲁大棒子说：“战大队长，咱们先和赤卫队员绑来的两个人唠唠吧！”

“是，是啊——”战大辛自嘲地说，“那就先听听两位赤卫队员送绑来的人还想说些啥。”

撒夫林克点点头说：“我看可以。”

战大辛说：“两位赤卫队的同志，给他们俩松绑吧。”

“不行，”大个子赤卫队员说，“这俩家伙极不老实，你一松开，他俩能耍着呢，本事大了。”

撒夫林克在一旁说：“首长让你松你就松。”

两人被松开绑绳以后，那个被妻子认出的人恶狠狠地瞧着赤卫队员，另一个也气得直瞪眼珠子。

战大辛笑笑说：“哟，两位兄弟怎么这么大火气呢？”

大个儿赤卫队员说：“首长，刚抓住这俩家伙时还和我们玩命。”指指另一个被松绑的说：“大泽一郎给这家伙配了枪，不会使，会玩飞刀，我们在冯老板家门口抓这俩家伙的时候，他嗖嗖嗖甩出五六把飞刀，伤了我们三个弟兄。好歹没飞到要命处，正在住院治伤呢。我们的枪打得也不怎么好，人多力量大呀，上了十多个人，算是把这俩家伙活擒了，我们队长审讯的时候，他俩很不老实，让队长叭叭给了每人两个大耳光子……”

“行了，别瞎他妈白话了，”那个会飞刀的人说，“你们愿杀就杀，愿砍就砍……”

那个一直在旁边吓得直哆嗦，找到丈夫的妻子说：“长官大人，不，不能杀呀，我好不容易才找到孩子他爹，家里有双方老母，还有两个女娃呢。”

“这位大姐，”战大辛说，“你说说吧，你叫什么名字？你丈夫叫什么名字，你丈夫是怎么去给日本人当劳工的……”

这妇女的丈夫怒喝一声：“不许说，不——许——说——”他额头和脖子上青筋在暴跳。

这妇女也急了："我就说，就说！"

撒夫林克在一旁说："大姐，说吧。"然后对那两个人说："都老实点，不老实再把你俩绑起来。"

妇女跪求说："这位苏联长官，不，别绑，使不得呀，我说。"

战大辛也对那两个人说："从现在开始，给我住嘴——"

"各位长官，"那妇女说，"俺叫马春花，是山东章丘人，俺男人姓王，说名字人家都不知道，都叫他水稻王。俺们在山东老家种水稻，是在明水镇绣江河边上，那里土地和水好着呢。俺男人水稻种得好着呢，德国鬼子修铁路，把俺家水田给占了，就闯关东来了东北。后来在方正县种水稻，让日本鬼子开拓团看上了……"

水稻王不耐烦地说："过去的事儿了，说它干什么！"

"喂，大兄弟，不对呀，"战大辛说，"过去的事情才该说说，看看是谁是谁非呀。"然后说："马春花大姐，你接着说。"

这时，嘎丽娅给马春花送上一杯水，她也确实渴了，端起来咕咚咕咚一口气喝了下去。冯俊妮从兜里掏出手帕给马春花擦汗，那花手帕那么鲜艳，干干净净，她推推说："大妹子，用这个擦汗不白瞎了吗？"说着掀起衣角擦了擦汗，看她那样子是受感动了。水稻王似乎也不那么较劲了，只气哼哼地瞧瞧战大辛说："哼，攻打地塞，你们行吗？"

战大辛笑笑问："没打呢，你怎么知道不行？老乡，我也是山东人，俗话说，老乡见老乡，两眼泪汪汪，你怎么这么愿意给鬼子卖命呢？"

"噢，你也是山东人。要说，这是有原因的，我在关里老家的时候看到，日本人发了通告，说吃米是经济犯，重的要杀头，我又种又吃，你说罪该多重，"水稻王自以为是、理直气壮，"我是让日本开拓团抓了劳工，按说，应该枪毙，人家大泽小野硬是把我从刑场上力保下来了，给了我一条命，让我领头在开拓团的地里种水稻……"

满金仓再也耐不住了，问："为什么中国人吃大米、种水稻就是经济犯呀，你知道吗？"

"当然了，"水稻王说，"人家日本有稻神，有稻神庙，供奉稻神，咱们中国有吗？没有呀，中国就有灶王爷什么的。开拓团的稻田地头上都有稻神庙，庙里有稻神，再说了，听说那稻神都是从日本运来的。”

满金仓听了，想插几句，又觉得一句两句和他说不清楚，只好深深叹了口气。

撒夫林克有些听不明白，直摇头，在场的中国人都知道是什么意思了，知道了水稻王为什么肯给鬼子卖命，但他又不属于汉奸。嘎丽娅在想：太愚昧了。在场的人也都不知道说什么好。

战大辛问：“水稻王兄弟，这么说这次来劫持嘎丽娅你是头儿了？”

水稻王摇摇头说：“我不是，是飞刀王。”

“头儿怎么了？”飞刀王突然说话，也是不服气的口气和样子。

战大辛说：“你也说说你吧！”

“说就说，”飞刀王说，“我老家是河北吴桥，那里出杂技人，我就在一个杂技团卖艺耍飞刀。那帮头儿太黑了，女杂技人他都要睡，我老婆肚子大了，他还要睡，让我一飞刀把他给宰了。我领着媳妇就跑，赶上日本人抓劳工，知道了我的事情对我说，杀人该偿命，但皇军保你了，就给我带到了开拓团……”他不耐烦地说，“不说这个了，再说，我们在地塞里干待着不干什么活，干得金子呢！我俩还没把任务完成，人家大泽一郎就给了我俩一人一根金条，够我们全家吃一辈子的了。”

“是，有这么回事儿，”大个子赤卫队员说，“首长，我们在他俩身上搜出两根金条。”

战大辛问：“那金条呢？”

大个子赤卫队员说：“让我们队长给没收了。”

“两位兄弟，”战大辛对两名赤卫队员说，“你俩立即回去，就说我说的，把那两根金条拿回来还给他俩。”

小个儿赤卫队员惊诧了：“这……这……不好说吧……”

“有什么不好说的，”战大辛对祁荣久说，“荣久同志，你去开个信，盖上咱们的大印，我再摁个手印。”

祁荣久答应一声，领着两名赤卫队员走了。

不等别人开口，满金仓说："愚昧，愚昧呀，我看过一篇鲁迅先生写的小说，名字叫《药》，日本鬼子砍杀我们革命者的头，那里有不少老百姓还拿着馒头去蘸成血馒头，说是吃了治痨病。"

"满政委，不说这个了，"战大辛说，"请你让厨师弄几个菜，弄瓶酒，带着这两位兄弟，好好喝喝，好好聊聊，怎么样?"

满金仓说："没问题，这任务就交给我吧，让水稻王的妻子也去，大老远跑来了，也该累了，饿了。"

马春花说："去，我是得去，看我怎么数落俺家这个榆木疙瘩脑袋。"

在场的人都笑了。他们觉得这两个受命来劫起嘎丽娅的人，又可气又可爱，没有文化，日本鬼子已经麻痹了他们。

毛泽东同志在《湖南农民运动考察报告》里说过，严重的问题是教育农民，中国人民打败了日本侵略者，推翻了封建王朝，共产党人付出了惨重的代价，开启新社会先河，要先解放愚昧，大概这是一件更艰苦的工作。

战大辛安排该走的都走了。

撒夫林克笑笑说："我算是终于排上号了。"大家都笑了，他接着说，"经中苏抗日联合指挥部研究决定，天长山地下要塞这一仗，第一方案是劝降；第二方案是智取；第三方案是强攻。"

冯俊妮想了一会儿，问："劝降?"

撒夫林克瞧着嘎丽娅说："我们大家看看谁能承担这个和平天使的责任……"随着他的目光，在场的人几乎都把目光转移到了嘎丽娅身上。唯有冯俊妮在皱眉头，不知她在想什么，在这无声的选择、无声的认同里，冯俊妮肯定比别人想得更多。

嘎丽娅欣然对撒夫林克说："父亲，你的意思是让我去当这和平天使?"

"哈哈哈……"撒夫林克大笑一声说，"我的宝贝女儿，我可没说，我知道你是母亲的心肝儿……"

"不用商量，"冯俊妮说，"要是女儿去，我陪着，冲着大泽一郎说的话，我陪着去是有名分的。"

在场的人鼓起掌来。

“去倒是该去，”鲁大棒子说，“看满政委那边思想工作做得怎么样吧，我倒有一个将计就计的招儿……”

“你就是我们特别行动大队的智多星呀，”战大辛说，“快说。”

小棒子耐不住地抢话说：“父亲，你的主意里可千万别忘了设计上咱们这大棒子功夫呀，你可能还不知道，我教大伙儿可是费老大劲儿了！”

“那当然了，”鲁大棒子说，“咱出主意还能离了咱爷俩这老本行？”

大家都笑了。

撒夫林克说：“鲁老板，快说吧，我也想听听！”

鲁大棒子滔滔不绝地说了起来。

第二十七章

百多年前，拿破仑为什么预言勤劳、勇敢、淳朴的中华民族是东方的一头“睡狮”？大概就是因为这头狮子的神经系统被一些封建的、非文明的毒汁麻痹，使它昏昏欲睡，而不能精神抖擞，巍然而立。一旦这些毒汁排出去，它将会勇猛无比，让世界人民崇拜，敬畏。

水稻王和飞刀王就是这头“睡狮”生下的两头小睡狮。满金仓陪他俩喝酒、吃饭，大醉之后去林里打猎，有时候鲁大棒子也去。飞刀王用飞刀打猎物，鲁大棒子用大棒打兽腿，打回来后又是煮又是烤，很是快活。闲了他们就坐下聊天。水稻王就讲在劳工大队自己还算受日本鬼子照顾，那里有些伙计受不了折磨，最后只能惨死喂狼。满金仓给他们讲什么是共产党，共产党是干什么的，共产党为什么组织老百姓打鬼子，打鬼子都干了些什么。说到这里，营救队的队长靳晨光把救出来的四十多名劳工一起带了来，特别是那张有孝、林天新一来，与他俩亲切无比。水稻王、飞刀王问他们不是喂狼了吗，他们二人你一句、我一句讲了被救和参加抗日的前前后后。篝火正旺，上面烤着野猪肉、狍子肉、野兔子肉、山鸡，他们边吃边喝，越喝话越多，说到不知说什么好的时候，都激动得热血沸腾，互相抱着失声大哭起来……

这大哭是愤怒、是感激、是高兴，是小睡狮苏醒的呐喊，此时，站立在东方的中华民族的优秀子孙，都会有如此的感受。

战大辛和满金仓吸收水稻王和飞刀王成为抗联成员，并讲了如何让他俩演戏，把嘎丽娅和冯俊妮一起押入塞内执行任务。两人你一句我一句发誓：就是遇到刀山火海也在所不辞，永不叛变，以老婆孩子做抵押……

战大辛说，共产党不讲这个，他俩都说，就讲一回吧。

大家都笑了。

水稻王和飞刀王听说了抗联队伍里有小棒子很厉害，想结识他，鲁大棒子去喊却怎么也没找到，问谁都说没注意，有人看见说：他和嘎丽娅进山林子里了。

初秋，天长山的夜晚已经有了丝丝凉意，月亮在云彩里穿梭，朦胧的月色下，地下要塞入口更加神秘了，想看都看听不见附近有什么动静。连队里的战士们，还有来寻找亲人的朝鲜朋友和国内乡亲，都互相传说嘎丽娅要下地塞当和平天使劝降，有人称颂，也有人怀疑。不了解内情的人说，日本鬼子侵略者野性顽固，大泽一郎既然进了这么安全的地方，会听一个姑娘的劝降吗？再说，日本鬼子修这个地塞的时候就是想在中国大地种上一颗不死的种子，妄图负隅顽抗、东山再起。

中华民族虽然历经磨难，但以战大辛、鲁大棒子、嘎丽娅为首的优秀儿女，坚决要灭掉这颗不死的种子！

这是小棒子主动把嘎丽娅约出来的，当然，嘎丽娅也是情不自禁。

月亮的光芒透过密密匝匝的树叶缝隙，像碎银子一般，有的条条块块，有的斑斑点点，点缀着两个人的身影。小棒子拎着大棒子，注视着四周是否会蹿来野兽，嘎丽娅却坦然自若，像走在霓虹灯下的马路上那样轻盈而随意。

“丽娅妹妹，”小棒子带路，走出平坡林地好一阵子，才主动开了口，“你要入地塞了，我不知为什么心情这么不平静……”

嘎丽娅笑笑说：“为什么呀，我可是浑身是劲儿，觉得自己要去干一件很大的事情。”

小棒子说，“我也说不清为什么，不过有种感觉，不知为什么？”

嘎丽娅知道他心底的意思很想笑，笑他遇危险那样大义凛然，毫不畏惧，对自己这么憨。她憋着笑问：“你问问自己呀，到底是为什么！”

"哎，反正就是这么回事，"小棒子瞧瞧四周说，"你看，你妈和我爹是互相搭档做生意的好伙伴，又是抗联秘密联络站的战友，交往多，话也多。有很多次，咱俩见面我瞧你，像有话要说，可说不出来，你瞧瞧我，像要问什么，又不开口，几乎每次都是你瞧瞧我，我瞧瞧你……"

"什么？"嘎丽娅问，"很多次么？"

小棒子站住一本正经地说："是呀。"

嘎丽娅问："我怎么觉得没多少次呢？"

小棒子说："我都在心里记着呢。"

这很让嘎丽娅感动，可是她就是不表现出来，她想看看这个勇敢的憨小伙子到底能把"我爱你"这句话在肚子里憋多久。她反其道地说："我觉得也不过十次、八次。"

"不对，不对，"小棒子急得一跺脚说，"嘎丽娅妹妹，是真的！"他站住了，不走了，非常不愿嘎丽娅说他是在编瞎话、撒谎，竟急得冒出了汗来，急忙用衣角去擦。嘎丽娅偷偷一笑，从兜里掏手帕，轻轻地去给他擦汗。他倒没感觉汗是怎么擦的，只是手帕上散发出的一股清香味，从鼻眼一直沁到五脏六腑。他这是第一次嗅到姑娘物件上散发出的香味，有些醉了。他真想借机一伸胳膊把她搂进怀里，可是，他没有，他有那贼心，没那贼胆。虽然他白天干活时想，晚上也想常常是天黑了，到了嘎丽娅放学下班的时间了，他站在门口隔桥望去，想睡觉前再看上一眼，多数都是只看到嘎丽娅侧身和进门时的背影，他心里着急，就是看不见她漂亮的脸，也只好扫兴回屋。当然，这些都是他不能说的，也是无法说的，更不能说的是，他几次梦里与嘎丽娅握手、拥抱。

"信就信，不信由你吧，"小棒子说，"我说件你应该很容易相信的事。"

嘎丽娅猜不出他要说什么，放慢了脚步，样子很矜持，神情却格外注意："你说吧！"

小棒子说："华语学校教室里，砸大泽一郎的石头是我干的。"

嘎丽娅说："我猜就是你干的。"

小棒子琢磨不透嘎丽娅的心思，无意识地放大了声音："那，为什么不问问我?”

嘎丽娅说:“那,你为什么不告诉我?”

“不好意思呀,”小棒子说,“人家说一头熊见主人脸上飞落了一只苍蝇,伸开熊掌去打,却抓坏了主人的脸!”

“哈哈哈……”嘎丽娅朗声大笑,“这么说,我的脸都被抓坏了,还能嫁出去吗?”

“能啊,”小棒子说,“我娶你呀!你听我说,就是那天我看着你去上班,发现大泽一郎紧紧跟在你的身后,我怕他起邪心,就跟着他。路过迎春花岗时,他举着照相机张牙舞爪,我真想上去摁住他狠狠揍一顿,但还是忍了。跟到最后,见他到教室里听你唱歌,贪婪地看着你,我就急了,不顾后果地要砸死他,结果惹出了这么多故事。”

嘎丽娅站住不走,愣愣地看着小棒子。她心里一直认为小棒子是个笨嘴拙舌的人,没想到说话这么生动、流畅,内心感悟这么丰富。

嘎丽娅说:“那,那么多人向我求婚,你怎么不呢?”

小棒子说:“我怕配不上啊,你是军官的女儿,我是……”

“别说了,”嘎丽娅说,“其实,那么多求婚的,我心里一个都没有,只是无聊地应酬,注意不要一下子伤着人家,我心里有一个人,他还没向我求婚……”

小棒子突然醒悟似的瞧着黑白绿交织的林地上,尽是丛棵子和野草,他摘下一捧五花树枝子,双手捧给嘎丽娅:“嘎丽娅妹妹,我正式向你求婚!”

嘎丽娅接过一捧五花树枝,紧紧拥抱住小棒子,还主动去亲吻他……

小棒子,沉醉了,紧紧抱着嘎丽娅倒在了林地上,贪婪地亲吻着嘎丽娅,嘎丽娅情不自禁地说了句,亲疼我了,小棒子说,那就不亲了,嘎丽娅说,不嘛,亲,狠狠地亲吧,亲疼了,也是一种幸福。小棒子却轻轻吻起来,嘎丽娅觉得不过瘾了,狠狠地亲起小棒子来,他也觉得被亲疼了,可是,一声也不吱,任凭嘎丽娅狠狠地亲着,心里体味着说,还是有文化的人,真的,亲疼了也是一种幸福。他闭着眼睛，琢磨着嘎丽娅的这句话，果真觉得好幸福，好开心。他真没有想到，嘎丽娅的爱这么火热……

两个人都累了，紧紧搂着，你看看我，我看看你。嘎丽娅问：“你知道我是什么时候爱上你的吗？”

小棒子说：“不知道。”

嘎丽娅说：“去年6月26日早晨，我去上班路过你家前面岔道口，突然下起了小雨，我想回家去取伞，你突然出现在我后面，紧追在我身后撑着伞，一直送我到学校，我没说什么，你也一句话不说……”

鲁、冯两家隔江相望，一桥相通牵着两颗默默相爱多年的心，你偷偷关注我何时上班、下班，是否有风吹雨淋，我不正面与你相对，却脉脉含情等待着你送上一捧玫瑰花，或者说一声“我爱你”。但，那心相通，嘴难开，薄薄一层窗户纸在这月色温柔的夜里才被捅破。

小棒子心情有些急躁，紧紧抱着嘎丽娅问：“你为什么连回头瞧都不瞧我一眼，不说一声谢谢呢？”

嘎丽娅说：“我就等一句话，为什么不说‘我爱你’呢？”

多年的情窦敞开了，还都问什么呢，两人又进入了孩子般挑逗，你看我，我看你。嘎丽娅仿佛感染上了小棒子的粗鲁，又是一通疯狂的亲吻。小棒子像是感染上了文雅，闭着眼睛，只是紧紧地抱着嘎丽娅……

突然，近处传来了绊树枝的窸窣声。小棒子机灵地抓起大棒子迎声望去，一头熊瞎子已经到了眼前，它发现小棒子站起来了，忽地一纵身飞扑过来，小棒子不慌不忙抡起大棒对准熊瞎子的前左腿就是一棒子，就在熊瞎子跌落的一刹那，小棒子挥起大棒子抡去，随着熊瞎子左腿“咔吧”一声骨折，右腿又是“咔吧”一声断裂。熊瞎子嗷地疯叫一声，正挣扎着爬起来，小棒子举起大棒子朝熊瞎子的脑袋狠狠砸去，熊瞎子又是嗷叫一声，嘴里鼻子里冒沫儿，喘起粗气来。嘎丽娅正在惊呆时，小棒子又一大棒子砸去，熊瞎子四肢蹬了蹬，放挺了。

小棒子坐在熊瞎子旁边喘起粗气来，嘎丽娅手持五花树枝依偎在他的身上。她没有再狂热，心里澎湃着爱的激流。问：“小棒子哥，我听说那天你从开拓团回来大战狼群的故事，想问问你，一直没得有机会，这回亲眼看到了，真棒！”

小棒子憨憨地笑了。

“你是不知道，”嘎丽娅说，“你逃走的这些日子，我是多么想你。”

小棒子说：“我也做梦都想你，和你入洞房了！”

嘎丽娅使劲捶起小棒子的肩膀头来：“你真坏，真坏，没结婚就想入洞房，想美事儿！”

嘎丽娅更加使劲地捶起来。

“你越使劲儿我越舒服，”小棒子挑逗说，“我怕你累着呀。”他轻轻地把嘎丽娅搂进了怀里说：“嘎丽娅妹妹，我听说，你这次去劝降不成，还有一个重要任务，就是想法从大泽一郎那里获取一份地下要塞交通图。”

“是，”嘎丽娅说，“我倒是有信心，但不知能不能完成任务。”

小棒子斩钉截铁地说：“能！”他接着说：“嘎丽娅妹妹，我心里有一点纠结。”

嘎丽娅始料不及仰脸问：“什么纠结？”

“你入地塞以后，大泽一郎那王八蛋肯定要和你结婚，”小棒子说，“他会欺负你呀。”

“小棒子哥，你放心，我会有办法的，”嘎丽娅说，“我是你的人。”她握一下手里的五花树枝：“你已经向我求婚了，咱们结婚以后我再走——”

小棒子问：“不用去教堂了吗？”

嘎丽娅说：“我走后，你去向圣母表白一下，以后怎么对我好就行了。”

鲁大棒子来找小棒子，已经发现两个人在卿卿我我，不好惊动，想后退，又听他俩在说结婚的事儿，故意向远处悄悄走去。咳嗽一声又回来，拢手喊：“小——棒——子——”

嘎丽娅挣开小棒子的怀抱说：“鲁伯伯找你了。”

“是，”小棒子应一声站起来喊，“父亲，我在这儿呢。”

嘎丽娅先抢上去一亮五花山的树枝说："鲁伯伯，小棒子哥向我求婚了。"

鲁大棒子高兴地明知故问："这么说，你同意了？"

嘎丽娅落落大方地说："是啊。"

"好啊，我回去马上张罗！"然后抢白小棒子说，"嘿，还男子汉呢，老早就和我说要娶嘎丽娅，就是不敢说，你看你嘎丽娅妹妹多大方。"

嘎丽娅不好意思地低下了头。

鲁大棒子催他俩快回，嘎丽娅说小棒子哥打死一头熊。嘎丽娅替鲁大棒子和小棒子拿着两个大棒子，鲁大棒子和小棒子拖着熊瞎子朝平坡上主塞口走去。

第二十八章

天空的云彩被一阵又一阵风吹散了，银色的月光把天长山平坡上下照耀得如同白天一样。

自小棒子参加抗联，鲁大棒子被抓进开拓团营房，鲁大棒子的媳妇王春芹一人照管着家业。听说抗联要攻打地下要塞，她关了买卖，把家里刚收购的五头大肥猪，还有十多箱香肠都用车拉到山边，让伙计们抬的抬，背的背，统统运到了平坡上。鲁大棒子迎上去说："屋里的，你是不是顺风耳呀，运上这些东西要给儿子办喜事儿吧？"王春芹吃惊地问："办什么喜事呀？"鲁大棒子说："哎呀，咱儿子要和冯大妹子家的嘎丽娅结婚了！"

"真的？"王春芹喜出望外地问，"什么时候？"

鲁大棒子说："明天，明天一早。"

王春芹问："在哪儿？"

"就在这里，"鲁大棒子说，"我正准备安排人去接你呢，你就来了。快走，你儿子正和他们商量这喜事怎么办呢，快走吧。"

鲁大棒子说着，拽着王春芹来到战地指挥部，战大辛和祁荣久、彭立志正热烈争论着怎么准备婚礼仪式。祁荣久说："这么大的事儿，撒夫林克和冯俊妮应该参加一下。"战大辛说："不用，我知道，他俩有事儿，就是鲁大棒子两口子不参加，咱们也照常安排，照常进行。"祁荣久反对说："战队长，太主观了吧？人家嘎丽娅有个外国父亲，小棒子有个外国老丈人，得听听人家有什么说道呀！"战大辛反对说："你们在座的都听着，这不是普通人家的婚礼，是一对抗日勇士的婚礼，也是革命的婚礼。小棒子和嘎丽娅是他（她）们的女儿和儿子，也是咱们抗联的女儿和儿子。所以，我们抗日联军攻克天长山地下要塞特别行动队说了就算了！"

“对，”鲁大棒子拽着王春芹一脚门外，一脚门里说，“说得好，说得对，我屋里的来了，虽然是鲁家娶媳妇，也是抗日联军娶媳妇，又招姑爷。我们提提意见，总行吧……”

战大辛这一说，鲁大棒子又一应，像是一本正经的两席话这么巧的碰撞在了一起，既幽默，又风趣，谁知这里包含了多少情愫和意义。赞成的，反对的，正准备发表自己意见的，一切一切都没有了，只有齐起齐落的掌声。

战大辛开始分工，然后征求大家的意见。新房怎么布置，典礼会场怎么安排，都有什么议程，一股脑儿地说了出来，这回可不平静了。祁荣久像是抓住了要害，反对战大辛说：“我不同意战队长的意见，时间再紧，物品再缺，也少不了洞房门口一副新婚对联，门心一个大红双喜字，一对大红灯笼。这虽然是不值钱的东西，没有这个，就缺了不少喜庆劲儿了。没人去买，我去。我现在就下山去买这些东西去！”在场的一起支持，齐齐反对战大辛，说他的方案光有革命味儿，没有喜庆味儿。别说，战大辛并不生气，问鲁大棒子两口子，这两口子只是抿嘴笑。战大辛说：“好吧，小棒子和嘎丽娅虽是革命婚礼，也要发扬民主精神，我是想，痛痛快快完了，好……”祁荣久见他像是再次报复，截住他的话说：“别‘好’什么了‘好’，咱们就分头准备吧！”

“喂——”鲁大棒子说，“战大队长，这么大个事儿，时间又紧，大家都忙乎，怎么没有我老两口子的任务呀，把我俩老东西晾起来了？”

“哎——不光是晾你两口子，把冯俊妮两口子也晾起来了，”战大辛幽默地说，“你们这两对夫妻为革命养育了这么好的儿女，已经够辛苦的了！”

“战队长，你这前两句话不对，”祁荣久挑衅的口气说，“冯俊妮两口子才没晾起来呢，人家在那帐篷里说情话！”

“哈哈哈……”战大辛也来了幽默劲儿，大笑一声说，“咱们这抗日战争胜利的尾里，能有这样的喜事，真是开心呀，哈哈哈……”

大家都笑了。

“别笑了，”战大辛说，“这场的婚礼仪式，既有集中，又有民主，分头准备去吧。”

嘎丽娅和小棒子分手后，手持那束五花树枝，朝和母亲住的小双人帐篷走去，边走边在月光下欣赏着。她要到门口时，被走来的靳晨光伸开双臂拦住了。嘎丽娅奇怪地瞧着他，他一句话不说，朝小帐篷努了努嘴，嘎丽娅这才抬头看去，本是她和母亲的小帐篷，在这小窗口闪闪的红烛光里，让父亲给占领了。原来，靳晨光是个业余站岗兵。她笑笑，说了声“谢谢”，朝帐篷后一棵老桦树底下走去，往地上一坐，背靠大树，望望当空的皓月，自言自语地说，这一切，好像是梦，又确实是真的……

嘎丽娅自言自语完，又情不自禁地欣赏起这束五花树枝来。

第一场秋霜后绿色的山林树叶，一夜之间变成了淡黄的、深红的、红绿相染的，远处望去，整个山林就像用彩色绘成的一幅五颜六色的天然的油画。五花山中柞树叶的颜色最壮美，红里带黑、带紫，就像终日劳作在田间晒成庄稼汉的脸。

嘎丽娅看着这柞树枝叶，虽没有迎春花的娇艳俏美能引来蜂飞蝶舞，却让她幻想到那片片叶子就是小棒子健美的脸……想着想着，她轻轻地亲吻起来。

就在太阳爬上天长山顶的时候，小棒子和嘎丽娅的结婚典礼在平坡上正式举行了。

攻克天长山地塞指挥部的大帐篷成了新房，红纸黑字的喜庆对联已经贴好，上联是：花开并蒂姻缘美；下联是：鸟飞比翼恩爱长，横批是鸾凤和鸣，帐篷帆布门心上贴着一个大大的红纸剪成的“囍”字。

平坡靠下崖的坡面上用五花山树枝搭起了拱门，门顶写着横幅：小棒子和嘎丽娅结婚典礼。门前还用树干搭了一个方方正正的讲台，两千多人在台前济济相聚。人群左边有一排战士威严挺立，人群右边有八门小炮等距相列，炮香各有两名炮手站立。这阵势，似乎是保护现场不容侵犯，谁知战大辛等人还有什么用意……

小棒子和嘎丽娅没有新做的结婚礼服，没有化妆，都还是之前的衣服，但洗得干干净净，烫得平平整整。两人胸戴红花站在台的前边沿，鲁大棒子和妻子，撒夫林克和冯俊妮站在他俩身后，成了一排，战大辛做主持人，站在了台的左侧。

“同志们——”战大辛亮着嗓子说，“今天，我们在这里隆重地为小棒子和嘎丽娅举行特殊的、非常有意义的结婚典礼，本来主持人和证婚人是两个人，人手也有，因为特殊，因为有意义，所以这主持人和证婚人，我就一个人独吞了……”

他话音未落，人海里便响起了吡吡的暗笑声和稀稀啦啦的鼓掌声，很怪，这鼓掌声很有引导力掌声越来越大。

“好了，好了，别鼓了，我独裁，我垄断你们的鼓掌，”战大辛这么一说，又引起了一片笑声，他又放大了声音，“下面，我宣布：小棒子和嘎丽娅结婚典礼正式开始！”

八门小炮带着轰响声，炮弹一颗接一颗斜着向天空飞去。

“典礼进行第一项，我这个东北抗日联军攻克天长山地下要塞特别行动队长，就先以证婚人的身份讲三句话：一、小棒子和嘎丽娅的婚礼也是我国抗日战争取得全面胜利，攻克最后一个顽固堡垒的动员大会；二、小棒子和嘎丽娅的婚礼也是我们东北抗日联军向天长山地塞里的以大泽一郎为首的日本侵略者顽固分子的宣战大会……”

随着他的话音，人海里拳头如林、吼声如涛，骤然掀起一阵阵声浪：“打倒日本帝国主义！”“日本鬼子不投降就叫他灭亡！”……

“第三，……”战大辛在台上大喊，“小棒子和嘎丽娅的婚礼，是体现中苏友谊的一次生动的别具风采的盛会……”

“好了，好了，你独裁得差不多了——”撒夫林克向战大辛摆摆手，主动走上前一步说，“就不要等待战大队长报双方父母代表讲话了，让战大队长这么一说，我也激动了，时不可待了，就抢着把话讲了吧！”

撒夫林克的动作很滑稽，语言很幽默，竟引来了有节奏的掌声。

撒夫林克说："中国朋友们，尊敬的小棒子的父母，今天是我们两家喜结良缘的大喜日子，本来应该开成家庭式婚礼，却开成了东北抗日联军攻克天长山地下要塞的动员大会。战大队长说得好，这是一次特殊和有意义的结婚典礼，战大队长说这是中苏友谊具体体现的盛会恰如其分，可不单单是指我和爱妻冯俊妮结婚生了一个这么好的华俄姑娘，重要的是我们已经认真研究了，特别大队提供的天长山地下要塞在天长山的位置图，无数门大炮已经对准它，一支红军队伍也在整装待发，你们特别大队需要的时候，我们已做好了军队和武器的准备……"

人海里响起了极其热烈的掌声，说是结婚典礼，不如说是一个宣讲大会。

撒夫林克挥着手说："中国朋友们，共同抗日的战友们，最后，我衷心祝福我的女儿嘎丽娅能在中国抗日战争胜利凯歌的尾声中，当好不辜负中国父老乡亲、苏联父老乡亲的和平天使！"他接着对小棒子说，"我也衷心希望我的小棒子女婿能永远爱我的女儿，成为她的好丈夫，成为我和冯俊妮同志的好女婿。"

小棒子牵着嘎丽娅的手跨前一步，双双敬礼，共同说："请父亲、母亲放心。"然后又转向鲁大棒子和王春芹，双双敬礼，共同说："谢谢父母厚爱，一定做你们的好儿子、好媳妇。"

"乱套了，乱套了，"战大辛摩挲着手，虚张声势地说，"同志们，你们看，还没到议程，我也没让新郎新娘拜见双方父母，擅自就拜了！"

人海里传出了一片笑声。

"同志们，我这个主持人呢，得赶快宣布下一项了"，他大声宣布："结婚典礼进行第二项，新郎新娘互拜，首先是中式互拜。"

一位伴娘上来给嘎丽娅蒙上了红绸巾。

战大辛宣布："中式夫妻互拜互爱。"

小棒子与嘎丽娅互相躬腰敬礼。

战大辛又宣布："俄式夫妻互敬互拜。"

小棒子和嘎丽娅紧紧拥抱亲吻，两人拥抱亲吻结束，下面一个劲儿喊："再来一个，再来一个……"

“行了，行了，”战大辛使劲摇摆着手说，“下面，我们要听嘎丽娅唱歌呢，大家鼓掌欢迎！”

嘎丽娅在掌声中迈前一步给台下敬礼后说：“首先，我代表我的爱夫小棒子，非常感谢东北抗日联军攻克天长山地下要塞特别行动队为我们举行这么隆重的婚礼，也感谢我的苏联红军父亲远道而来参加我的婚礼。好吧，我就唱一首两年前我在哈尔滨俄罗斯歌曲演唱大赛中获一等奖的歌曲《红莓花儿开》！”

田野小河边，
红莓花儿开，
有一位少年，
真使我心爱，
可是我不能对他表白，
……

她唱到这里，转身深情地瞧了小棒子一眼，又转了过去：

满怀的心腹话儿，
没法讲出来！
……
少女为他思恋，
为他日夜想，
河边红莓花儿已经凋谢了，
少女的思恋一点儿没减少！
……

嘎丽娅歌声一落鞠躬谢台，下面就大喊“再来一个”“再来一个”，喊成了声浪汹涌的海洋。

“什么再来一个，你们听出门道来了没有？”战大辛探身问下边，没一人回答，他大声说，“不能光感觉好听，这是什么场合？还得听门道，嘎丽娅姑娘早就暗恋上咱小棒子了！”还学唱了一句：

“满怀的心腹话儿，没法讲出来！”然后对小棒子说：“小棒子，人家姑娘没说出来，你怎么不往上冲呢！”

小棒子笑了。

“小棒子，来——”战大辛说，“我欢迎新郎官给大家表演个《英雄棒》吧。”

所有的人退出讲台。鲁大棒子拎起身后的大棒子一掷，小棒子顺手接住，随后，鲁大棒子退到台下，脚下有准备好的都在一米左右长的一些短棒。他捡起一根猛一甩，短棒便朝小棒子飞扑而去，小棒子瞧准机会一出棒，“咔吧”一声把飞棒打成了两截，引来一片掌声。鲁大棒子向小棒子高空飞棒、低空飞棒、向他身后飞棒，小棒子高来高打、低来低打、身后飞来转身打，不管棒子怎么飞来，都是“咔吧”接着“咔吧”一样的脆响，一样地被打成两截，引得台下喝彩声、掌声响成了一片。

“好啦，好啦，停吧，”战大辛说，“同志们，要不咋说这婚礼特殊呢，通常都是晚上入洞房，小棒子和嘎丽娅的婚礼就得这时入洞房。然后请大家各就各位点燃篝火，自顾自开始烧烤野猪肉，鲁老板的妻子带来的农家猪肉，还有我们准备的狍子肉、山兔肉、野鸡肉，就算欢庆宴席开始了！”他一说完，坐在草坪上的人们哗啦散去，奔向平坡四周已摆设好的篝火堆，比赛似的点起篝火烤起肉来。其余的战士以军事化行动站成了通往洞房的人墙夹道。

战大辛大声宣布：“小棒子、嘎丽娅结婚典礼举行最后一项，让我们共同欢送新郎新娘入洞房！”

平坡四周篝火统统烧起，伴着火烤发出的吱吱响声，肉油不断地往火堆上滴，蹦出一个个火星。小棒子、嘎丽娅一进入人墙夹道，两边的战士们纷纷向他俩扬洒起五花山树叶剪成的碎片儿，像千万只纷飞的蝴蝶……

嘎丽娅和小棒子在蝴蝶包围中，并肩走到洞房门口，发现撒夫林克和冯俊妮不知什么时候已经站在门口了。撒夫林克这个堂堂的俄罗斯军官硬汉一直压抑着骄傲、欢欣、不舍的复杂心情，当嘎丽娅笑着向他走来时，他禁不住滴下了热泪。泪水那么明显地顺着他的脸颊大颗大颗地滴落着。嘎丽娅一下子扑到了他的怀里说：“父亲，您放心，我会胜利完成任务回来向您报到……”

撒夫林克紧紧抱着嘎丽娅说：“我的好女儿，让你承担‘和平天使’这个角色，是父亲在中苏抗日联合指挥部的会议上提出来的。‘和平’这两个字是多么神圣和伟大！我提你的名字时是多么骄傲！可是从婚礼开始到现在，父亲的心情一直不平静，我相信，我俩是心连心的，我此时心里想的，你肯定会知道，你的心里想的父亲也肯定知道。父亲不是给你出难题，因为在我们了解的人中，你最合适……”他哽咽了，轻轻抚摸着嘎丽娅的黑黄相间的秀发说：“我的好女儿，去吧，去抱抱你母亲！”

“抱什么，”冯俊妮笑着说，“挺大个老爷们儿，这是弄的哪一出呢！”然后说：“别听你父亲的了，抱什么抱，母亲从小抱大的，快入洞房吧。”

冯俊妮这番话，却让嘎丽娅两眼更加湿润了，她真的没有去拥抱冯俊妮，而是猛探过身去吻了冯俊妮一口，然后拽起小棒子的手回头莞尔一笑，闪着修美的身条掀开门帘进了洞房。

冯俊妮再也忍不住，双手捂着脸哭出了声来，撒夫林克把冯俊妮搂进怀里喃喃地说：“亲爱的，我们都别这样……”

第二十九章

两名赤卫队员取回了两根金条，还给了水稻王和飞刀王。战大辛问："你们两位打算怎么处理这金条?"水稻王说："就交给我老婆，让她换点钱好养家糊口。"不等再问，飞刀王说："我拜托王大嫂把我这根金条送到我家。"战大辛摇摇头说："不行，你俩回地下要塞后，大泽一郎肯定会问你俩金条哪里去了，你俩怎么说，他都不会相信……"撒夫林克一旁说："是啊，因为你俩是来绑人，只要接触他人，就会受怀疑，那样会惹很多麻烦。这是大泽一郎吸引你俩的赌注，用它表明他是真奖励你们，回去再多给。他觉得你俩已经见到了大实惠，所以会卖命把事情办好。"飞刀王问："首长，那怎么办?"战大辛说："你俩把金条还带在身上，关于你两家生活困难问题，我会安排人送些钱给你们两家，不会比这金条少。"水稻王不满地说："首长，你太小看我哥俩了，我水稻王也仗义着呢。"飞刀王也说："就是呀!"战大辛说："好吧，那就不多给了，让你们两家先渡渡难关!"水稻王和飞刀王，还有马春花都感激得不得了。战大辛让靳晨光去安排此事，靳晨光表示一定安排好。马春花扯着战大辛的手说："首长，那个满大哥，还有鲁大哥说了那么多，俺信，不求别的就求俺男人平平安安快回来。"说着还掉下了眼泪。水稻王生气地说："嘿，妇道人家，就是沉不住气，我能早回来一天，还能不早回来吗!"鲁大棒子说："老乡，老乡，老乡见老乡，两眼泪汪汪，你听听，我大兄弟说得多好，他和我说，自从鬼子把他抓来，惦着你惦得最多，夸你是个好媳妇……就凭着你，我大兄弟也得争取早回来!"马春花听着听着，扑哧一声破涕为笑了。

第三十章

天长山地下要塞除了三个主塞口之外，在平坡对面山脚下石砬子缝里还有一个秘密出入口，叫“侧身口”。顾名思义，就是在这个出入口下面走是不行的，只能一个人侧身进或侧身出。设计施工时除用钢筋水泥铸浇塞口外，出口是一个狼牙犬齿般的山砬子。即使这个口被泄密，比那三个口还难进入。入口门前是一道电网屏障，昼夜通电，一摁电钮，电网屏障就打开。进塞口处有一个班站岗放哨，日夜换班，进来一个，刚到侧身入口，起码就先吃左右门岗哨的两刺刀。那个电网屏障功能很强，多少野猪、老虎、土豹子、熊瞎子想在这里做窝，一触上电网就一命呜呼，成了塞里的猎物。兽窖之外，加上这里，没少给里面提供猎物。

水稻王和飞刀王出塞时就是从这里走的。大泽一郎和河东大作送出塞口。说实在的，大泽一郎很尊重父亲的老师，河东大作一提出来让水稻王和飞刀王从这出口去把嘎丽娅绑架来也好，劝来也好，他便同意了。至于真说要把嘎丽娅带进来，大泽一郎并不寄托大希望，当然，也不放弃这一线小小希望。送走这两王，大泽一郎还是吐了真言：“河东大作老师，这两个王我考核了，确实有本事，但是，我总觉得带不回嘎丽娅。”

河东大作问：“为什么？”

“这是明显的道理，”大泽一郎叹口气，边往回走边说，“大日本帝国天皇宣布投降了，这是主要原因。如果说我们再晚撤一天，能把嘎丽娅带进来，我还想到……”

河东大作问：“大泽一郎司令，你又想到什么？”他虽然是大泽小野的老师，按理说，大泽一郎是小字辈的，但是，有了这个地塞副司令的军衔，对大泽一郎就得毕恭毕敬了。因为河东大泽心里明白，在天皇宣布投降的刹那，他作为一名大日本的文官，不可能去参加投降队伍，只能入塞以示忠诚，获得新的机会尽快回日本。老实说，他不喜欢这种地下的生活，无奈只这一条路，他还是要装出满意的样子来。当时，大泽小野劝他来绥芬河镇办这所华语学校，他就很犹豫，一拖再拖。直到他在报纸上看到日本军队几乎占领了中国三分之二的领土；还听大泽小野信中说，那里的村庄都改成了日本名字，不用很多时间，日本这个火山岛上不少的人都要搬到中国去，他觉得大势所趋，才来了中国。万万没想到，后来美国轰炸，苏联进军，中国奋战，强大的大日本帝国竟无条件投降了！是啊，再不投降恐怕整个日本都要变成一片瓦砾了。想到这些，河东大作有些灰心了。

大泽一郎侵占中国领土的野心一直不死，他掏出不离兜的地塞秘密交通图，边看边让人领路，又看了一遍主要设施、住房、库房等，越看越兴奋地说："等休整几天，我要把这长度几十公里的地塞走一通。"

"好哇，"河东大作说，"大泽一郎司令，到时我陪同，我也需熟悉一下呀。"

"是的！"大泽一郎走出弹药库自豪地说，"河东大作老师，现在我真正体会到，什么是东方马奇诺防线！"

河东大作也有感触，文绉绉地说："坚不可摧，无孔可入。"

"哈哈哈……"大泽一郎说，"我真为做一名大日本帝国的后代感到骄傲，竟能建造出这神奇的地下人间。"

"是啊，"河东大作说，"我们可以在地塞里重新崛起！"

"河东大作老师，"大泽一郎让河东大作一忽悠，更自持难控地说，"大日本关东军投降了，可是，它的精锐部队仍然占领着中国的一方土地，在这里继续使用着朝鲜慰安妇，役使着中国劳工，等于关东军的核心没投降啊！我们在这里休养生息，找机会可以去附近多抓些中国妇女，在这里繁衍后代，让武士道精神传扬。有朝一日，大日本帝国的哪一代子孙还有冈村宁次身上的因子，要复仇重来，这里就成为大日本帝国卷土重来的用武之地，我会重建开拓团司令部，完成父亲未完的事业……"

“大泽小野司令的死至今是个谜呀，”河东大作叹气说，“他是我的好学生，百里挑一。他那么聪明，防范那么严格，却还是丧了命。尽管我们的地下要塞无孔可入，坚不可摧，也要更加严格防范！”

大泽一郎问：“河东大作老师，你不说我也早在心里盘算，父仇一定要报的，你能猜出这事儿是谁干的吗？”

河东大作站住，让陪同的人走开，问：“你知道是谁干的？”

“十有八九吧！”大泽一郎说，“我考虑，是哨兵失职造成的。”他见河东大作目不转睛地瞧着他，严正地说：“虽没来得及考究，凭我的敏感可以断定，又是从房顶下到父亲的房间，趁父亲睡熟下的毒手，又是从天窗逃走的。这就是说，院后墙上的楼岗哨兵失职了，竟没有发现……”

河东大作问：“那哨兵是谁？”

大泽一郎说：“我已经调查了，是米林晓昌，大阪的兵。也跟着我们入塞了。”

“要是判定正确，必须严惩，”河东大作说，“杀一儆百！”

“老师和我想的一样，”大泽一郎咬咬牙说，“一是给我父亲报仇；二是教育所有塞内的人都尽职尽责，不得有一点懈怠！”

两人说着看着，回到了自己的住所。

大泽一郎的房间仍然兼作办公室，原本是给大泽小野准备的。考虑一住进来就会有长久打算，这个200平方米的处所比开拓团司令部那个可阔绰多了，摆着日式办公桌和沙发浴具，办公桌后面的卧室也是日式风格。正面墙上那张日本旗是红日，四角是长、武、久、远四个字，让墙石衬托得似乎在散发着阴森的气息。

这间房的入门也和别的房间有所不一样，不是巷道石壁上直接开门，而是又挖进去一条小巷道才留门口后凿挖房间，共两道门，头道是铁板门，粗粗的拉杆插栓，第二道是暗锁铁门。大泽一郎从秘密图纸上才发现，卧室的床头下面有一个小洞口，细细寻觅看去，小洞口和“侧身洞”相通，这都是大泽小野一手策划的，大泽一郎对这设计、装饰太满意了，感叹父亲是个天才。为了怀念父亲，他又在日本国旗旁边挂上了大泽小野的遗像。

大泽一郎躺在床上，觉得有许多事要指挥、要亲自干，又搞不准先去干什么好。他翻来覆去捶胸搔头，最后悔是只有一天之差，没有把嘎丽娅娶到手。水稻王和飞刀王昨天没回来，他就更断定河东大作的想法和安排太文人气了。他越觉得自己应该有个人陪伴时，便一下子想到了朴巧巧，她像个女人样儿。大泽一郎让医生检查了一下她，没有怪病，便将她叫到了房间。

大泽一郎送医生去关门，朴巧巧便乖乖地问："司令，有何吩咐呀？"

"朴巧巧，"大泽一郎转身问，"这几年在开拓团没人欺负你吧？"

朴巧巧一听不再心惊肉跳了，她以为是杀了大泽小野的事大泽一郎有了线索。但，医生给她体检，就知道没有那种可能。但又想，是不是想在自己身上找证据呀，又一想，更不可能，就是有点儿，早洗得干干净净了。大泽一郎这一问，朴巧巧就明白了，娶不成嘎丽娅，是要撩骚她，便暧昧地一撇嘴说："挨欺负是什么话呀，司令，你也不看看我是谁！这些年，就没有你一个部下真正的睡过我！"

"胡说！"大泽一郎笑笑说，"进了那小小慰安房，可还由得你？何况，你要是不好好伺候，那小队长也不饶你呀。"

朴巧巧被姐妹们称是"慰安妇里一枝花"，很会拿捏自己，很会窥视什么样的男人喜欢什么样的做派。她故意挺胸，抖颤一下丰满的乳房，脸上绽出两个深深的酒窝，淡红的嘴唇闪着湿润的光芒，说："大泽一郎司令，进了慰安房，门一关，就是我们两个人的事儿，不等你的部下耍野，我就让他放空炮了，每个都是这样。"

"啊？"大泽一郎好奇心更大了，特别是那闪红光的嘴唇，颤了几颤的乳房，让这个一心只攀最美的女人为妻，还没真碰过女人的汉子，心中最原始的欲望升腾起来，已经按捺不住自己了，"这么说，还没有一个人真正睡过你。"

"那当然了，我现在就是地地道道的处女。不过，我在这里混得，知道怎么伺候男人了，"朴巧巧故意把嗓子亮得甜脆一些，"这么多年，要说和你的部下一点事儿也没有，那是不可能的，他们动手动脚是难免的，不过，我从来都不让他们轻易占我的便宜……”她说着哈哈大笑起来。

“这样吧——”大泽一郎说，“以后你就做我的压塞夫人，就不准再回慰安妇宿舍了，去洗洗澡吧——”

“谢谢司令的赏识。”朴巧巧给了一个笑脸朝浴间走去，门铃响了。

大泽一郎开了第一道门，又开第二道门，河东大作带领三名哨兵站在门口，看那架势是有情况，脱口说：“进来吧！”

河东大作说：“大泽一郎司令，刚刚不久，三名哨兵都听到地面上响起了炮声。”

大泽一郎问：“具体是什么情况？”

风扇出口哨兵说：“就是连续听到八声炮响，再就没动静了。”

陷阱出口哨兵说：“好像就是一般小炮，光听炮响，没听到爆炸声。”

树墩出口哨兵说：“肯定不是炸我们的塞口，一点尘土都没落。另外有个情况，共产党往我这边扔过一枚手榴弹，也没什么影响。”

“这共产党说不上要搞什么名堂，”大泽一郎“哼”了声说，“河东大作老师，走，看看去！”

来到树墩洞口处，大泽一郎走到洞底，仰脸向上看看，眼里只有井口大个蔚蓝的天，也不见洞底有掉落的石渣土块儿，问：“你们听着，觉得这炮是在哪儿打的？”

树墩哨兵皱了下眉头说：“好像那炮就是在平坡上打的。”

“胡说！”大泽一郎一板脸说，“共产党在平坡上往哪儿打呢？从这里往外打？打什么？打野猪？打着玩……不可能的，你是什么耳朵。”

这哨兵有点懵了，那两个知道要挨问，一个连忙说：“不像，我听着好像在山脚下往我们这儿打，可能炮弹落到半山腰就飞不动了。”另一个补充说：“我觉着也是这么回事，第一炮的时候觉得突然，第二炮的时候侧耳细听，是这么回事，是从山下对我们开炮，打不着我们，着急了。”

“你们说的还可能。”大泽一郎说，“不管在哪儿打，对我们都无大碍，他们就是把这三个塞口都炸了，想攻我们都进不来了，你们都听着——”

三个哨兵一起立正。

大泽一郎说：“一定坚守岗位，这三个塞口，进一个就消灭一个，决不含糊，在这里，我不要活的，统统要死的！”

三个哨兵一起回答：“是！”

大泽一郎和河东大作留下三个哨兵往办公室走去，河东大作说：“大泽一郎司令，这炮声碰巧呀，我们的部队投降了，抗联还向谁开炮呢？为什么开了八炮就不再开了呢？要是和不投降的小部队开火，应该有枪声呀，你不觉得奇怪吗？”

“河东大作老师，”大泽一郎说，“你就别像我父亲生前那样，疑神疑鬼了，管它什么炮声，管它扔下什么手榴弹，你就相信，我们这天长山地下要塞是坚不可摧的就行了……”

河东大作笑笑：“大泽一郎司令说的有道理。”

他们无论如何也想象不到那是祝贺嘎丽娅与小棒子结婚的礼炮！

河东大作的卧室并不和大泽一郎的挨着，是在相距有一百多米的巷口拐弯处，大泽一郎道了一声晚安，便转身告辞了。他惦记着，浴室间里还有个被藏着的朴巧巧在呢。

朴巧巧听到钥匙开门声，赶忙甩掉睡衣进了冒着热气的浴池里，这里的风扇、电灯、热水都是靠柴油发电机来发电的。朴巧巧特意打开热水箱电闸，让水热一些。她蹲在里边只露个脑袋，被热气环绕着、笼罩着，全身就会发热，脸红扑扑的。她还把花瓶里的假樱花盘成花环，扣在了头上，加上长得又乖巧漂亮，就像一朵招人喜爱的醒了的睡莲。

大泽一郎锁上门，进来第一眼就心痒了，他边脱呢子军上衣边故作漫不经心地说：“怎么还没洗完。”

“司令应酬完，我也洗完就行呗，”朴巧巧洋洋得意的样子说，“真舒服呀。”

“舒服就好，”大泽一郎下身是呢子军服，上身是白衫衣，他觉得这样穿着比较庄重洁净。他走到浴池旁蹲下说，“巧巧，做我的压塞夫人吧？”

朴巧巧双手把着池沿，把卷曲的全身都浸泡在水里蹲着，不让大泽一郎看见那些关键的部位，回答说：“那我就不再做慰安妇了，你得正儿八经地娶我，咱们生儿育女。”

大泽一郎嘻嘻一笑：“好啊。”

朴巧巧说：“说了算数？”她这么步步为营，心里萌生了一种大胆的想法，做大泽一郎的夫人以后，可以在地塞内自由来往，这回不用曾丽娇了，她自己可以找机会把大泽一郎杀掉，带着姐妹们想法儿逃出地塞去找嘎丽娅和她母亲。因为她们承诺过，等打败了日本鬼子可以把姐妹们送回朝鲜。杀大泽小野攒了胆儿，求生回国的这一想法就越来越强烈了。

大泽一郎回答：“那当然了，走，上床吧。”

门铃又响了。

大泽一郎开门，厨师送饭来了。大泽一郎让他放在餐桌上摆好，说：“好了，你走吧。”

朴巧巧娇媚地嗅着味儿咂咂嘴说：“好香啊。”

“你呀，”大泽一郎去洗手，边洗边说，“巧巧，你当上我的压塞夫人，可就有享不尽的荣华富贵了。来，快上来，我们共同用餐。”

大泽一郎正打算就用一套餐具和朴巧巧斗着趣儿一起吃呢，细细一看，摆了两套餐具，两个人的菜量。原来，门旁边的警卫早注意到这一情况了，已经告诉厨房，大泽一郎有客人。

朴巧巧穿着睡衣来到桌前，就显得惊喜的样子：“大泽一郎司令，你早就有所准备，让我在这里用餐了？”

“那当然了，”大泽一郎借梯上高地说，“你这一说没和任何一个男人真正的睡过，我就喜欢上你了！”

朴巧巧说：“我也喜欢你呀，军服一穿，洋刀一挎，多威武呀。”

“你要喜欢，我批准你参加关东军地下要塞独立师，”大泽一郎兴奋得忘乎所以，那得不到嘎丽娅只差一天的惋惜与懊悔，早已远远地抛在脑后了。

两人边吃边唠，大泽一郎介绍自己的家世，还不断给朴巧巧夹菜，朴巧巧说：“大泽一郎司令，我看你是真对我好，那就举行个婚礼，让我当真正的压塞夫人吧？”

“行啊，”大泽一郎咽下一口菜说，“我也这么想的。”

朴巧巧步步为营：“那就请个证人，我们在这里举行个简单的婚礼，今晚就算入洞房了。”

大泽一郎说：“你不会让我放空炮吧？”

朴巧巧抱住大泽一郎的肩膀，吻了一下他的腮，大泽一郎借机把她搂到怀里。他曾经是瞧不起那些慰安妇的，在这一点上也瞧不起那些日本兵。所以，大泽小野知道他的儿子如此，才偷偷找朴巧巧幽会，才丧了命。大泽一郎听朴巧巧那么一说，竟在慰安妇中得到个处女，真是老天恩赐，禁不住性情大发，把朴巧巧紧紧搂在怀里。在这一点上，大泽一郎似比大泽小野讲究，但不过也是个色鬼。

“你说呢？怎么会对我的夫君那样呢！”朴巧巧深情地瞧着大泽一郎说：“找个证人，我俩正式结婚吧？”

“好，”大泽一郎说，“那就找河东大作副司令，他是我父亲的老师，是我的长辈。”

朴巧巧一说好，大泽一郎就打电话，河东大作来了，大泽一郎说明意图，而且说，要简简单单。河东大作对此事有些看法，又不好直说，只好依了，问：“大泽一郎司令，这你知道，咱们日本的婚礼仪式分为神前式、教会式、佛前式、人前式四种，你想采取哪一种？”

“哎呀，我的河东大作老师，”大泽一郎话里带点责怪的口吻说，“这地下要塞没有神、教会和佛，就用人前式，再说，那些也太复杂。”河东大作看出，他急着入洞房，便按着人前式的礼仪，亲自起草了一个结婚合约，并让大泽一郎和朴巧巧两人并肩站在一起，他俩共同大声朗读婚约书，然后又各自宣誓般叙说对对方的爱，仅十多分钟就结束了。

河东大作要走，朴巧巧跟在他身后去关门说：“河东大作副司令，明天你就宣布，从今晚开始，我就是天长山地下要塞的压塞夫人了！”

“好，好，”河东大作对这位平时不屑一顾的慰安妇只好另眼看待了，“一定，一定！”

大泽一郎随着朴巧巧外门插闩，里门上锁。锁好门，朴巧巧被大泽一郎抱起进了卧室。

这已经折腾到后半夜了。

门铃又响了。

大泽一郎烦得要命，但还是开了，因为这是河东大作摁出的三长一短的暗号。河东大作知道这是新婚洞房夜，必有重要事情。大泽一郎急忙从被窝出来披上睡衣，趿拉上拖鞋要去开门，朴巧巧问：“郎君，出了什么事？”

“别慌，”大泽一郎说，“你穿上点衣服等着，别慌。”

大泽一郎开了二道门锁，又拉一道门栓，拽开门一看吃了一惊，面前站着四个人：嘎丽娅被轻绑着，冯俊妮被大绑着，水稻王和飞刀王神气十足地站在她俩身后。

河东大作知道卧室里有个朴巧巧，不知如何是好，站在旁侧，一声不吱。

“报告大泽一郎司令，”水稻王说，“我们奉命顺利完成了任务，把你要的两个人带来了！”

河东大作走到大泽一郎跟前，在他耳朵边嘀咕了几句，大泽一郎皱了眉头，也在河东大作耳边说了几句话。河东大作点了点头，便对跟在后边的警卫说：“等会儿，你俩把水稻王和飞刀王先带到我房间去。”嘎丽娅使劲挣着捆绳，冲着大泽一郎大发脾气：“大泽一郎，你这是什么意思？我怎么不明白呢，你答应第二天一早去接亲，我们这个准备呀，不去不说，还深更半夜地弄两个弟兄用刀子逼着把我和我母亲带到这里？”

大泽一郎板着脸正要说话，冯俊妮撒泼似的说：“大泽一郎，你不守信用，我说就是不来，你这两个兄弟又拳打脚踢，又动刀子，你看——”她说着撸起胳膊，连河东大作这才发现冯俊妮的右胳膊缠着白纱布，布面上还渗着湿漉漉的血。

大泽一郎对两名警卫兵说：“松开，快给她俩松开！”

水稻王说："大泽一郎司令，这个娘们最野蛮，我哥俩好说歹说让嘎丽娅跟着走，她不让来，又抓刀，又拿斧子要和我俩拼……"

飞刀王一梗脖子说："大泽一郎司令，你看——"河东大作也同时侧脸看去，只见他脖子上五个大手指血印，然后说："这就是这娘们儿给我挠的，我还不给她绑起来，给她厉害看看……"他指着冯俊妮痛斥说，"这回到大泽一郎司令领地来了，再不老实个看看。"

"呸！"冯俊妮狠狠吐了他一口，"别狗仗人势……"飞刀王果然蔫了，瞧了瞧冯俊妮，又对一名警卫说："快松绑。"

朴巧巧刚被大泽一郎搂到怀里，觉得十分恶心，正憋着气，捏着鼻子不知怎么对付他呢。门铃响了，让她喜出望外，企盼着是不是抗联打进来了，要是这样，大泽一郎会从办公桌旁的秘密洞口逃走，那就趁机把他的两只脚跺了！她正琢磨着，侧耳一听，原来是嘎丽娅和她母亲来了。她真不敢相信这娘俩是被抓绑进来的，一定有什么计策进来救她们这些姐妹的，心里一阵暗喜，甚至觉得浑身有劲儿了。她想了一想，灵机一动，整乱了头发，穿着睡衣，光着脚，披头散发地冲出去愤怒地指着嘎丽娅："我在洞房里听出来了，是你呀，你这个不知趣的混血种，别想美事儿了，快滚回去吧！我和大泽一郎已经结婚，我成压塞夫人了，滚，给我滚……"她又指指冯俊妮说："还有你这个赖皮赖脸的娘们儿，统统给我滚——"

"你文明点儿，嘴里干净点儿好不好！"嘎丽娅一下子明白了朴巧巧的意思，"你算老几，我和大泽一郎订婚的时候，你还是个慰安妇婊子呢，我滚？你给我滚——"

朴巧巧两步一迈的跨向前，双手薅住嘎丽娅的头发大骂："你说谁是婊子——"

"就说你呢，"嘎丽娅毫不示弱，"你本来就是今天跟这个大兵睡，明天跟那个睡，不是婊子是什么！"她被朴巧巧使劲薅着头发，只好低着头，猛一伸巴掌，抓破了朴巧巧的脸。

冯俊妮开心的样子说："嘎丽娅，给我抓，抓破她这个不要脸的脸……”

怔了一会儿，不知所措的大泽一郎一个大步跨过来，指指冯俊妮，对警卫说：“把这个冯老板给我关进水牢！”

“使不得，使不得！”嘎丽娅求情说，“亲爱的，那是我妈呀。”

大泽一郎两眼一瞪：“皇军眼里容不下你妈这样的沙子，带走！”

两名警卫架着冯俊妮走了，她挣扎、喊叫着：“嘎丽娅，你这个没有孝心的东西，在开拓团时你答应大泽一郎的求婚，我就勉强同意。如今，他进了这不见光彩的老鼠洞，你嫁他干什么——”

大泽一郎气哼哼地走到办公桌前把手枪往桌子上一拍，对仍站在原地的嘎丽娅和朴巧巧说：“你俩老实给我听着，谁要是不老实，不听话，敢和我大泽一郎司令闹腾，我就毙了她！”

朴巧巧、嘎丽娅都规矩站好，低下了头。

“河东大作老师，”大泽一郎说，“你回去休息吧，辛苦您了。”

河东大作只是点头，拽着来插门的大泽一郎出了大门，悄悄说：“大泽一郎司令，瞧冯俊妮那个样儿，不会是共产党吧？”

“河东大作老师，”大泽一郎加重口气说，“您别像我父亲那样神经过敏了，她一个做小买卖的寡妇，原来看她挺老实，现在看，就是个刁民，治治她就好了。”

河东大作点点头：“说的是。”

大泽一郎插完第二道门回头说：“你俩听着，谁敢和我捣乱不讲理，我就毙了谁！”

朴巧巧半低头说：“那，司令也得讲理吧？”

嘎丽娅也说：“是啊，司令总得讲理呀。”她连说话都是全低头。

“皇军从来都是讲理的，”大泽一郎说，“那，我就讲给你俩听听。我是非常爱嘎丽娅的，那是从心里爱。河东大作副司令出主意让两个弟兄把嘎丽娅接来，我同意了，但并不寄托希望。没想到这两个伙计还真有本事，嘎丽娅来了，我十分高兴。可是，还是很遗憾，只差一天没把你娶成。前天晚上我不见两个伙计回来，朴巧巧主动爱我，我就接受了，还举行了婚礼，而且封了她压塞夫人……”

朴巧巧笑盈盈地说：“是，司令果真讲理、讲情谊。”

“嘎丽娅，亲爱的，你既然能和你母亲闹掰来我这里，我非常高兴。”大泽一郎说，“既已这样，我封朴巧巧为第一压塞夫人，你为第二压塞夫人，你看怎么样？讲理不？”

朴巧巧一躬腰示礼：“谢谢司令！”

嘎丽娅表现出不高兴的样子。

大泽一郎问：“嘎丽娅，怎么样？说话呀。”

嘎丽娅小声说：“司令定了，只能这样。”

大泽一郎一挥手说：“走，一起入洞房吧。”

朴巧巧急着进了卧室，往床上一坐，甩掉拖鞋一盘腿，故作生气地对大泽一郎说：“夫君，两个夫人伺候你夫君一人，我是第一夫人就得先收公粮，第二夫人呢，就只能收余粮……”

嘎丽娅没好气地说：“你就都收，我不要！”

大泽一郎见嘎丽娅吃醋了，一脸无可奈何，公正地说：“巧巧，你可不要欺负我的第二夫人，嘎丽娅可是我的最爱。”

“嘿，”朴巧巧酸溜溜地像从嗓子眼儿挤出话，又通过牙缝过滤了一通，很尖刻的味道说，“我俩还才举行结婚仪式呢！”

此时，大泽一郎已经没有脾气了，只惦着怎么与这两个女人同度这一夜，于是说：“嘎丽娅，亲爱的，你先去洗澡吧！”

嘎丽娅应声边迈步要走，边用鼻子“嗤”了一声。朴巧巧伸长脖子，冲着门口以更轻蔑的口气“呸”了一声，还溅出了唾沫星子。他擦擦说：“巧巧，当第一夫人了，不要这样嘛……”

大泽一郎看着已经脱了上衣的朴巧巧，在女人细腻洁白肌肤的诱惑下，所谓日本军人的威势已荡然无存。他也开始情不自禁地脱衣服，两只色眯眯的眼睛在朴巧巧越脱越光的身上打转……

嘎丽娅站在浴池旁放热水，呆呆地望着呲呲冒着热气的水从水龙头注入浴池，还翻着浪花，想起新婚之夜与小棒子说的会保护自己，眼下觉得无能为力了。她苦苦地想，把自己的身体交给一个憎恶的人，该怎么忍受那难熬的痛苦呢？小棒子也应该想到这了一幕，他又该是怎样痛苦熬着那心中的不情愿呢？母亲，母亲，自己知道大泽一郎不会对您怎么样，可是母亲或许也正在揪心不已呢……

水注满了浴池，嘎丽娅竟不知道，直到溢出的水流到地上，打湿了脚，她才猛醒似的伸手去关了龙头。

她呆呆地站着，别说衣服，连鞋都没脱。忽然，卧室里传来了朴巧巧的尖叫声，让她的心一下子抽紧了，甚至哆嗦起来，双唇在打战。接着，从卧室里传来大泽一郎有气无力的叫喊："亲……爱的……嘎……嘎，快来呀，快……"

嘎丽娅知道在劫难逃，急忙脱掉衣服，下浴池冲了一下，水淋淋地上来，慌忙擦几下，披着睡衣进了卧室，只见大泽一郎趴在床上喘粗气，脸上大汗淋淋，头发也都湿了。他听见嘎丽娅的脚步声抬头瞧了瞧她，上句不接下句地说："等……我去……卫生……间……"然后，有气无力地披着睡衣走了。

"丽娅妹妹，"朴巧巧趴在嘎丽娅的耳朵上悄悄地说，"放心吧，这家伙让我收拾得无能为力了……"

嘎丽娅激动极了，含着眼泪没掉下来："巧巧姐，谢谢，我太谢谢你了。"

朴巧巧说："你这一来太好了，我会尽力保护你的，反正我就这么的了，怎么也拖不过去……"

外边传来了脚步声，朴巧巧急忙躺下数落说："喂，瞧你这二夫人，在这儿站着干什么，快准备伺候夫君呀……"

大泽一郎还在喘粗气，迈步七扭八歪，扶着门框要迈进一步时，听到了朴巧巧的话，一侧脸见嘎丽娅满脸泪痕。刚要去扶她，身子一歪，腿发软，侧身跌倒在了床上问："亲爱……的……哭什么……呀？"

嘎丽娅喃喃地说："夫君，我想我母亲……"

"呸，没出息的，最多也就是配做个二夫人，"朴巧巧一下子又变得口甜乖巧，"夫君，我看着她就烦，让她去吧，反正也跑不了，明天再伺候您！"

"行，行……"大泽一郎说，"你是第一夫人，你安排吧，让警卫带她去看看，快去快回！"她接着又对嘎丽娅说："劝劝你妈，别让她和我过不去……"

河东大作回到了自己的房间，见水稻王和飞刀王赌气似的蹲在地上，见他进来也不打招呼，就像没看见他一样。

“水稻王，飞刀王，”河东大作说，“你俩报告一下去绑架冯俊妮和嘎丽娅的情况吧！”

“河东大作副司令，”水稻王开了口，“我哥俩这一遭可真不容易！你们是不知道，眼下，绥芬河镇上到处是戴着写有‘赤卫队’袖标的人，扛的那枪，好像都是你们大日本造的，各个路口上还搜身，到处都是他们的人，说是查日本大部队投降后散失的关东军日本兵、汉奸。头一天晚上，我俩根本就进不去……”

“第二天，我哥俩把匕首、金条埋在路边土里，才进了镇子，”飞刀王截话说，“我俩穿得都是这么破破烂烂的，他用山东话，我用河北话接受盘查，总算是进了镇里。你猜怎么着，这个冯娘们儿生意火着呢，此外，还有些小伙子捧着鲜花到她家去求婚，很多人呀……”

河东大作问：“镇上这么严的管制，你俩能把冯俊妮和嘎丽娅捆绑着带来，是怎么回事呢？”

“河东大作副司令，你听我说呀，”水稻王说，“天要黑了，等求婚的、买货的走光了，冯俊妮要插门，我俩闯了进去，把两位司令的意图一说，姓冯那娘们儿是死活不干，可是嘎丽娅干，她说，已经答应嫁给大泽一郎司令了，不能变——”

河东大作说：“你接着说。”

“嘎丽娅到教堂拜见圣母回来后，已经在心里禀告圣母，婚姻大事就许给大泽一郎了。”水稻王说，“嘎丽娅对她母亲说，要是背叛圣心，来世转生会受到圣母处罚的。”

河东大作说：“对呀，嘎丽娅说得对。”

“对是对，”水稻王说，“那娘们儿就是死活不同意，拽着嘎丽娅又哭又喊。嘎丽娅就指责那娘们儿太不守教道，那娘们儿就指骂嘎丽娅不孝，还说什么嘎丽娅的爹死得早，一个人养她不容易。日本鬼子都投降了，就算嫁个臭要饭的，也不能嫁大泽一郎……”

“啊？”河东大作问，“那娘们儿这么凶吗？”

“凶，说她凶还不够，”飞刀王在一旁接话说，“那娘们儿拿起菜刀，说嘎丽娅要是跟我俩来，就杀了她。嘎丽娅吓得拔腿就跑，那娘们儿就在后面撵。我俩也跟上来，跑到中心街口，嘎丽娅在前面被两名赤卫队员截住了，嘎丽娅疯跑着说是闹家事儿，他们就没管。我们跟着先让那娘们儿落下，匆匆忙忙对截住的赤卫队说是冯老板家的长工，娘俩闹矛盾，去帮着撵来。嘎丽娅跑着跑着被一块石头绊倒了，我们撵上了。旁边有个你们皇军开的煤矿，不知被谁炸了……”

水稻王又说，“我们俩在矿墟旁边捡了点炮线、绳头，就把她俩统统捆起来了。”

河东大作说：“别绑这个娘们儿来不行吗？”

飞刀王说：“不行啊，嘎丽娅见她妈要死要活，又难受了。”

“哦，嘎丽娅良心大大的。”河东大作问，“嘎丽娅不该捆呀？”

水稻王说：“我们把她捆住好领呀，你们没看是小捆吗？”

河东大作问：“你俩的金条呢？”

“嘿，”水稻王说，“啥丢这玩意儿不能丢，你看——”他顺手从衣兜里掏了出来。

飞刀王也跟着掏出来说：“我们把她俩捆起来以后，我们找到埋匕首和这金条的地方就上路了。”

“皇军，”水稻王板起脸说，“看来，您是信不过我俩呀……”

……

河东大作当时听大泽一郎让警卫带走冯俊妮表面赞同，心里可不是这么想的。后来他听水稻王和飞刀王讲得那么天衣无缝，简直就像电影、小说里讲故事那样，凑巧而出奇。别看两块金条拿回来了，他怀疑水稻王和飞刀王让共产党和抗联给同化了，甚至怀疑，连大泽小野的死都与冯俊妮有关，甚至和嘎丽娅有关。但是，又一点点蛛丝马迹也没有。大泽一郎的判断也不无道理，可是，也一点证据都没有。所以，他得出结论，必须处处怀疑，处处留心，如今进了这个“保险柜”，不能有丝毫闪失。他甚至十分后悔，不该出主意去带冯俊妮和嘎丽娅。可是也好，大泽一郎那么痴情嘎丽娅，有了她，会给他助兴，会让他更加坚守这块阵地。哪知，这个大泽一郎还能喜欢上慰安妇朴巧巧！

他是个男人，竟不理解男人的心理了。

他计上心来，背着大泽一郎，不让警卫班的人看守冯俊妮，而是让水稻王和飞刀王看守，然后派人秘密注视这两个人和冯俊妮会不会有什么勾当。他知道，嘎丽娅从今晚起就成了大泽一郎的床上猎物，很快大泽一郎就会放掉这个冯俊妮，说不定还要好房间好伺候，那时候就没有更好的机会来侦察他们之间是否有名堂了。其实，他只是个朦胧的想法，他并没有日兵军营内搞特务活动的那些人有心眼和手段。他教书，管理学校思路清晰，而做这个，却是第一回。

河东大作拿定主意，让水稻王换上了军装，也给他发了枪，但不给子弹，不上刺刀，来到水牢门前。一只看上去很凶恶的警犬忽地扑来，被水牢旁站岗的警卫叫住了，然后栓短了绳索。河东大作刚交代完，一名警卫领着嘎丽娅走来报告说："报告河东大作副司令，大泽一郎司令安排他的第二夫人来看在押的人……"

河东大作不知是不习惯，还是心情烦乱，说："司令说了，那就看吧。"他走出几步要回来，担心他们见面会有什么名堂。心想，有名警卫在也搞不了什么名堂，回身时听见那边大吵起来。

冯俊妮怒吼着："嘎丽娅，你破坏了教风，也败坏了我的家风，来就来吧，连个结婚典礼都没有就算结了婚，你滚，滚，我没有你这个女儿！"

嘎丽娅一看两个守卫是水稻王和飞刀王，大概知道了母亲的用意，毫不示弱地叫喊："妈，你也得理解理解我夫君，你发什么火呀，不行，我就劝劝夫君，补一个，让你在这塞里风光风光……"

冯俊妮仍不消气儿地说："滚，滚，不听我的话，我没你这个女儿！"

嘎丽娅只好走了。

警卫哨兵告诉水稻王和飞刀王这警犬的名字叫"巧克力"，和它近乎，常给吃的，它才听话。他一走，水稻王说："这个傻帽儿，他以为咱俩是河东大作的亲信呢，你放心吧，咱俩受监督了，要格外注意。"飞刀王点点头，瞧警卫兵走了，冲着冯俊妮竖了竖大拇指。冯俊妮微微笑了。

嘎丽娅回到大泽一郎的卧室。朴巧巧正给大泽一郎捶完腿，又去捏肩膀。

大泽一郎趴在床上一仰脸发现嘎丽娅泪水涟涟，忙问：“怎么了？”

“夫君，我母亲大骂我，”嘎丽娅装出哭腔说，“她骂我说，既然来了就来了吧，连个结婚典礼都没有就进洞房了，骂我叛教、败坏了冯家门风……你和朴巧巧都有婚礼呢……”

“噢，快坐，快坐，亲爱的，”大泽一郎轻松了一些，笑笑说，“这好说，这两天我安排一个就行了，不管怎么说，那是你母亲。”

嘎丽娅说：“谢夫君。”

“不行，和我的典礼那么简单，”朴巧巧说，“我要是和我母亲一说，她知道了，她会更不高兴，骂我是轻的，说不定要挨扁担呢。我们朝鲜婚庆复杂着呢，重办时，我让慰安妇全体姐妹给我当伴娘……”

“这成什么样子，”大泽一郎说，“让我再想想，和嘎丽娅的典礼怎么办，应该和你的差不多……”

嘎丽娅说：“那得和我妈商量一下。”

“不用和她商量，”大泽一郎说，“你妈什么时候向我求饶了，保证不乱来了，我才认这个老丈母娘……”

“不说这个了，”朴巧巧说，“咱接着二夫人刚进来时候的话题说吧？”

大泽一郎问：“说到哪儿了？”

“瞧你这点本事，都糊涂了。”朴巧巧抱住他的肩膀头说，“不是说给我俩穿军装，也成关东军天长山地下要塞独立团正式战士的吗？”

要是在别的任何场合，嘎丽娅见到外国女人和日本鬼子这样，不恶心死才怪哩，可是，眼前她却觉得朴巧巧是多么有本事。这是在和敌人打仗，这种装不进炮膛里的炸弹比真的炮弹还要厉害。朴巧巧本也是一个朝鲜良家女，被逼到了这条路上，反抗的觉悟在提高，本领也在增强！鬼子鬼子，还没鬼过慰安妇巧巧呢！

“想起来了，”大泽一郎说，“这好说，明天就办，我还要让你俩给我当管家呢。”

朴巧巧摇晃着大泽一郎的肩膀头说：“夫君，你说，让我们怎么当管家呢？”

“目前看，天长山地下要塞是我大日本帝国实行大东亚共荣唯一的阵地了。”大泽一郎说，“关东军耗费了巨大的财力和物力才筑成地下要塞，这里有二十个重要的库，其中两个中库是黄金，十八个大库是粮食，可以供这两千多人吃二十年的。管这些物资很重要。金库没有我的批条不准出库，粮库没有河东大作副司令的批准不准出库，所以，谁来掌握这里的钥匙很重要。你们俩穿上了军装，既是关东军，又是家里人，你俩管我才放心。”

“太重要了——”朴巧巧感叹一句问，“还有呢？”

大泽一郎说：“还有一个特大库，是军火库，里边有炮弹、枪、子弹，还有手雷……”

嘎丽娅故作不太懂一样听着。

朴巧巧争着说：“那，我是第一夫人，先让我挑，我管金库和粮食库的钥匙。”

“你就是能抢尖，”大泽一郎问嘎丽娅，“那，武器库就归你管了？”

嘎丽娅说：“听夫君的。”

“亲爱的，高兴点儿好不好，”大泽一郎说，“来，伺候一下夫君。”他显然是又有些精力了。

朴巧巧抱住大泽一郎又亲又吻：“不行，每次开始都必须是我这第一夫人的……”

大泽一郎正推开朴巧巧去抱嘎丽娅，门铃响了。

“吓，”大泽一郎说，“快起床吧，都这时候了，送早餐的勤务员来了，嘎丽娅，你先去开一下门接过来。”

嘎丽娅一走，朴巧巧又折腾起大泽一郎来。嘎丽娅打开门，接过提盒，轻轻往餐桌上放着，听着卧室里朴巧巧的尖叫和大泽一郎的粗喘声。嘎丽娅默默地说，巧巧，我的好姐姐，我真不知该怎么谢你好了。

朴巧巧帮着大泽一郎穿好衣服，又穿袜子，随他身后到卫生间洗漱。她又给大泽一郎往牙刷上挤牙膏，往杯子里倒水。大泽一郎要接，朴巧巧干脆把杯子送到他嘴边，他喝进一口漱了漱又吐出来。朴巧巧把有牙膏的牙刷往杯子里沾沾水，给他刷起牙来。大泽一郎闭着眼睛，任凭牙刷在牙床上下左右轻轻刷起来，朴巧巧把胳膊放在他脖颈上，他轻轻一后仰。朴巧巧大喝一声："二夫人，你也太会享清福了，来——"朴巧巧把牙刷递给嘎丽娅，嘎丽娅瞧她一眼差点笑出来，急忙学着朴巧巧上下左右，下牙后床，上牙后床地刷起来。轻轻的，柔柔的，大泽一郎竟晕昏一样了。朴巧巧轻轻拍拍他的脑门儿说："夫君，好了，快漱漱口吧。"嘎丽娅急忙把杯子送到大泽一郎的嘴边，他喝一口挺起腰，咕噜噜漱漱口吐进了洁具，嘎丽娅急忙把杯沿又送到他嘴边上，大泽一郎一连五口后抬起头说："好了，好了。"然后对朴巧巧说，"大夫人，我在日本，什么样伺候人的方式都看过，就是没看过两名美女伺候刷牙的，太舒服了，以后，你俩就这么干了，听到没有？"嘎丽娅连忙回答："听到了！"

朴巧巧扯过毛巾，给他擦擦嘴边上的牙膏沫儿说："夫君，你娶我算是娶着了，光这点事儿伺候的好吗？床上伺候的怎么样啊？"

"你这个小坏蛋！"大泽一郎已经很喜欢朴巧巧了，轻轻拍她脑门儿一下说了一句，又对嘎丽娅说，"我的二夫人，你光长得漂亮，插在花瓶里让我看也不行呀，要好好和大夫人学习，今天晚上就由你伺候我了……"

嘎丽娅害羞地点了点头。

"夫君，"朴巧巧说，"她那两下子不行，让她先学着点儿，等学会了再伺候你，我就在旁边看着了。现在让她伺候你，肯定扫了你的兴，好饭不怕晚吗。"

"真不愧是大夫人，"大泽一郎说，"二夫人，听见了没有？"

嘎丽娅低头回答："听见了，一定向大夫人好好学习。"

大泽一郎走出卫生间后，朴巧巧和嘎丽娅抓紧洗漱。朴巧巧挤眼，嘎丽娅偷笑，朴巧巧指指外边，然后把右手伸成巴掌在脖子上做了个杀头的手势，嘎丽娅点点头，比画着秘密交通图，朴巧巧点点头，两个人哗哗吐漱口水，很快走到了餐桌旁坐下。

嘎丽娅边从提盒里往外取一碟碟菜、大米饭盒，又取出筷子先放在大泽一郎身边的小碟上，朴巧巧说开了俏皮话：“谁说二夫人不会伺候人呀，这不也挺有眼力吗。”

“哼，”大泽一郎说，“往后，这眼力的路子要宽一点儿！”

嘎丽娅连连点头：“夫君，是！”接着又给朴巧巧递筷子，而且说：“大夫人，请。”朴巧巧嬉笑眉开：“二夫人，你很快就会上路的，不过，千万可别挤了我的位置呀。”

“那怎么能呢，”嘎丽娅说，“你永远都是大夫人，哪怕是跟着夫君回到大日本帝国，也是这样。”

朴巧巧说：“那，你这个妹妹我就认定了。”

“好好，”大泽一郎笑笑，夹起一口菜说，“你俩一定要好好团结，都当好我的夫人，大大的给我工作上的支持。过几天，夫君就要训练官兵，研究守塞策略，要把天皇和关东军未竟的事业继承下去。”

朴巧巧说：“我们可是盼着夫君成功呀，到时候，我俩就有享不尽的荣华富贵了。”

嘎丽娅应和说：“那是，我们盼着这一天。”

“好啊，”大泽一郎边吃边说，“难得这么快，二位夫人就和夫君同心同德了。”

嘎丽娅请求说：“夫君，放了我妈吧，她毕竟是我妈，她在那里太遭罪了。”

“那，这我知道，放可以，不过，她必须承认个错，下个保证，支持你做我的二夫人，”大泽一郎说，“不然，她出来再一挑唆你，影响我们的感情。”

朴巧巧一旁说：“夫君，不行的话，干脆就放她出地塞吧。”

“这可不行，”大泽一郎说，“要是让共产党知道她是从我地塞里出去的，还不收拾她，让她说这里的交通情况，来攻打我的地塞呀。”

嘎丽娅说：“瞧夫君说的，我母亲一个开店寡妇，哪有那心思呀，就是共产党把她抓去也不会说的，我还在这里呢。”

朴巧巧应和说："就是呀……"

没等朴巧巧说完，大泽一郎便指责说："就是什么，以后，这样的主意不要给夫君提，明白吗？"

两人几乎同时说："明白。"

"快吃，"大泽一郎说，"吃完了，跟我去认认库门，看看咱地塞的家当，也看看哪是营房、厨房、医院、大会堂、练武场、发电房、供电所……"

"啊？"朴巧巧问，"夫君，咱们这里还有练武场呀？"

"那当然了，"大泽一郎从不离身的兜里掏出一张天长山地塞秘密交通图，指着几个带标记点又有文字注明的地方，一个个点划着说，"二位夫人看，这里是深水井，这里是柴油库，这里是发电机厂，这里是送电室，"然后又指着线路图说，"我们的地下要塞分上下三层，我们这是第三层，最安全的地方。每层都有不同的设施，这些弯弯曲曲的线就是地塞延伸的长度，绕着天长山转了一圈，又从中间绕了回来……"

嘎丽娅惊叹说："夫君，这也太复杂，太深奥难测了。"

"当然，"大泽一郎说，"要不，我们大日本帝国怎么会说，这是东方马奇诺防线呢？"

"夫君，"嘎丽娅问，"什么是马奇诺防线？"

"好哇，你是老师来到这里，研究关心这些问题，夫君高兴，你还可以是我的参谋长，"大泽一郎见嘎丽娅情绪好转，听了这问话很高兴，解释说，"这个巨大的工程建造在法国东部的蒂永维尔，是根据当时法国的陆军部长马奇诺命名的，也是他主张并指挥建成的，就像我父亲大泽小野主张建成的这天长山地下要塞一样。马奇诺防线从 1929 年开始建造，1940 年才基本建成，花了整整 50 亿法郎，主体巷道一百多公里，是巨大的防御工程，由钢筋混凝土建造而成，十分坚固。防线内有各式大炮、壕沟、堡垒、厨房、发电站、医院、工厂等，大的工程里还有有轨电车通道……"他最后骄傲地说："马奇诺防线不如我们建在地下，神秘而坚不可摧。"他又洋洋得意地说，"我这东方马奇诺防线，胜过法国当年的马奇诺防线，因为法国当年的马奇诺防线最后被德军突破了。"

“看来，我投奔夫君来对了，”嘎丽娅说，“我们的马奇诺防线是坚不可摧的，从水稻王和飞刀王带我进来就发现了！”

大泽一郎说：“二夫人，我看好你，有文化，有长远战略眼光。巧巧呢，只会卿卿我我，你的前途大大的！”

他尝到了朴巧巧给予的快乐之后，身上军国主义的因子开始激活，此时，热情又开始向嘎丽娅身上转移，他趴在嘎丽娅耳朵边说：“我的二夫人，别着急，只要你母亲答应转变，我就放她，还给她荣华富贵。不管怎么样，她是我的岳母嘛，可是，她这样不行……”他说着放开嗓子：“二夫人，你让大夫人说说，我可不是小题大做，也不是不给你留面子，你母亲要是不认错，就会大大的影响你给我当夫人，你说对不对？”

“当然了，”朴巧巧说，“二夫人，让夫君给你时间，好好劝劝你母亲，来都来了，还闹腾什么。”

嘎丽娅精神一下子变得振作起来：“夫君和大夫人说得有道理，夫君给我点时间吧，我一定好好劝劝我母亲。”

嘎丽娅和朴巧巧已经看出，在讲马奇诺防线时，在讲天长山地下要塞时，大泽一郎是那么得意洋洋。在他的心里，这里是牢不可破，坚不可摧的。他坚信：嘎丽娅和朴巧巧只要进了这里，就插翅难飞，什么父训的严守军事机密、财产秘密都抛到九霄云外了，而且说得那么畅快、那么毫不保留，又那么自豪。如果说警惕、防范，在开拓团军营时还有，如今不说荡然无存，也所剩无几了。得到了朴巧巧的舒心，得到了嘎丽娅的满足，让他精神焕发，心里起了要坚守这块阵地，与苏联红军、抗联对抗到底、死不投降的勃勃野心。

这里虽有灯光照耀，却是暗无天日，难辨春夏秋冬和早晚时辰。只有那机械转动的挂钟、手表告诉他们这是什么时日。对于其他人来说就是听钟声，早饭敲钟一下，中餐两下，晚餐三下。当然，这是早餐用完后，大泽一郎让警卫取来军装让嘎丽娅和朴巧巧穿上，他要视察，也让两位夫人跟着见见世面。等把河东大作约来说明意图时，河东大作心里又有些不乐意，又不好说出口，只好依了。

大泽一郎要进行入塞第一次大视察，他身着军官呢子服，脚踏大皮靴、挎着洋刀，佩带着官衔胸章。塞内灯光全亮，一路走来，仅各门岗哨兵见了他靴并拢的咔哒声，举手礼时胳膊肘内侧摩擦衣服的沙沙声，已够他觉得自豪无比，特别是他身后跟着两位入伍的夫人，他更觉得心旷神怡，信心百倍。

河东大作错一步随在右侧，他发现，敬礼的目光、手势都是以大泽一郎为中心，那种自己巡视时的威严与尊崇在这场合似乎全然不见。私底下，河东大作对大泽一郎是有一些意见的。比如，自己安排人去接嘎丽娅，他就不该自作主张匆忙娶了朴巧巧。在他的眼里，朴巧巧是什么人呢？说句不好听的话，朴巧巧是关东军的公共厕所，还穿军装，又封第一夫人，还紧贴在大泽一郎的身边，这让他实在看不惯。他甚至看一眼朴巧巧就感到恶心，这些都只能埋在心里。他知道，这是大日本的军队，对上级不能有任何质疑。

首先到了粮库。一进库地，巷道宽了，门口停泊着拉货汽车，这里是可以走车的。保管员打开第一扇门，吓，好气派哟，放粮袋的多层架上密密麻麻摆放着鼓鼓的粮袋，宽宽的有十个货架，长长的有一千多米，按架分类，分别写着大米、小米、高粱、玉米、大豆等等。

“夫君，”嘎丽娅问，“这要是存放时间长了，不会变质吗？”

“哈哈哈……”大泽一郎笑笑回答，“你问到了技术问题，到底二夫人有文化。告诉你吧，这库里的高矮、存量、温度，建造的时候已经考虑得很周密。这粮食，十年之内吃都没问题，二十年之内吃，也无大妨碍。”

嘎丽娅点头，见大泽一郎这么兴致勃勃，朴巧巧也凑趣地问：“夫君，这里不生老鼠吗？”

大泽一郎笑笑说：“大夫人，你这问题问得简单了，这库的墙壁都是半米厚度的钢筋水泥混凝土，老鼠？老虎也打不出洞……”

“那可不对，都说龙生龙，凤生凤，老鼠生来会打洞。”朴巧巧见在此场合失了宠，故意打趣地这么说了一句顺口溜。

河东大作说：“大夫人，放心吧，就是老鼠长上铁牙也打不穿的呀。”

“那倒是。”朴巧巧笑了。

保管员又打开第二至第十个库，都是这派头，连河东大作也不时惊叹。而嘎丽娅却在心里骂，这是多少劳工的血汗和万人坑里的尸体换来的呀，这里粒粒皆仇恨。

大泽一郎对保管员说：“把钥匙交给我的大夫人朴巧巧吧，日后，没有河东大作司令的批字，一律不放。你以后是河东大作副司令的参谋长。”这又让交权的保管员很高兴，这等于提职，俸禄多了。

接着视察金库，这更让朴巧巧和嘎丽娅惊叹了，一面货架上金灿灿摆满了大、中、小金条和大、中、小金砖。大泽一郎宣扬说共五吨零一百零一公斤。他不说来历，其实是关东军侵占东北后，抓劳工开采金矿八年多的结果，本应随时运回日本。关东军几名头头对这笔财产有了私心，运回日本归交国库，他们便点滴不得，想暂放这里日后再说。看这个库也是那一套，不过，大泽一郎显得更神气十足了。

再拐过两条巷，又往深处走，才到了军用库。这里就不那么耀眼了，而给人以阴森恐怖的感觉。大泽一郎让嘎丽娅接库时，嘎丽娅故意胆怯地说了声“我很害怕”，大泽一郎再不是在塞外追求嘎丽娅时的神情了，用教训的口气说：“怕什么，又不让你用，只不过是我批字你出库。要明白，这个库很重要，比那两个库要重要多少倍。”嘎丽娅点点头。

嘎丽娅在心里默默记着这条路线，又继续走，就有些迷惑了。大泽一郎都是边走边看不离身那个包里的秘密交通图，直到拐向时，还要站一会儿辨一下方向。又拐了两个巷道，看了发电房、供电所、军营以后，已经过了三个多小时。大泽一郎还兴致盎然地让人领着看了三个主塞口，讲了这三个塞口出易入难的秘诀。朴巧巧悄悄和嘎丽娅诉苦累了，嘎丽娅却正精力焕发，因为这都是最关键的地方，说不准什么时候能派上用场。她一个个暗暗往心里死记着，走过的地方基本形成一个轮廓图。大泽一郎看看图说，要走通还早着呢，几十分之一吧，目前，使用的大致就这一片地方，预计上下三层能装下一半关东军。

大泽一郎仍然走在前头，刚拐过一个巷口，忽听传来了冯俊妮的训斥声："亏你俩也是中国人，我出去走走都不行，要憋死我呀……"水稻王厉声说："姓冯的，什么中国人不中国人的，进了要塞的水牢就是犯人，别忘了这是地塞军营，吵吵什么？"飞刀王更严厉地说："有本事找大泽一郎司令理论去呀，和我们逞什么能……"冯俊妮像是急了："告诉你们司令，再虐待我，我就浸到水牢里淹死……"

大泽一郎停住脚步对嘎丽娅说："二夫人，你听听，你母亲这样，我怎么让她出来……"

嘎丽娅冲着来声音方向哭喊："妈、妈……你不能死……不能死……呀……妈……"

她哭喊着要跑去的样子，捂脸呜呜大哭起来。朴巧巧一把拽住她说："嘎丽娅妹妹，你是二夫人了，得听夫君的呀。"

河东大作直摇头："闹剧，闹剧。"

"河东大作老师，"大泽一郎说，"马上也要午餐了，你安排几个菜，让二夫人留在这里好好劝劝她这个刁母亲。"

河东大作对嘎丽娅说："二夫人，你就留下吧，我去安排。"

嘎丽娅停步了，大泽一郎打头往前走着，两个鬼头鬼脑的人在巷旮旯正伸头缩脑，也不打立正。大泽一郎满脸怒色地问："什么的干活？抓起来！"河东大作忙在大泽一郎的耳朵边悄悄说："这是我安排的两个探子，监视水稻王、飞刀王和冯老板有什么勾当没有……"

"哈哈哈……"大泽一郎笑笑说，"河东大作老师，你真不愧是我父亲的老师，思维方式和我父亲一样一样。你说，他在我这钢铁般地塞里能搞什么名堂。你们看吗，到处是哨，到处是眼睛，我的参谋长和我说，自打我的俸禄制度定完后，这里是一片叫好声呀……"

河东大作只好点头屈尊："明白了，明白了。"

第三十一章

天长山地下要塞“水牢”，也是大泽小野继开拓团营房里“蚊虫会餐”“狼狗吃烧烤”“扒虎皮”等三大刑外，处心积虑设计的又一刑法。进这里也有“三刑”，主要是在内部人违犯他的军令，或进来了可疑的人时使用。这三刑没有那三刑那么惨无人道。这里第一是捆绑在刑架上不准动；二是泡在水池里；三是坐禁，这第三是最轻的，也就是冯俊妮受的这个，让嫌疑人坐在木笼子里。这个木笼子很大，像个小房子，可以看见第二禁室的水，还可以看到第三禁室的刑柱。这第一刑室在门岗斜对角，可以看到刑室门口的警犬，也能看见值岗的人，还可以听到值岗人说话。

冯俊妮正与水稻王和飞刀王争吵着，见警卫兵领着一个人走来，穿的虽是日本鬼子兵的服装，走路却像嘎丽娅，越往这边走越像，走着走着，终于认出来了，是女儿，是嘎丽娅，她心里暗暗大喜。在这水牢可谓度夜如年，她想象女儿该受到怎样的欺凌？大泽一郎是否怀疑她？把她关在这里仅仅是为了她不同意女儿来吗？

牢房大门开了，木笼门开了，嘎丽娅跑进去一下子扑到冯俊妮怀里呜呜哭了起来。冯俊妮嘴里说：“好女儿，不哭，这不是哭的地方……”

说着说着自己也掉下了眼泪。

水稻王故意与送餐的人打招呼：“吓，这么快就把餐送来了！”

飞刀王也故意大声说：“神速，神速呀。”

厨子进了木笼屋打开提盒，把四个菜两碗米饭摆上，放上两个碟、两双筷子，起身又躬下腰说：“二夫人，请用餐。”

厨子一出门，冯俊妮就问嘎丽娅厨子管她叫二夫人是怎么回事？嘎丽娅把大泽一郎如何提前娶朴巧巧为妻封大夫人，自己封二夫人，以及昨夜朴巧巧如何保护自己，如何打手势，然后，大泽一郎又如何让自己来这水牢里劝说等情况都告诉了冯俊妮。冯俊妮激动地握着嘎丽娅的手只是笑，竟说不出话来了，嘎丽娅说：“妈，咱边吃边说吧，大泽一郎没事儿，我担心河东大作那只老狐狸会监视我们。”

“好姑娘，”冯俊妮先拿起筷子和一碗米饭说，“你成熟机智多了，妈真高兴。”

嘎丽娅边端起饭碗，拿起筷子说：“妈，我现在有个初步方案了。”

“好姑娘，快说给妈听听，”冯俊妮夹口菜送进嘴里说，“战大队长还有你父亲他们说不定等得多着急了呢。”

嘎丽娅笑笑说：“母亲，这才一天多的时间，我就有方案了，够快的了吧？”她的语气里充满了骄傲和自豪。

“是，”冯俊妮说，“不是越快越好嘛！”

冯俊妮和嘎丽娅的筷子你起我落，嘎丽娅细细说了一遍自己的构想，冯俊妮听了又是高兴又是担忧，于是皱皱眉头说：“也只能这样了。”这时，水稻王大声说：“厨子来收餐具了。”嘎丽娅急忙说：“妈，你得还这么闹，不然，让他们给你送进一个单间，巷道、门口都有鬼子哨兵站岗，也离开了水稻王和飞刀王，就不好行动了。”脚步声越来越近，嘎丽娅立时拉长脸说：“我的亲妈呀，事情既然已经这样了，大泽一郎司令对我又这么好，你还闹个什么劲儿呀。”

“滚滚滚，我不是你妈，”冯俊妮说，“你背叛了宗教，背叛了祖训……”

水稻王装出不耐烦的样子说：“二夫人，快，快走吧。”

嘎丽娅一出水牢大门，飞刀王就先锁小门，又锁大门，旁边的哨兵带领着嘎丽娅朝大泽一郎的房间走去。

河东大作截住厨师，问发现冯俊妮和嘎丽娅有异常情况没有？厨师回答说，吵得很厉害。又问，吵的什么内容，厨师回答说，吵的是什么叛教、败家风问题。河东大作听后摇摇头，说不出他是相信还是不相信。他又来到水牢门口问水稻王和飞刀王，两人回答与厨师相似，只是加了一句，这样僵持下去，这个冯俊妮有自杀的可能。河东大作想找大泽一郎谈谈，觉得有两个夫人在旁边不方便，便打电话让大泽一郎到他办公室去一下，说说嘎丽娅劝母无效的情况。

大泽一郎穿过巷道，来到了河东大作房门口，敲门走了进去。河东大作说：“二夫人的母亲太固执，她要寻死就任她去吧！”大泽一郎摇摇头，说：“这样对嘎丽娅当好二夫人不利，”然后又说：“通过今天视察提问题，我觉得嘎丽娅除了长得漂亮外，她毕竟是老师出身，文化素养比朴巧巧高多了，日后培养一下，会是地塞关东军很称职的文官。你也要好好考虑一下，我们对这里的官兵除军事训练，还要进行文化素质培训，嘎丽娅很有用啊，这里我只是和老师说，我后悔一时冲动让朴巧巧当了第一夫人，到一定时候我要废了她……”

“要这么说，还是很有道理，”河东大作突然觉得大泽一郎也是称职的地塞司令，很有头脑，忙问，“那么，二夫人的母亲怎么办？”

大泽一郎说：“好说，就这么关她几天，好吃好喝伺候着，磨磨她的心理障碍，用不多长时间，让嘎丽娅怀上我的孩子……”

河东大作点点头：“明白了。”

“河东大作老师，”大泽一郎说，“午饭后召开全体官兵开大会，同时，枪毙开拓团墙楼哨兵米林晓昌，杀一儆百，以振军威。”

河东大作从这些安排里得到了一股动力，那种认为子不如父，悔后来中国的情绪似乎淡化了不少。说不定，在地塞里为大日本帝国积蓄力量，还能干一番大事呢！他比以往任何时候都痛快地说：“我来安排。”

大泽一郎一出第一道铁门，嘎丽娅和朴巧巧算是有了掏心窝的机会。

嘎丽娅热泪盈眶地抱住朴巧巧说：“巧巧姐，你真好，我佩服你，而且不知该怎么感谢你。”

“哎呀，说这个干什么，”朴巧巧轻轻推开嘎丽娅说，“你不是说，我们一定要活着出去吗？”

“是，”嘎丽娅语气很坚定，“一定，我真佩服你，你就像演员演戏一样，把大泽一郎迷得团团转。”

“像演员是什么话呀，”朴巧巧说，“嘎丽娅妹妹，我就是演员呀。”

嘎丽娅惊讶地问：“你就是演员？真的？”

“那还假了，”朴巧巧说，“我被日本鬼子抢来当慰安妇前是歌舞剧院的演员。”

嘎丽娅问：“你丈夫呢？”

“他是名有成就的导演，我要被抢走当慰安妇的时候，他去阻拦，要和日本鬼子拼命，被他们一枪打死，尸体是怎么收的我都不知道。”朴巧巧说着要掉泪了，“嘎丽娅妹妹，不说这个了。”

“好姐姐，我不该问这个，”嘎丽娅说，“我已经有了一个行动计划。”

朴巧巧说：“你放心吧，我不怕，我就一个人了，我父母也在日本鬼子大轰炸时炸死了。我能豁出来的，我能活到现在，就比我所有的亲人都赚了。”

“不对，”嘎丽娅说，“要好好活着，要替死去的亲人报仇！”

“是，我还觉得杀了大泽小野就够本了呢，看来还不够，”朴巧巧突然一转话题说，“嘎丽娅妹妹，我们俩得抓紧呀！我看出来了，大泽一郎这个王八蛋让我迷糊一阵子，开始对你好了。”

嘎丽娅说了句“明白”，传来了钥匙开门的声音，朴巧巧拽一把嘎丽娅说：“快，我躺下，你给我捶腿。”嘎丽娅点点头，给趴卧的朴巧巧捶起腿来。

大泽一郎边脱上衣边往卧室走，一进门见嘎丽娅在给趴卧的朴巧巧捶后腿，脑子里一下子闪出他在华语学校时嘎丽娅是那样的高雅，忽然生出一种怜爱，于是严肃地说：“大夫人，有些事二夫人听你安排，可是，你可不能拿她当丫鬟使呀。”

“好了，好了，去吧，”朴巧巧醋溜溜地把嘎丽娅一把推开说，“夫君心疼你了，要让夫君知道，这可不是我的意思，是你主动的，别让夫君以为是我欺负你。”

嘎丽娅被推到一边没吱声，心里想：这个朴巧巧太有心机，太了不起了。

“行了，”大泽一郎脱完上衣，嘎丽娅急忙去给他摘领带挂在衣架上，他像对挂完领带的嘎丽娅说，又像是对朴巧巧说，“我听说，中国皇帝的妃子可不只是两个呀，皇帝临睡前搞什么翻牌，翻到谁的牌谁就去陪皇帝。回头，我让人给你俩做个牌子挂在墙上，翻谁的牌谁就陪我。”

“好，”嘎丽娅咬着牙说，“这样好，不过，我听说那妃子、娘娘可是一人一间呀，我们……”

“这好说，”朴巧巧担心大泽一郎把她和嘎丽娅分开，忙抢话说，“这还不好说，这么大的卧室，再间壁出一个小间也可以。不然，外边办公室这么大，间壁出一个小间也行。我看，反正不能到外边住去。”

“就这么办！”大泽一郎问，“怎么，没送午餐吗？”

“夫君，”朴巧巧说，“怎么能呢，您刚出去不一会儿，送午餐的厨子就来了。”

大泽一郎去洗手间，边洗手边说：“快来洗洗手吃饭吧，下午有重要活动，你俩要穿军装去参加这次全体官兵大会，劳工、慰安妇也都旁听。”

三人各自都洗完手开始吃饭，大泽一郎不时瞧瞧嘎丽娅，那种迎春花岗上的幻觉又在隐隐萌动……

大会场是天然地洞经过开凿又扩建的，是练武场，又像个大操场，棚顶比别处高，在这里练射击，练掷手榴弹都不成问题。

棚底的百余盏电灯齐亮，如同白天一样。

关东军队伍在中间，劳工、慰安妇分别在两边各成纵队，面向讲话台聚集了黑压压一片。

不用有人暖场子，大泽一郎站讲台上威风凛凛地讲了起来：“全体官兵们、劳工们、慰安妇们：现在我正式宣布，大日本帝国关东军天长山地塞独立军正式成立，我任总司令，河东大作任副司令……”

河东大作出列，众人鼓起了掌。

大泽一郎继续说："至于以后的官职怎么任命，任命谁，先由河东大作副司令负责组织，有一点明确的是，劳工朋友们也编入关东军行列，组建劳工独立团，穿军装，领军饷，负责用灯火代替阳光，种植喜欢在阴凉环境下生长的蔬菜，还要想法养猪养鸡，要满足全塞人员的需求。朝鲜的慰安妇女性，人数不多，成立独立支队，穿军装，领军饷，仍然为男性官兵服务。军规、军纪已由河东大作制定完毕，会后交大家讨论后执行。今天，我要强调的是，天皇宣布无条件投降了，关东军缴械投降了，但它的灵魂还在，在哪里？我们还有天长山地下要塞这片土地。我们的任务是：挽救天皇无奈的投降，挽救关东军无奈的被缴械，完成他们未竟的事业，时刻准备重振'大东亚共荣'的目标，大家有信心没有？"

人群传来七长八短的回应："有——"

"劲头太小，"大泽一郎大声问，"有没有？"

这一大片传出了响亮的回应："有——"

大泽一郎继续说："下面，由河东大作宣布一项通令！"

河东大作走上台，双手捧着一张纸读起来：

大日本帝国关东军天长山地塞独立军通令：

鉴于原关东军天长山开拓团哨兵米林晓昌因玩忽职守，导致共产党从营房棚顶袭入，大泽小野司令惨遭杀害，并有重要文件被盗，罪恶极大，为维护地塞司令部军纪，以利再战，经大泽一郎司令批准，特判处死刑，立即执行。

特令

1945 年 × 月 × 日

河东大作宣读完后，会场鸦雀无声，他冲着会场门口大喊："把米林晓昌带上来，立即押赴地塞刑场执行枪决！"

两名日本兵背着枪，一人抓着米林晓昌一条胳膊进了会场，所有的目光一起投来，站在头排旁侧的嘎丽娅在朴巧巧耳朵边说：

“自作聪明，狗咬狗，一嘴毛。”朴巧巧又趴回嘎丽娅的耳朵边说：“都说是日本鬼子，日本鬼子，不过如此。”

嘎丽娅捅了她一下，她笑了。

一辆小卡车开来，两名鬼子兵把米林晓昌推上车。六名枪击手一列竖排走来，乘上小面包车随行在小卡车后面。两辆车很快驶出了会场。

河东大作正在讲关于地塞管理的具体要求，突然传来六下同时响起的枪声，那是六枪齐发，格外地震耳。

人群里出现了各种形态，鬼子兵们几乎是耳竖目呆，劳工和慰安妇有的缩脖，有的捂耳朵。他们都知道，这是六名枪手同时枪毙米林晓昌。

散会往回走了。大泽一郎还是走在前面，迈着大步，皮靴踏地的声音很响，仿佛这才能抖出他司令的身份与威风。这些都是他自己头脑里想象的，一个刚涉猎女性的男人，一下子就有两个美女相伴，一个那么乖巧，虽然文化略浅，却很令他开心；一个那么漂亮，简直就是大日本传说的樱花姑娘。但是，他无论如何也控制不住对所喜欢女人的轻浮，包括在华语学校追逐嘎丽娅，来塞后挑选朴巧巧，特别是一进卧室，在女人面前就没有了矜持。他这般派头，也是想让身后两个女人看看，这地下要塞整个都是他大泽一郎主宰的。

大泽一郎开门先进了房间，习惯地脱掉上衣往衣架上一挂，转身对嘎丽娅说：“亲爱的，今晚我该翻你的牌了。”

嘎丽娅脸上挤出几丝微笑，点了点头。

“那不行，房间还没间壁好，牌子还没挂上，只要我们三人同居一床，我大夫人就不能吃二夫人的醋，二夫人吃我的醋那是理所当然，”朴巧巧爆豆似的一通表白，“夫君，定我是大夫人的时候是怎么答应的？反正我说过，三人同床，我要公粮，二夫人只能要余粮……”

大泽一郎色眯眯地笑笑：“要是没有余粮了呢？”

朴巧巧发冷地回答：“那就没办法了，你可以留点儿吗……哈哈哈……”她说着竟哈哈大笑起来，笑声是那么脆，让大泽一郎心颤了。旁边的嘎丽娅去给他摘领带，大泽一郎突然感到，这朵仰慕已久的迎春花，采撷着怎么却没有欣赏着那么让他激动、让他心驰神往呢。

厨子已经把饭菜摆好了，晚餐是有酒水的。

“夫君，这是大日本的清酒吗？”朴巧巧拿起酒瓶子问。

嘎丽娅瞧了瞧酒瓶子说：“不是的。”

“对，不是的，二夫人眼力好，”大泽一郎在有意识挑起嘎丽娅的热情，希望她能像朴巧巧那样，就太好了。嘎丽娅说，“这是开拓团的劳工们生产的玉米酒，中国人叫老白干、二锅头，起码六十度，喝了不上头。”

朴巧巧说：“要是不上头，真该多喝几杯，夫君，你今天讲得太棒了，那气派，太叫人感到你身上处处闪着司令的光芒。我不是说你父亲不好，你是大大地超过你父亲了，一看就是作为大大的！”

大泽一郎就愿意听这样的话，尤其从他喜欢的女人嘴里说出来，让他更惬意，更像大热天喝了一杯冷饮一样舒畅。

“这样的话，今晚，我的二位夫人可要好好为我庆祝庆祝，”嘎丽娅为了不让大泽一郎起疑心，连忙说，“大夫人，喝是喝，也要喝到恰到好处。”

朴巧巧一撇嘴说：“那当然了，还用你说。”她摆着大夫人的架子，说着就给大泽一郎斟酒，酒一倒进杯里就飘洒出了酒香味儿，她咂着嘴说：“香，香，真香……”

“二夫人，”大泽一郎举起酒杯说，“今天你高兴，我也就更高兴。”

嘎丽娅回答道：“当然高兴了。”

“好，”大泽一郎说，“既然高兴，你可就要陪着夫君好好喝一盅了。”

嘎丽娅一口应承：“我一定尽最大努力，舍命陪夫君！”

“太好了，”大泽一郎举起酒瓶说，“我喝多少，你陪多少，这回，你要公粮，大夫人要余粮。”

嘎丽娅说：“噢，意思就是说，咱俩喝完剩下的大夫人喝呗。”

大泽一郎大嘴一张说："是啊，聪明，就是这个意思。"

嘎丽娅也来了句趣话："要是没有余粮了呢？"

大泽一郎说："那可就没办法了。"

"嘿，有点儿就行，"朴巧巧说，"在我们家乡都说，福根儿最好。"

"你这张巧嘴呀，"大泽一郎很有兴致和两个女人斗嘴皮子，兴致勃勃地说，"没想到朝鲜还有你这样的才女，大日本都难找呀。"

朴巧巧一撇嘴："夫君，过奖了。"

"没过奖，"大泽一郎举起杯对嘎丽娅说，"来，我喝一杯你跟一杯。"他是想，喝着喝着，只要嘎丽娅有一点醉，就上去把她抱到床上去……

嘎丽娅见气氛很好，想起了自己重要的使命，举着杯不去碰，笑笑说："夫君，我有句话不知道当说不当说？"

大泽一郎很畅朗的样子："说呀，二夫人。"

"夫君，"嘎丽娅说，"我看，这地下要塞是很好，坚不可摧，吃的用的，几十年没问题，但是，没有大日本好呀……"

大泽一郎瞪起了眼睛："你什么意思？"

嘎丽娅说："我是想说，夫君能不能和共产党谈和，我和大夫人跟你去大日本？"

"什么？"大泽一郎火了，"你要劝我投降啊？"说着把刺刀抽了出来，站起来喝道："你是共产党派来劝降的？"

"夫君，你这是什么话，我不是说要谈和，是说要跟着你去大日本。"嘎丽娅毫不畏惧地站起来说，"夫君，我已在圣母跟前许了愿嫁你，你要是认为我是共军派来劝降的，来——"她伸手去要刺刀："我自刎以示真诚！"她说着上去就要夺刀。

"不能，不能啊！"朴巧巧抱住嘎丽娅，脸一侧对大泽一郎说，"夫君，我也有这个想法，难道我也是共产党派来的吗？你要不相信，二夫人自刎了我也自刎，我和二夫人一起以示对夫君的真诚……"

"哈哈哈……"大泽一郎刀入鞘说，"我也就是这么一闪念，早就对二夫人考验完了，包括我父亲，坐吧，坐吧，二位夫人受惊了，以后不要再提这样的话。"

朴巧巧责怪嘎丽娅："二夫人，你竟惹夫君生气了，还不自罚一杯！"

"好，"嘎丽娅又端起杯一饮而尽，"大夫人，给我酒瓶，那一杯是你罚的，我再自罚一杯。"她说着拿过酒瓶倒上又一饮而尽。

大泽一郎笑了："二夫人好酒量呀……"

"夫君，"朴巧巧搂住大泽一郎的脖子说，"你错怪我们了，也得自罚呀？"

"好，我自罚，"大泽一郎拿过酒瓶自斟自饮，也连喝两杯。

嘎丽娅说："夫君真畅快！"

"好了，"大泽一郎说，"从现在开始我们正式庆祝今天大会的成功了。我喝一杯，二夫人要喝一杯……今天就翻你的牌，二夫人，怎么样？"

"没问题，"嘎丽娅夹口菜送到大泽一郎嘴边说，"夫君不能光喝酒不吃菜呀！"

大泽一郎张嘴嚼着说："你也吃菜。"

"吃，我吃，"嘎丽娅夹口菜吃着说，"夫君，来吧，我一定奉陪到底。"

朴巧巧负责斟酒，大泽一郎一杯，嘎丽娅一杯地喝起来。嘎丽娅觉得酒意已浓，趁大泽一郎举杯时往地上一撒急忙去空饮，很快，大泽一郎站起来问："二夫人，你还行吗？"

嘎丽娅回答："还能喝几杯！"

朴巧巧又先后斟上，不消两杯，大泽一郎"扑腾"一声，身子一歪，坐到了椅子角上，连人带椅子歪倒在地上了。

"不，不，"大泽一郎吞吞吐吐地说，"我……喝……来，再来一杯……"

嘎丽娅说："大夫人，快去拿块毛巾湿一湿给夫君擦擦脸。"她话音刚落，大泽一郎"哇"地吐了。朴巧巧去打湿毛巾回来给大泽一郎擦着脸，嘎丽娅轻轻抽出挎刀，趁朴巧巧一躲身的空儿狠狠朝大泽一郎的脖子上砍去，咬着牙骂道："什么夫君，纯粹是狼，找阎王爷见你大泽小野爹去吧！"

顿时，血喷如注，朴巧巧急忙用衣架上的衣服盖上问："嘎丽娅妹妹，怎么办？”

嘎丽娅指指桌侧旁一块板门说：“这里有个洞口，咱俩就把他塞这里吧！”俩人把大泽一郎拖进去以后，又清扫了一下血迹。朴巧巧说：“你去吧，不用管我，天亮了，有人来敲门，我就说夫君喝多了，没醒呢。”嘎丽娅心跳反倒平静了，急忙从大泽一郎不离身的兜里掏出那张天长山地下要塞秘密交通图，又看了一眼，轻轻开了门，直奔水牢而去。

夜深人静的时候，冯俊妮没少同水稻王和飞刀王嘀咕，实践让她相信，这两个人是真心的。她已经嘱咐他俩这几个夜晚可能要有行动，一到天黑，他俩就给狼狗戴上嚼子，捆好绑好，让它遇到动静动弹不了。这两人算计着，一到黑天时辰，就格外地注视着四周的动静。

就寝铃响后，各宿舍只留一盏灯，巷道里的灯也关闭了四分之一。水稻王捅捅飞刀王说：“你看——”两人定睛看去，昏暗的灯光下一个黑影径直走来，一看是嘎丽娅，急忙打开水牢大门，又打开木笼门。嘎丽娅把图纸交给冯俊妮以后，冯俊妮脱掉衣服，在笼里伪做成一个睡觉人形，盖着被。嘎丽娅和冯俊妮分别拿着小细蜡一个奔风扇塞口走去，一个奔送电室走去。

嘎丽娅进了送电室，一下子就找准了图纸上的送风口阀闸，她看看手表，秒针一跳一跳的跳着，心也在“怦怦怦”地加快跳着，汗珠从脸上大粒大粒地滴落了下来。她屏住呼吸，一下关闭了通风主巷电闸。

冯俊妮点着小细蜡，躲着扇页，边走边在心里查数，1、2、3、4、5……这是一个上坡路，走着走着喘得厉害起来，她咬着牙一步加一个数800、801、802……

河东大作正伏案写大泽一郎布置的军纪军规。这风扇主道口与他房间是一条线路。灯一灭，他急忙点着蜡开门对警卫说：“怎么搞的，找电工去看看，怎么断电了？快去……”警卫说：“河东大作副司令，可能是跳闸了，常有的事。”河东大作转身回去点着蜡又写了起来。

警卫点着蜡背着枪走去。

冯俊妮和嘎丽娅都在心里数到了一个数字上：995、996、997……

警卫路过水牢门口，一拐过巷口，水稻王和飞刀王齐上。水稻王蹿上去双手掐住鬼子的脖子，飞刀王冲他胸口就狠狠一刀，然后把鬼子的尸体拖到了一个不常走的巷道旮旯里。

嘎丽娅担心冯俊妮慢几步一开电闸伤着她，又多查了十个数，还是不放心，又查了十个数才咬着牙合上了电闸。

河东大作眼前一亮，嘟囔了一句："这电工，怎么搞的，该撤了！"又埋头写起来。

水稻王和飞刀王刚回到水牢门口，巡警打着手电路过，瞧了瞧木笼发现冯俊妮正睡着，吱也没吱一声就走了。嘎丽娅发现远处闪来手电光，知道是巡警，急忙闪到一个旮旯躲了起来，一看有尸体，吓了一跳，心跳得更厉害了。她猜想，一定是水稻王和飞刀王杀的警卫。躲过巡警，嘎丽娅回到水牢门嘱咐水稻王和飞刀王说："一切顺利，听到外面三声炮响，立即去劳工宿舍，把他们带到风扇的左边，有个走汽车的大门，拉闩打开靠右跑，留左边让抗联队伍进来。"两个人激动地说："记住了！"

嘎丽娅急忙回到大泽一郎房间，一开门就报告说："巧巧姐，一切顺利。"然后又做了和对水稻王、飞刀王一样的嘱咐，让她快去带慰安妇逃走。朴巧巧问："嘎丽娅妹妹，你呢？"嘎丽娅回答："我听到第三声炮响去关通风主道口电闸，迎接抗联大部队从两个塞口一起冲进来消灭这里的日本鬼子。"朴巧巧含着热泪说："记住了，嘎丽娅妹妹，你多保重，我们在平坡上见！"嘎丽娅也两眼泪汪汪："巧巧姐，感激的话都在心里，你也多保重，平坡上见！"她说完急忙奔送电室而去。

冯俊妮看到洞口大亮的时候，已经没力气了，但坚持着，走到离洞口二十多米的时候，塞口外面的抗联战士见风扇停了，估计是有情况，小棒子不顾一切钻爬进去，惊喜地扶着冯俊妮躲着扇叶，猫着腰一口气出了洞口。战大辛、鲁大棒子、满金仓等一起拥上来，冯俊妮还在呼哧直喘，忽然昏迷不动了。战大辛吩咐赶快找来医生，又做人工呼吸，又服药。一会儿，冯俊妮一睁开眼就从裤兜里掏出那张天长山地下要塞秘密交通图，战大辛接过来立即展开，琢磨起来。冯俊妮睁开眼睛，气喘吁吁说了水稻王、飞刀王和朴巧巧怎么听炮声突围的事。

战大辛细看后发现，电扇主塞口旁边的是座人造的小假山，凹面稍里是一张假草皮大门。他带领满金仓等人走过去，撩开从小山包顶垂下的爬山虎，露出了两扇大木门，用手一拽门环，开了一扇，又拽另一个门环，另一扇也开了。

战大辛点将："祁荣久！"

祁荣久回答："到！"

战大辛发令："第一声炮响，你率一连先冲进去，到时会熄灯，那里一个守卫排的兵力，两人值岗。主要武器是用手榴弹、爆破筒。你要在10分钟内灭掉那个守卫排！"

祁荣久回应："服从命令，坚决完成任务！"

战大辛又点将："靳晨光！"

靳晨光回答："到！"

战大辛发布命令："听到二声炮响，你率二连从通风口先进去，对付守卫汽车通口的鬼子，喊话让他们投降，如果仍有顽固势力对抗，以手榴弹、爆破筒攻击。如果消灭光了，朝现在洞口鸣枪声，消灭不光不鸣枪。"

靳晨光回答："服从命令，坚决完成任务！"

战大辛点将："小棒子！"

小棒子回答："到！"

战大辛发布命令："靳晨光、祁荣久，你们听着第三声炮响时，水稻王、飞刀王，还有朴巧巧要带领劳工、慰安妇从汽车通道和风扇门口突围出来，你们接应并掩护好，记住，都是从右侧！"

两人一起回答："记住了！"

战大辛接着发布命令："小棒子听到第三声炮响，紧跟着我身后，我带其他三个连队从两个出口的左侧冲入，除带好枪外，每人都带好大棒子，与祁荣久和彭立志两个连队汇合，由我打头带队，直奔鬼子兵营宿舍。届时，一切行动听指挥！"

祁荣久、彭立志、靳晨光一起回答：“服从命令，听从指挥，坚决完成任务！”

战大辛对满金仓说：“金仓政委，你随着最后一支队伍带领担架队、医生和护士下去，负责抢救伤员！”

满金仓说：“没问题……”

“战大队长，”鲁大棒子着急了，“我呢？”

“别着急，”战大辛说，“你身体还虚弱，组织咱们的锣鼓队、秧歌队欢迎营救的人员出塞，你还得照顾一下冯俊妮。”

这时冯俊妮从帐篷里大步流星地走来说：“我呢？”大家的目光都注视着她，战大辛问：“你，你好了？”

冯俊妮笑笑说：“大夫说，我是过度疲劳加紧张，一时心律失常，没问题了，我对下面还熟悉，战大队长，给我一份任务吧？”

“好吧，”战大辛说，“你除配合满政委抢救伤员外，再带两个人，主要负责保护嘎丽娅安全出塞。那么，你就在第二声炮响后，下去联系嘎丽娅把她带上来，任务是交给撒夫林克大校一个英雄的女儿……”

冯俊妮激动地说：“战大队长，你说得好，我补充一句，嘎丽娅已经不是撒夫林克一个苏联军官的女儿了，也不是一个中国母亲的女儿了，而是一个中苏友好的女儿了。”

战大辛说：“是，是是，是中苏友好的女儿了！”然后说：“那就各就各位！”

祁荣久等迅速小步散开，回到了自己率队的地方。

战大辛来到平坡右边缘炮位，从令旗手里接过令旗。指定谁为一号炮位，谁为二号炮位，谁为三号炮位，然后交代如何听令，开始炮弹入膛。

地下要塞里夜深人静，巷道里隔三盏灯留一盏点亮，银色的灯光从灰色的水泥壁上折射回来，变成了冷冰冰的银灰色。这些深浅不一的银灰色，把巷道照射得扑朔迷离又有些阴森恐怖。

在战败的日本鬼子眼里，这里是避难天堂，在劳工和慰安妇们的眼里，这里则是一座暗无天日的人间狱所。

嘎丽娅本是以和平天使的身份潜入，劝降无效，而成了摧毁这人间地狱的先锋战士。受多年从事地下工作母亲冯俊妮的影响，嘎丽娅日渐成熟、智慧，她紧贴着水泥墙朝供电室走去，忽见一个人影走来，急忙后退躲进了一个巷道拐角的旮旯，侧脸一看是河东大作。他正朝着大泽一郎的宿舍走去。嘎丽娅便更着急朝送电室隐去。

河东大作来到大泽一郎宿舍门前，看了看手表，又往回返，返了没几步又折了回来，犹豫一下，终于摁响了门铃。

朴巧巧心跳得厉害，先是电话铃响，她没敢接，现在又来敲门，她没有嘎丽娅那种敏感和理性，慌张地开了第二扇门问："谁呀，这么晚了?"

"我，河东大作。"河东大作回答，"大夫人，我是河东大作。"

"噢，河东大作副司令，"朴巧巧故用带睡意的口气说，"刚才，电话铃响我就推大泽一郎司令了，刚才门铃响，我又推他，他还是不动。昨晚呀，二夫人使他很高兴，多喝了几杯，可能是太疲劳了，有事明天吧!"

河东大作有些警惕，掏出手枪，子弹上膛说："大夫人，你帮我打开门，我把今夜写的军令、军规给你，大泽一郎一醒你就给他。"

"不好吧，"朴巧巧态度坚定地说，"二夫人睡得也那么死，我没穿衣服就来回话了，明天吧。"

河东大作无奈地走了，边走边摇头。

嘎丽娅气喘吁吁地进了送电室，正看手表，忽听一声炮响，急忙拉了供汽车跑道库的电闸。值岗的鬼子正嚷嚷怎么回事，开始点蜡烛。霎时间，随着洞向深处烛火闪亮，几十颗手榴弹、十几枚爆破筒一起飞去，"轰隆、咕咚"一声接一声。河东大作刚到办公室门口，听到轰炸声，大喊："不好，共产党来了……"他的声音未落，随着轰炸停滞，又听外边传来炮声，嘎丽娅急忙拉掉风扇塞口的电闸。河东大作办公室的灯也灭了，他慌作一团，给大泽一郎打电话不接，气得摔了电话，大骂："嘎丽娅、嘎丽娅，嘎丽娅就是共匪……"

随着第二声炮响，彭立志率队点火把从风扇停止转动的入口直入而下，里面没一点声音，他回头冲塞口连放三枪。突然飞来一颗手榴弹，彭立志和前面的三名战士躺在了血泊里。祁荣久听到爆炸声，又十枚手榴弹扔了过去。

第三声炮响了，战大辛在前，小棒子随他身后，率三个连队持枪和大棒子靠左侧飞驰而下，水稻王、飞刀王和朴巧巧按着嘎丽娅的事先嘱咐，分别带着人从汽车通道和风扇口右侧急速而上。他们一出塞口，鲁大棒子和满金仓各自一挥手，红红绿绿的秧歌扭了起来，锣鼓也敲了起来。

河东大作拉集合铃无效，只好让哨兵吹紧急集合笛，一千多名鬼子迅速集合到了大会场。

战大辛站在三、四、五连队伍前面，一挥手大喊："同志们，冲——啊——"二百多名抗联战士持枪、拎大棒子分别从汽车道塞口和通风塞口冲入。战大辛和小棒子一前一后领头冲进地塞里时，水稻王和飞刀王带领劳工正拼命贴右面往上走，有下有上，几乎挤满了通道，却有条不紊地前行。朴巧巧所带慰安妇队伍小，一个接一个贴着风扇右壁向塞口前进，二连的战士为她们喊着"加油"的号子……

河东大作发现人没到齐，急忙向大泽一郎宿舍跑去，到了门口一看，两道门都敞着，不见人影，他进了办公室直奔办公桌旁洞口，他想看一下，有没有大泽一郎从此逃跑的痕迹。在手电光照耀下，他看见大泽一郎身首分家的尸体塞在洞口。他大为吃惊，大骂："八嘎呀路，嘎丽娅、朴巧巧，统统的共产党，大泽一郎啊大泽一郎，色迷心窍呀，你说你，迷谁不行，怎么偏偏迷上了女共匪……"

他骂着，嘟囔着，刚进会场大门，从围拢来的两个巷道口传来相继的呼喊声："日本官兵们，投降吧，缴枪不杀。""日本官兵们，凡投降缴枪者，一定宽大处理，共产党优待俘虏……"

河东大作站上讲台问："劳工连和慰安妇队怎么没到？"

鬼子队伍里七嘴八舌回答："跑了——""都跑了……""连长被打死了……"

"全体官兵，天皇的优秀子孙们，"河东大作放大嗓门说，"大泽一郎不在了，我代表关东军天长山地下要塞司令部发布命令——”

鬼子兵齐立正回应：“是！”

河东大作问：“你们的手雷都带了吗？”

鬼子兵齐回答：“带了——”

河东大作大声说：“命令：共产党来得太突然了，我们没有准备好弹药。一连、二连全体官兵从第一洞门下到第二层巷道，迅速从天棚入口进入弹药库，抓紧往这里搬运手榴弹、子弹、炸药包……”

三列纵队鬼子兵出列齐喊：“坚决完成任务！”

这三列鬼子兵迅速向第一洞门跑去。河东大作继续发布命令：目前,塞内电路已断，只能靠蜡照明，五、六、七连向汽车、风扇塞口前进，与进来的共产党决一死战——发挥我们所擅长的刺刀，以头顶盔帽为自己人的标记……”

……

嘎丽娅完成断电任务后，发现劳工、慰安妇都已转移，很是安心。昏黑中她发现鬼子兵都在向大会场集合，于是，准备摸清他们的位置和计划，立即撤回主塞口向战大辛报告，忽听河东大作说手榴弹、炸药包一事为之一震。军需库的钥匙在嘎丽娅手中，但还有一条路从地下二层通过去，嘎丽娅心想，日本鬼子好狡猾呀，无论如何，不能让他们搬到手榴弹、子弹、炸药包……她急忙向武器库跑去……

冯俊妮随战大辛下塞以后，见日本鬼子不再射击，便越过汽车道塞口竖七横八的鬼子尸体，握着枪，拿着手榴弹向深处走去，借着扑闪的烛光她找到了水牢，又朝大泽一郎宿舍方向走去。空巷静悄悄，大泽一郎的门敞成了一个黑洞，她转向往回走，喊了一声：“嘎——丽——娅——”很快，从附近另一条巷道拐弯处传来了回声：“妈——妈——”

母女各持小蜡朝对方跑去，紧紧拥抱在了一起。冯俊妮喘着粗气说：“嘎丽娅，你的任务完成了，一切顺利，快跟我走，战大队长让我来接你的！”

"母亲——"嘎丽娅也喘着粗气说，"快，快报告战大队长，鬼子全集中到了大会场，正拿着刺刀准备向汽车通道和风扇塞口前进，鬼子没有准备弹药，但一些鬼子正要从地道下去，准备从弹药库棚顶的入口运弹药。鬼子一旦运足弹药，这仗就难打得多了，我去阻止，不能让他们运成……快，你快去，报告战大队长，鬼子的情况……"

冯俊妮紧紧抱了一下嘎丽娅说："我的好女儿，快去吧，和妈在风扇口集合！"

嘎丽娅说了声："母亲，女儿知道了。"然后跑走了。

战大辛发现拥来了黑压压的鬼子，不开枪，不扔手榴弹。猜定鬼子是要来发挥所长拼刺刀。他又定睛看了看说："同志们，再仔细检查一下，右臂白毛巾为标记，棒子上手，冲——啊——"

鬼子兵们听到喊声，也不再猫腰前进，打头的喊："刺刀出鞘——杀——啊——"

小棒子第一个冲上，迎来的打头鬼子伸出刺刀，不等够到小棒子，小棒子用长长的棒子从偏侧出棒，狠狠照鬼子一只胳膊打去，只听"咔嘣"一声断骨声，这鬼子胳膊一软，又一棒子打在他左胳膊上，又是"咔嘣"一声，打得鬼子双臂一软端不住枪了，一转身，小棒子朝他的后脑勺狠狠就是一棒子，这大棒子木质细，有重量，这鬼子"扑呲"趴在了地上，后面的鬼子看着这一幕，边端着刺刀边往后退。战大辛大喊："同志们，快出棒呀——"战士们一起涌去，鬼子怎么伸刺刀，也抵不过长长的大棒子，战士们每人对准一个，有先打胳膊的，也有先打腿的，长长的棒子飞舞，传送着一声声"咔嘣"响的惨叫……

嘎丽娅跑到弹药库门口，就听见库内叮咣的响声，急忙掏出钥匙打开库门，举着小蜡大喊："官兵们，我是大泽一郎的二夫人，河东大作副司令让我来开门让你们搬炸药包，跟我来——"

鬼子们都听说了有"二夫人"，并不知道在大泽一郎身上发生的一切，也在开大会时见过讲台旁站的嘎丽娅，于是都随着嘎丽娅往库里走去。嘎丽娅来到炸药包货堆前，迅速用蜡光点燃了两个炸药包芯绳，急忙往里门跑去。鬼子兵见势不好，掉头就跑。刹那间，“咕咚”“轰隆”一声连着一声，整个库内火光熊熊，烟雾弥漫……

冯俊妮听到如此巨响，顿时预感到情况不妙，站在风扇塞口大喊：“嘎——丽——娅——嘎——丽——娅——”

悲壮的呼声一直传到了弹药库，在弥漫的浓烟和跳荡的火焰尖上滚动、飞转……

战大辛带领小棒子对鬼子兵穷追猛打，鬼子们只好缩脖后退。

冯俊妮的呼喊传到了小棒子的耳朵里，他停住追赶，也歇斯底里地大喊：“嘎——丽——娅——嘎——丽——娅——嘎……”

战大辛见鬼子兵后退了，发现小棒子在喊，他一喊，一百多名抗联战士都在呼喊：“嘎——丽——娅——”

这粗放洪亮的聚喊声传到了大会场，河东大作顿时直喘粗气，他似乎猜出了发生的一切，狠狠憋口气自言自语地说：“女共产党太厉害了……”然后一侧身，发现一、二连的鬼子退了回来，打头的报告说：“河东大作副司令，共产党炸了弹药库，并且用比我们的刺刀更长的大棒子打来了，刺刀不够长，不能制胜，子弹、炸药、手榴弹也没有了……”

“我们还有手雷，”河东大作举起手雷大吼道，“我们要忠于天皇、自毙效忠——”他面前的队伍里传来了参差不齐的呼应：“忠于天皇，自毙效忠。”

河东大作大声说：“我命令，一连、二连带头用手雷向天皇效忠！”

河东大作举着手雷，一步步向一、二连鬼子逼去，鬼子们掏出手雷，最前面的一个向前大迈一步后站稳，用力一拽雷线，放在头上一撞，然后停放在胸口处，随着“轰”的一声爆响，鬼子兵胸口破碎，倾倒在地下，鲜血喷到了河东大作的身上……

紧接着，第二个，第三个，第四个……

一、二连的鬼子自毙结束，河东大作又向聚在讲台前的大批鬼子逼去。

有不少鬼子在偷偷向外边溜去。

战大辛收一收手里的大棒子说：“同志们，撤吧，鬼子开始手雷自毙了。”

小棒子说：“肯定还有偷逃的……”

战大辛说：“撤吧，那也不追了！”

冯俊妮无奈被劝出塞口，朴巧巧一下子把她抱住，哭得泣不成声。冯俊妮忍着悲痛说：“别哭，再等等，嘎丽娅会回来的！”朴巧巧擦着眼泪说：“嘎丽娅妹妹要是死了，我也去死！”冯俊妮说：“巧巧，别这么说，你为嘎丽娅做的，我都知道了，谢谢你！”朴巧巧还是哭，冯俊妮转了话题问：“巧巧，我怎么没看到金玉姬呢？”朴巧巧这才想起什么似的说：“她走了，临终的时候对我说，如果能有机会再见到您，让我对您说，您是世界上最好的人，她在那边会祝福您安康。”冯俊妮的两眼湿润了，她脑子里浮现出了那个受日本鬼子欺凌、面无血色的姑娘。她在那边，无论过去多少年，都会痛恨日本军国主义这一惨无人道的行动……

朴巧巧仍然紧紧抱着冯俊妮不肯松手，汽车道塞口两边站满了国内、朝鲜来寻认亲人的家属，绥芬河镇新政府也组织来了欢庆队伍，祝贺第二次世界大战在天长山地下要塞落下伟大胜利帷幕。听到塞内传来了脚步声，两旁的人群直往塞口挤凑，鲁大棒子手持小令旗，在人群夹道中间亮着嗓子喊：“闪开，闪开，抗联部队胜利归来了，闪开，闪开……”

他的话音刚落，战大辛打头，小棒子和抗联战士们随后，浩浩荡荡地上来了，不少战士除拎着大棒子外，还抱着收缴的“三八”式步枪，他们一露脸，随着鲁大棒子一挥小旗，锣鼓响了，秧歌队在平坡中间扭起来了……

冯俊妮和朴巧巧不再拥抱，来到塞口，神情专注地瞧着队伍里上来的每一个人，瞧着瞧着，她们的眼睛花了，发现一位扛枪的战士像是嘎丽娅，急忙拨开拥挤的人群跑上去，一看不是，便站在上行的队伍中间，拨拉着一个个上来的战士，眼泪一滴滴扑簌扑簌悄悄爬过她们脸颊，滴落在地上。

朴巧巧紧紧拽着冯俊妮的衣襟陪伴在她身旁。

抗联战士们上来了，满金仓率领的担架队，有的抬着简单包扎了的伤残战士，有的抬着白布蒙着全身的战士遗体。冯俊妮含着眼泪伏下身子，手扶着伤员的肩膀细细地看，然后又一个接一个掀开白布蒙身战士的头部看，担架队上完了，最后一支小小蜡烛熄灭了，面对她和朴巧巧的是无底似的深渊和黑洞。

冯俊妮跑前几步冲着黑洞挓挲着双手大喊："嘎——丽——娅——"

朴巧巧接着躬着腰使足劲儿冲着黑洞大喊："嘎——丽——娅——"

小棒子跑来了，冲着黑洞歇斯底里地大喊："嘎——丽——娅——"

他们拼命地喊着，满金仓走来了，祁荣久、彭立志、靳晨光走来了。慰安妇们走来了，劳工们走来了。不拥挤，不言语，都默默地站在冯俊妮身后，默默地滴着眼泪……在场所有的人都泪流满面了。

冯俊妮的哭喊声嘶哑了，朴巧巧的哭喊声嘶哑了，小棒子的哭喊声嘶哑了……

战大辛一小步、一小步地走到冯俊妮跟前，挽起她的胳膊说："冯俊妮同志，站累了，走吧，咱们到塞口平坡上等着去。"冯俊妮不吱声，不擦泪，转身向塞口走去，没人指挥，也没人呼喊。冯俊妮轻轻挪开步以后，留在身后的人也一小步一小步随着她往外走，走到塞口后也没人指挥，都默默地站在冯俊妮的身后瞧着那黑黑的塞洞……

东方泛白了，太阳出来了，冯俊妮还是那样默默地站着，身后所有的人还是那样默默地站着。

太阳出来了，正午了，冯俊妮还是那样默默地站着，没有喊声，也没有了眼泪，只是默默地站着。

日落了。

战大辛走上前一步说："俊妮大姐，我们还等吗？"

冯俊妮喃喃地说："等……等……"

战大辛又说："俊妮大姐，据我判断在大会场里的鬼子绝大多数自毙了，仍有一部分向山那边的侧身塞口逃去了，我们要躲着嘎丽娅可能在的地方向鬼子开炮了？”

冯俊妮点点头：“开吧，狠狠地打，你在电报上告诉嘎丽娅的父亲，狠狠地打！”

战大辛点点头，朝人群后喊：“发报员！”

发报员回了一声：“到！”抱着重重的发报机跑过来了，“战大队长，请指示。”

战大辛说：“发报！”

报务员戴上耳机，打开发报机按钮，瞧了瞧战大辛，表示已准备完毕。

“开始！”战大辛说，“撒夫林克大校：我东北抗日联军攻克天长山地下要塞特别行动队基本胜利完成攻克和救护任务，已救出劳工886名，慰安妇多名，消灭鬼子数字尚无法统计，大部分鬼子在我特别行动队追击迫近时以手雷自毙，罪决于世界爱好和平的人民，罪决于和平天使嘎丽娅。部分不肯自毙的鬼子向主塞口对面的侧身塞口逃去，第一侧身塞口距风扇主塞口680米，第二侧身塞口距第一塞口180米，第三侧身塞口距第二侧身塞口79米。请求待命的苏联红军向这三个塞口开炮！”

战大辛说完停停又补充说：“落款是：东北抗日联军攻克天长山地下要塞特别行动队，战大辛。”

随着报务员最后在电报机上打出的“嘀嘀”声，远处对面响起了隆隆的炮击声。战大辛等透过美丽的五花山峰清楚地看见，在隆隆炮声中浓烟滚滚，升腾着、漫延着，越过天长山顶……

一百多名日本鬼子将枪和双手举过头顶，出了塞口，开始向平坡走去……

电报机传来了嘀嘀嗒嗒的传报声，发报员抽出电文要递给战大辛，战大辛似乎意识到了什么，望着远方升腾的浓烟慢慢地说：“请读。”

报务员说：“全文是，‘嘎丽娅怎么样？’”

战大辛不知该怎么回答，泪水湿润了眼眶。

发报员又问：“队长，怎么回答？”

战大辛喃喃地说：“嘎……嘎……丽……丽……”

发报员停了一会儿又问："大队长，请您往下说呀。"

战大辛仍在吞吞吐吐："嘎……嘎……"他已经不能自控，实在是说不下去。

冯俊妮挺胸大步走到报务员面前说："你就说，嘎丽娅，我们的好女儿，为了人类的和平事业，在抗战胜利曙光到来的时候，献出了她宝贵的生命——"

"没有！没有！"小棒子冲过来说，"嘎丽娅活着，她还活着，一定是堵在哪个地方出不来了。"他说完直奔黑洞跑去，边跑边喊："嘎——丽——娅——我是——小棒子——，我在这儿呢……"

这声音撕心裂肺，向黑洞深处传去，又从塞口反折回来，向塞口四面八方飘去。

战大辛等急忙向小棒子追去。

……

尾　声

公元1954年9月3日。

秋霜又早早地把天长山染成了美丽的五花山，山下当年的绥芬河镇整修了街道，新盖了许多楼房。时而有群和平鸽从屋脊上飞起，时而又落下。这边劳动号子声声，那边田野里歌声嘹亮，到处洋溢着幸福的欢笑，好一个欣欣向荣、歌舞升平的新中国绥芬河。

这歌舞升平的年华里，还有一个寂寞苦闷的小小角落。

在距天长山地下要塞风扇塞口左侧三百多米的平坡边缘处，搭着一个简易的窝棚，窝棚口有个锅灶，窝棚里有床铺，有张小桌子，桌子上摆着嘎丽娅的遗像。从窝棚口开始的山边，已经掘进去一个深深的隧道，隧道旁边平坡边缘，挖倒下的山石和沙土已经把平坡扩展出了十米之多。

此时，隧道深处正往外传着“叮咣”的刨镐声，刨得那样执着，那样坚韧。

战大辛已经是一位武装部长了。鲁大棒子则是国营肉联厂的厂长了，他把战大辛拉一把上了平坡说：“战部长，我是有劲使不上呀，你再劝劝小棒子吧，别让他刨了。”战大辛说：“你也不是不知道，我来劝过多少次了，为了安慰他，我还组织武装部全体官兵来帮他又刨又往外挑土不知多少次了……”鲁大棒子叹口气说：“这孩子痴迷了，他就说嘎丽娅被堵在这个地方深处往下的地塞里了……哎……”战大辛说：“鲁厂长，你放心，这次我再好好劝劝他。”

战大辛一到隧道边就忍不住跑了进去，夺过小棒子手里的尖镐说：“小棒子，别刨了，听战叔叔的话。”

“你看你，”鲁大棒子也赶上来，着急又无奈地说，“十年了，十年守山刨山，不剃头，不洗澡，都成什么样子了。”

小棒子才过而立之年不久，头发蓬乱有二尺多长，胡子杂乱垂到脐下，手心的茧子长了一层又一层，满脸皱纹，两眼暗无光亮，像一个猿人。

鲁大棒子放下带来的面包、香肠，还有格瓦斯，刚要开口，撒夫林克和冯俊妮也上了平坡，喘着粗气一直小跑进了隧道。冯俊妮心疼地握着小棒子的双手说：“孩子，告诉你个好消息，省文物管理局向国家申请资金到位，决定投资开发天长山地下要塞，作为国家重点文物保护单位，咱们一定能和嘎丽娅再见面的！”撒夫林克一旁说：“孩子，我的好女婿，为此，我和嘎丽娅的母亲陪同省有关部门领导一起去北京向文物管理局做了多次汇报，是真的，不久，我们会与嘎丽娅见面的。”

小棒子一头扎在撒夫林克的怀里，他没有哭，也没有说什么，撒夫林克明显感觉出，他的心跳快极了。

……

这个故事就讲到这里吧，如果说传奇色彩浓厚，是因故事大多为杜撰。那么，在这里需要说明的是，嘎丽娅这位华俄姑娘是真名，她曾去天长山地下要塞劝降日本军队，英勇牺牲一去不复还也是真的，这就足以够拨人心弦了。又是四十年过去了，当年的绥芬河镇经过和平建设，成了绥芬河市，市委、市政府专为此建立了“嘎丽娅纪念碑”，在碑即将落成的时候，绥芬河市民联名给普京总统写信，讲叙嘎丽娅的英雄事迹，普京总统挥笔为嘎丽娅纪念碑题词已附于书的前页，以飨读者。

2015 年 4 月 25 日—2015 年 7 月 16 日

于哈尔滨市金色莱茵

后　记

1994 年至 1996 年，我任虎林县委书记期间，正值国家文化部文物管理局将《虎头要塞》列为省级文物保护单位，省级重点爱国主义教育基地和旅游参观定点单位，并有财政投资计划列入开发。其间，我多次陪客人去虎头地下要塞参观。除解说员外，听了很多关于虎头要塞的传闻和故事，有的悲壮，有的传奇，特别是读了县史志办送我的由哈尔滨工业大学出版社出版的《日苏虎头决战秘录》（关东军虎头要塞失陷纪实），作者叫冈崎哲夫，他是第二次世界大战期间侵华日军的一名普通士兵，这本书的内容是他亲身经历和所见所闻，我十分惊叹。2002 年夏末，我陪同百花文艺出版社曾永晨去东宁县会见老同学宁铁夫时，又听到了关于东宁地下要塞的一些故事，这些，都记录进了我的创作笔记。1999 年，这些生活中的真实素材引发了我的创作冲动，根据听到的一些故事，我将地下要塞的背景放在了解放战争时期，当时国共两个战场都很缺粮食，国民党残匪占据了曾有日本开拓团藏匿大批粮食的地下要塞，解放军某部获得了这一情报，为获取这批粮食，与国民党军队展开了殊死的明争暗斗，创作了三十集电视连续剧，取名《夺粮剿匪记》，于 2011 年 7 月 31 日，作为纪念中国共产党成立九十周年的优秀剧目，在央视八套黄金档播出，并以当时收视率全国第三的名次落下帷幕。虽少有创作上成功的满足，仍有大量素材闲置在创作笔记里。2013 年秋，我有机会去绥芬河市并参观了嘎丽娅纪念馆，瞻仰了有俄罗斯普京总统题词的嘎丽娅纪念碑，又有一些关于地下要塞的素材进入了我的创作笔记。但，我并没有创作的愿望与激情。

2014 年春起，国内各大媒体纪念抗日战争胜利七十周年多种形式的筹备工作时有传出，气氛越来越浓，时至 2015 年春起，国内不少媒体披露国外某些媒体忽视中国在世界反法西斯和抗日战争中的主体地位和功绩，我想起笔记中记载的一些生动素材，于是，翻阅笔记，回顾已看过的关于地下要塞方面的新闻报道、书籍、文字、作品等。其中特别是普京题词，使我深感中国人民在二战中所做出的贡献是不可磨灭的，华俄姑娘嘎丽娅就是光辉的典范，中央电视台新闻联播节目还在《新儿女英雄传》栏目的头条介绍了她，还有些关于慰安妇、中国劳工参与斗争的故事也令我激动不已。于是，我便开始构思创作以嘎丽娅为主英雄，开拓团劳工、朝鲜慰安妇积极参与，并有苏联红军、抗日联军紧密配合的对日斗争的长篇小说，即《嘎丽娅传奇》。有人说，纪念抗日战争胜利七十周年的这种题材即将过去，我说，不，中国作为第二次世界大战的东方主战场，中国人民的抗日功绩不可磨灭，这些丰功伟绩将永载世界史册，也将留存于文学的宝库。

韩乃寅

2015 年 6 月 16 日